西安曲江文化产业资助项目

西安市政协文史资料委员会
西安曲江新区管理委员会 编

西安秦腔剧本精编

五一剧团卷

64

西安出版社

图书在版编目（CIP）数据

西安秦腔剧本精编.五一剧团卷:全 8 册/西安市政协
文史资料委员会,西安曲江新区管理委员会编.—西安:
西安出版社,2011.10

ISBN 978 - 7 - 80712 - 839 - 7

Ⅰ.①西… Ⅱ.①西… ②西… Ⅲ.①秦腔—剧本—
作品集—中国 Ⅳ.①I236.41

中国版本图书馆 CIP 数据核字(2011)第 217422 号

西安秦腔剧本精编 ⑥4　　五一剧团卷

编 委 会	西安市政协文史资料委员会	
	西安曲江新区管理委员会	
出　　　版	西安出版社	
	（西安市长安北路 56 号）	
电　　　话	(029)85253740　邮政编码　710061	
网　　　址	http://www.xacbs.com	
发　　　行	西安曲江出版传媒股份有限公司	
	（西安市雁塔南路 300 - 9 号曲江文化大厦 C 座）	
电　　　话	(029)85458069　邮政编码　710061	
网　　　址	http://www.xaqjpm.com	
印　　　刷	西安新华印务有限公司	
开　　　本	710mm×1092mm　　1/16	
印　　　张	326	
字　　　数	4210 千	
版　　　次	2011 年 12 月第 1 版	
	2011 年 12 月第 1 次印刷	
书　　　号	ISBN 978 - 7 - 80712 - 839 - 7	
全套定价	1740.00 元（共 12 册）	

读者购书、书店添货或发现印刷装订问题,请与本公司营销部联系。
电话:(029)85458066　85458068(传真)

《西安秦腔剧本精编》
编辑委员会名单

序

西安市政协主席　程群力

　　戏剧是人类精神文化形态之一,在世界戏剧史上,中国戏剧具有辉煌的地位。周、秦、汉、唐以来,历经千百年的发展积淀,中国戏剧形成了属于华夏文明自有的、独特的艺术体系。这个体系如同一个庞大的家族,遍布全国各地。在这个大家族中,秦腔以其丰厚的文化滋养、突出的历史贡献、沉雄质朴的艺术魅力而备受尊崇。

　　关于秦腔的起源和形成问题,历来争论甚多,有秦汉说、唐代说、明代说,甚至还有更早的西周说、春秋战国说等。但相对多数的看法,趋向于秦腔形成于明代中后期,即明代说。明代说认为,社会发展的基本规律表明,一切文化意识形态的发展变化,都由当时的生产力发展状况和水平来决定。明代中期正是我国资本主义萌芽期,商品经济的产生、发展,为当时文化的发展、变革、传播、繁荣提供了较丰实的经济基础。明代说也提供了必要的实物例证和文献记载。现在能见到的最早的陕西凤翔流传下来的明代正德九年的两幅《回荆州》戏曲木板画;现存文字记载中最早能见到“秦腔”字样的明代万历年间《钵中莲》传奇抄本中标出的[西秦腔二犯]曲调名,就是明代说有力的支撑。明代说的另一个支撑是比较能经得起专家、学者和秦腔爱好者以"体系"的视角作"系统论"式的考查和诘问。作为地方戏，秦腔和其他兄弟剧种一样，既有中国戏曲的共性，又有其独具的个性。共性的一面，都是以表演艺术为中心，融文学、音乐、表演、美术等各种艺术形式于一体的高度综合艺术，具有成熟的、完备的写意性、虚拟性、程式性和以"唱、做、念、打，手、眼、身、法、步""四功五法"为基本技艺手段，以生、旦、净、丑的行当角色作舞台人物，以歌舞扮演故事等这些经典的中国戏曲美学特征。个性的一面，秦腔与许多地方剧种相比，在"出身"上有着更多的原创性特征，体现在其声腔、音乐、文学、表演等基本要素与我国源远流长的原创性大文化之间，存在着直接的一脉相承的亲缘关系。这是因为，我国古代许多原创性文化，特别是诞生于周秦汉唐时期的《诗经》、秦汉乐舞、汉乐府、俳优和百戏、唐梨园法曲、歌舞戏、唐参军戏等等，都直接发生在以古长安（今西安）、咸阳为中心的关中地区，从而使这一地区成为当时全国文化最发达、成就最高的地区。根之茂者其实遂，膏之沃者其光晔。由于有这些原创性文化的滋养，更由于板腔体音乐在民间音乐和说唱文学的基础上日益成熟而引发的变革，最终造就了秦腔这个大的地方剧种，在西至陇东与银南、东至豫西与晋南、南至川北与鄂北、北至陕北与蒙南这片广袤的古秦地生根、发芽、成长，并影响到之后其他众多地方戏和京剧的产生与发展。

　　秦腔一经形成，就显现出卓尔不凡的气质和强大的生命力。一是秦腔长期从民间音乐和说唱艺术中吸取营养,活跃于人民群众之中,有广泛的群众基础;二是秦腔首创了板腔体音乐结构,奠定了中国梆子戏的发展基础。从而在声腔艺术的创造方面,在剧本创作、表演艺术等多方面,凸显出不可取代的许多特点,有力地推动了戏曲艺术特别是梆子腔艺术的大发展,具有划时代的意义。

由于秦腔是诞生最早、历史最悠久的梆子腔戏曲,更由于它当时作为新的艺术形式,内容上贴近生活、通俗易懂,表现形式上好听好看、生动感人、极易流传,所到之处,除了在陕西境内形成中路、东路、西路、南路、北路五路秦腔外,还渐次流传到晋、豫、川、鲁、冀、鄂、苏、皖、浙、滇、黔、桂、粤、赣、湘、闽、蒙、新、藏等全国许多地方,并与当地民间曲调融合,对当地新生剧种的催生、成长、成熟、完善做出了重大贡献。因之它也赢得了"梆子腔鼻祖"的地位和称誉。

近百年来,秦腔表演艺术,其行当角色之全、演出剧目之多、表现手段之丰富、唱腔艺术之精湛、四功五法之规范、演出综合性与整体性之完善,都备受文艺界和城乡观众的推崇。在陕西乃至西北广大地区,秦腔与老百姓的精神生活息息相关。人们津津乐道秦腔的魅力,对心目中的秦腔演员如数家珍,特别是一提起西安城里有易俗社、三意社、尚友社以及五一剧团,更带有几分神往。相当多的人,不仅会谈到演员,还会谈起许多脍炙人口的剧目《三滴血》《柜中缘》《看女》《三回头》《软玉屏》《翰墨缘》《夺锦楼》《庚娘传》《新华梦》《伉俪会师》《双锦衣》《盗虎符》《貂蝉》《还我河山》《西安事变》等等,更会谈论

在这些琳琅满目的剧目后面，站着的一群让人们肃然起敬的剧作家：康海、王九思、李十三、李桐轩、孙仁玉、范紫东、高培支、李仪祉、吕南仲、李约祉、王伯明、封至模、马健翎、李逸僧、李干丞、淡栖山、王淡如、冯杰三、樊仰山、姜炳泰、谢迈千、袁多寿、袁允中、鱼闻诗、杨克忍等等，还有由于种种原因没有留下名姓的剧作家，以及后来四个社团中加入编剧队伍的一批新知识分子，他们用心血熬成了一个个可供世代传唱的剧本。正是有了他们幕后的辛勤劳作，才有了台前精彩的表演。西安市的四大秦腔社团易俗社、三意社、尚友社、五一剧团，前三个都跨越了两个时代、两种社会制度，其中长者年已百岁。百年以来，四个社团总计演出的剧目逾千部之多。这些剧目，有些来自明清以来的秦腔老传统、老经典；有些来自各社团根据本单位的演员和资源条件，根据时势和观众的审美需求而开展的新创作、改编或移植、整理。这些众多的秦腔剧本满足着一代又一代观众的精神需求，也在很大程度上支撑着古城西安的文化舞台。西安秦腔事业的发展，为西安、为秦腔积累了一大笔可贵的精神财富。保护、传承、弘扬这笔财富，增强古城西安的文化软实力，扩大其国内国际影响力，实在是我们应尽的历史责任、文化责任和社会责任。

从 2008 年下半年起，西安市政协与西安曲江新区管委会合作，着手策划、组织、实施《西安秦腔剧本精编》工作。这是一项大型的剧本编辑工程，收录了西安市易俗社、三意社、尚友社、五一剧团四大著名秦腔社团上自清末、下至二十一世纪初百年来曾经上演于舞台的保存剧本，共计679本，2600余万字；另有22个内部资料本，约65万字。参与编辑本书的专家、学者、工作人员，面对四个社团档案室中尘封了百年的千余本三千万字的剧本稿样，其中不少含混不清、章节凌乱、缺张少页、错误多出及其他众多问题，本着抢救、保护、弘扬国家非物质文化遗产的责任感，按照"精审精编"的工作要求，专心致志地投入工作。通过收集筛选、初审初校、集中审校、勘疏补正、规划编辑、三审三校等几个工作程序，对上述文本问题和学术问题，逐一研讨、逐一明晰、逐一完善。历经三年，终于编辑了这套纵跨百年、横揽西安四大秦腔社团舞台演出本的《西安秦腔剧本精编》，了却了广大剧作家、表演艺术家和人民群众的一大心愿，对西安的秦腔文化是一个重要的回眸与总结，对未来秦腔的振兴与发展做了一件坚实的基础性工作，对此我们感到欣慰。

编辑这套剧本集，工程浩繁，工作难度大，加之时间紧，错漏不足在所难免，诚望各方面人士，特别是专家、学者、业内人士提出批评指导意见，以便修订完善。

目录

演出单位

西安市五一剧团

翠华姑娘

郑宗义　编剧

剧情简介

　　秀丽的翠华山,为什么令人神往? 那是因有斑鸠在云雾中振翅翱翔,"姑姑等"的哀鸣声声回荡。然而你可曾想到,它缘何如此凄凉悲伤?

　　相传古时泾阳,有位美丽聪慧勤劳的翠华姑娘,为追求自由幸福的爱情,无视封建礼教枷锁,邂逅弹花郎,同生共死结鸳鸯。哪料想贪图钱财的嫂嫂,强逼她嫁与富豪殷贼作偏房,姑娘虽遭毒打囚禁,坚贞不屈来反抗。老殷贼暗施毒计冒名骗娶翠华,诱害弹花郎,幸得六夫人侠义救助脱罗网,小银娃以身代姑,冒充新人去拜堂,二人相继遭毒手,银娃魂化斑鸠追踪姑姑走他乡。可怜翠华女寻觅心上人,跋山涉水逃上山冈,梦魂中喜与棉郎结鸾凤,醒转来方知他早已刀下命惨丧,她身陷绝境,悲愤交集怒火涨,怒斥群贼表忠贞,跳岩自尽芳名万古扬。

　　花木荣枯知多少,人间几度历沧桑,翠华化仙乘鸾去,惟留斑鸠至今泣诉催人断肝肠。

西安秦腔剧本精编 QINQIANGJUBENJINGBIAN

场　目

人物表

翠　华	16 岁	纺织姑娘
棉　郎	18 岁	弹花少年
银　娃	12 岁	翠华侄儿
六夫人	20 岁	殷善人妾
殷善人	50 岁	泾阳富豪
钱　氏	40 岁	翠华嫂嫂
秦管家	40 岁	殷府管家
丫　环		
家　丁		
吹鼓手		

序　幕

〔这是个民间世代流传的故事,它将把人们带入逝去的远古岁月。……

〔翠华山中,水湫池畔。

〔一缕霞光染红拔地耸立的玉案峰,一泓碧水倒映出万仞叠嶂的苍山,山花盛开,瀑布飞溅,林幽谷暗,云雾飘渺。

〔幕启:幽谷间传来斑鸠的凄凉鸣叫声:"姑姑——等!"……

(伴唱)斑鸠鸣啭不住唤,

　　　　声声滴血入玉潭。

〔化作银项斑鸠的银娃展翅舞上。

　　　　天池滟滟云漫漫,

　　　　翠华呀,

　　　　你的音容在哪边?

〔银娃登上玉案峰,凄惨地呼叫着。

银　娃　姑姑——等!(飞舞下)

〔斑鸠哀鸣泣叫声在山谷中久久回荡,流云淹没了苍山翠谷。

第一场　思　花

〔殷府,净心堂。

〔幕启:丝竹隐隐。二丫环上,清扫佛龛。

〔殷善人捻动颈上佛珠,肃然上。

殷善人　（念）　不求荣显乌纱帽,

斋戒诵佛自逍遥。

老夫殷善人,祖居泾河畔,良田千顷财无价,家道中兴祖德荫。今日七七逢良辰,仰祈上苍动春心,耳闻园中丝竹响,好不烦愁闷煞人!

（唱）　家有妻妾五六房,

丫婢女排两厢,

怎奈春色难久长,

败花残叶不觉香。

〔秦管家上。

秦管家　启禀老爷。

殷善人　何事?

秦管家　为了恭请老爷贵体亲临,夜来观赏喜鹊搭桥、牛郎织女幽会,我家大奶奶在相思亭排宴,二奶奶在望春台置酒,三奶奶在芳心楼备果,四奶奶在荷花榭安席,五奶奶在凝香阁抚琴,六奶奶在幽兰园……

殷善人　（不悦地）行咧!我倒要问问,你家七奶奶呢?

秦管家　啊?七奶奶……

殷善人　正是。

秦管家　奴才奉命连日察访,踏遍泾河岸,但见满地棉花开,不见玉人露丰采。虽也觅得几个村野闺秀,怎奈没得一个标致的妙容仙姿,与府上众家奶奶,特别是我家六奶奶相比,成色差远了。

殷善人　蠢才!

秦管家　是,老爷。

殷善人　偌大一个泾阳县,我就不信没得一朵艳丽的奇葩!

秦管家　奴才无能。

殷善人　不为老爷尽心,要尔何用!

秦管家　奴才该死。还请老爷赐教。

殷善人　你听着!

　　　　(唱)　苍天亦晓人情长,

　　　　　　　　织女方能会牛郎。

　　　　　　　　尘世淑女无其量,

　　　　　　　　正是良辰访娇娘。

秦管家　好,奴才这就去细心察访。

殷善人　慢来。老爷我今日要亲自寻访。

秦管家　奴才马上顺轿。

殷善人　招摇过市,只能窥得路柳墙花。

秦管家　奴才立刻备马。

殷善人　免了,蹄声杂沓,必然惊走佳人。

秦管家　奴才多带家丁。

殷善人　休得啰嗦!与我下边更衣。

秦管家　是。

殷善人　(念)　自古美玉瑕中藏,

　　　　　　　　要捉金蝉学螳螂。(下)

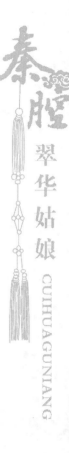

第二场　路　遇

〔泾河岸边。

〔杨柳滴翠,棉花盛开,日丽水潺。

〔幕启:翠华挎篮荷锄上。

翠　华　（唱）　泾水滔滔金波闪，

〔银娃内声："姑姑——等一等!"上。

　　　　　银娃,快走哇!

（接唱）遍地棉花似锦团。

　　　　　翠华我锄草到河畔，
　　　　　心胸开朗眼界宽。
　　　　　远瞧那终南峰峦如墨染，
　　　　　近看这鸳鸯结队戏河湾。
　　　　　棉苗得水蓓蕾绽，
　　　　　彩蝶双舞绕裙衫。

银　娃　蝴蝶! 花蝴蝶!（扑蝶下）

翠　华　（接唱）掬一捧清水擦把汗，
　　　　　憔容倒映影孤单。
　　　　　手捂伤痕心疼烂，
　　　　　思想起早死的二老暗悲酸。
　　　　　好兄长遭不幸又把命断，
　　　　　撇下我翠华幼女受可怜。
　　　　　实指望依靠嫂嫂度饥寒，
　　　　　怎料她心毒手狠无情缘。
　　　　　我每日纺线织布忙不闲，
　　　　　仍难免簪戳棒打受摧残。
　　　　　贪钱财她把骨肉情义断，
　　　　　恶煞煞累次逼我下嫁后婚男。
　　　　　我岂能将青春毁于一旦，
　　　　　任年华似流水一去不还?
　　　　　眼见得在娘家难于久站，
　　　　　何一日脱樊笼翱翔蓝天?
　　　　　那日里在机房隔窗瞭见，
　　　　　来了位弹花郎穷苦少年。
　　　　　细瞧他好人品美俊非凡，
　　　　　撑桑弓挥热汗令人心怜。

但不知他名姓家住哪县，
更不晓他可曾配过凤鸾。
暗地里差银娃多方打探，
怎奈他揽工忙浪迹杳然。
假若还能与他并蒂结伴，
也免得女孩儿孤苦可怜。

〔银娃捏只蝴蝶上。

银　娃　姑姑，快看，多好看的花蝴蝶！

翠　华　银娃，你看它孤单单的，多可怜呵。

银　娃　那我放了它。飞吧！（突然侧耳静听）

翠　华　怎么了？

银　娃　你听！

翠　华　听什么呀？

银　娃　蛐蛐叫呢。（急从篮中抓出捻线轮子）

翠　华　你拿捻线轮子做啥呀？

银　娃　剜洞逮蛐蛐呀么。

翠　华　莫要淘气，姑我歇息时还要用它捻线哩。（银娃撒
　　　　娇）好，给你，快去快回。

银　娃　哎，逮蛐蛐去啰！（下）

　　　　〔翠华取锄欲下，秦管家扶殷善人迎面上。

殷善人　哎呀，好个美人哪！

　　　　〔翠华慌走，秦管家拦住。

秦管家　姑娘慢走，向你……打听个人。

翠　华　不知所问何人？

殷善人　就是你么。嘿嘿嘿嘿……

　　　　〔翠华羞怒躲开。

秦管家　你知他是谁么？

翠　华　他是谁与我何干！

秦管家　当然有关系么。我告诉你，他呀，就是大名鼎鼎的善
　　　　人殷员外。

翠　华　（一惊）啊？是他！

殷善人　正是小生。

翠　华　无耻的东西！

秦管家　我老爷看上你年轻美貌，想收你做七房奶奶，不知你
　　　　意下如何？

殷善人　只要允了这门亲事，我把你奉为圣母娘娘。

翠　华　呸！

殷善人　啊？

秦管家　你敢如此放肆！（欲打）

殷善人　滚开！姑娘呀！

　　　　（唱）　我家有良田万顷房千间，
　　　　　　　　粮棉财宝堆如山。
　　　　　　　　若愿嫁我把头点，
　　　　　　　　一生受用乐无边。
　　　　　　　　丫环服侍老妈看，
　　　　　　　　老夫做奴你使唤。

翠　华　（唱）　骂声老贼恶无赖，
　　　　　　　　想要娶我重投胎。
　　　　　　　　金银财宝我不爱，
　　　　　　　　留下给你买棺材！

殷善人　啊？！好哇，敬酒不吃吃罚酒。

秦管家　明给你说，依也得依，不依也得依！

殷善人　带走！

翠　华　强盗！银娃快来呀！

　　　　〔秦管家拖翠华，棉郎急上。

棉　郎　住手！

秦管家　哪来个穷弹花郎，眼放亮，少管闲事！

棉　郎　何方强盗，擅敢光天化日之下抢劫民女！

殷善人　老子抢了，你敢怎么样？

棉　郎　路不平有人铲，事不公有人管！

殷善人　给他点颜色。

秦管家　我看你穷小子不想活咧！

〔开打。银娃奔上。三人用弓、篮、锄打倒殷善人与秦管家。二人狼狈逃下。

银　娃　（扶起翠华）姑姑你醒醒,是我呀。

棉　郎　大姐受惊了。

翠　华　多谢相公救命之恩。

棉　郎　好说,好说。

银　娃　哎呀,姑姑,他就是到咱家弹过棉花的那个弹花郎呀!

翠　华　啊! 果然是他!

棉　郎　你们是?

银　娃　你忘了? 我是金留村的,门口有棵梧桐树,记得不?

棉　郎　噢,是金大嫂家?

银　娃　对对对,咻是我娘,这是我姑翠华。

棉　郎　失敬了。

银　娃　自你那日走后,我姑让我到处打听你哩。

棉　郎　找我何事?

银　娃　姑,找他做啥呀?

翠　华　（惶惑地）这……（作弹花状）

银　娃　对,寻你来弹花呢。

棉　郎　既如此,小生改日一定登门效劳。

银　娃　今日就走。（拉棉郎,发现衣衫破烂）呀,看把你的衫子叫那两个坏蛋撕挖成啥了! 快脱下来,让我姑给你缭缭。

棉　郎　这……多有不便。使不得!

银　娃　你就脱下来吧。（不由分说,剥下棉郎衣衫递给翠华）来,你在这儿坐下歇会儿,我到地那头把汤罐罐提来。（跑下）
〔翠华坐在柳阴下缭衣引线。

棉　郎　（唱）　但见她绣衫遮笑颜,
　　　　　　　　秋波频频意绵绵。

翠　华　（唱）　朝也思来暮也想,
　　　　　　　　今日相逢又彷徨。

棉　郎 （唱） 若能与她结亲眷，
　　　　　　终生受苦也心甘。
　　　　　　转面思忖蹙眉敛，
　　　　　　谁肯跟我一穷汉？
翠　华 （唱） 他不畏强暴性豪爽，
　　　　　　侠义品德见肝肠。
　　　　　　若能与他结亲眷，
　　　　　　胜似水中锦鸳鸯。
棉　郎　　　　　　大姐
翠　华 （同时地） 相公！有话请讲。这……
翠　华 衣衫缭好了。
棉　郎 （手抚衣衫，激动地）
　　　　（唱） 怀抱衣衫情难按，
　　　　　　思绪如潮浪花翻。
　　　　　　我棉郎生世来一十八年，
　　　　　　离双亲受尽了人世辛酸；
　　　　　　终日里为衣食洒尽血汗，
　　　　　　从无有一个人为我缭衫；
　　　　　　一针针一线线暖在心田，
　　　　　　我有心谢大姐语哽喉咽。
棉　郎
翠　华 （唱）有心把话讲当面，
　　　　　　诚恐失礼心不安。
　　　　　　左思右想难决断，
　　　　　　错过良辰后悔难。
棉　郎 大姐。
翠　华 相公有何话讲？
棉　郎 我……
翠　华 怎么样呀？
棉　郎 我该告辞了！（欲下）
翠　华 相公慢走！
棉　郎 大姐有何话讲？

翠　华　我……

棉　郎　怎么样呀？

翠　华　（唱）　多谢相公解危难，
　　　　　　　　似海恩情铭心间。

棉　郎　（唱）　穷人都有灾和难，
　　　　　　　　互济何必挂心田。

翠　华　（唱）　有心来日登门谢，
　　　　　　　　不知何处会君颜？

棉　郎　（唱）　揽工漂泊无定地，
　　　　　　　　河畔破庙把身安。

翠　华　（唱）　家中可有亲和眷？

棉　郎　（唱）　无亲无故一身单。

翠　华　（唱）　因何不把嫂嫂娶？
　　　　　　　　为你料理吃和穿。

棉　郎　（唱）　我乃孤苦弹花汉，
　　　　　　　　谁能嫁我受饥寒？

翠　华　（唱）　棉郎果是单身汉，
　　　　　　　　不由翠华暗喜欢。

　　　　　　　相公呀！

　　　　　　　　并非是人人都把富贵贪，
　　　　　　　　你看那鸳鸯结对互不嫌。

棉　郎　（唱）　我愿学鸟寻侣伴，
　　　　　　　　怎奈人世不一般；
　　　　　　　　我似长空一孤雁，
　　　　　　　　无有莺来只有鸳。

翠　华　（唱）　莫学孤雁哀鸣惨，
　　　　　　　　莺儿就在你身边。

棉　郎　（唱）　大姐如愿把我怜，

翠　华　（唱）　同做鸳鸯到百年。（取过捻线轮子）
　　　　　　　　捻线轮儿双手献，
　　　　　　　　你若有情藏身边；

八月十五登门聘，
见此信物我心宽。

棉　郎　（唱）　大姐馈赠心一片，
我表衷情可对天；
线轮虽小胸中暖，
如期纳聘不食言。

〔银娃捧汤罐上。

银　娃　　　　来，喝口甜糨糟。

棉　郎　（喝水）好甜哪！

银　娃　（傻笑）哈哈哈哈……

第三场　抗　婚

〔翠华家堂屋。

〔钱氏上。

钱　氏　（念）　谁个生来不爱钱，
死后阎王油锅煎。

钱氏我打从进了金家，没享过一天富贵荣华，短命男人蹬了腿，留下棵独苗叫银娃，日子本来还凑合，却偏偏多了一张嘴巴，养活个小姑子翠华，我恨不得立时三刻把她起发。谁知这贼女子，越长越俏，如月似花，四邻八乡，人人羡夸。骑马的，坐轿的，赏花的，撒骚的，一个个涎水馋得滴嗒，媒婆子把我的耳朵都能吵瓜。既然成了棵摇钱树，老娘就得从她身上美美地抠上一把。这两天好几家财东登门给我下话，小贱人却执意不允，搬扯身价，竟然敢同我拌嘴，目无祖宗家法。今日呀，哼，我不免将她唤出来，结结实实教训一下。银娃走来！

〔银娃上。跌倒，蛐蛐罐罐打碎，扑捉蛐蛐。

钱　氏　银娃！叫你半天,听见了没有?

银　娃　蛐蛐罐罐打咧!

钱　氏　甭难过,娘明日再给我娃重捏一个。

银　娃　蛐蛐全都蹦咧!

钱　氏　娘叫人给你重逮哩么。

银　娃　我咧是"赛娘虎钳"。

钱　氏　怎的叫个"赛娘虎钳"?

银　娃　那蛐蛐个大头圆,金翅红冠,一对眉好像两把长剑,斗起仗来呀,嘿,你没见,瞪着一对灯笼眼,四个爪爪前弓后箭,呲出两把虎钳,翅膀一扇,"噌"地扑上去死咬蛮缠。那架式,就像你跟隔壁俺二婶打捶在一搭撕挽。所以我就给它起了个名儿叫"赛娘虎钳"。

钱　氏　啧!我把你个少家教的奴才,咋能把娘比作蛐蛐一般。你翠华姑呢?

银　娃　在屋里纺线哩。

钱　氏　去,把她给我叫来。

银　娃　我不去!我饿咧。

钱　氏　给我娃个白蒸馍。揣严窝,甭叫你姑瞅见,快去。

银　娃　哼,我偏给我姑送去。(下)

〔秦管家上。

秦管家　银娃娘!

钱　氏　准保又是个说媒的。待老娘拿挽拿挽他。(盘坐、摇扇)谁呀?

秦管家　是我。

钱　氏　是鹅,我还当是鸭子。

秦管家　我说钱氏。

钱　氏　谁叫老娘哩?

秦管家　爷爷叫你哩!

钱　氏　嗯——我看你是不想活咧!(猛回身,见是秦管家,谄媚地)哟,嘿嘿嘿,来了如来佛咧。秦大管家,啥风把你老吹到俺这撇石洼来咧?快快请坐。

秦管家　我给你恭喜来了。

钱　氏　哎哟哟,你得是烧香跑错庙门咧?

秦管家　我是不见真佛不磕头。银娃娘,我是为你家翠华的
　　　　婚事来的。

钱　氏　劳你老费心。但不知说的哪家主儿?

秦管家　银娃娘!

　　　　（唱）　不是前村卖炭翁,

　　　　　　　　也非后庄二财东,

　　　　　　　　此人泾河两岸红,

　　　　　　　　方圆百里有名声。

钱　氏　是善人殷员外?

秦管家　正是家主,礼聘纳妾。

钱　氏　啥? 我看你是瞎子掮上铡刀上阵!

秦管家　此话怎讲?

钱　氏　胡谝哩么! 噢,叫我家翠华给他做小当偏房呀?

秦管家　搬扯啥哩,我家老爷收她做七房奶奶,是你金门的造
　　　　化。你打听打听,在这泾阳县,老实讲,哪家姑娘不
　　　　想把这棵高枝登攀。

钱　氏　我家翠华是黄花幼女。

秦管家　我家老爷送的也不是办寡妇的礼! 小子们,抬进来!
　　　　〔二家丁抬礼盒上。

秦管家　说是你来看!

钱　氏　呀!（惊喜地）玉镯、翡翠、金簪!

秦管家　（扬起礼单）外带百亩良田!

钱　氏　秦大管家,你真是进宝状元。你咋不早点言传!

秦管家　你若允了,八月十五花轿就到门前。

钱　氏　只要员外称心,我还有啥弹嫌。

秦管家　就是你家翠华怕有些难缠。

钱　氏　我自有手段,各位请后厅吃茶。

秦管家　家法一定要严!（带家丁下）

钱　氏　（唱）　珠宝闪耀花眼喜眉飞扬,

眨眼间财神爷光临草堂。

从今后身荣显把富贵享，

我钱氏结贵戚赛过娘娘。

〔翠华上。

翠　华　（唱）　嫂嫂她让贤侄将我传唤，

胆怯怯进堂屋急忙问安。

嫂嫂万福。

钱　氏　哪来恁多穷礼行，妹子呀，快快坐了。

翠　华　妹妹谢坐。唤妹妹到来不知有何见教？

钱　氏　嫂子我这人呀，自有一比。

翠　华　比就何来？

钱　氏　上眼皮和下眼皮打捶。

翠　华　此话怎讲？

钱　氏　心疼你这眼窝人（仁）哩么！

翠　华　多谢嫂嫂恩德。

钱　氏　翠华呀！

　　　　（唱）　叫声妹子好翠华，

你听喜鹊叫喳喳。

声声吉利报喜讯，

刚刚媒人到咱家。

为了妹子终身事，

找你来把主意拿。

翠　华　（唱）　听说媒人来我家，

低下头儿羞答答。

八月十五还未到，

难道说他把日子曾记差？

回头我把嫂嫂问，

你说此人是谁家。

钱　氏　（唱）　说出此人把你吓，

万里难挑的好婆家。

嫁了他保你今生不受苦，

　　　　　　　　再不必织布捻线纺棉花；

　　　　　　　　卧室内麝熏锦衾翠珠帐，

　　　　　　　　通身上冬着狐裘夏穿纱；

　　　　　　　　出门去花花轿子把你抬，

　　　　　　　　回府来要想吃啥就有啥；

　　　　　　　　嫂子我也能喝口剩羹茶，

　　　　　　　　你侄儿也能人前去蹬达；

　　　　　　　　咱一家要多品麻多品麻，

　　　　　　　　享不尽人间富贵与荣华。

翠　华　到底是谁家呀？

钱　氏　善人殷员外么。

翠　华　啊？是他?!

钱　氏　你看彩礼,珠宝翡翠,灵光宝气的多惹人爱。

翠　华　（打翻彩礼）老淫贼！

钱　氏　哎呀,玉镯！

翠　华　（唱）　嫂嫂你不该将此亲事允,

　　　　　　　　怎能够将妹许与殷善人！

　　　　　　　　做人志气为根本,

　　　　　　　　财宝难买我的心！（欲下）

钱　氏　站住！给你明说哩,聘礼我收定了！

翠　华　（接唱）谁收聘礼谁去嫁,

钱　氏　啊？三天没打,我看你是皮松咧！（捞过锄头）你是
　　　　允也不允?!

翠　华　决不答允！

钱　氏　好,看看你嘴硬,还是锄把硬！（打）

翠　华　（接唱）纵死不进殷家门！

钱　氏　（唱）　小贱人来好大胆,

　　　　　　　　老娘岂容你翻天！

　　　　　　　　庚帖卜就六合验,

　　　　　　　　媒妁之言谁敢翻。

翠　华　（唱）　婚姻要称我心愿,

妖言蛊惑理不端！

钱　氏　（唱）　你竟敢把家法犯，
　　　　　　　　双眼冒火咬牙关；
　　　　　　　　我今将你青丝剪，
　　　　　　　　看你还有何脸面。

翠　华　（唱）　今生宁进庵堂院，
　　　　　　　　也不伴虎去偷安！

钱　氏　好哇！今天我把你锁在机房，不答允这门亲事，就把
　　　　你个贱人活活饿死！（揪住翠华）走！
　　　　〔钱氏拖翠华下。

第四场　逼　妾

〔六奶奶绣楼。
〔二幕前：殷善人上。

殷善人　（唱）　那日村野把花寻，
　　　　　　　　苍天赐舍小佳人。
　　　　　　　　差遣管家去纳聘，
　　　　　　　　及早嘉会荡春心。

〔秦管家上。

秦管家　老爷。

殷善人　大事可曾办妥？

秦管家　凭奴才三寸舌，贪财的老乞婆是枣核解板——两锯
　　　　（句）就开了。可那翠华姑娘却是块榆木疙瘩，铡不
　　　　碎剁不烂，干急寻不见窍道哇。

殷善人　她怎么讲？

秦管家　宁死不从！

殷善人　好个烈性女子，愈发地叫老夫心痒难捺。

秦管家　以奴才之见，不如硬下手——抢！

殷善人　强娶她必然碰壁悬梁,岂不活生生断送了那副水月观音美貌、良工琢就的芳洁玉容?我实实舍她不得。

秦管家　她的心八成叫那个弹花郎勾走了。

殷善人　何以见得?

秦管家　老爷,你忘了,那天在泾河畔不是他狗咬老鼠多管闲事的吗?加上那小子风流倜傥,年轻美貌,姑娘能不动心?我暗中瞧见,她二人在一起眉来眼去勾搭,这两日听说他正在托媒行聘。

殷善人　果有此事?

秦管家　千真万确。我看,要使姑娘回心转意,就得干掉弹花郎,剜去她的心病。

殷善人　下策。她二人既有隐情,必定山盟海誓,倘若弹花郎一死,翠华女必将黄泉追踪,岂不弄巧成拙。

秦管家　难道罢了不成?

殷善人　(冷笑)她能逃出我的手心?要设法让那穷小子背弃盟约,另图新欢,翠华遭其遗弃,方能就范。

秦管家　你是说找个美人迷住弹花郎?

殷善人　善哉。

秦管家　老爷,这美色难选哪。

殷善人　我自有办法。弹花郎现在何处?

秦管家　暂宿河畔破庙之中。

殷善人　嗯,有了。你附耳过来。(耳语)

秦管家　好,好,奴才遵命。(下)

殷善人　(念)　不舍金弹子,
　　　　　　　　哪得凤凰鸟。(下)

〔二幕启:凄风苦雨。

〔六夫人凭栏怅望。

六夫人　(唱)　庭前花残满地红,
　　　　　　　　细雨霏霏泣秋风。
　　　　　　　　金锁重门荒苑静,
　　　　　　　　心事浩渺懒抚筝。

含悲独依绣帏冷，

青灯摇曳泪花生。

恨双亲贪财断送骨肉情，

三年前将奴卖进殷府中。

终日强欢受欺凌，

无限悲痛禁无声。

谁怜红颜镜中谢，

春色消逝难寻踪。

〔丫环上。

丫　环　禀夫人，老爷上楼来了。

六夫人　（匆匆拭泪）速快迎请。

〔殷善人上。

殷善人　（念）　欲求生受用，

　　　　　　　　须下死功夫。

六夫人　老爷万福。

殷善人　罢了。

丫　环　老爷用茶。

殷善人　你且下去。

丫　环　是。（下）

殷善人　老六哇，观你愁锁眉黛，不知何故？

六夫人　贱妾不曾愁闷。

殷善人　自你进府，老夫待你如何？

六夫人　老爷待奴家恩重如山。

殷善人　知恩者当报，你说是也不是？

六夫人　妾身无日不在菩萨面前为老爷祷告。

殷善人　烧香容易舍身难啊。

六夫人　妾甘愿舍身侍奉。

殷善人　此话当真？

六夫人　愿对天地起誓。

殷善人　如此甚好。如今有一事相托，不知你可肯承担？

六夫人　万事从命。但凭老爷吩咐。

殷善人　你听着！

　　　　（唱）花园现住一少年，
　　　　　　　才貌出众世稀罕。
　　　　　　　命你前去将他骗，
　　　　　　　挑逗春心两交欢。
　　　　　　　倘若此番得了手，
　　　　　　　老夫感恩在心间。
　　　　　　　从此另眼把你看，
　　　　　　　胜似早晚老参禅。
　　　　　　老六哇，你听见了没有，你听见了没有！
　　　　〔雷电交加，六奶奶惊倒。

六夫人　（唱）霹雳一声天地转，
　　　　　　　暴雨倾盆来相煎。
　　　　　　　老爷切莫出戏言，
　　　　　　　如此把奴来作贱。

殷善人　你是去也不去？

六夫人　（接唱）伤天害理实不敢，
　　　　　　　　恳求老爷多恩宽。
　　　　　　贱妾实难从命。

殷善人　哎！（踢翻六奶奶）
　　　　（唱）恼恨贱人太愚顽，
　　　　　　　竟敢抗命把嘴翻。
　　　　　　　随手抛下三尺绢，
　　　　　　　去与不去你自参。

六夫人　（唱）一见绢带心胆寒，
　　　　　　　六魄无主魂不安。
　　　　　　　我正青春年方少，
　　　　　　　怎忍自缢梁上悬？！
　　　　　　老爷……

殷善人　跟我走！
　　　　〔殷善人威逼六奶奶下。

第五场 舍 身

〔接前场。雨夜

〔殷府后花园囚室。

〔幕启:一盏昏灯摇曳,棉郎焦愁不安。

棉　郎　(唱)　风雨阵阵夜深沉,

　　　　　　　焦愁紧紧结眉心。

　　　　　　　殷府高墙身囚困,

　　　　　　　思念翠华泪湿襟。

　　　　　　　孤儿苦女心相印,

　　　　　　　河畔柳下订终身。

　　　　　　　赠我线轮留芳馨,

　　　　　　　信物虽微表忠贞。

　　　　　　　约定中秋托媒聘,

　　　　　　　早日合卺结联姻。

　　　　　　　屈指明朝到良辰,

　　　　　　　被贼诱锁腿难伸。

　　　　　　　心如火焚生断魂,

　　　　　　　活拆鸳鸯两离分。

　　　　　〔六夫人内唱:

　　　　　　　来在幽园心惶恐,

　　　　　〔六夫人退上。

六夫人　(接唱)意乱如麻战兢兢。

　　　　　〔六夫人欲下,殷善人逼上。秦管家随上。

　　　　　　　进退两难难煞我,

　　　　　　　满面蒙辱且吞声。

棉　郎　强盗! 快开门,放我出去!

殷善人　（小声地）打开门锁！

〔秦管家开锁。

殷善人　（对六奶奶）去吧！（带秦管家下）

〔棉郎拉开门，六奶奶胆怯迎上，雷鸣电闪，棉郎惊退，六夫人入内掩门。

棉　郎　你……你是人是鬼？

六夫人　我是活在阳世的阴鬼，死了没埋的活人。

棉　郎　你是什么人？

六夫人　与你同病相怜之人。

棉　郎　你到底是谁？

六夫人　我乃殷府六夫人。

棉　郎　啊？黉夜到此何故？

六夫人　老爷让我与你分忧解愁来了。

棉　郎　哎呀夫人！

（唱）　　一愁未解又一愁，

你何必戏弄苦囚徒！

恳求夫人速快走，

再莫火上来泼油！

六夫人　（唱）　　听他言理真气又壮，

原是忠厚少年郎。

泪痕斑斑伤心样，

老贼为何把他伤？

相公呀！

你因何故入高墙，

锁禁在此为哪桩？

棉　郎　（唱）　　近日揽工来庄上，

黑夜被捆进府堂。

六夫人　（唱）　　既是本分弹花郎，

无故焉能遭祸殃？

棉　郎　（唱）　　只因老贼把人抢，

被我棉田曾打伤。

六夫人　他抢的什么人？

棉　郎　一个姑娘。

六夫人　她是何人？

棉　郎　一个受苦的纺织女子，名叫翠华。

六夫人　她是你什么人？

棉　郎　她是我……我救下的人。

六夫人　（唱）　他言语支吾面潮红，
　　　　　　　　其中必定有隐衷。
　　　　　　　　相公你对我讲实情，
　　　　　　　　奴愿救你出火坑。

棉　郎　夫人哪！

　　　　（唱）　抱不平原出于满腔义愤，
　　　　　　　　翠华女她和我一见倾心。

〔秦管家暗上，窃听。

　　　　　　　　捻线轮作信物结为秦晋，
　　　　　　　　泾河畔盟誓言永不离分。
　　　　　　　　相约定中秋节登门下聘，
　　　　　　　　怎奈我陷牢笼难以脱身。

秦管家　捻线轮为凭，中秋节登门下聘？（下）

棉　郎　（唱）　求夫人发慈悲把我怜悯，
　　　　　　　　放棉郎逃出这囚室牢门！

六夫人　（唱）　细听原委好伤惨，
　　　　　　　　字字血泪裂心肝。
　　　　　　　　想起奴家命薄浅，
　　　　　　　　失坠深渊陷龙潭。
　　　　　　　　贞操青春永难返，
　　　　　　　　怎能让他受摧残？
　　　　　　　　有心救他脱凶险，
　　　　　　　　祸必临身命难全。
　　　　　　　　若还不把他搭救，
　　　　　　　　今日在世心怎安？

思前想后难决断，

棉　郎　夫人呀，我若明朝不去登门，翠华误以为我棉郎失信，到那时她若有个不测，我还有何颜活在世上！

六夫人　也罢！

　　　　（唱）　舍命把他来成全！
　　　　　　　　转面我把棉郎唤，
　　　　　　　　放你展翅入云天！

棉　郎　你放我出去？

六夫人　相公不必担忧。

　　　　（唱）　你今逃走还不晚，
　　　　　　　　随我内室换衣衫。

棉　郎　（不解地）内室换衣？我……我不去。

六夫人　相公不要多心。你这样打扮，料难逃出此门。你换上我的衣裙，方好混出此门，然后穿过竹林，绕过假山，从鱼池水道钻将出去，寻见翠华姑娘，你二人速速逃命去吧！

　　　　〔秦管家复上。窃听。

棉　郎　夫人哪，你今放我出去，倘若老贼知晓，你的性命怎保？万万使不得！

六夫人　我自有主意。相公呀，说是你随着我来。

棉　郎　夫人侠义热肠，天高地厚之德，棉郎终生不忘，转上受我一拜了！

　　　　（唱）　夫人贤德实罕见，
　　　　　　　　我的夫人哪，恩人啊！
　　　　　　　　相救之恩记心间。
　　　　　　　　今生不能涌泉报，
　　　　　　　　来世结草口衔环！

六夫人　说是你随着我来。

棉　郎　谢夫人！谢夫人！谢夫人……

　　　　〔棉郎随六夫人入内。

秦管家　嗨嗨，鱼儿八成上钩了。待我报于老爷得知，前来捉

奸便了!(下)

〔棉郎化装匆匆从内室出,开门急下。一声惊雷滚过长空。殷善人带秦管家与家丁上。

殷善人　来呀,把辱没我殷门家谱的贱货拖出来!

〔秦管家破门而入。捡起棉郎遗失的捻线轮。

秦管家　哎呀!(惊倒)我的妈呀!(滚爬出)老爷,不好了,她……她上吊了!

殷善人　谁上吊了?

秦管家　我家六……六奶奶。

殷善人　啊?!弹花郎呢?

秦管家　跑……跑了!

殷善人　追!

〔众追下。锣鸣。

第六场　待　嫁

〔中秋之夜。翠华家。

〔囚室内外。

〔二幕前:钱氏上。

钱　氏　(唱)　翠华可憎实可憎,

　　　　　　　千说万哄劝不听;

　　　　　　　殷府一再来逼命,

　　　　　　　气得老娘肚子疼。

　　　　哎嘘,气死我了!

〔秦管家上。

钱　氏　我把你个小贱人!(扬手一指,正巧戳在秦管家脸上)

秦管家　呔!

钱　氏　啊?秦大管家,贼女子快把我气死了!

秦管家　死不成,你死了我跟谁要人?

钱　氏	我把精成尽了,死女子高低不允么!

秦管家　哼!

　　　　（唱）　不怨姑娘性倔强,

　　　　　　　　只怪家法无规章;

　　　　　　　　她原是路柳墙花早把廉耻忘,

　　　　　　　　暗地勾上个弹花郎!

钱　氏　你少败坏我金家门风!

秦管家　败坏你家门风?（出示捻线轮子)你看!

钱　氏　这不是我家的捻线轮子吗?

秦管家　早让翠华暗里赠给弹花郎了。

钱　氏　啊?

秦管家　她与那穷小子河畔幽会,私订了终身。俩人约定,今
　　　　日让弹花郎带上它登门求亲呢!

钱　氏　噢,怪道我百劝不转,你就该把那穷小子捉起来!

秦管家　捉是捉了,谁知他昨天半夜又逃了。

钱　氏　这可咋办呀?

秦管家　如今只有一个办法。你附耳过来。（耳语)

钱　氏　（接过捻线轮子)大管家到底是花花肠子,点点稠。

秦管家　自古为媒靠假话,

钱　氏　只要老娘有钱花。（二人分头下)

　　　　〔二幕启:翠华纺纱机房。

　　　　〔翠华被捆锁在机房内。

翠　华　（唱）　秋风紧花凋零寒夜漫漫,

　　　　　　　　翠花女遍体伤血迹斑斑。

　　　　　　　　看窗外漫天乌云星月暗,

　　　　　　　　孤灯下满腔怨愤对谁言?

　　　　　　　　恨嫂嫂贪恋富贵图银钱,

　　　　　　　　催逼我卖身殷府受熬煎。

　　　　　　　　锁机房连日又把水米断,

　　　　　　　　想让我低头你错打算盘!

　　　　　　　　尽管这锁链能把手脚绊,

难把我倾慕棉郎深情剜！
一阵阵滚雷激起断肠念，
棉郎啊妹妹盼你眼望穿。
你今宵是否仍宿破庙院，
可晓得翠华为你受可怜？
原约定今日中秋把我探，
至今却不闻音容到堂前？
莫非你身陷囹圄遭暗算，
莫非是嫂嫂将你门外关？
风儿呀你何不把这乌云全吹散，
月儿呀你何不把这夜幕来射穿？
替我翠华把信传，
引来棉郎到身边。
帮我砸断这铁锁链，
冲破牢笼结良缘。

〔银娃送饭上。

银　娃　（唱）　娘逼姑姑把贼嫁，
　　　　　　　　贪图钱财心眼瞎。
　　　　　　　　连日禁锁恶打骂，
　　　　　　　　疼得银娃泪巴巴。
　　　　　　姑吔，侄儿给你送吃喝来咧。

翠　华　姑姑我不饿。

银　娃　几天水米没沾牙，还不饿？今日是八月十五，侄儿我
　　　偷着给你留了两个月饼还有梨、柿子。（隔窗递）趁
　　　这会我娘没在，快拿上。

翠　华　我实在咽不下去。

银　娃　好姑呢，瞧你眼窝塌了，身子瘦了，再不吃，侄儿我可
　　　就没得亲姑了。我要死了，就变个银项斑鸠，永远跟
　　　着你。

翠　华　我不明白的侄儿呀！

银　娃　侄儿我心里亮着哩，都怪我娘钻到钱眼眼里，高低拽

不出来么。

翠　华　银娃,今日有人到咱家来过么?

银　娃　有。

翠　华　谁?

银　娃　再有谁,还是那个秦管家来催婚。

翠　华　那个弹花郎今日来过咱家么?

银　娃　没。唉,好我的姑呢,看看你都成了啥模样,还想着弹花纺线线。你成年起早贪黑,受苦熬眼,纺下咧棉线,整整摞了几厦子,要是逮住头拉成一条线,从咱金留村准保扯上终南山。算咧,甭给她我娘纺线了!

翠　华　我问他不是为了找他弹棉花。

银　娃　莫非让他来救你?

翠　华　小声点儿。

银　娃　他在哪儿?我给你寻他去!

翠　华　此事千万莫让你娘晓得。

银　娃　我是做啥的人嘛。你说。

翠　华　我的好侄儿呀!

　　　　（唱）　好心的银娃听姑言,

银　娃　你说,我听着呢。

翠　华　（接唱)有件事托你走一番。

银　娃　我跑断腿都乐意。

翠　华　（接唱)你立刻前往泾河岸,

　　　　　　　　破庙之中把信传;

　　　　　　　　见了棉郎弹花汉,

　　　　　　　　叫他救我出牢监。

银　娃　我这就去。（下)

　　　　〔钱氏挟包袱上,开门下锁。

钱　氏　翠华呀,好妹子,叫你受屈了。

翠　华　这是何意?

钱　氏　嫂子我给你道喜来咧。

翠　华　我倒有个什么喜!

钱　氏　妹子呀！

（唱）　适才间媒婆私下对我讲，

她言说有人托她把忙帮。

泾河畔庙中有个穷汉娃，

好人品是个勤谨弹花郎。

翠　华　（一怔）弹花郎？

钱　氏　对对的。

翠　华　（唱）　嫂嫂你休再巧舌来撒谎，

无凭据怎知他是弹花郎？

钱　氏　（唱）　听说他腰悬檀捶弓一张，

捻线轮作聘礼微表衷肠。

翠　华　我却不信。

钱　氏　（递过捻线轮子）你看看。

翠　华　（惊喜地）当真的是他！

钱　氏　不是他还能是个谁？唉，你同棉郎的亲事，我有心不允，你又执意不嫁殷员外；有心允了吧，殷府又派人三天两头催婚，万一他们派人来抢，你说这可咋了呀？

翠　华　嫂嫂意下如何？

钱　氏　嫂嫂我自然喜愿你嫁个有钱的。只要你不嫌弹花郎穷，嫂子我，唉，有啥法子，事到如今，也只好这么将就吧。你说呢？

翠　华　就依嫂子心意。

钱　氏　一下子给挠到娃心痒处咧。翠华呀，都怨嫂子当初鬼迷心窍看中了殷府的富贵，叫你吃了不少苦头，（自打）我该死，我该死！说心里话，那也是为了你好哇。可是不称你的心，要是把你逼上绝路，我咋对得起你那九泉之下的兄长？（哭）

翠　华　嫂嫂不必伤心。

钱　氏　如今，事不宜迟，不如早些嫁了过去，免得走了口风，殷贼可能硬下手来抢。

翠　华　　但凭嫂嫂作主。

钱　氏　　我看明天正是黄道吉日，天亮前及早抬过去，等老贼
　　　　　逮着风，木已成舟，他也只好干瞪眼。

翠　华　　但凭嫂嫂安排。

钱　氏　　这包袱里是嫁妆，你赶紧打扮一下，我去告诉媒人，
　　　　　预备花轿喜酒。

翠　华　　有劳嫂嫂操心。

钱　氏　　（出门）我不操心殷家的财礼早飞了。（下）

翠　华　　（唱）　见线轮不由我心花顿放，
　　　　　　　　　棉郎他果赴约来到门上。
　　　　　　　　　机房内春意生喜气飘荡，
　　　　　　　　　霎时间风雨歇月照纱窗。
　　　　　　　　　终身事总算能如愿以偿，
　　　　　　　　　我这里忍伤痛急忙梳妆。

〔翠华披包袱入内。窗户上映出她热切梳妆的倩影。

〔伴唱：
　　　　　　　　　春辉融融洒机房，
　　　　　　　　　姑娘含情巧梳妆。
　　　　　　　　　缕缕青丝挽云髻，
　　　　　　　　　灯花欢笑染红装。

〔翠华提裙、捧镜出屋。

翠　华　　（唱）　心儿卜卜情难捺，
　　　　　　　　　热血沸沸荡胸怀。
　　　　　　　　　面对菱花不敢认，
　　　　　　　　　红粉含羞染桃腮。
　　　　　　　　　盼花轿及早把我抬，
　　　　　　　　　鼓乐吹打将路开。
　　　　　　　　　夫妻拜堂相恩爱，
　　　　　　　　　洞房喜庆把酒筛。

〔银娃慌慌张张上。

银　娃　　（唱）　我娘做事太绝情，

要把姑姑推火坑。

抢人毒计暗中定，

急忙报与亲人听。

姑姑！姑姑！（入内）

翠　华　银娃？

银　娃　啊？你这是咋了？

翠　华　姑姑我……明日就要出嫁了。

银　娃　嫁给谁？

翠　华　弹花郎呀。你见到他了么？

银　娃　我走到半道上就回来了。姑，你还蒙在鼓里呢。

翠　华　啊，咋回事？

银　娃　我刚出村就见树林里藏一顶花轿。我悄悄溜到跟
　　　　前，就看到秦管家正和轿夫说悄悄话。

翠　华　他们讲说什么？

银　娃　秦管家告诉轿夫，路上有人要问起，就说是棉郎娶
　　　　亲，天亮前要将你抬进殷府！

翠　华　苍天哪！（昏倒）

银　娃　姑姑，姑姑你醒醒！

翠　华　（唱）　昏沉沉只觉得天旋地转，

　　　　　　　一阵阵放悲声珠泪涟涟。

银　娃　姑，你想开些，我给你端水去。（下）

翠　华　（接唱）恶嫂嫂做此事凶残毒险，

　　　　　　　活生生要将我推下深渊！

　　　　　　　眼巴巴望长空恨天无眼，

　　　　　　　泪簌簌怨大地不把我怜！

　　　　　　　颤兢兢拿过这线轮一杆，

　　　　　　　怒冲冲了此生我……我不心甘！

〔鼓乐隐隐。银娃急上。

银　娃　姑呀，你听，花轿进村了。

翠　华　（接唱）一声声催命乐刻不容缓，

　　　　　　棉郎啊，棉郎！

魂飘飘妹等你阴曹团圆。

〔翠华持线轮对喉自尽,银娃急拦,夺下线轮。

银　娃　姑呀,你可不敢寻死呀!

翠　华　(滚白)银娃呀,好侄儿,你怎忍心让那殷贼将姑掳去任意摧残,姑我不如一死,保全贞节。倘若有朝一日,你能见到棉郎,就说姑我对他一片真情至死不变,他若有心,在我坟头奠祭一回,也不枉我二人相爱一场!

　　　　(唱)　金翠华泪如雨告别天地,
　　　　　　　侄儿你把仇恨牢记心里。
　　　　　　　姑姑我再不能照料于你,
　　　　　　　从此后多经心自理寒饥。
　　　　　　　待清明切莫忘为我扫祭,
　　　　　　　九泉下姑感你阴德不息。

银　娃　(唱)　好姑姑你不必寻此短见,
　　　　　　　天底下求生路自有万千。
　　　　　　　跪求你速逃走不可怠慢,
　　　　　　　寻棉郎你二人定会团圆。

翠　华　对,我不能死。我要出去,寻找我的棉郎去!

〔乐声大作。

银　娃　花轿已到门前。姑呀,我从娘房中偷来后门钥匙,你快快逃走!

翠　华　银娃!

银　娃　快走!

〔银娃推翠华下,银娃抱嫁衣入内。

〔钱氏陪化装的秦管家与丫环上。

〔窗户上映出蒙顶盖头的新人剪影。

钱　氏　你瞅,还在梳妆打扮呢。

秦管家　快速起程。

钱　氏　翠华,翠华呀,该上轿咧。

〔人影作抽泣状。

钱　氏　哟,这傻女子,大喜日子还哭啥哩!

秦管家　大姑娘上轿没得一个不做作的。

钱　氏　甭伤心咧。好妹子,走吧。

秦管家　趁天色未明,快!

〔二人推门入内。秦管家掌灯笼,钱氏与丫环搀扶新
人出。

钱　氏　(声泪俱下地)妹子呀,从今往后,你就是人家的人
了。嫂子我心里……实实地舍不得你走哇。

〔三人下。

〔鼓乐齐鸣,渐远。

第七场　迎　亲

〔接前场。村外小路上。

〔鼓乐声由远而近。

〔秦管家掌灯开道,众家丁扮轿夫、吹鼓手抬新娘上。
钱氏随上。

秦管家　(唱)　老爷艳福如了意,
　　　　　　　美人做梦想女婿;
　　　　　　　抬回府中拜天地,
　　　　　　　赏钱又捞一大笔。

钱　氏　等一等!

秦管家　干什么?

钱　氏　把俺银娃引上,叫娃也去吃盅喜酒么。

秦管家　穷啰嗦!日后成了亲戚,还少得了你娃的喜酒吃。

　　　　(念)　叫乐人,多卖力,
　　　　　　　吹吹打打甭断气。
　　　　　　　轿夫哥,放麻利,
　　　　　　　步子闪开心要齐。

	（唱）　路上若要逢人问，
众家丁	怎么讲？
秦管家	（唱）　弹花郎迎亲娶娇妻。
	上坡啰！（众作上坡状）

众家丁　（念）　高抬腿呀慢落脚，
　　　　　　　　心放平呀气放和。
　　　　　　　　一步一缓轻轻挪，
秦管家　（唱）　别把新娘腰闪着。
　　　　　（银娃掀开盖头偷看）
银　娃　（唱）　说是怪来真个怪，
　　　　　　　　楸树枝头长蒜苔。
　　　　　　　　可笑这帮恶无赖，
　　　　　　　　错把银娃当裙钗。
　　　　　　　　为救姑姑脱苦海，
　　　　　　　　哪怕一死重投胎！
　　　　〔二丫环掌灯引殷善人上。
秦管家　老爷。
殷善人　抬来了？
秦管家　抬来了。
殷善人　是翠华？
秦管家　是翠华。
钱　氏　有劳姑爷远迎。
殷善人　待我看看新人玉容。
秦管家　老爷，现在看怕漏了风，万一她——
殷善人　已到我手，怕她飞了不成！都滚开！
　　　　〔秦管家、钱氏与众家丁下。二丫环掌灯，近前挑帘。
殷善人　娘子，我来了。（欲掀轿帘，揭盖头）
银　娃　走！（学女声）胆大奴才，竟敢中途调戏奴家。还不
　　　　与我跪了！
殷善人　（跪）娘子见怒。（偷掀红裙）啊？！
　　　　〔银娃踢翻殷善人。

银　娃　滚开!

殷善人　啊……你是什么人?

银　娃　(扯下盖头)瞎了你的狗眼!

殷善人　啊?

银　娃　老殷贼!(出轿,甩去红装)

　　　　(唱)　骂声老贼太混账,

　　　　　　　狗肺狼心黑肝肠。

　　　　　　　光天化日把人抢,

　　　　　　　为非作歹害四乡。

　　　　　　　我姑本是金玉体,

　　　　　　　岂能让你来毁伤。

　　　　　　　今日碰在银娃手,

　　　　　　　叫你先尝木桃桃!(抽轿杠怒打)

殷善人　快来人!救命啊!

　　　　〔秦管家同家丁扑上擒住银娃。二丫环扶起殷善人。

秦管家　老爷受惊了。

殷善人　(掌嘴)无用的奴才!

秦管家　小杂种!你敢冒充新人!

钱　氏　我的小冤家,你姑呢?

银　娃　不知道!

殷善人　给我往死里打!

　　　　〔家丁毒打银娃,秦管家一杠击中银娃头部,银娃

　　　　倒毙。

殷善人　说,翠华哪去了?

秦管家　老爷,他死了。

钱　氏　啊。(抚尸痛哭)我的银娃!殷老爷,你还我的

　　　　银娃!

殷善人　(踢翻钱氏)追翠华!

　　　　〔众追下。钱氏恸哭不已。

　　　　〔灯暗。

第八场　潜　逃

〔接前场,棉田路上。

〔银娃内叫:"姑姑——等!"

〔斑鸠舞上。

斑　鸠　(唱)　为救姑姑被贼害,

阴魂化作斑鸠来。

生前感戴姑怜爱,

死后随她到天涯。(舞下)

〔殷善人率秦管家、家丁举火把追上。

秦管家　禀老爷,翠华逃走时误带棉线,我等顺线追踪到此。
棉花繁盛难于查找。

殷善人　给我放火烧!

〔众家丁放火下。

〔棉郎上。

棉　郎　(唱)　六夫人救我出牢笼,

昼伏夜行急匆匆。

心慌意乱不择径,

跨越阡陌赶路程。

忽见前边火势猛,

阵阵呐喊有人声。

我该何处寻路径,

我该去往哪里行?

〔殷善人率众家丁拥上。

秦管家　啊?弹花郎!原来是你小子把翠华勾引走了!
棉　郎　什么?
殷善人　不交出翠华姑娘,我今日就要你的狗命!

棉　郎　来吧！

〔格斗。棉郎向殷善人扑去,秦管家自背后猛刺一刀。众家丁乱刀砍下。

棉　郎　翠华！……(扑倒死去)

殷善人　提上血衣檀槿,捉拿翠华!

〔众急下。

第九场　仙　去

〔接前场。

〔翠华山中,玉案峰下。

〔翠华内唱:

　　　　离泾阳涉渭水行走慌忙,

〔翠华上。

翠　华　(接唱)跨神禾入太峪攀上山岗。

　　　　　　跑得我眼冒金花热汗淌,

　　　　　　强挣扎回首来遥望家乡。

　　　棉郎,你在哪里啊! (昏倒)

〔云雾蒸腾,翠华隐下。

〔银娃穿云破雾飞舞上。

银　娃　姑姑——! (旋即飞舞下)

〔翠华悲呼:"棉郎!"

〔棉郎回应:"翠华!"

〔翠华披绚丽轻纱,棉郎披红挂彩,二人相对上,扑奔拥抱。

〔云雾渐退。天幕上呈现出青山碧水,山水间一座灿烂夺目的竹屋,百花盛开,彩虹飞架,泉鸣鸟语。

翠　华　(唱)　想你盼你断肠肝,

　　　　　　此时此景在梦乡?

棉　郎	（唱）	想你念你终依傍，
		不是梦境确是郎。
翠　华	（唱）	从此你我出罗网，
		无牵无挂无忧伤。
棉　郎	（唱）	海阔天空任翱翔，
		无礼无教无皇王。
翠　华	（唱）	我摇纺车将纱纺，
棉　郎	（唱）	我挥银锄开山荒；
翠　华	（唱）	吃穿不靠天赐赏，
棉　郎	（唱）	相亲相爱赛鸳鸯。
翠　华	（唱）	朝霞敷粉风梳妆，
		祥云披纱羽做裳。
棉　郎	（唱）	松枝结彩竹搭帐，
		山花铺床放清香。
翠　华	（唱）	百鸟祝福齐欢唱，
棉　郎	（唱）	泉水伴琴奏乐章。
二　人	（合唱）	彩虹挑帘迎亲人，
		手拉手儿入洞房。

〔银娃挥舞彩绸牵线。

〔云雾骤起，隐没幻境。

〔翠华猝然惊醒。

翠　华　棉郎！棉郎！……（四下查寻）

〔众家丁内吼："翠华！"山鸣谷应。

〔呐喊声。

（唱）　耳听山谷人声嚷，

老贼追踪到山乡。

〔左逃，内吼："站住！"右逃，内吼："站住！"

悬崖绝壁把路挡，

我该何处把身藏？

〔殷善人率众上，翠华登上玉案峰。

殷善人　翠华姑娘，乖乖跟我回去吧。

翠　华	（唱）	玉峰巍巍顶天立,
		撼山枉费狗心机。
		我与棉郎永相爱,
		今生今世结夫妻。
		要我回头转心意,
		除非海枯日出西!

殷善人　（冷笑）说是痴情的姑娘,你来看!（将血衣、檀槌抛给翠华）

翠　华　（展示）啊? 檀槌、血衣?!

秦管家　他已做了我的刀下鬼了!

翠　华　（痛不欲生）棉郎啊!

　　　　（唱）　听说亲人命惨丧,

　　　　（喝场）我的棉郎,亲人哪!

　　　　（接唱）万箭射穿我胸膛!

　　　　　　　只说出逃把君访,

　　　　　　　哪料相会血衣裳。

　　　　　　　生虽不能把仇报,

　　　　　　　死化雷电劈豺狼!

殷善人　给我拖下来!

　　　　〔众家丁欲上。

翠　华　棉郎啊!（扑崖）

众　人　啊?!

　　　　〔雷电大作,山崩石飞。

　　　　〔群贼抱头鼠窜。银娃飞上,堵住殷善人。

　　　　〔银娃振翅搏击群贼,啄瞎殷善人双目。众奔逃,殷善人盲目奔逃,失足坠崖。

　　　　〔银娃飞上玉案峰,凄惨地呼叫着。

银　娃　姑姑——等!（飞舞下）

　　　　〔斑鸠声:"姑姑——等!"群山回荡。

　　　　〔峡谷中涌起一泓碧波,朝霞中,鸳鸯骤然化作翠华与棉郎,从天池中冉冉升起。

〔合唱：
　　　天池滟滟飞流泉，
　　　彤云缭绕挽苍山；
　　　翠华芳魂化仙去，
　　　美名留存万古传。

　　　　　　　　　　　　——剧　终

演出单位

西安市五一剧团

秀才御史

郑宗义　编剧

剧情简介

　　《秀才御史》是一出依据明代工部尚书冯从吾生平史实编创的传记体秦腔古代剧。

　　冯从吾,字仲好,陕西长安人。万历十七年进士,改庶吉士,授御史。二十年因抗章谏君罢官,名震天下。家居二十五年,讲学于关中书院,著书立说。天启二年进左副都御史,与邹元标共建首善书院,讲学于京都,以期倡明正学,彰往开来,激发忠君爱国之心,振刷朝政,怎奈时明危四伏,大厦将倾,因遭诋毁,绝望辞归。四年起南京右都御史,迁工部尚书。五年魏忠贤阉党篡权,诬其为东林乱党,削籍罢官。乡人王绍徽素恨,遂遣乔应甲抚陕,毁关中书院,愤病绝食而死,终年七十二岁。史称南邹北冯,一代名儒哲学家,被誉为"冷面骨人""关西夫子"。本剧选取冯从吾平生的几段故事,着重表现冯从吾刚直不阿、坚贞不屈,与阉党斗争的高风峻节。

场　目

人 物 表

冯从吾　历任监察御史、左副都御史、工部尚书,哲学家;人称
　　　　"秀才御史"

邹元标　历任谏官、吏部左侍郎、左都御史;哲学家;东林党
　　　　首脑

华韶光　冯从吾门生

肖茂才　冯从吾挚友,关中书院儒学教授

朱翊钧　明神宗皇帝

魏忠贤　原名魏进忠,宦官太监,后任司礼监秉笔兼提督东
　　　　厂,诏拜上公;阉党魁首;人呼"九千岁"

王绍徽　太仆少卿、户部侍郎、吏部尚书;冯从吾同乡、门生;
　　　　阉党

传奉官　内廷中官

乔应甲　赈济官,锦衣千户,陕西巡抚;魏忠贤义子,阉党

书　童　冯从吾侍仆

从　吏　史台武弁

家　人

伕　役

灾　民

锦衣校尉

嫔妃宫娥

歌舞伎

QINQIANGJUBENJINGBIAN 《西安秦腔剧本精编》

第一场

〔明万历二十(1592)年秋。

〔京城街角一隅,舍粥棚前。

〔赈济幡高挑,朱墙横贯,遥见宫阙殿宇飞檐剪影,长空阴霾。二伕役依棚鼾睡;灾民泣饥舞蹈过场。

〔伴唱:旱魔连年屡肆虐,

边寇蹂躏兴干戈。

宫墙高垒天两重,

谁怜黎庶死与活。

〔冯从吾内唱:

微服巡城长街过,

〔从吏、书童随冯从吾上。

冯从吾　(接唱)灾民泣饥声鼎沸。

〔宫墙内传来管弦丝竹声。

危难四伏藏凶祸,

君王无度迷笙歌。

朝臣屡谏食恶果,

阉宦得宠兴风波。

我也曾忧愤上章陈利弊,

怎奈是讳疾忌医拒良药。

行来粥棚察赈情,

为什么无人问津受冷落?

乞食人因何怒目绕道躲,

但只见蚊蝇横飞扒满锅。

好一股霉腐馊味扑鼻来,

不由得怒火阵阵攻心窝。

赈济官何在?

从　吏　赈济官哪里!

〔二伇役睡眼惺忪站起。

二伇役　咋呼什么。放着粥不喝,你是寻着吃家伙。有请乔
　　　　老爷!

〔乔应甲醉意朦胧上。

乔应甲　酒足饭饱,闲得无聊,哥们弟兄,掷骰子押宝。正在
　　　　兴头上,他娘的何方饿鬼前来啰唣。你……你是个
　　　　什么东西,敢来把老子打搅。

从　吏　休得无礼。

乔应甲　闪开!(观看冯从吾手中折扇)补天忠作石,济世道
　　　　为舟。原是个饿昏了的穷秀才。

书　童　放肆!他是监察御史冯大人。

乔应甲　什么大人、小孩。到我这儿来不就想混碗粥吃嘛。
　　　　算你走运,三天没开张,今日老子开恩,舍你一碗。
　　　　(捞起马勺)来,皇王赐舍的圣餐,金汤琼浆。

冯从吾　狗官!你先与我喝了它。

〔书童夺过马勺,强行给乔应甲灌粥。乔呕吐狂叫,
　狼狈不堪,大怒。

乔应甲　我看你活腻了。(欲打)

书　童　(飞脚将其踢倒)还不跪了!

从　吏　(附耳低语)大人,他叫乔应甲,是内侍太监魏进忠
　　　　的干儿子,得罪不得。

冯从吾　难怪狐假虎威,欺凌灾民,假赈济,真贪赃,不绳之以
　　　　法,何以取信于民。

　　　　(唱)　天子诏谕布皇榜,
　　　　　　　救民水火开义仓。
　　　　　　　你竟敢狗胆包天吞粟粮,
　　　　　　　仗势枉法饱私囊。
　　　　　　　造下猪食假赈济,
　　　　　　　残害生灵丧天良。

　　　　　　污辱本官欺君上，
　　　　　　岂容尔为非气嚣张。
　　　来呀！
　　　　　　速将贼徒与我绑，
　　　　　　身上衣冠全剥光。
　　　　　　解赴刑部严讯治，
　　　　　　枷以示众囚牢房。

乔应甲　冯从吾，你娃子甭猖，咱走着瞧。
　　　〔书童扒下乔应甲衣冠，反剪绑定。

从　吏　走！（押乔应甲下）

二侠役　（仆跪）大人饶命啊。

冯从吾　重煮新粥，向灾民请罪，稍有差迟，定将严惩不贷。

二侠役　小人遵命照办。（仓惶下）
　　　〔灾民蜂拥上。

众灾民　叩谢秀才御史冯大人！

冯从吾　（仆跪）折杀下官了。
　　　〔长秋节。
　　　〔慈宁宫、御苑乐歌亭前。
　　　〔秋叶飘零。
　　　〔魏进忠上。

魏进忠　（念）　明主盛德千秋业，
　　　　　　太后圣诞长秋节。
　　　　　　百鸟朝凤紫气来，
　　　　　　普天同庆拜天阙。
　　　敬祈仁圣皇太后万寿无疆，各宫起驾前往慈宁宫拜
　　　寿啰。奏乐！
　　　〔乐声中，华灯辉耀，宫娥捧礼盘鱼贯过场。
　　　〔王绍徽、乔应甲上。

王绍徽　魏公公！

魏进忠　王大人，《万寿乐》谱可曾带来？

王绍徽　（恭呈乐谱）公公过目。

魏进忠　好极了。乔应甲。

乔应甲　孩儿在。

魏进忠　命你筹办的礼物呢?

乔应甲　干爹,你看。(呈礼单)

魏进忠　是些什么货色?

乔应甲　为了承谢干爹救命之恩,又得了锦衣千户这个肥缺,
　　　　我便跟随太仆少卿王大人巡行陕西,专程给你老人
　　　　家筹办了这批上贡宝货。

魏进忠　念给老子听听。

乔应甲　冰片五十斤、麝香二十斤,羊毛一万斤,虎皮十张,象
　　　　牙八枚。还有孩儿从历代灵寝古墓中盗掘出的珍
　　　　宝、古器七十八件。

魏进忠　不要走漏风声。你二人速将宝物运进宫来。

王　乔　遵命。(速下)

　　　　〔传奉官上。

传奉官　魏公公,冯御史请求晋见皇上。

魏进忠　他来做什么? 莫非为乔应甲一案,前来告御状不成?

传奉官　这是他的奏本,要面呈龙目御览。

魏进忠　噢。(接过折观看)

传奉官　拿倒了。

魏进忠　(冷笑)世上的事,在我魏进忠眼里本来就是倒着
　　　　的。这些狗皮袜子有他娘个屁反正。黑头苍蝇嗡嗡
　　　　些什么?

传奉官　当今天下多事,朝政当修。历陈朝廷积弊和皇上的
　　　　过失。言语尖刻,恶毒至极。

魏进忠　来得好。我正愁找不到刀口呢。

传奉官　这位秀才御史你可小看不得。听说近日他跟谏官邹
　　　　元标等人在宣武门外城隍庙庵院聚众讲学,士庶交
　　　　口称颂,誉满京华。前日礼科给事中胡汝宁因诬章
　　　　加害同僚,群臣百章弹劾未动一根毫毛,结果竟被冯
　　　　从吾一本参倒。

魏进忠　关中产的未必全是烈马,也有任人挥鞭驱使的秦川牛。在我手中没有驯不服的畜牲。

传奉官　你的意思……

魏进忠　来日方长,若能把他调教过来,套在咱家的战车上,岂不更好?

传奉官　公公高见。

魏进忠　今日先给这个陕西冷娃点颜色,煞煞他的傲气。去,让他宫门候旨。

传奉官　遵命。(下)

魏进忠　再烈蹶的马,我也要给它戴上笼头。

　　　　〔内侍上。

内　侍　圣驾到!

　　　　〔二嫔妃挽扶神宗步履蹒跚上,宫娥簇拥罗侍。

朱翊钧　(唱)　朝来神倦萦梦幻,
　　　　　　　美馔佳肴味不甘。
　　　　　　　醉眼朦胧腿酸软,
　　　　　　　花木亭台云雾间。
　　　　　　　百戏珍禽懒瞧看,
　　　　　　　把玩珠翠兴索然。
　　　　　　　粉黛妩媚朕烦厌,
　　　　　　　丝竹管弦无奇鲜。
　　　　　　　拜别母后性难遣,
　　　　　　　乐歌亭前来寻欢。

魏进忠　万岁爷,你先养养神,待奴才给你捶捶腿儿,捏捏肌儿,可以血脉畅通,祛邪扶阳。(跪扶其足,备极媚态)

朱翊钧　今日有何乐趣,以解朕之烦忧?

魏进忠　奴才让梨园子弟为你演奏一支妙曲儿。

朱翊钧　(倾听,不悦地)就是此曲?

魏进忠　这是为皇太后庆寿,演奏的周人制作的《止息曲》。

朱翊钧　为何演奏此曲?

魏进忠　意在弘扬明君之盛德,赞颂中兴之帝业。

朱翊钧　歌舞百戏倡于唐代,当年李龟年制作《秦王破阵曲》,以歌玄宗之战功;伶官李可及献演参军戏,为懿宗舞德政。我大明开国二百余年传至寡人,如今四夷臣服,天下升平,可是,至今却无人为朕之功德制词入声,实实可恼!

魏进忠　谁说不是。庶民谁不仰赖万岁天恩,感戴泣零啊。

（唱）　明君你登龙位应天承命,
　　　　二十年帝业鼎盛,
　　　　追尧接舜、迈禹越汤、超秦过汉建殊功。
　　　　劳心血理万机广布德政,
　　　　海内安万民乐天下太平。
　　　　感皇恩逢寿诞普天同庆,
　　　　理应该制新曲献上龙廷。
　　　　止息曲乃本是不祥乐名,
　　　　万岁爷宜诏令禁绝其声。

朱翊钧　何以见得是不祥之物?

魏进忠　奴才虽目不识丁,但自幼从师学艺,略知音律。《止息曲》出在魏晋,其音主商,商为秋声,秋者,天将摇落肃杀,意在枯衰败亡。晋承金运,变商宫为金声、金者,尽也,意在以晋代魏。魏晋虽暴兴,但终止息于此不祥之声而亡国。

朱翊钧　所言极是。

魏进忠　审音以知声,审乐以知政,声乐歌德与天地同合,与四时同节,其意岂止在钟鼓管磬。今天下太平,而大乐应布于六气,宜于八音,方能显出万岁的雄才和齐天美德。

朱翊钧　呵呀,看不出你小小年纪竟有此神奇记性和知音才学。

魏进忠　奴才只不过是个凡夫俗子,怎比得当朝冯从吾、邹元标那些名儒,他们皆通晓音律,可是却只顾自家荣贵,不愿为万岁制曲。

朱翊钧　枉食皇禄,实实的可恶。

魏进忠　为扬万岁盛德恩泽于民之美,奴才不惴冒昧献丑,近日忘食废寝,搜肠刮肚,制出一部《万寿乐》以奉君。不是奴才夸口,此曲可使九州万民听之顿忘肉香,使四夷之俗皆布于熏风。(呈乐谱)请万岁爷龙目御览。

朱翊钧　千古绝唱。你为什么要叫进忠呢?

魏进忠　奴才愿肝脑涂地为万岁进献忠心。

朱翊钧　你不仅忠心,而且贤能。果乃朕之股肱也。今日赐你个名字,改叫忠贤吧。

魏进忠　叩谢天恩。演奏《万寿乐》!

　　　　〔舞伎步乐翩跹舞上,神宗拥妃进酒。

　　　　〔伴唱：　旭日出东海,

　　　　　　　　　彩霞漫天开。

　　　　　　　　　明君恩泽甘露洒,

　　　　　　　　　苍生乐曲绵万代。

　　　　〔魏忠贤侍于神宗身后打扇,招手暗示。传奉官上。

传奉官　启奏万岁,冯从吾求见。

魏忠贤　停乐!

　　　　〔舞伎下。

朱翊钧　扫兴! 传奉官,与我将他轰了出去!

魏忠贤　万岁息怒。今日太后圣诞,冯大人进宫想必是前来敬献宝物名马,亦未可知。

朱翊钧　宣他来见。

传奉官　遵旨。冯从吾进宫!(下)

　　　　〔冯从吾上。

冯从吾　(唱)　忧国忧民心赤诚,

　　　　　　　　无私无畏上龙廷。

　　　　臣冯从吾叩见吾皇万岁、万万岁。

朱翊钧　免礼。

冯从吾　谢万岁。

朱翊钧　你是来为太后庆寿么？

冯从吾　臣怕乐极而悲生。我是来报丧的。

朱翊钧　你待怎讲？

冯从吾　当今天下多事，朝政当修。臣恳乞陛下，立戒声歌酒色，进德修身，励精图治，临朝理政，以息内忧外患。

朱翊钧　大胆！当今海内晏安，四夷臣服，民乐国泰，何患之有？

冯从吾　陛下可知，人君之举动与庶民不同，庶民不理家则家事废，其患为小，改则易。人君不理朝政则天下事废，其患为大，久之，积重难返。陛下欲成神圣帝业，图万代不衰。可是如今天下人却不见太平之象，名实不符，谁人相信陛下治国的德政？

朱翊钧　难道寡人是昏君不成？

冯从吾　陛下久摄深宫，朝政废荒，圣聪不明，国危四伏，与昏君何异？

朱翊钧　你——

冯从吾　陛下！

（唱）　食皇禄受君命理当直谏，
　　　　居言路岂能够袖手旁观。
　　　　今日里陈国情叩见天颜，
　　　　并非是草莽臣杞人忧天。
　　　　两年来陛下你静摄宫院，
　　　　满朝中文共武心似油煎。
　　　　章奏屡上如雪片，
　　　　中官扣留不发还。
　　　　忠言逆耳不讷谏，
　　　　不早朝不临政不祭祖先。
　　　　君可晓南倭报警民涂炭，
　　　　君可闻北寇叛盟犯边关。
　　　　君可见连岁天灾降荒旱，

君可知污吏枉法结贪官？

君只听丝竹管弦响耳畔，

君只瞧窈窕淑女舞翩跹。

君只恋走马射猎牵狗斗鸡无其厌，

君只顾与那禽兽结伴称奇鲜。

君只贪手把金樽、每晚必饮、每饮必醉、每醉必怒龙颜变，

可怜那无数宫人惨遭杖击死无端。

下诏令托词龙体染疾患，

殊不知鼓钟于宫、声闻于外、天下人岂可来欺瞒！

别以为天变不足畏，

别以为危乱无根源。

失今不治祸蔓延，

大厦倾覆在眼前。

臣愿君早自省洗心革面，

勤朝政励志修德身率先。

彰往开来效圣贤，

社稷方能万世安。

朱翊钧　气煞寡人了！

（唱）　好一个狂徒烈蹶马，

危言耸听辱孤家。

锦衣将他速拿下，

午门乱杖来击杀。

〔锦衣校尉上。

魏忠贤　万岁息怒。今日是长秋佳节，太后圣诞，举国欢庆，斩杀臣下，于国不祥。皇恩浩荡，饶了冯大人吧。

朱翊钧　传朕诏谕，免去御史，撵出宫门。

魏忠贤　谢万岁。

内　侍　起驾回宫。

〔嫔妃、宫娥、内侍簇拥神宗下。

魏忠贤 冯大人,可别忘了救命之恩哪。

冯从吾 不是尔等阉徒蛊惑,欺蒙圣聪,国家焉有今日之祸乱。哼!(愤然下)

〔收光。暗转。

〔合唱: 案头挥笔虽无砚,
宇内苍民口碑传。
了却一生儿女愿,
春风解缆去朝天。

〔一辆马车驰过天幕,奔向旷野,马蹄踏踏,车声辚辚,铃铛叮咚,欢快飘逸,驰入缥缈云雾之中;书童挑担尾随隐去。

〔光渐暗。

第二场

〔二十余年后,春。

〔华岳山下,灏灵楼。

〔朱栏外,松竹葱郁,山花烂漫。遥见华岳三峰直插云霄。

〔伴唱:行藏用舍几人同,
曾点原非鄙事功。
一自泳歌归来后,
乾坤无处不春风。

〔伴唱声中幕启:肖茂才抚琴,年近花甲的冯从吾,角巾野服背身凭栏远眺。

冯从吾 (吟颂)当面三峰入望真,
郁然苍翠正嶙峋。
山灵似识吾济意,
为洗尘埃万古新。

〔冯从吾心旷神怡、情不自禁地脱下长衫,挥剑舞蹈歌吟。

冯从吾　（唱）　萍踪南北愧当年,
　　　　　　　　负却名山几度缘。
　　　　　　　　才得灵宫一夜宿,
　　　　　　　　恍如身抱白云眠。

肖茂才　年兄难得有此雅兴。

冯从吾　是啊。自京华西归,潜心吾宗理学一脉,二十余载,除了去渭北池阳讲学,足未出户。难得华下学士相约,我党同志百川涓水聚会成流,云集于此,交流学术心得,令人感奋。

肖茂才　年兄何不赋诗一首,以记不虚此行。

冯从吾　愚兄献丑了。

　　　　（歌吟）结构峰虚色色幽,
　　　　　　　　玉峰图画一亭收。
　　　　　　　　藤萝屈曲穿岩上,
　　　　　　　　泉涧清冷绕地流。
　　　　　　　　石鼎茶烟浮细细,
　　　　　　　　松林鸟语弄悠悠。
　　　　　　　　莲花咫尺如相面,
　　　　　　　　可许携筇到上头?

肖茂才　寓意深刻。吾儒兴学,旨在力追古道,承谦洛之正脉,邹鲁之嫡传,当以攀登华岳之精神,矢志不渝,携筇达巅为己任。

冯从吾　触境生思,风木增感。吾等来此,并非足必历三峰之胜,抚摩巨灵仙掌,洗玉女盆,采玉井十丈莲。华岳天工削成四方,霹雳造就壁立万仞,何等高品!它俯视环宇,皆在目中,包纳万物于一心,何等宏量!再说,我关中形盛甲于天下,羲文武周,先后崛起,自横渠后理学名儒,数百载至今代不乏人,盖文献之邦,学问之源。吾辈生于其后,能无高山景仰之思?要为国育才，为后人树标一代。当以华山之品格、先贤之正道为鉴，壮我鸿鹄之志，激发士庶忠义之心于方来才成啊。

〔栏外飞来山野放歌：

攀峰直欲凌汉霄，

九曲常看浸藜蒿。

救得人心千古在，

勋名直与华山高。

肖茂才 　人心难卜呵。吾儒中并非都是士君子，无品之徒亦不乏其人。藩台汪大人讲，吾乡王绍徽，依附权贵魏忠贤，为阉宦歌功颂德，爬上了户部侍郎，竟然在京大放厥词，恶毒诋毁年兄和邹元标，说什么窃踞关中、东林二书院，以讲学为饵沽名钓誉。实在令人气愤！

冯从吾 　吾以有此门生，终生蒙耻。吾秦败类，何足挂齿。我大明二祖开基，崇儒重道，载在令甲，讲学一事，任谁也阻遏不住。昨日来华岳途经骊山脚下，我专程去五里沟凭吊了一番古人，生出无限感慨。

肖茂才 　坑儒谷？旌儒庙还在么？

冯从吾 　庙废碑移，唯见荒草没膝，手抚残壁，令人不胜哀伤。昔年高帝过鲁一祀，史称汉家四百载，精神命脉就在此；太宗旌儒，唐家三百载，精神命脉亦在此。秦始皇是千古第一个有才能的人，也是千古第一个没道理的人，有才能而没道理，便不免二世而亡。同是两个伟人，却有天壤之别。前车之鉴，不可不察。世道之所以常治而不乱，惟持此理学一脉。天子不明，吾不能不讲，为国建梁柱，为生民立命，何惜毁誉加身。

（唱）　寥寥圣学几多时，

春色今看满青枝。

世路险夷浑是梦，

人情反复总成痴。

　　　　　　莫把岁华容易过，

　　　　　　关闽濂洛是吾师。

　　　〔楼外传来庶民喧哗声："我们要见冯夫子！"

　　　〔书童上。

冯从吾　发生什么事了？

书　童　先生，朝山的庶民百姓，闻听先生在此给生员讲课，有好几百人围在楼下，口口声声求先生也给他们示教几句。

肖茂才　这就难了。不通文墨，怎样个讲法？

冯从吾　天下事各有职分，惟讲学一事，无论贵贱人人都是有分当讲的。上自天子，下至庶民，皆以修身为本，岂可慢待。（凭栏招手，传来欢呼声）乡亲父老们，我送大家一幅对联：做个好人心正身安魂梦隐，行些善事天知地鉴鬼神钦。

　　　〔传来群体复诵声。

　　　〔华韶光上。

华韶光　老师！

冯从吾　你是——

华韶光　川中生员华韶光。请受学生一拜。

冯从吾　快快请起。书童，看茶。

肖茂才　华君何以这般模样？

华韶光　二位师尊，一言难尽。

　　　（唱）　三年前求学长安行，

　　　　　　关中书院习六经。

　　　　　　承蒙先生多教诲，

　　　　　　修业期满回川中。

　　　　　　高堂母织巾将我供，

　　　　　　望子登科求功名。

　　　　　　我发奋朝来习武柴门外，

　　　　　　夜晚读书对孤灯。

　　　　　　哪料想南倭反叛连报警，

朝廷不见发大兵。
贼人血洗村和寨,
老母刀下一命终。
近闻北寇又叛盟,
铁蹄狼烟逼长城。
堂堂七尺男儿汉,
怎忍看国破家亡黎民百姓丧残生。
决意投笔去从戎,
卫吾中华国运兴。
纵马兼程过秦地,
特向师尊来辞行。

冯从吾 主意已定?(不忍分离)

华韶光 死无反悔。

肖茂才 明年就是科年,时日迫近,以君之才,定可高中。失此良机,岂不误了功名前程。

华韶光 师尊告诫学生,学理学为着进德修身,并非谈无说空,要怀忠义之心,立忧国忧民之志,并非为了荣身肥家。今国难当头,烽火四起,来年即使金榜高中,而坐视国破,功成名就又有何用? 我愿以七尺之躯,报效国家,以酬壮志,即使战死疆场,亦不枉乡土祖辈耕田凿井养育之恩,亦不枉师尊苦心育我之情,亦不负老母九泉下英灵之期望。

冯从吾 愧煞老夫了。

华韶光 先生何出此言?

冯从吾 想我冯从吾倡学数十载,徒有虚名。华君敦实行,壮志凌云,堪称吾儒之楷模。明理知义,虚德实归,可喜,可贺!

华韶光 先生过誉了。

〔冯从吾取过宝剑。

冯从吾 这是先君当年巡抚保定,平乱定邦有功,先帝钦赐之物。今日作别,将它转赠于你,以壮行色。

（唱）　你我老少同夙愿，
　　　　心贴大明锦江山。
　　　　今朝赠君一把剑，
　　　　斩寇复土保边关。
　　　　此去大漠千里远，
　　　　如同老夫伴身边。
　　　　朝朝遥望暮暮盼，
　　　　期待早日奏凯旋。

华韶光　（跪接宝剑）谢师尊。
　　　　〔收光。

第三场

〔天启二年。
〔一辆轿车反驰在京华道上。
〔伴唱：老骥伏枥志犹在，
　　　　驱云拨雾出山来。
　　　　新主登基礼贤士，
　　　　忠骨热肠献雄才。
〔轿车在云雾中隐去。
〔铜锣声声。
〔魏忠贤乘轿，锦衣玉带，靴袴握刀校尉，护夹左右，
乔应甲前导，王绍徽断后，招摇过市舞蹈上。

乔应甲　干爹，你老坐好了。
王绍徽　九千岁，当心闪着腰。
魏忠贤　（唱）　羽幢青盖垂珠帘，
　　　　四马若飞蹄儿欢。
　　　　干儿开道后跟犬，
　　　　锦衣列仗排两边。

赛似皇王出宫院，

一步一颤乐悠然。

人说我毒如巨蟒螯伏几十年，

我就是窥测方向待时间。

终盼到老王接连把驾晏，

新主熹宗由我牵。

豢养下五虎五彪十狗十个干儿四十义孙掌

大权，

还有那内阁六部四方总督巡抚由我来委官。

在宫内我把万名打手来操练，

老夫一手能遮天。

谁个反我魏忠贤，

诛灭九族连根剡。

今日人呼九千岁，

来日定要登金銮。

暗求神灵把吉期选，

城隍庙进香去抽签。

行来在宣武门外庵堂院，

是何人在此聚众闹声喧？

住轿。

乔应甲 有人在此聚众讲学。

魏忠贤 噢？首善书院？何人大胆敢把庵院改建成学堂！

王绍徽 禀告上公，这是阁臣出银，士民投工，为冯从吾、邹元标建造的讲学之所。

魏忠贤 这还了得！他们所讲何事？

王绍徽 他们以宣讲六经为名，蛊惑士庶，忠君爱国，诽谤朝政，矛头指向上公。

乔应甲 我带锦衣，马上把书院给他毁了。

魏忠贤 不可操之过急。

王绍徽 此二人居乡，一在东林，一在关中，南北呼应，被各省书院推为魁首，声望日高，二次入朝，又聚众于京华讲学,朝中士大夫依附者日众,若不及早剿除,一旦势壮,将祸危公公。

魏忠贤 想把老夫拉下马的人还没出世哩。不将他们一网打尽,我就是龟下的软蛋!回府!

乔应甲 起轿。(众下)

〔天启二年冬晨。

〔御史府、客厅。

〔窗外雪飘,红梅怒放。堂悬"不可忘做秀才时"醒目条幅。

〔冯从吾灯下伏案,奋笔疾书。

〔伴唱:任它风雪漫天啸,

心血如烛来煎熬。

讨贼檄文开闸水,

疾书笔端涌波涛。

冯从吾 (唱) 感皇恩委重任重返京地,

原只想整朝纲为国效力。

谁知晓魏忠贤广罗羽翼,

篡权柄废律条祸危社稷。

眼见得狼烟卷边关告急,

经抚臣丧节义窜逃京畿。

我也曾连上本陈策献计,

怎奈是泥牛入海无消息。

邹元标乐与我同舟共济,

建书院倡圣学士庶云集。

同僚们同仇敌忾齐奋起,

誓与阉党不两立。

弘扬儒道伸正义,

戳穿妖言夜走笔。

唤醒君王除熊罴,

驱尽阴霾迎晨曦。

〔投笔抚琴。

〔伴唱:攀峰直欲凌汉霄,

　　　　九曲常看浸藜蒿。

　　　　救得人心千古在,

　　　　熊名直与华山高。

〔书童急上,一边弹雪跺足一边呼叫。

书　童　哎呀,先生,你没看这是啥时候,还有心抚琴歌唱。

冯从吾　雪兆丰年,红梅吐香,正是良辰美景的时光啊。(忙将披风为书童披在肩上)

书　童　你一天到晚,只知写书、讲学,口口声声,救得人心千古在,你只顾救人救国,可谁来救你哩。

冯从吾　出什么事了?

书　童　方才我在街上听说,金兵攻破沈阳、辽阳、广宁,经略熊廷弼、巡抚王化贞相继逃入关内,京中人心惶惶。我亲眼看到好多达官贵人在用车轿转运眷属财物。先生,事不宜迟,咱也赶紧打发夫人公子上路吧。

冯从吾　一派胡言。

书　童　老奴做事有过三差四错,可从来没说过谎啊。

　　(唱)　我自幼跟随先生来作伴,

　　　　到如今年华流逝两鬓斑。

　　　　数十年肝胆相照从无怨,

　　　　共一桌粗茶炊饼充饥寒。

　　　　你只图忠君爱民身清廉,

　　　　又何苦要让家小受牵连。

　　　　连日来流言蜚语到处传,

　　　　言说你讲学为的升高官。

　　　　眼睁睁忠臣接连遭诬陷,

　　　　那魏贼爪牙横行霸朝班。

　　　　皇上他养尊处优听谗言,

　　　　纵有那回天之力也枉然。

　　　　我劝你及早告老把乡还,

　　　　免被人暗算把咱祖坟刓。

冯从吾　（唱）　老书童且莫把珠泪轻弹，
　　　　　　　　冯从吾心胸事你最了然。
　　　　　　　　我身为风纪臣国逢危难，
　　　　　　　　更应该效命尽忠立朝班。
　　　　　　　　你且看窗外雪寒风如剑，
　　　　　　　　那梅花烂漫傲骨多壮观。
　　　　　　　　物且能够耐岁寒，
　　　　　　　　人岂丧志畏时难。
　　　　　　　　任凭它污言秽语来八面，
　　　　　　　　九族宁灭我腰不弯。

书　童　老奴错怪先生了。

冯从吾　国破还有何家可言。

书　童　我明白了。

冯从吾　明白了好。速快过府去请邹先生。

　　　〔邹元标潇洒上。家人提食盒随上。

邹元标　不用请，自来也。

冯从吾　邹公请。

邹元标　呈上来。

冯从吾　这是何意？

邹元标　（唱）　知公秉烛夜草章，
　　　　　　　　饥寒煎熬苦肚肠。
　　　　　　　　特备家乡吉水菜，
　　　　　　　　以壮行色到府上。

冯从吾　拿酒来。

书　童　这就去。（下）

冯从吾　（取过奏折）请来看。

邹元标　开宗明义，弹无虚发，铿锵有声，入木三分。看那阉贼何言搪塞对质，我等刮目以待。

冯从吾　就怕贼之党羽、传奉中官扣押，中焦阻塞，难达龙廷。

邹元标　这有何难。（提笔改章）

冯从吾　老臣乞病去国疏。告老还乡，蒙贼耳目。妙，妙哉呀。

〔书童端酒上。复下。

邹元标 对酒当歌。

冯从吾 我来抚琴。

邹元标 （唱） 九天寒凝梅馥郁，

书院如松京华立。

休道那狂犬吠日毁吾誉，

但只愿个个人心有仲尼。

冯从吾 请！

〔二人对饮，书童上。

书　童 户部侍郎王大人求见。

冯从吾 王绍徽？他来做什么？

邹元标 夜猫子进宅，能安什么好心。卑鄙小人，吾耻与为

伍。我这就上朝递本。

冯从吾 此去吉凶难卜，望公好自为之。

邹元标 （唱） 是毁是誉任谗言，

是福是祸听自然。

纵使狂涛扑面来，

元标与公共舟船。

告辞。（带家人下）

冯从吾 命他进来。

书　童 有请王大人！（带酒菜盒下）

〔王绍徽上。

王绍徽 师尊在上，请受学生一拜。

冯从吾 不敢当。王大人不惜屈尊贵体，顶风冒雪，光临舍

下，想必有何见教。

王绍徽 既然师尊见问，绍徽不妨直言相告。关于师尊讲学

一事，近来流言四起，闹得满城风雨，秽语中伤，令人

气愤，作为大人同乡，又是学生，心中甚是不平，有心

辩驳，却不明真相。特来就教，以正视听。有些话不

知当讲不当讲。

冯从吾 君子坦荡荡，小人常戚戚。讲学乃正大光明之业，没

有见不得人的。

王绍徽 人言,公乃西台左副御史,邹公已经荣迁台长,皆国之栋梁。如今南倭报警,北寇犯边,夺关掠地,天怒人忧。众臣思虑,请兵筹饷。二公当此危难之时,却不顾国运,聚众讲学,意在何为?

冯从吾 兵饷不足,何人所致?将帅失节,忘却忠义,临阵脱逃,徒然将百万兵饷送给寇兵,充了贼之盗粮。即有兵饷,焉能保国御敌?讲学正是讲忠君爱国之本心,彰往开来,提醒人心,激发忠义,指示迷途,可达坚甲利兵之目的,乃救国之上策。自己不身体力行,反而诽谤他人,正是乱臣贼子之祸心!

王绍徽 祸危国门,远水怎解近渴?

冯从吾 有道是:数仞宫墙门自开,人人皆可任徘徊,只因自己甘封闭,遂令阶前长绿苔。

王绍徽 朝中有人议论,当年靖康、南宋祸乱,龟山、文公巨儒,倡道讲学,所以招致败国。

冯从吾 靖康之祸早已酿成,而龟山立朝只有九十日,南宋秦桧败坏,文公主朝亦只月余,再者,二公屡次上言,怎奈庸君不纳忠谏,反将他们驱逐,能有何为?权奸乱政,以致倾覆家邦,其罪在谁,早已彰明。持此非议之徒,司马昭之心,岂不昭然若揭。

王绍徽 不过,人言可畏啊。

（唱） 国无宁日逢外患,
天降荒旱民不安。
当讲之事千千万,
并非理学这一端。
劝大人罢教早收敛,
免得陷入是非圈。
纵有千口也难辩,
到来日身败名裂后悔难。

冯从吾 （唱） 我大明开基倡道立风范,

看宇内书院林立民称羡。

京师本是首善地，

并非是标新立异端。

忆往昔列国祸乱千余年，

皆只因断了圣学起邪奸。

汉唐兴有赖理学脉相传，

宋只因讲学被禁丧江山。

朝臣不知忠和义，

结党营私乱朝班。

边臣不知忠和义，

失节保命图苟安。

何惧秽语来诬陷，

宁为玉碎不瓦全。

王绍徽　大人怕还不晓，有人上章，说你与邹元标在书院惑众，诽谤朝政。

冯从吾　无稽之谈。

王绍徽　你何必固执，授人以话柄。以我之见，与其自讨苦吃，莫若投个靠山，为自家修个进阶之道，以师尊名望才学，何愁没有高官厚禄安享荣贵。

冯从吾　投靠何人？

王绍徽　魏公公。师尊如有此意，绍徽可以引荐。只要通力合作，保你飞黄腾达。

冯从吾　无耻之尤，你把我冯从吾看成什么人了？你与我滚出去！

王绍徽　你既无情，休怪我无义。执迷不悟，你将自食恶果。

〔传奉官与乔应甲上。

传奉官　冯从吾，尔等联名章奏，已经批复发还，拿去看吧！（掷章奏于地）

乔应甲　邹元标已被午门杖击，贬调岭南不毛之地，你若再敢加害我干爹，定叫你死无葬身之地！

王绍徽　何去何从，由你抉择。（众下）

冯从吾　邹公!

　　　　　（唱）　邹公无端受苦刑,
　　　　　　　　　岂能无义独留京。
　　　　　　　　　既然皇王昏不省,
　　　　　　　　　决意打本乞归耕。

　　　　〔冯从吾挥笔草章。

　　　　〔灯渐隐。

　　　　〔京郊。风雪交加。

　　　　〔二重唱:斯道中天本大明,
　　　　　　　　　只因毁誉误平生。
　　　　　　　　　皇王事业今无分,
　　　　　　　　　猿鹤松菊我自盟。
　　　　　　　　　从此堪破人间世,
　　　　　　　　　弄月吟风策杖行。
　　　　　　　　　得之何喜失何惊,
　　　　　　　　　理窟道海访吾宗。

　　　　〔在伴唱声中,冯从吾与邹元标双双顶风冒雪,踽踽
　　　　　策杖而上,书童与家人挑担尾随其后。

冯从吾　（唱）　路迢迢。
邹元标　（唱）　雪漫漫。
二人合　（唱）　离京辞朝永归山。
冯从吾　（唱）　心憔悴。
邹元标　（唱）　心愤懑。
二人合　（唱）　虽脱樊篱难扬鞭。
冯从吾　（唱）　别君后朝来眺首望岭南。
邹元标　（唱）　别君后暮来思念忆长安。
冯从吾　（唱）　肠欲断,
邹元标　（唱）　泪湿衫。
二人合　（唱）　唯有重逢在尼山。

　　　　〔二人拥抱诀别,携书童、家人分道登程,风雪淹没行踪。

　　　　〔无字歌在风雪中响彻天宇。

第四场

〔天启五年秋。

〔弧光一束。照摄在魏忠贤与王绍徽密谋的嘴脸上。

魏忠贤 事情可曾办妥？

王绍徽 这是《点将录》。（呈名册）东林逆党头目土木魔神邹元标、首帅高攀龙以及顾宪成、李三才、赵南星等共计一百零八人，全在上边。下官已让兵科朱童蒙写好"请毁天下书院、诛灭东林乱党"本章，到时候，上公可照名册依次逮治。

魏忠贤 冯从吾在哪儿？

王绍徽 这儿，地煞星锦毛虎冯从吾。

魏忠贤 好，立即榜示海内，以彰天威。

王绍徽 下官亲自赴陕，捕杀冯从吾。

魏忠贤 不，我要活的。对付这个四朝元老，我要叫他不得好死。看看他的骨头到底有多硬！

〔切光。

〔陋室书房。黎明。

〔中堂高悬"寿"字；院内荆篱柴扉下点缀着竹林、秋菊。孤灯一盏。

〔伴唱：尼山花木正菲菲，

一夕狂风落叶稀。

多少襟怀都寂寞，

挑灯独坐掩柴扉。

〔老态龙钟的冯从吾扶杖归室，捧起《愿学录》，悲从中来。杜鹃声声。

冯从吾 一部《愿学录》，多少血铸成。先生之道如江河行地,先生之教如日月中天。抚今追昔,睹物伤怀。邹元标,邹公呵,你今身在哪里?

（唱）　忆昔并辔离帝京,
　　　　归山学海苦耘耕。
　　　　君曾讲圣学本体须明辩,
　　　　精一功夫要融通。
　　　　悟后盈目皆妙理,
　　　　醒来举足尽真功。
　　　　自从别我同志后,
　　　　谁为区区一启蒙?
　　　　几度寄语托征鸿,
　　　　暑往寒至雁无声。
　　　　梦中恶耗繁接踵,
　　　　诸公惨丧溅血腥。
　　　　依门北望恨难平,
　　　　权阉跋扈逞残凶。
　　　　乌云蔽日天昏庸,
　　　　大厦将倾谁支撑。
　　　　壮志未酬身多病,
　　　　杜鹃泣血声哀鸣。
　　　　一息尚存何言老,
　　　　书院抒我报国情。

（吹熄灯火,扶起书籍）书童!

〔书童捧酒上。

书　童　来啦。（见状一怔）先生,还去书院讲课呀?

冯从吾　学会有约,岂可无端辍学不讲。带上茶饼,速快随我上路。

书　童　你老忘了,今日是什么日子?

冯从吾　数十年岂敢忘记讲课之日。

书　童　你看!

冯从吾　寿?谁让你悬挂的?

书　童　肖茂才先生手书,公子嘉年让我置办的。先生,今日是你老七十大寿啊。

（唱）　人生七十几度逢,

　　　　公子孝悌敬乃翁。

　　　　你一生讲学育才为人来解醒,

　　　　最忌荣身贪功名。

　　　　在京城敢把皇王来匡正,

　　　　回家来安贫草堂两袖风。

　　　　呕心写书久抱病,

　　　　生员感恩泪泣零。

　　　　相约午时来贺庆,

　　　　祝愿先生永康宁。

冯从吾　与我将酒撤去!

书　童　这可不成。待会儿学会同志和众多生员登门贺寿,弹琴歌吟,赋诗作画,没酒怎么待客? 难道让人家喝白开水不成?

冯从吾　犬子无知,难道你也糊涂了!

书　童　我灵醒着哩。肖先生已通知书院,今日放假,让我早些作好准备。

冯从吾　胆大妄为!

书　童　这话从何说起?

冯从吾　（吟）年来忆往昔,窃为此心危。虽幸知学蚤,却怜见道迟。天资难勉强,人力可驱驰。余资苦愚钝,余志喜坚弥。荏苒古稀年,闭门聊自怡。万事俱灰冷,一念勿陵夷。太华有青松,商山有紫芝。物且耐岁寒,人肯为时移。检点生平事,一步未敢亏呵。

（唱）　居草堂常思危耳闻目睹,

　　　　国难兴民呻吟日夜焦忧。

　　　　恨阉党篡权柄凶险歹毒,

　　　　有多少爱国士血洒荒丘。

　　　　可叹我冯从吾一介寒儒,

恨无能挺身出去把贼诛。
有何心有何颜欢娱庆寿，
愧煞我白鬓人满面蒙羞。
献余生布圣道光岳宇宙，
平祸乱寄方来人才辈出。
叫书童多体谅莫怨老夫，
携茶饼速随我前去教书。

〔肖茂才捧宝剑上。

肖茂才 年兄！

冯从吾 宝剑？

肖茂才 华韶光为国他……他捐躯了。（递血书）这是他让
人寄给你的血书。

冯从吾 华君！（双手抖颤，展示血书）

〔华韶光幕后唱：

血书一封寄我心，
韶光未负师教恩。
挥剑边关斩敌寇，
今朝中箭捐躯身。
将帅丧节相逃遁，
壮士不屈命归阴。
学生虽死目难瞑，
何一日铲除阉党唤醒小昏君！

冯从吾 别了，华君。（扯下寿字）改设灵堂。

（肖茂才悬奠帐，书童点燃香烛，冯从吾奠酒膜拜）

冯从吾 祭忠魂于往昔，激忠义于方来，华君在天灵有知，矢
志步君不懈怠。

〔汪可受急上。

汪可受 冯公！

冯从吾 汪大人？何事光临舍下？

汪可受 大事不好！

（唱） 风雨骤变起恶浪，

九天寒凝蔽日光。

魏贼诬害东林党，

一代名儒俱遭殃。

下官接得邸报，魏忠贤内联天子乳娘客氏，外结王绍徽一伙奸贼，篡夺朝政，矫旨下诏，榜示海内，已将各省书院尽行焚毁，东林诸公尽被下狱处死，公与书院亦在逮治之列。魏贼遣使乔应甲抚陕，跟随爬上吏部尚书的王绍徽，在锦衣校尉护卫下，扑奔长安而来。

肖茂才 权奸肆杀戮，一网尽哲人。（悲泣）

冯从吾 好贼呀！

（唱） 惊悉东林遭劫难，

五内俱焚怒火燃。

恨不能手刃贼阉宦，

为我同志雪仇冤。

告慰诸公在天灵，

从吾不死志愈坚。

汪可受 冯公，时不我待，望公速作应变准备。

冯从吾 进退在天，岂奈我何。上书院！

〔收光。

〔暗转。

〔关中书院，斯道中天阁。

〔伴唱：维蝇有矢，维蛋有尾，

纠联貂竖，流毒海内。

道山为岗，理窟为水，

郁郁苍苍，千秋永垂。

〔锦衣校尉甲仗罗侍，簇拥着杀气腾腾的王绍徽、乔应甲上。

王绍徽 布政使安在？

〔汪可受上。

汪可受 卑职在。

王绍徽	传冯从吾。
汪可受	冯从吾进见。
	〔冯从吾上。
冯从吾	任它风浪滔天,不改中流砥柱。
乔应甲	还不跪了!
冯从吾	向谁下跪?
乔应甲	装什么糊涂。难道你不认识吏部尚书王大人和咱家钦命巡按陕西的乔老爷?
冯从吾	老夫年迈,耳目昏聩,我还以为书院无端闯入两只断了脊梁骨的癞皮狗。
乔应甲	你——(拔剑)
王绍徽	放肆!
冯从吾	何必张牙舞爪。冯某虽告老还乡,头上还顶着一冠南京都察院右都御史的纱帽。让我下跪,你算什么东西!滚开!(坐上乔应甲的位子)
王绍徽	冯老大人,何必与他一般见识。
冯从吾	王大人传讯,不知法犯何律。
王绍徽	绍徽奉旨还乡,是专程向大人前来贺喜的。
冯从吾	老夫行将就木,喜从何来?
王绍徽	冯从吾接旨。奉天承运,皇帝诏曰,原起南京都察院右都御史冯从吾,改任工部尚书。不得独洁身名,罔顾国体,着尊新命,供职赴任。钦此。
冯从吾	吾皇万岁,万万岁。
王绍徽	天颜恩泽,暮年荣贵,光耀吾乡,令人羡钦呐。
冯从吾	老夫药石余生,甘心樵渔。
乔应甲	你敢抗命不尊?
王绍徽	老大人何必过歉。谁不知你老乃四朝重臣,才得陛下恩宠。
冯从吾	我冯从吾即使至愚,宁不知感吾皇之恩泽乎? (唱) 老夫我再至愚良知未丧, 望天阙感圣恩叩谢吾皇。

尚书本是六曹长，

工部责任非寻常。

现如今国库无银兵无饷，

工役泣饥空作坊。

我一个凡夫俗子何能量，

实无有回天之力振家邦。

请大人回朝奏圣上，

别选名贤作栋梁。

王绍徽　（唱）　谁不晓冯公你德品才干，

元老臣孚众望何必过谦。

数十年倡圣学关中书院，

海内士慕芳名门生数千。

既知晓民有苦国家有难，

就应该尊圣命走马出山。

你荣升原本是上公举荐，

识时务顺潮流前程无边。

冯从吾　哪个上公？

王绍徽　就是顾命大臣、司礼监秉笔兼提东厂的至圣至神、尧天帝德、勋高百代的魏上公。

冯从吾　（冷笑）

乔应甲　你敢耻笑九千岁。

冯从吾　目不识丁的阉奴，何能秉笔览章？真是千古奇闻！

王绍徽　你可不要敬酒不吃吃罚酒。

冯从吾　提到酒，倒使我想起一个故事。当年唐明皇驾临沉香亭，适逢牡丹盛开，便乘月夜召太真妃，选梨园子弟歌舞。明皇讲，赏名花对妃子怎么能用旧词，遂命李龟年持金花笺宣赐李白进新词。李白欣然承命，备极媚谀之情，立即书就清平调词三章。李龟年捧词作歌，梨园子弟调抚丝竹，杨贵妃则捧酒拥君，笑领歌意，尽欢而罢。

王绍微　此乃千古绝歌，李白因之名噪天下。

冯从吾 试问,杨玉环何人?翰林何官?作词曲讨好,博佳人一笑,可知耻乎?

（唱）　休看你如簧巧舌来遮掩,

骨子里蛇蝎用意早昭然。

七尺躯岂向国贼屈膝舐残涎,

想让我趋炎附势为虎作伥助纣为虐枉费黑心肝!

王绍徽 冯从吾!

冯从吾 王绍徽!

王绍徽 老匹夫!

冯从吾 狗奴才!

王绍徽 （唱）　你不要倚老不识相,

讲学祸国罪昭彰。

东林党已做刀下鬼,

死神等在你门上。

千岁仁至寄厚望,

一意孤行自遭殃。

冯从吾 要杀要剐,悉听尊便。关中书院乃吾儒进德修业之地。学会有约,生员久候,我要讲课去了。（下）

王绍徽 老不死的腐儒。布政使汪可受!

汪可受 卑职在。

王绍徽 狗官!冯从吾乃东林乱党,关西魁首,窃踞书院,聚众谋逆。你身为朝廷命官,竟然依附逆党,该当何罪?

汪可受 有何为凭?

王绍徽 你捐资建造书院,罪责难逃。

汪可受 大人若不健忘,当年你也在此读书,难道也是逆党不成?

王绍徽 住口!命你速将书院拆毁,为九千岁改建生祠,华山石为基,终南松为柱,琉璃瓦敷顶,金液塑像,带罪立功。胆敢抗命,定斩不饶。

汪可受　王大人！

（唱）　建书院为国育才天可鉴，

　　　　建生祠劳民伤财理不端。

　　　　倘若还它日圣驾到此地，

　　　　一泥胎岂能起立把主参？

王绍徽　与我拿下！

汪可受　你这三秦败类，我恨不能生食尔肉！

乔应甲　押下去！

〔锦衣校尉押汪可受下。

王绍徽　与我捣毁书院。（指孔子像）将它扔进护城河！

〔乔应甲率锦衣校尉砸毁中天阁匾，搬抬孔子像欲
下，门外传来众生员愤怒吼声。

乔应甲　数千生员聚集门外，坐地阻拦。

王绍徽　格杀勿论。

乔应甲　与我杀！

〔乔应甲率锦衣校尉杀出，王绍徽随下。

冯从吾　（内唱）魑魅貔狄逞凶残，

〔冯从吾蓬头破衣，踉跄奔上。茫视劫后的中天阁，
颤抚残匾，捶胸顿足，痛苦欲绝。

（接唱）凌吾先师辱圣龛。

王绍徽呀，狗奴才！魏忠贤呀，国贼！

　　　　恨不能挥剑将尔咽喉断，

　　　　雷电神公你……你在哪边？

　　　　今朝我祭告天地绝食死，

　　　　誓与尔权阉贼不共戴天！

〔冯从吾拣起折扇，依龛正襟危坐，气淤血涌，滴落扇
上，怒目苍天，扇落气绝。

〔肖茂才浑身血污挣扎上。

肖茂才　冯公！冯年兄！（撞龛自尽）

〔书童扑奔上。

书　童　先生！（扑倒冯从吾足下，抚尸恸哭）

〔合唱： 一代勋名华岳崇，
　　　　中天阁里坐春风。
　　　　直须多买丝来绣，
　　　　不丧斯文赖此公。

——剧　终

演出单位

西安市五一剧团

斩雄剑

郑宗义　编剧

剧情简介

　　公元前 156 年,汉景帝刘启即位,承文帝之法,实行与民休息政策,同时亦看到诸侯王日益拥疆骄恣,地方割据势力对中央集权的潜在威胁。为了巩固封建皇权统治,胸怀雄才大略、踌躇满志的刘启决心打击豪强,采纳了御史大夫晁错削地定制的主张,下诏改制。

　　这一措施,遭到久谋篡国的吴王濞等诸侯的反抗,皇亲窦婴与袁盎等朝臣的极力反对和皇太后的干预,以诛讨晁错为名,要挟天子。在重重压力下,汉景帝孤掌难鸣,深恐皇权丧失,违心妥协,不惜痛斩晁错,归还封地。然而,逆流并未遏止,公元前 154 年春,吴王濞起兵广陵,发动了七国叛乱,一场方兴未艾的改制暂时夭折了。但是,刘启为维护封建皇统的胆略,晁错为国远虑的卓识和愚忠,却留下了发人深省的"后车之鉴"。

　　1987 年 6 月西安市五一剧团首演。

《西安秦腔剧本精编》
QINQIANGJUBENJINGBIAN

场　目

人物表

窦 婴	詹事。窦太后之侄
周亚夫	太尉
刘 启	汉景帝
袁 盎	吴相,后任奉常
晁 错	御史大夫
晁太公	隐士。晁错之父
窦太后	皇太后。刘启之母
艳 姬	吴王宠妃。窦太后之妹
刘 濞	吴王。汉高祖之侄
应 高	中大夫。吴王谋士
田禄伯	吴国大将军
常侍骑	
郎中令	
狱丞	
内侍	
宫女甲、乙	
羽林军	
歌舞乐伎若干	

第一场

〔公元前 156 年(孝景元年)春。

〔都城长安。背景:宏伟壮丽的汉宫前。一尊巨鼎巍然耸立。(贯穿全剧)

〔祖庙前。

〔洪钟长鸣。

〔窦婴匆匆出庙环顾,焦灼不安。周亚夫迎上。

窦　婴　周太尉,朝臣可曾到齐?

周亚夫　只缺御史大夫晁错。

窦　婴　藩镇诸侯?

周亚夫　将近一半未到。

窦　婴　啊? 吴王来了么?

周亚夫　杳无音讯。

窦　婴　这怎么得了! 他是皇室长辈,先帝钦命为春朝祭祀、参拜祖庙的奠酒人。如若不到,这……

周亚夫　量他没那么大的胆子! 今日春朝,非同昔比,新主去岁登基。今年孝景开元,首岁祭祀,岂敢违犯祖规宗法,不来京朝觐祭庙。

〔马蹄声、舆车佩珰声由远渐近。

〔内声传报:"圣天子驾到——!"

〔窦婴、周亚夫仆伏鼎前接驾。

〔羽林军佩剑、持槊鱼贯上。

〔群臣内呼:"吾皇万岁! 万万岁!"

〔常侍骑捧斩雄剑前导,刘启上。

刘　启　(唱)　承汉业,登至位,

　　　　　　　全凭着先帝荫佑,贤良辅佐,

富有四海,黎民安乐享盛德!

春朝日祭祖祈天降祥瑞,

为永葆社稷鼎倡耀光辉。

要使那六合同风九州共贯怀生之物润于泽,

立志开创万世规!

窦　婴　陛下,请进庙。

刘　启　各家诸侯都到了吗?

窦　婴　多数已到。

刘　启　(一怔)楚王、赵王安在?

周亚夫　尚未到京。

刘　启　(一惊)还有谁未曾来朝?

周亚夫　济南、淄川、胶东、胶西、怀南、衡山、庐江、长沙诸
　　　　王……

刘　启　(震惊)吴王!吴王呢?

窦　婴　至今未见。

刘　启　(大怒)何故不到?

窦　婴　这个……

刘　启　这个什么!你官拜詹事,久掌宫廷祭祀,熟知祖规,
　　　　先帝仁爱为怀,尊长以德,授他为参拜祖庙祭酒之
　　　　职,荣显诸侯之首。令姑艳姬公主,又贵为王妃。你
　　　　当知晓,吴王为何坐守疆土,不来朝拜?

窦　婴　(惶悚地)臣……

刘　启　谎奏者,斩!

　　　　〔内声传报:"吴王使者到——!"

　　　　〔窦婴弹汗。袁盎捧宝奁匣上。

袁　盎　臣袁盎受吴王委托派遣,千里进京,代王春朝祭庙,
　　　　敬献丹心。

刘　启　他为何自己不来?

袁　盎　(呈宝奁匣)陛下御览。

刘　启　(开匣一惊,从中取出一根口衔明珠龙杖)这是何意?

袁　盎　大王年逾花甲,身染痼疾,行动不便,先帝怜念,仁恩

赏赐宝玉龙杖,免于秋请春朝。

刘 启 哼!我来问你,今为何岁?

袁 盎 孝景元年。

刘 启 为何只敬先帝,不尊寡人?

袁 盎 (语塞)这……

刘 启 你奉诏持节,出任吴相多年,熟知其情,心里明白,吴王确因年迈久病,不能来京拜祖么?

袁 盎 千真万确。大王常对臣言,感皇恩之浩荡,赖高庙之祖德,方享为王之荣。虽然年迈久病,仍勤于臣职,遵朝法治国,循规蹈章,从无懈怠。

刘 启 住口!吴王不朝圣祭祖,已经三十年了!你胆敢谎奏?

袁 盎 臣不敢诳君。臣在吴国,耳闻目睹,深知吴王,忠君不二。陛下明察。

〔内声报呼:"御史大夫晁错到——!"

窦 婴 陛下,晁错身为御史,朝廷重臣,祭祖跚跚来迟,蔑视宗庙,罪在欺君。

刘 启 休得多言!

晁 错 (内唱)奉诏密察一月整,

〔晁错微服,风尘仆仆上。

晁 错 陛下!(疲累难支)

刘 启 晁爱卿!(搀扶)怎么样?

晁 错 (接唱)吴王伪诈露行踪!

刘 启 吴王有病无病?

晁 错 (唱) 雍容华贵倍康宁,

广采吴娃淫后宫。

巧取豪夺害百姓,

招纳逃犯充帮凶。

引海煮盐违律令,

盗铸铜钱数不清。

暗造战车练兵勇,

自封将吏蔑朝廷！

刘　启　（冷笑）原来如此！

窦　婴　陛下，勿轻信晁错妄奏。

袁　盎　臣唯见升平，并无伪诈。

晁　错　袁盎、袁大人！你身为吴相，却不理国政，终日游猎，走狗斗鸡，放任吴王废法妄为，朝吏有目共睹。更有甚者，你私受吴王贿金五千和价值连城的珊瑚一株。岂可狡赖！

袁　盎　纯属诬陷！

窦　婴　有何凭证？

晁　错　说是窦大人，你来看！（出示词帖）

窦　婴　这是什么？

晁　错　这是吴国太傅交出的，袁盎受贿之后，献给吴王的媚词手本。

袁　盎　（大惊失色）啊？！

刘　启　可是你所为？

袁　盎　臣罪该万死！

周亚夫　陛下，袁盎受诏命，不能尽臣忠，假圣命以营私，论法当斩！（刘启抓过斩雄剑）

袁　盎　陛下饶命啊！

窦　婴　（急拦）陛下，斩不得！

晁　错　法乃治国之本，朝臣触律不惩，怎能取信于民！

窦　婴　袁盎虽有罪，但此刻并非朝臣。

刘　启　你待怎讲？

窦　婴　袁盎乃吴王使者，代王朝圣祭祖，斩使者形同斩王一般。

刘　启　这……

晁　错　臣恳请下诏，将吴王解京按律治罪。

窦　婴　臣以为不可！吴王乃高祖从兄子，刘氏宗亲长者，王妃艳姬公主又是皇太后之妹，陛下的姨母；先帝在位时，对王亦宽仁厚爱，敬之以德，赐赏龙杖，尽人皆

知。若斩袁盎,加罪大王,岂不是背弃先帝仁爱怀柔
之道,有失明君治国之德?

刘　启　这……

窦　婴　再者,春朝祭祀之时,斩处臣下,于国不祥!

刘　启　这……(困惑抚剑,愤怒难言)

　　　（唱）　紧握着祖传家宝斩雄剑,
　　　　　　　刹那间满腔辱恨怒火燃!
　　　　　　　高祖爷当年用你把蛇斩,
　　　　　　　举义旗铲除暴秦破函关。
　　　　　　　横扫群雄灭楚霸,
　　　　　　　创立下大汉锦江山。
　　　　　　　今日传至刘启手,
　　　斩雄剑哪,斩雄剑……
　　　　　　　昔日的雄风壮怀闪眼前。
　　　　　　　恨不能挥你把贼咽喉断,
　　　　　　　怎奈是面对宗亲须高瞻。
　　　　　　　暂把这羞辱怒恨强下咽,
　　　　　　　到来日定要用你开新天!

晁　错　陛下?

刘　启　传朕诏谕,免去袁盎吴相,贬为庶人!

窦　婴　陛下!

刘　启　免!

晁　错　遵旨。
　　　　〔刘启怒折龙杖,掷进宝奁匣。
　　　　〔常侍骑摘冠,袁盎退下。
　　　　〔内声呼报:"时辰已到!"
　　　　〔祭祀赋乐歌起。

窦　婴　祭祀皇天后土、列祖列宗!
　　　　〔刘启仗剑,心事沉重地走向巨鼎。

第二场

〔夜。

〔御史府、书斋。

〔桌上置有花瓶,帘内设有琴案。

〔灯光下,透过轻纱可见晁太公背身伏案弹筝,音律忧怨。

〔晁错披斗篷、袖文卷,神采飞扬上。

晁　错　（唱）　生逢明主遇知己,

　　　　　　　　展志倾才卫社稷;

　　　　　　　　胸孕华章贬时弊,

　　　　　　　　饱蘸心血挥耕笔。（闻琴声止步）

　　　　好熟识的琴声!（倾听）

　　　　是他!（急入书斋）爹爹!

〔晁太公停止弹琴,挑帘而出。晁错拜见。

晁太公　儿呀,忙于何事,此时方归?

晁　错　君命在身,不敢偷闲。儿在府衙草拟奏章,因而晚归。爹爹,自你隐退,避居南山竹林之下,身卧茅庵之中,一别三载,孩儿无时不在惦念。爹爹因何今夜下山?

晁太公　老夫云游,途经长安,听得一首童谣,特来告知于你。

晁　错　童谣?唱的什么?

晁太公　歌中唱道:“群虎抢食不相让,互争要称山大王。可怜呵可怜,可怜鹿兔要遭殃。”不知吾儿可解其意?

晁　错　童谣俚语,不足为奇。

晁太公　山不兴云聚雨,何来风暴起长空,海不生妖舞邪,哪会波涛连天涌。

晁　错　请爹爹明示。

晁太公　皇家春朝祭祖之日,是你告发了吴王刘濞的伪诈
　　　　行径?

晁　错　正是。

晁太公　天子免了袁盎吴相,折了吴王龙杖?

晁　错　是的,可谓大快人心!

　　　　〔晁太公朗朗发笑。

晁　错　爹爹发笑为何?

晁太公　你可知乐极生悲呼?

晁　错　何以见得?

晁太公　猎人伤一虎,群虎怒啸山林。吴王被辱获罪,皇亲岂
　　　　肯善罢干休!

晁　错　儿为人臣,忠心辅君。秉公不诬陷忠良,按律治罪不
　　　　容私情,尽心不居功自傲,遇贤臣不居其上,受皇禄
　　　　不多取分文。直谏为社稷,逢难不避死,光明磊落,
　　　　心可对天!

晁太公　痴人谵语! 刘濞虽为藩王,却是皇亲,汉文帝刘恒在
　　　　世,对其亦内惧外敬,朝臣、内宫宦官哪个不惧他三
　　　　分。你有何力,以抗邪恶?

晁　错　吴王骄横谋反,不举发除灭,势将祸危朝廷,儿身为
　　　　御史岂能袖手旁观!

晁太公　蠢才! 殊不知,女无美丑,入宫见妒,士无贤奸,入朝
　　　　见嫉。

　　　　(吟)　青藤攀附参天树,
　　　　　　　自诩荣华傲霜株;
　　　　　　　终属无根寄生草,
　　　　　　　一夜寒来向隅枯。

　　　　(唱)　纵览华夏邪气障,
　　　　　　　腥风血雨正酝酿;
　　　　　　　来势恶煞不可抗,
　　　　　　　违逆必致招祸殃。

功名本是罪孽网，

告诫吾儿切提防。

晁　错　爹爹不必为儿担忧。当今孝景皇帝,是个胆识超群,才智过人的明君,料然无妨。

晁太公　(从玉瓶中拔出鲜花)你看这鲜花,浓香馥郁,楚楚动人,多么天真、妖艳、烂漫。只知今宵惹人娇,哪知明朝被人抛。古往今来,多少圣贤良相,皆因不悟此中玄机,终如此花,灰飞烟灭。世俗浑噩,它能容尔!

(唱)　观河汉斗转星移多少朝,

儿不见邪恶接踵连波涛!

昔日玉人曾献宝,

竟被那楚王无故把首枭;

商鞅变法将秦保,

到头来五牛分尸弃荒郊;

李斯替主尽臣道,

秦二世反而将他满门抄;

那文种为了越国把心劳,

只落得利剑锋刃断其腰。

鲁王他听信季孙邪说教,

孔夫子被逐出境哭号啕;

宋国君纳用子冉阴毒计,

可怜那墨翟牢狱伴藜蒿。

你纵有尧舜之术、伊管之辩、比干之意枉徒劳,

哪一代帝王不把屠刀操!

创皇业今朝重贤倡仁道,

待来日难免如花被主抛。

你只惦要为刘启把业保,

全不想晁门灭族断根苗!

迷津知返早悟道,

辞官勇退路一条。

晁　错　激流勇退?……

〔晁错不安,筹思,太公伏案弹琴。琴声充满期待之情,时而忧怨悲凉,时而激越奋发,旋律如玉如丝,牵引着晁错,萦绕在他的心头。

晁 错 (唱)　老太公满腔情爱化音韵,
　　　　　　这琴声声声道出父子恩。
　　　　　　我晁错并非无魂冰雪人,
　　　　　　怀揣着七情六欲血肉心。
　　　　　　普天下哪个不望家门存,
　　　　　　更难忘农桑万民盼阳春。
　　　　　　我访察吴楚亲见乌云滚,
　　　　　　国临难焉能坐视不挺身?
　　　　　　似看到战乱烈火卷硝尘,
　　　　　　似听到金戈铁马踏千村;
　　　　　　似看到饿殍载道无人问,
　　　　　　似听到兵刃相击惨呻吟;
　　　　　　似看到叛贼破城把京进,
　　　　　　似听到狼奔豕突改乾坤。
　　　　　　金瓯破碎谁怜悯,
　　　　　　万户空庐断子孙;
　　　　　　不顾山河遭蹂躏,
　　　　　　我同反贼何区分?
　　　　　　千秋万代人共恨,
　　　　　　唾骂晁门这条根!

〔琴声若风暴,若狂涛,珠玉倾泻。

晁 错 (取出文稿)为国久安,社稷永固,我不能退缩,明日便将这治安方策呈将上去。(闻琴声,见鲜花,忽又止步)呵呀,不妥。那日春朝祭庙,我亦动本,恳请将吴王解京治罪,陛下却手握斩雄剑,话到唇边却咽了下去。莫非他也惧怕吴王三分? 他们同为刘氏宗亲,裙带相连,先帝能够赐龙杖,他岂肯忍心斩首! 爹爹之言,不无道理。我若将这削地定制之策呈上御案,万一冲犯龙颜,降我加害诸侯之罪,如何是好?

(伴唱)抚鲜花顾影心寒颤,

　　　　人同草木都一般。

　　　　看今宵为主悦目供书案,

　　　　待明朝花凋香散有谁怜?

　　　　月儿缺了尚可圆,

　　　　谁惜晁门断香烟?!

　　　〔琴声转入凄凉悲怨。

晁　错　(唱)　难怪爹爹超尘凡,

　　　　　　　隐居避世入深山;

　　　　　　　不若及早息欲念,

　　　　　　　追随云水到天边。

　　　　爹爹!……

　　　〔常侍骑上。

常侍骑　晁大人,陛下驾到!(下)

晁　错　(一惊)啊?

　　　〔琴声戛然而止。

晁　错　爹爹?

晁太公　弦断了……

晁　错　陛下夜访,必有要事。随儿接驾吧?

晁太公　朽木不可雕也!(愤然挥袖离去)

晁　错　爹爹!(抓起斗篷追下)

　　　〔刘启微服上。

刘　启　晁爱卿!呃,人哪?多动听的琴声,为何戛然而止?

　　　　(察看)噢,弦断了。待我重换一根。

　　　〔刘启换弦、调琴、弹奏起来。旋律音韵如太公所奏
　　　　之曲。

　　　〔晁错挟斗篷,恍惚上。

晁　错　他走了。他……永远地去了呵。(听见琴声从茫然
　　　　中省悟)他没有弃我而去?他回来了!(斗篷从肘
　　　　间滑脱,急抢步上前)啊?……陛下!?

刘 启	晁爱卿,刚才是你在弹琴?
晁 错	不,那是家父。
刘 启	是令尊? 快请将出来一会。
晁 错	他已经去了。
刘 启	(怅然地)可惜,他那满腹经纶就这么隐没在竹林之下、溪水之旁啦。
晁 错	陛下因何夜来驾临臣府?
刘 启	能否赐我一樽水酒?

〔晁错斟酒;刘启拣起花束,插入玉瓶。

晁 错	陛下,请。
刘 启	(复斟一樽)你我同饮。
晁 错	陛下似有什么心事?(拿起斗篷替刘启披在肩头)为何这般黯然神伤?
刘 启	晁爱卿!

(唱) 天下人皆以为君王贵幸,
谁解我满腹愁无限苦衷!
审时度势卧不宁,
难言之隐闷在胸。
有话无处诉,
身锁紫禁宫;
击案玉石冷,
龙柱叩无声。
饭不思,梦难成,
心绪烦乱理不清。
称孤道寡终孤寡,
夜登府门访爱卿。

晁 错	不知何事忧虑?
刘 启	为了父亲的教诲。
晁 错	(一震)陛下亦为父亲教诲焦愁?
刘 启	难道你也是?
晁 错	这个……噢,不足挂齿。

刘　启　爱卿为何吞吞吐吐，言不由衷？

晁　错　陛下，我想——

刘　启　想什么？

晁　错　（欲言又止）……

刘　启　晁爱卿！

（唱）　想当初我作太子你为令，

　　　　多承蒙不吝赐教太子宫。

　　　　同刘启朝夕相伴身随影，

　　　　彼此间无话不谈心相通。

　　　　那时你旁证博引贬朝政，

　　　　发宏论直言不讳响铮铮。

　　　　为什么今宵对面大不同，

　　　　恰好似鸿沟隔在两当中。

　　　　若还是学生对你失恭敬，

　　　　打一躬尚望师尊把我容。

晁　错　折杀为臣了。陛下！

（唱）　臣焦虑，为太公，

　　　　他年迈体衰苦伶仃。

　　　　身边无人来照应，

　　　　心中负疚日日增。

　　　　我准备……

刘　启　准备怎么办？

晁　错　（唱）　我准备上书辞御史，

　　　　侍奉椿萱百年终。

刘　启　（一惊）你要辞朝隐退？

晁　错　人生在世，不能忠孝两全。臣尽孝道定难尽忠。若得陛下恩准，臣当感激不尽。

刘　启　我明白了。也罢，当年你陪我入宫，今日我伴你入山。

晁　错　哎呀！陛下，切不可戏言。你乃一代圣君，离宫引退，天下岂不大乱了！

刘　启　朝臣都去隐退，空有圣君，靠何人治国安邦？天下岂不也要大大乱了么!

晁　错　这……

刘　启　你辞朝本意,原为请旨治罪吴王,未获旨准,心中郁郁不乐。是也不是?

晁　错　(伏跪)陛下恕罪。

刘　启　(挽扶)罪在寡人!众多诸侯不来朝觐,蔑视不尊,绝非偶然。窦婴所言,不无道理。先帝仁爱治邦,却对封疆从无定制,任其所为。斩杀一个吴王尚可,别的诸侯如何发落? 我若一律治罪,势必违反先帝之道;若不治罪,日后怎样安邦? 朕百思不得其解,苦于无策,这才寒夜来访求教。没想到连你也信不过寡人,实实痛心呵。

晁　错　(唱)　明主剖心诚可见,
　　　　　　　臣进狂言君详参。

刘　启　请直言相告。

晁　错　昔日高帝定汉业,大封同姓,有的诸侯地广千里,七十余城,一举分掉半个天下。先帝沿袭,从无定制,一传再传,任妄为而逞豪强,羽毛丰满便据疆以抗京师。回顾往事,自我大汉开国以来,诸侯霸疆,楚王、韩信、贯高、陈豨、彭越、黥布、庐绾之流十年九次反叛,前车之鉴,不可不察啊!

刘　启　那是藩臣,并非刘氏宗亲可比。

晁　错　(唱)　前朝亦曾灭诸吕,
　　　　　　　后来叛君非外戚。
　　　　　　　淮南王本是先祖同宗弟,
　　　　　　　他竟然自称东帝窥社稷。
　　　　　　　济北王也是先帝亲兄子,
　　　　　　　反荥阳分庭抗礼苦相逼。
　　　　　　　看今朝刘氏宗亲吴王濞,
　　　　　　　据疆土不遵汉法露反迹。
　　　　　　　陛下你初登龙位施仁义,

众诸侯竟然不朝把主欺!

秦二世无道不制千古恨,

只落得宜春宫内一命毕。

失今不制成痼疾,

空言汉法有何益?

既然投鼠莫忌器,

创立新制要当机;

你不能因爱一人罪天下,

圣君抉择莫迟疑。

刘　启　有何良策,以解朕忧?

晁　错　为了长治久安,务必削地定制!

刘　启　削地定制? 讲下去!

晁　错　臣以为,力少则易使仁义,国小则难生邪念。可将诸
　　　　侯疆地肢解分化,令其子孙以次受祖宗之封地,地尽
　　　　而止。诸侯不失为王之荣,朝廷亦免征讨之嫌。这
　　　　样,国小力弱,法立而不犯,令行禁止,即使个别诸侯
　　　　有异心,则破胆不敢谋反。

刘　启　贤卿果是智囊奇才!

晁　错　臣斗胆上狂言,(呈文稿)这是臣草拟的定制更令三
　　　　十章。

刘　启　言者不狂,择者不明,国之大患,乃在于此,晁爱卿!

　　　　〔刘启紧握晁错手臂。

第三场

〔夏。

〔长信宫、御花苑。

〔玉几一座,鲜花一枝。

〔内侍上。宫女甲、乙搀扶窦太后上。

| 窦太后 | （唱） | 轻探莲步过玉桥，
似觉云鬟拂柳梢。
耳边蜂鸣莺啼闹，
翠风香柔入笙箫。
乍出兰阁踏芳草，
袖边裙底花瓣飘。
御苑美景应犹在，
可恼有目难得瞧。 |

宫女甲　皇太后，你看，今日天气多好，满天彩霞；你瞧，这花儿多鲜多艳！

窦太后　（顿时色变）你让我瞧看什么？

宫女甲　（惶恐万状）奴婢再不说了。

窦太后　剜了她的双眼！

宫女甲　太后饶命啊！

内　侍　走！（拖宫女甲下）

窦太后　你说，这朵花儿是红的？

宫女乙　（打了个冷颤）回禀皇太后，它……它是黑的。

窦太后　但愿人世间生灵、万物，一切都是黑的！永远变成黑的！（瞬息悲从中来）苍天，你为什么要这样折磨我呀！

〔窦婴上。

窦　婴　叩见皇太后。

窦太后　是窦婴？

窦　婴　是侄儿。

窦太后　贤侄，这几日为何不来长信宫陪伴老身，替我消愁解闷？难道你也厌弃本后不成？

窦　婴　姑母息怒。侄儿至死侍奉，亦难报答你钟爱之情，养育之恩。只因圣命所遣，准备行程，午后便要离京。今日特来辞行，求姑母恕侄儿不孝之罪。

窦太后　去往何处？

窦　婴　持节过江，宣示吴王罪行诏谕。

窦太后　你二姑夫身犯何罪？

窦　婴　你还不知？

窦太后　我乃期待归天之人，久不过问朝事了。

窦　婴　（叹息）此事不说也罢。

窦太后　我偏要听！讲，吴王怎么了？

窦　婴　因他抱病，春朝祭祀未至，招人陷害，横祸加身，天子下诏，削其二郡。

窦太后　皇儿登基，大赦天下，吴王不朝圣拜祖并非今年始有，其罪何来？

窦　婴　我的老太后，你深居长信苑，哪知朝廷风云变啊！

（唱）　陛下已将国策定，
　　　　仁爱宽容全变更。
　　　　削地定制又更令，
　　　　诏谕早已下龙廷。
　　　　肢解诸侯封疆地，
　　　　朝臣怨恨噤无声。

窦太后　啊？先帝之道被废啦？这是哪个诱君败国的贼臣，给皇上出的主意？

窦　婴　御史大夫晁错！

窦太后　是他？我不信。晁错当年应诏入宫，辅佐太子，本后尽知，先帝见爱。别看是个少年，胸怀坦荡，心洁如玉，忠心耿耿，被称为智囊。他怎么做出这号事。

窦　婴　晁错少年得志，一朝受宠便利令智昏，如今擅权乱政，推行定制，毁我汉鼎，不可不察。

窦太后　我说贤侄，这就是你的不是。皇儿年轻，难免做事不周，你怎不加以劝阻？

窦　婴　哎呀，太后，吴相袁盎，先帝信任的股肱名臣，已被罢官，侄儿一谏阻，反被申诉，说我嫉贤妒能。如今群臣慑于晁错淫威，个个噤若寒蝉，诚惶诚恐，谁敢出面规劝呀。

窦太后　这还了得！

窦　婴　恕侄儿直言,背弃先帝仁爱之道,毁前朝之法,削夺
　　　　诸侯疆土,势将众叛亲离,四海不宁,必将祸危社稷。
　　　　你若再置若罔闻,对陛下不加疏导,大汉基业就真的
　　　　难保啦!
　　　　〔内侍上。
内　侍　启禀皇太后,陛下驾临长信宫。
窦　婴　侄儿告辞了。
窦太后　回来!你也听听。
窦　婴　侄儿不敢。若不按期启行,抗旨不遵,我可吃罪不起。
窦太后　我还没有咽气就木,看谁敢动你一根汗毛!过来,给
　　　　我捶捶背。
　　　　〔刘启上。
刘　启　(唱)　一日未进长信苑,
　　　　　　　　急步上前忙问安;
　　　　　　　　不孝皇儿跪膝前,
　　　　　　　　敬祈母后多容宽。
窦太后　坐下。
刘　启　谢母后。不知可曾望过太医,服过丹药?
窦太后　无用的太医,该死的方士,一个个不知打哪儿弄来些
　　　　丸散膏丹,哄骗于我。昨日全被我赶出宫去了。
刘　启　母后不必忧虑。皇儿已诏示天下,进献医药,玉体自
　　　　有天助神佑。
窦太后　病入膏肓,阳寿将尽啦。儿啊!
　　　　(唱)　天有不测风云涌,
　　　　　　　　人有旦夕祸福生。
　　　　　　　　我的双目早失明,
　　　　　　　　体衰多病风前灯。
　　　　　　　　久卧深宫多昏庸,
　　　　　　　　心烦意乱没记性。
　　　　　　　　免遭死后掘寝陵,
　　　　　　　　先把遗言来叮咛。

刘　启　母后何出此言？

窦太后　自从先帝晏驾，皇儿承业登基，本后日每祷告上苍，保佑社稷永昌，以求来日安葬寝陵，问心无愧会先王于地下，也就瞑目了哇……（悲泣）

刘　启　母后为儿操劳成疾，儿却不能与母后分担痛苦，每每念起，百感交集，愧对长眠于地下的先祖呵。

窦太后　先帝临终，一再嘱咐，要儿承业莫失先父治国安邦之道。听说你不遵父道，纳晁错之计，行削地定制之策，肢解了诸侯疆土，削夺了吴王二郡，还让他负荆请罪。可有其事？

刘　启　正是如此。

窦太后　大胆！

刘　启　母后息怒。

窦太后　你们别以为我呆在宫里，只有等着死，眼睛看不见，耳朵可没聋。我就看你们给我说不说，心里还有没有我这个皇太后！

窦　婴　皇太后恕罪。
刘　启　母　后

窦太后　自高祖定天下，承天运，立汉业，封诸子，绵延至今，国泰民安，四海升平。放着安宁不安宁，我问你定的什么制？削的什么疆？

刘　启　母后！

（唱）　虽然是四海升平无恩怨，
　　　　定制令并非我事出无端。
　　　　高祖爷灭暴秦奠立大汉，
　　　　斩雄剑传至今历尽辛艰。
　　　　一脉承越三代五十余年，
　　　　惊回首情势变怵目不安。
　　　　那时节封诸侯子弟弱冠，
　　　　无定制对皇亲一再容宽。
　　　　观历朝干戈起藩臣累叛，
　　　　皆因为霸疆土暗生邪奸。

　　　　吴王他忘仁恩废法谋反，
　　　　儿登基不朝祖蔑视皇天！
　　　　不肢解任其行久必为患，
　　　　众诸侯若效法怎保江山？
　　　　晁御史秉忠心狂言直谏，
　　　　为的是汉室业长治久安。
　　　　纳良策创新制法遂人愿，
　　　　切莫信谗佞徒挑拨离间。
　　　　儿不能因爱一人罪天下，
　　　　握宝剑卫社稷无愧祖先！

窦太后　贤侄，你可听得明白？

窦　婴　臣听得明白。

窦太后　听明白了就好。回宫！

内　侍　起驾！

刘　启　（困惑地）母后？

窦太后　传我口谕，赐赏晁错黄金五千！

刘　启　儿遵命。

窦　婴　太后！……

窦太后　别说了！我心里明白的跟铜镜一样。同是刘家人，不好好当诸侯爱民治国，却想着谋反夺皇位，休想！皇儿做得对，晁错想得好。老王刚晏驾，他们就毛不顺了，日子一久还不翻天？谁翘尾巴，就剁谁。我说窦婴，你跟着嚷嚷个什么？皇儿坐不了金銮殿，我就得跟上蹲冷宫，我讲话不灵了，你这外戚还不得被人腰斩东市！

刘　启　去吧！

窦　婴　遵旨。（悻悻下）

窦太后　站住！到了吴国，告诉你二姑艳姬，安心做王妃。有我坐镇长信宫，她就别想当娘娘、称太后！

窦　婴　遵旨。（下）

窦太后　儿呀，挽娘来！

第四场

〔秋。

〔吴宫。

〔白纱黑"寿"。

〔郎中令上。

郎中令 大王寿诞,举国同庆。奏乐!

〔钟鼓齐鸣,声震九天。

〔宫女环侍奏乐,歌舞伎如带雨海棠、袅袅翩翩,云鬟
　　　　　掸翠,百媚千姿。

〔艳姬舞上。

〔伴唱　东海捧朝晖,

　　　　　回眸望西陲;

　　　　　莫道大雁今南飞,

　　　　　春来展翅要北归。

郎中令 大王到——!

〔刘濞老态龙钟,冷漠上。

〔群臣内呼:"恭贺大王千岁!"

刘　濞 止乐! 退下!

（宫女、乐舞伎与艳姬急退下）

郎中令 大王,群臣宫外候旨拜寿。

刘　濞 传孤口谕,举国臣民,停乐致哀,悼念先帝,为皇太后
祈福。违者。斩!

郎中令 遵旨。（下）

刘　濞 （唱）举国欢歌庆寿诞,

　　　　　　　恰如乱剑刺心肝!

　　　　　　　阶前草木谢妖艳,

宫梁乳燕几度迁。

六十花甲岁轮满,

残叶飘零白发添。

卧薪饮恨三十载,

苦胆入心又一年!

朝望刘恒把驾晏,

暮观刘启登金銮。

裂眦血淹庐山面,

煮茧抽丝织风帆。

〔艳姬不悦地上。

艳 姬　大王,大喜之日,为何止乐停舞,把个寿堂打扮得如
同吊丧一般!

刘 濞　先帝晏驾,吾当守孝三载,祭祀圣灵,王姐太后,失明
卧榻,令人忧痛,当虔心祈祷上苍,为人臣,岂可
妄为。

艳 姬　你倒罢了!哄得臣民,还骗得了我艳姬!

刘 濞　爱妃,这是何意?

艳 姬　你安的什么心,难道我还不知?

刘 濞　孤王真心一片呀。

艳 姬　哼!

　　　（唱）　我艳姬入宫十余年,

　　　　　　　把你的心事早看穿!

　　　　　　　别以为枕边只求配凤鸾,

　　　　　　　你的行止最了然!

　　　　　　　朝夕渴望事一件,

刘 濞　什么?

艳 姬　（唱）　苦垒台阶往上攀!

刘 濞　（暗惊）爱姬,你是否喝醉了?

艳 姬　哼!我问你——

　　　（唱）　为何煮盐又铸钱,

　　　　　　　违律取财堆如山?

刘　濞　　那是为了富国赈济灾民。

艳　姬　　（唱）　又为何密造战车与弓箭，
　　　　　　　　　练兵躲进会稽山？

刘　濞　　那是为了时刻听候皇王朝廷调遣，出兵抗击匈奴，守
　　　　　卫边塞。

艳　姬　　（唱）　雕刻玉玺和印鉴，
　　　　　　　　　军战图为何绘长安？

　　　　你讲，你想干什么？

刘　濞　　（震惊）你说，孤王想干什么？

艳　姬　　（唱）　你想称帝登金殿，

刘　濞　　（拔出宝剑，揪住艳姬）你、你想干什么？！

艳　姬　　（唱）　我想当皇后眼望穿！

刘　濞　　啊？（恍然大悟）爱妃！（紧搂艳姬）

　　　　〔郎中令上。

郎中令　　大王，汉使入都，已到宫门！

刘　濞　　何人奉诏持节？

郎中令　　长信宫詹事窦婴、窦大人！

艳　姬　　是贤侄到了！

刘　濞　　迎请！

　　　　〔窦婴捧诏上。

窦　婴　　吴王接旨。

　　　　〔刘濞、艳姬跪。

窦　婴　　（宣诏）奉天承运，天子诏谕：察吴王刘濞，废汉法，
　　　　　置将吏，造兵器，纳逃亡之徒，违律煮盐、铸钱、淫后
　　　　　宫，贿朝臣。伪诈称疾，不朝觐祭祀。图谋不轨，论
　　　　　法当斩。姑念王年迈，先帝宗亲，不忍加诛。诏令削
　　　　　夺会稽、豫章二郡。望王省察，勿生妄念。钦此。

刘　濞　　吾皇……（气极欲昏）

艳　姬　　哎呀，大王！

窦　婴　　陛下赠王厚礼一件。

　　　　〔窦婴招手，侍从呈上宝奁匣。

刘　濞　什么？

窦　婴　大王自览。

刘　濞　（打开宝奁匣，震惊）啊？斩雄剑！

　　　　（颤巍巍抓出宝剑）孤将以死明心！

　　　　〔刘濞自刎，艳姬、窦婴拦阻。

窦　婴　大王不必如此。

艳　姬　死了冤难明啊！

　　　　〔刘濞从宝匣取出一帖。

刘　濞　（诵读）"高祖用此剑斩蛇开路，创立汉业，传至寡
　　　　人。望王将剑悬挂宫门，一日三省，忏悔前过，若确
　　　　有悔悟，带剑负荆请罪，胆敢谋反亡道，斩雄剑下自
　　　　裁！"啊？！（软瘫，强抑恐惧、愤怒之情）叩谢陛下不
　　　　斩龙恩。郎中令！

郎中令　臣在。

刘　濞　悬起斩雄剑！

　　　　〔郎中令将剑挂于寿字之上。刘濞叩拜。

刘　濞　皇天后土，列祖列宗……（悲泣）

艳　姬　贤侄，你亲眼所见，大王连六十大寿都不敢祝贺，降
　　　　旨举国为先帝致哀，为太后祝福。三十年如一日，对
　　　　朝廷尽忠尽心，为什么反落下谋反的罪名，招致削疆
　　　　的惩罚？这是为什么呀！

窦　婴　二姑、大王，不必伤悲。天子肢解削疆定制，已颁布
　　　　四海，各国诸侯，无一幸免，何止吴国一个！

刘　濞　何人献策？

窦　婴　晁错所为！

艳　姬　大王疆地，乃是高帝所封，岂能让外姓践踏削夺？朝
　　　　廷大臣，难道不知道？都死绝了不成！

窦　婴　二姑，不来吴地，大王谋反之嫌，窦婴半信半疑，今日
　　　　亲见大王祝寿，举国致哀，方知大王为晁错诬陷。回
　　　　京之后，一定面奏天子，为王申诉。决不能听任佞
　　　　臣，离间妄为！告辞！（下）

艳　姬	大王,事已泄露,怎么办?
刘　濞	好你个晁错,你想叫孤王死,孤王岂能让你挡道! 来呀,宣中大夫应高先生和大将军田禄伯进宫!
郎中令	应高、田禄伯进宫!

〔应高、田禄伯上。

应　高 田禄伯	参见主公!
刘　濞	二爱卿,起兵事泄,朝廷已经发觉。
田禄伯	怎么讲?
刘　濞	你看!
田禄伯	斩雄剑! 诏令怎么讲?
刘　濞	天子纳晁错之策,削地定制,各国诸侯皆受其害,失去疆土。天子下诏,夺我会稽、豫章二郡!
应　高	事已至此,主公将作何打算?
刘　濞	一不作、二不休。孤意已决,下月起兵! 田将军,速将战车、兵器、钱粮、辎重,密运广陵!
田禄伯	我早就等着这一天!
艳　姬	一定要避开朝廷派来的汉吏。
应　高	主公,聪明人听于无声,见于无形,万举方能万全,动则必将功显于世。下月仓促举兵,足见其祸。
刘　濞	祸从何来?
应　高	方今天子初登龙位,时仅一年有余,黎民称颂,国泰民安。再说,先帝赐号大王为刘氏宗庙祭酒,尊长以德,又赐龙杖,仁恩犹存;新主首岁春朝祭祀,大王未去,傲慢不尊君主,加之,出师无名,被视作反臣,孤军西向,必陷重围。
刘　濞	为什么?
应　高	逆天、违众,非时也!
刘　濞	这有何虑。孤可暗遣精兵,屯守武关,卡成皋之口,塞伊阙之道,据三川之险,招天下之兵。一鼓破洛阳,入函谷,直捣长安,当势如破竹!
应　高	兴无义之师,和者盖寡。

艳　姬　一派胡言!

刘　濞　岂可长他人志气,灭我吴国威风!

田禄伯　你这贼徒腐儒,往昔在长安贪赃枉法,逃来吴地,大
　　　　王待尔如宾,封官重赏,哪知你如此嘴脸,我宰了你
　　　　这瘟神!

　　　　〔应高朗笑。

刘　濞　死到临头,发笑为何?

应　高　臣笑主公,如此气量狭小,天下豪杰谁还敢投效麾
　　　　下,辅大王成就帝业!

刘　濞　容他讲来。

应　高　若依臣之计,功业定可告成。

刘　濞　有何良计?

应　高　主公!

　　　（唱）　欲夺汉业并不难,
　　　　　　笼络人心第一关!
　　　　　　煽动诸侯齐造反,
　　　　　　软硬兼施用手段;
　　　　　　各国都盼疆扩展,
　　　　　　见利忘义必垂涎。
　　　　　　大王稳操盟主权,
　　　　　　合兵百万跨征鞍。

刘　濞　有道理!

应　高　（唱）　塞下之郡地广远,
　　　　　　朝廷募民正屯边;
　　　　　　应名谢罪自推荐,
　　　　　　立将吴民五万迁。
　　　　　　派遣武士来假扮,
　　　　　　结联匈奴密不宣。
　　　　　　但等大王义旗展,
　　　　　　铁蹄南下入长安。

刘　濞　好主意!

应　高　（唱）　王妃潜入后宫院，
　　　　　　　　鼓动太后乱朝班。
　　　　　　　　兴师名为讨削地，
　　　　　　　　要斩晁错报仇冤！
　　　　　　　　明春正月狂飚卷，
　　　　　　　　何愁不灭汉江山！

刘　濞　依卿所奏。明春正月旦日，起兵广陵！

第五场

〔两束弧光，映出晁错、晁太公与窦婴、窦太后。

晁太公　儿啊，你可听到朝野呼声？
窦　婴　太后，

晁　错　所议何事？
窦太后

晁太公　（唱）　诏令惹恼众藩镇，
窦　婴　　　　　　朝中舆论乱纷纷。

晁　错　讲说什么？
窦太后

晁太公　（唱）　罪在御史小贼臣，
窦　婴　　　　　　削地定制惑圣君。
　　　　　　　　诸侯个个生怨恨，
　　　　　　　　确有聚众谋反心！

晁　错　噢，都想翻天啦？
窦太后

晁太公　（唱）　皇亲国戚起公愤，
窦　婴　　　　　　要斩晁错把冤伸。

晁太公　（唱）　干戈将起祸临近，

窦 婴	（唱）　太后也难被人尊。
晁　错 窦太后	这是真的？
晁太公 窦　婴	耳闻目睹,千真万确　你该清醒啦 　　　　　　　　　外甥昏头啦！
晁　错 窦太后	以你之见？
晁太公 窦　婴	为了晁门绵延 为了汉业永固,你要当机立断！
晁　错 窦太后	当机立断？
晁太公	跳出三界外,辞官离朝,远走高飞。
窦　婴	正告圣天子,立斩晁错,谢罪天下！
晁　错	陈平之为,不足效法。
窦太后	吕雉之举,不足为训！
晁太公 窦　婴	儿啊 姑母,倘若病入膏肓,将难救药！
晁　错 窦太后	哼,我宁可坐以待毙！
晁太公 窦　婴	你——？
晁　错 窦太后	我自有主张！
晁太公 窦　婴	机不可失,时不我待啊！
晁　错 窦太后	你只管放心。
晁太公	哈哈哈哈！
窦太后	嘿嘿嘿嘿！

〔风雪黄昏。

〔冷宫,暗室一隅。

〔空室无饰,黑色帷幔上,隐见一幅文帝刘恒的遗容
绣像。高光一束射入,偶见雪花团旋飞舞。

〔窦太后青纱素服,席地祈祷,状若幽灵一般;宫女乙
侍立。

〔窦婴上。

窦　婴　皇太后!

窦太后　你又来干什么?

窦　婴　(艳姬捧药匣上)二姑看望你来啦!

艳　姬　姐姐!

窦太后　是艳姬?妹妹!你……让我想得好苦哇!

艳　姬　姐姐!

（唱）　心贴心儿心疼烂,

姐姐!我……好苦命的姐姐啊!

脸贴脸儿泪相参。

骨肉一别关山远,

朝夕思念梦魂牵。

艳姬自恨不孝贤,

二恨地来三恨天!

地有灵就该让我把病染,

天有情就该将我双眼剜。

若换得皇姐凤目还,

我宁愿投炉化金丹。

窦太后　贤妹不必泣哭。命中注定,在劫难逃,怨恨不得天地。吴王可好么?

艳　姬　好什么,活了今日,谁知能不能活到明日。他本想一同前来探望姐姐,可是经不得千里风寒,特地让我给你带来一颗丹心。(递药匣)

窦太后　这是什么?

艳　姬　日月明目仙丹。

窦太后　(如火灼手)真……有孝心呀。

艳　姬　大王忧念太后,把寿诞日都改成了祈祷日。他亲赴东海祈求神灵,梦得天尊密授,命人采得南越珍奇,泰山凤骨龙胆,东海灵龟寿贝,由方士炉火铸炼而成。服之百日,更可通目开窍,复见日月。

窦太后　我不是瓜子!(冷笑)我吃过的仙丹,不下百十种。

如果将炼丹的金银、珠玉、铜铁、朱砂、珍禽异兽骨
　　　胆,堆在一处,能垒一座宝山,不,那是为我砌造的墓
　　　冢!在不见天日的坟墓里,葬埋的正是我——人
　　　臣的祖奶奶、荣贵至尊的皇太后!

艳　姬　姐姐,你可不能死啊。

窦太后　谁说我想死?我不死!我自个儿搬进冷宫,就是要
　　　告诉天下,我活着!大汉基业还在我手心攥着哪!
　　　想盼我死的人,永远别想出世!(狂笑)

〔艳姬惊得发抖,假装哭泣。

窦太后　你哭什么?谁欺侮你了?

窦　婴　二姑是代替吴王负荆请罪来的。

窦太后　皇儿是咋说的?

艳　姬　姐姐!

　　(唱)　晁错害王连动本,

　　　　　诬告他谋反不朝君。

　　　　　下诏削掉地二郡,

　　　　　还得要治罪抄斩剁连根。

　　　　　宫门高悬斩雄剑,

　　　　　一日三省泪纷纷。

　　　　　蒙受冤屈难启唇,

　　　　　吴国臣民痛在心。

　　　　　我瞎好是他姨母娘,

　　　　　皇太后你的同胞骨肉亲。

　　　　　替王入京来谢罪,

　　　　　募民五万守边津。

　　　　　妹哀求怜王年迈还封郡,

　　　　　外甥他冷如冰霜不开恩。

　　　　　今日我向你来作别,

　　　　　明日去寻晁错把命拼!

窦　婴　陛下来了。

艳　姬　哎呀,姐姐,快把门关上。他若见我在此,立刻便有

杀身之祸。救救我吧!

窦太后　不用,我要他当面给你谢罪。

窦　婴　隔门也可以训子嘛。(关门)

〔刘启上。

刘　启　(唱)　寒锁御苑风怒号,

雪淹荒径朱栏凋;

猛见冷宫颓垣貌,

抢步拾级把门敲。

(叩门)母后,皇儿看望你来了。(无声,再叩)母后!
(仍无声)不在?(察看)啊,阶上为何留有杂乱
脚印?

艳　姬　姐姐,千万不敢出声!

窦太后　还活活把我憋死呀!

刘　启　母后,开门吧!

窦太后　你是何人?

刘　启　皇儿刘启。

窦太后　是皇上?

刘　启　儿不敢妄尊。

窦太后　是吾皇万岁?

刘　启　母后,皇儿给你跪下了!

窦太后　你有何罪?

刘　启　为子不孝。

窦太后　你登龙位,贵为天子,心上哪还有我这枯木朽株呀。
(悲泣)

〔艳姬仿其声,续其音,大声哭泣。

刘　启　母后节哀。

(唱)　往日怨儿少照应,

门外长跪来负荆。

纵有千错违母命,

你应体谅儿年轻。

爱儿之情儿早领,

无母哪有儿今生。
你苦心教儿把功用，
才赢得册立太子入宫廷。
你扶儿登基掌皇柄，
教儿赏罚要秉公。
你自移冷宫受苦痛，
儿的心头结寒冰。
上殿思你难理政，
回宫愁影伴孤灯。
求你随儿返回程，
再大事情都应承。

窦太后 你听着，如果还认母，尊后，我讲出话来，你得依允。

刘 启 儿遵命。母后请讲。

窦太后 （对窦婴小声地）怎么说？

窦 婴 （附耳低语）……

窦太后 停定制，还封地，斩晁错！

刘 启 啊？

窦太后 你是允也不允？

刘 启 母后！这是皇儿为国之远虑，为社稷之固本，为万民之乐业的大计，实难从命。

窦太后 无道的昏君！

（唱） 你言说吴王谋反心不正，
为什么三十年治邦国太平？
不是你听信谗言定制令，
他怎会春朝秋请不上京！
都只为贼臣晁错太骄横，
受宠用误国害臣乱朝廷！
猜想起当年因他把本动，
楚王险些一命终；
削夺赵王常山郡，
胶西王丢了六县放悲声！

现如今夺吴二郡还不行，
非得要赶尽杀绝连根清？
刘氏亲个个肢解动了刑，
诸侯王人人动怒怨恨生。
赶明日结伙造反看你咋称龙，
我难免也被腰斩点天灯。
你心里只有晁错最尊荣，
逼得我无奈移居入冷宫。
尽忠孝立斩晁错停制令，
再莫可乱法背弃老祖宗。

刘　启　母后！削地定制乃皇儿治国安邦之策，非晁错之过；
　　　　定制方行，不可更改；晁错无罪，岂可妄杀！

窦太后　我再说一遍，你允也不允？

刘　启　儿实难从命。母后，除此之外，皇儿什么都依你，就
　　　　是叫儿立死，也在所不辞。

窦太后　不孝的奴才！
　　　（唱）　你若允了这三件，
　　　　　　　开门母子两团圆。
　　　　　　　若将母子情义断，
　　　　　　　我——
　　　　下来咋办，快想个方子！

艳　姬　久住冷宫！

窦太后　该死！三天不走可以，日子长了，我身上这点没油水
　　　　的瘦肉，怕早让老鼠啃光了！

窦　婴　断水、绝食！

窦太后　那我还活得成呀！

窦　婴
艳　姬　以死要挟他非允不可！

窦太后　（唱）　我便绝食死里边！
　　　　　　　让天下万民来唾骂，
　　　　　　　叫你今生魂不安！

刘　启　母后！

窦太后　要晁错,还是要天下,你看着办吧!

　　　　〔宫女乙搀窦太后与窦婴、艳姬下。

刘　启　(连连叩门)母后! 母后!! 母后!!!

　　　　〔风狂啸。

　　　　〔刘启无力地叩击着宫门,痛苦欲绝的背影消失在暮
　　　　色中。

第六场

　　　　〔冬夜。

　　　　〔未央宫。寝殿一隅。

　　　　〔龙案置古筝、酒具。

　　　　〔刘启一筹莫展,抚筝述怀。

　　　　〔伴唱:愁运筹之进退,

　　　　　　　　虑帝阙之崩摧。

　　　　　　　　恨欲猛撞千石钟,

　　　　　　　　怒欲搥擂鼓灵龟。

　　　　　　　　把酒问苍天,

　　　　　　　　唯见雪霏霏。

刘　启　(唱)　灯扑朔,影迷乱。

　　　　　　　苦酒烧心把愁添。

　　　　　　　晁错义正词又严,

　　　　　　　催我发兵讨江南。

　　　　　　　窦婴埋怨把祖法践,

　　　　　　　艳姬她寻死觅活装疯癫;

　　　　　　　母后要挟寻短见,

　　　　　　　连日规劝徒枉然。

　　　　　　　同声要把晁错斩,

　　　　　　　金殿上百官沉默冷眼观。

117

　　　　　　流言蜚语来八面，
　　　　　　言说是诸侯合谋犯长安。
　　　　　　举旗无主难决断，
　　　　　　好似孤舟困险滩。
　　　　　　进退维谷茫顾盼，
　　　　　　浊浪迷雾罩深渊。

〔常侍骑上。

常侍骑　陛下，许多朝臣在宫外求见。

刘　启　（烦乱地）让他们明日早朝再奏！

常侍骑　遵旨。（下）

刘　启　（举樽欲饮又止）母后反对，表兄阻拦，诸侯怀恨，大臣不满，朝野混乱。我该怎么办？

〔晁错急上。常侍骑追上。

晁　错　陛下！

刘　启　大胆！你怎么闯进宫来了？

晁　错　臣夜叩宫门，惊扰圣驾，实乃不得已而为之，祈陛下恕罪。

刘　启　何事仓惶？

晁　错　吴王他……

刘　启　住口！你让我安静片刻。退下！

晁　错　容臣把话讲完。

刘　启　把他轰出去！

常侍骑　（拔剑）走！

晁　错　你今夜就是把臣杀了，我也要讲！

刘　启　你反了不成！？

晁　错　陛下，是吴王已经反了！

刘　启　啊？

晁　错　吴王勾结楚、赵六国，定于明春正月旦日，起兵广陵！

刘　启　这……不可能！吴王遣艳姬公主入京负荆请罪，为表忠心，又募民五万，业已迁居塞下，屯田守边；还为太后采炼日月明目丹，忠孝情真，确有悔过之意。再说，窦婴赴吴察看，吴王把祝寿日改为全国祷念先帝，为母后祈安日，在吴亦未发现有谋反迹象。若有七国合谋之举，朝中派赴吴地的使臣，不会没一人察觉，何以至今不见奏报进京？

晁　错　吴王伪诈乖巧，深恐事泄，诡称后宫失火，已将朝使尽皆诱杀。他以悔罪募民守边为名，实以武士伪装，伏兵塞下，勾结匈奴，一旦举兵，便可南北夹击，袭取长安。

刘　启　好个奸滑的老贼！

晁　错　陛下，不能再优柔寡断啦！

刘　启　宣窦婴，周亚夫！

常侍骑　窦婴、周亚夫进宫！

〔窦婴、周亚夫上。

刘　启　二位爱卿，确悉吴王勾结六国，明春起兵广陵。时日迫近，有何良策？

周亚夫　臣愿请诏，统兵讨伐七国乱贼！

窦　婴　七国谋反，详情未察，断不可发兵！

刘　启　何人熟知真情？

窦　婴　唯有袁盎。

晁　错　袁盎素与吴王交好，难见其真言，安邦大事，不宜问计于他。

窦　婴　国难当头，匹夫有责。当此用人之际，嫉贤妒能非君子所为，臣愿保荐。

刘　启　袁盎今在何处？

窦　婴　臣闻七国谋反，已将袁盎带来。

刘　启　宣他进来。

常侍骑　袁盎进宫！

〔袁盎上。

袁　盎　庶民袁盎拜见吾皇万岁。

刘　启　吴楚反叛，你可知晓？

袁　盎　我正为此而来。

刘　启　你曾言吴王忠君不贰,何致有今日?

袁　盎　此一时也,彼一时也。前言并非诳君。陛下不必忧虑,依臣之计,不出一兵,便可令吴罢兵。

刘　启　你有何计?

袁　盎　(冷眼狡黠地望着晁错)臣计,人臣不可知。

晁　错　臣告退。(回敬了袁盎一眼,愤然下)

袁　盎　陛下!

　　　　(唱)　吴楚七国谋反叛,

　　　　　　　　本意不在取长安;

　　　　　　　　原为索取封疆地,

　　　　　　　　发怒举兵报仇冤。

　　　　　　　　国难只因一人起,

　　　　　　　　得罪诸侯众朝官。

　　　　　　　　若将贼臣晁错斩,

　　　　　　　　归还封土自了然。

刘　启　斩晁错?!

袁　盎　斩晁错! 以谢罪天下。袁盎虽不才,甘愿持节出使吴国,奉还疆土,说服吴楚,罢兵还国。

刘　启　若还不斩,将会如何?

袁　盎　七国兵起,众叛亲离,天下大乱,祸危社稷。到那个时候,陛下,这金殿龙椅,恐怕你就坐不成了!

刘　启　(狐疑地)你出此计,莫非为了被晁错参奏丢官之事,借以公报私仇?

袁　盎　臣冤枉。

刘　启　从实招来!

袁　盎　陛下,若不信臣之忠心,可诏令朝臣,入宫议决,此计若为私仇而设,臣死而无憾。

周亚夫　定制方兴,不可废止;晁错无辜,岂可妄杀。我看他公报私仇!

窦　婴　定制叛祖,激怒诸侯,晁错惑君,论法当斩。我看他忠诚可嘉!

〔常侍骑捧奏章上。

常侍骑　陛下,丞相陶青会同中尉、廷尉诸朝官,联名上书,劾奏晁错。(呈章)

刘　启　(览诵)"吴王反叛,失人臣之道,当天下共讨之。但详察七国合反,非背祖亡君之举。皆因贼臣晁错,惑君削地定制,残害诸侯,离间刘氏宗亲骨肉,不称天子德信所致。大逆不道,按法腰斩、灭九族、弃东市!"斩晁错?!

〔内侍惶上。

内　侍　万岁!皇太后身卧冷宫,不食三日,昏迷谵语,命在旦夕!口口声声,皆言斩晁错!

刘　启　斩晁错?!

窦　婴　人君失孝道,贻笑天下,陛下将有何颜以慰先帝在天之灵!

〔内声:"吴王使者到——!"

〔郎中令捧宝奁匣上。

郎中令　吴臣郎中令奉大王遣使,前来呈献忠君丹心。

〔刘启打开宝奁匣一惊,取出书札。

刘　启　(诵)(刘濞画外音)"昏君宠奸听谗言,削疆定制乱朝班,今日奉还斩雄剑,刘氏宗亲共一天。如若不将晁错斩,兵发广陵向长安!"啊?(从匣中捧出斩雄剑,索索颤抖)斩晁错……?!

窦　婴
袁　盎
郎中令　斩晁错!
内　侍
常侍骑

周亚夫　陛下,斩不得!

(唱)　晁错忠诚天可鉴,
　　　　冰清玉洁无瑕斑。
　　　　呕心沥血行定制,
　　　　利民万世国久安。

121

今日若将晁错斩，
天下士谁还敢直谏将本参？
还封疆实为叛贼张凶焰，
昧天良枉穿龙袍戴皇冠！

刘　启　大胆！

众　臣　污辱天子，罪在不赦。

周亚夫　杀吧！斩吧！

刘　启　推出去！

常侍骑　（拔剑）走！

刘　启　慢！杖击三百，扶出宫门！

袁　盎　周大人，先尝尝皮肉之苦吧。

周亚夫　无耻小人！

〔常侍骑押周亚夫下。

刘　启　（捧剑）皇天后土，列祖列宗，我……我该如何是好？

窦　婴
袁　盎　陛下，你不能因爱一人而罪天下！

刘　启　容朕三思。

〔众退下。

刘　启　不能因爱一人而罪天下？

（唱）　霹雳轰雷电击搅混苍穹，
　　　　藩王反朝臣乱震撼宫廷。
　　　　难道说行定制非时违众，
　　　　才逼使吴王濞动怒兴兵？
　　　　我有心斩晁错挽救天倾……

〔幻觉。晁错画外音："你不能因爱一人而罪天下！"

刘　启　（唱）　怎忍心昧良知冤杀爱卿！

〔幻觉。窦太后画外音："要晁错，还是要江山，你看着办吧！"

〔幻觉。窦婴画外音："人君失孝道，贻笑天下，陛下将有何颜以慰先帝在天之灵！"

〔幻觉。刘濞画外音："如若不将晁错斩，兵发广陵向长安！"

〔幻觉。袁盎画外音:"斩晁错以谢罪天下,袁盎不才,甘愿持节出使吴楚,奉还疆士,说服吴王,罢兵还国"。

刘　启　（唱）　斩晁错我失良师国折栋,
　　　　　　　　留晁错众叛亲离怎支撑?!
　　　　苍天哪,列祖列宗,谁能把我点醒,我是一具借尸还魂的幽灵,还是一代天子、人君、圣主? 为什么无息无声? 我何去? 我何从?

〔回声:"我何去? 我何从……"

刘　启　（唱）　我身为一代国君命比天,
　　　　　　　　反被这无形罗网来捆拴!
　　　　　　　　先帝他未曾定制留隐患,
　　　　　　　　我为何不能剔除开新端?
　　　　　　　　我愤怒挥舞宝剑向谁砍,
　　　　　　　　我有苦痛泪洒向哪一边?
　　　　　　　　原以为执掌龙廷展宏愿,
　　　　　　　　到如今迈步万仞压在肩。
　　　　　　　　我亦是父母生养七尺汉,
　　　　　　　　爱晁错还是爱母爱江山?

〔幻觉。窦太后、窦婴、袁盎三人画外音:"你不能因爱一人而罪天下!"

〔回音在夜空中震荡。

刘　启　（唱）　我若还得罪朝臣众亲眷,
　　　　　　　　到来日何人辅我坐江山?
　　　　　　　　高擎起祖传开路斩雄剑,
　　　　　　　　断私情永固大汉一统天!

〔窦婴上。

窦　婴　陛下!

〔刘启背身扶龙椅,将斩雄剑递给窦婴。

窦　婴　（跪接宝剑,不解地）……陛下?

刘　启　（回身、猛击龙案）斩!

第七场

〔公元前154年(孝景三年)正月旦日。

〔广陵城下。

〔吴纛蔽日,武士林立,鼓角长鸣。

〔刘濞高踞驷马战轮之上,应高、田禄伯侍立。

刘　濞　（唱）　战轮千乘生尘浪,

　　　　　　　　长槊所向日无光。

　　　　　　　　七国举兵震华夏,

　　　　　　　　取代天子改朝纲。

　　　　众将官!

众兵将　吾皇万岁!万万岁!

刘　濞　寡人年六十有二,不惜白首,自统精兵,少子刘驹年一十有四,亦身先士卒。为创帝业,捐躯沙场!凡国人年长者与寡人同,年少与太子等,一律随伍出征。违者立斩!

田禄伯　遵令。

刘　濞　宣诏!

应　高　吴王濞敬向胶西王、胶东王、淄川王、济南王、赵王、楚王、淮南王、衡山王、庐江王、故长沙王子幸教!盖因汉有贼臣晁错,无功天下,窃权误国,削地定制,辱我藩国,不以人君礼待刘氏骨亲,逛乱天下,危残社稷。昏君宠佞臣不能省察。寡人同诸王举兵共讨之。今诏示天下,符节到处,按约进发,西捣长安,以安宗庙。七国义举,同舟共济,征杀奋进,早日奏凯,得汉天下,共裂其疆!

〔内声呼报:"汉使奉常袁盎到——!"

〔袁盎捧诏,得意上。郎中令随上。

袁　盎　吴王接旨。

刘　濞　(狞笑)袁盎,你抬起头来!

袁　盎　(见刘濞帝王装束、震惊)啊?!

刘　濞　寡人受诸侯拥戴,已尊东帝,接的什么旨?

郎中令　(踢倒袁盎)还不跪了!

袁　婴　大王,微臣乃朝廷命官钦使,奉天子诏谕前来,从与
　　　　不从,全在大王。

　　　　(唱)　天子已知王反叛,
　　　　　　　为了削疆把脸翻。
　　　　　　　受人蛊惑听谗言,
　　　　　　　而今悔悟已幡然。
　　　　　　　愿将贼臣晁错斩,
　　　　　　　归还削疆两相安。
　　　　　　　将王逆罪全赦免,
　　　　　　　恳求罢兵为民安。

　　　　〔刘濞夺过诏书,掷于战轮之下。

刘　濞　(唱)　老夫饮恨三十年,
　　　　　　　早想举兵取长安。
　　　　　　　非是为了贼晁错,
　　　　　　　不容刘启坐金銮。

袁　盎　(瘫坐于地)大王!……

刘　濞　寡人念你当年为相,不曾向天子举发谋反隐密,饶你
　　　　一命。你若乐于为寡人效力,可以拜你为将,随伍
　　　　出征。

应　高　袁将军,莫失良机!

袁　盎　这……容我三思。

刘　濞　反复小人,留尔何用!

田禄伯　看剑!(刺死袁盎)

刘　濞　出征!

　　　　〔鼓角长鸣。

125

第八场

〔岁末、午夜。

〔宫牢。

〔巨鼎隐隐。铁窗孤灯。牢外停放一辆木笼铁轮囚车。天宇如墨,白雪覆地,星光隐隐。

〔朔风凄凄,杜鹃声声。

〔晁错裹镣戴枷,被禁锁铁窗下。

晁　错　（唱）　斗转星移夜正阑,
　　　　　　　　朔风凄厉透罗衫。
　　　　　　　　遥望帝阙难合眼,
　　　　　　　　杜鹃声咽思茫然。
　　　　　　　　回首往事若梦幻,
　　　　　　　　几多欢乐几辛酸?
　　　　　　　　少小蜗犁砚上田,
　　　　　　　　安贫耕读居颖川。
　　　　　　　　夙志报国佩长剑,
　　　　　　　　马革裹尸赴边关。
　　　　　　　　欣逢皇王求贤诏,
　　　　　　　　怀揣经纶到长安。
　　　　　　　　鲲鹏翱翔羽翼展,
　　　　　　　　矢志辅君把身捐。
　　　　　　　　我忌恨——
　　　　　　　　折腰杨柳迎风势,
　　　　　　　　我蔑视——
　　　　　　　　聒耳芭蕉助雨欢。
　　　　　　　　敬蚕吐丝甘作茧,

慕雁排阵征云天。

列侯恃疆势日炎，

吴楚貔虎举狼烟。

力主定制除隐患，

为求九州芳花鲜。

满腔碧血灌华夏，

堪笑枷镣锁牢监。

〔狱丞上。

狱　丞　晁大人！

晁　错　太尉怎么样？

狱　丞　周大人冒死谏君，触怒龙颜，杖击三百，鲜血淋淋被扔出宫门。一气之下，辞朝返归故里去了。

晁　错　可知何人统兵讨伐吴楚叛贼？

狱　丞　廷议已决，天子下诏，已命袁盎为奉常，持节前往吴楚，归还被削封士，乞求罢兵谢罪去了。

晁　错　难道定制就这么夭折了不成？

狱　丞　家府已被羽林军查抄，夫人、公子，尽被腰斩东市……

晁　错　老太公——？

狱　丞　羽林军往捕捉拿，听说令尊他……早已在山中坐化仙逝了！

晁　错　狱公莫要悲泣，早在晁错预料之中。

狱　丞　大人！圣上已经朱批，明朝就要行刑了啊！

晁　错　下官微命何足惜，但愿以此换得一纸讨贼檄文，我当含笑地下。

〔常侍骑上。

常侍骑　狱丞何在？

狱　丞　将军有何吩咐？

常侍骑　打开牢门，点燃明灯！

狱　丞　监斩官窦大人有令，任何人不得探监。

常侍骑　大胆！陛下驾到！

狱　丞　将军恕罪。（急点灯）

〔官女们掌灯、捧酒和朝服、朝靴上。

〔刘启上。

刘　启　（唱）　弹罢玉筝肠欲断，
　　　　　　　　彻夜宫苑独盘桓。
　　　　　　　　残灯滴泪照愁颜，
　　　　　　　　步履蹒跚来探监。

　　　　　　（入牢）哪是晁爱卿！

晁　错　陛下？

〔晁错欲拜，刘启仆跪挽扶。

晁　错　陛下，已是岁末，怎么寒夜入监？

刘　启　朕……是前来为你……饯行的呀！

〔官女跪呈御酒，刘启捧樽。

刘　启　（唱）　送君上路壮英魂，
　　　　　　　　且饮苦涩酒一樽。
　　　　　　　　此别翻教心如焚，
　　　　　　　　哪堪分袂到明晨。

晁　错　（唱）　御酒滴滴如甘霖，
　　　　　　　　阶下囚徒谢圣恩。
　　　　　　　　有劳龙体探罪臣，
　　　　　　　　更觉知己两贴心。

刘　启　（唱）　我非君主你非臣，
　　　　　　　　生逢诤友一知音。
　　　　　　　　天若有情赐我死，
　　　　　　　　挽臂并肩两相跟。

晁　错　（唱）　定制功业未告竣，
　　　　　　　　盘根错节路艰辛；
　　　　　　　　一朝虽然断征轮，
　　　　　　　　寒凝磨砺育芳春。

刘　启　（唱）　难忘记你受任太子家令，
　　　　　　　　数年间两相依如弟如兄。

晁　错　（唱）　难忘记曾伴君休戚与共，

感龙恩将臣官职几度升。

刘　启　（唱）　你教我审是非兼听则明，

晁　错　（唱）　你重贤恤万民继祖承宗。

刘　启　（唱）　难得你性刚直将我匡正，

晁　错　（唱）　负圣命掌御史忧国尽忠。

刘　启　（唱）　我不能因爱一人罪天下，

晁　错　（唱）　臣深知陛下心怀有苦衷。

刘　启　（唱）　今朝斩你强忍痛，

晁　错　（唱）　士为知己慰平生。

刘　启　（唱）　贤卿品德贯长虹，

晁　错　（唱）　但愿四海浪不兴。

刘　启　（唱）　手足爱，

晁　错　（唱）　山海情，

刘　启　（唱）　血交融，

晁　错　（唱）　脉相通。

刘　启　（唱）　此去灵台再难逢，

晁　错　（唱）　恳请葬身灞水东；

刘　启　（唱）　玉版上书刻你的功德铭，

晁　错　（唱）　我期待王师凯旋还帝京。

〔窦婴带羽林军，持斩雄剑上。

窦　婴　　　　时辰已到！

刘　启　（唱）　卿为玉碎世罕见，

　　　　　　　　五内俱裂神魂癫；

　　　　　　　　赐君朝服东市去，

〔狱丞扶晁错下，宫女捧服靴随下。

　　　　　　　　好似宝剑绞心肝！

　　　　　　　　今生留下无限恨，

（滚白）刘启呀，刘启，昧了良知的昏君！苍天哪，苍天，饶恕我这千古罪人吧！

〔晁错换服靴上。狱丞、宫女随上。

〔晨钟鸣响。

晁　错　陛下，受臣最后一拜！

刘　启　（唱）　双膝跪地把君搀。

〔众皆跪伏。刘启解下斗篷（此物乃夜访时晁错所送）替晁错披在肩头。

〔伴唱：晨光铺道通天穹，

寰宇共鸣奏哀钟。

一曲壮歌颂英灵，

千古囚笼铸血腥。

〔晁错义无反顾，迈步登上囚车。窦婴率羽林军推车下。

〔天幕间，现出吴王濞高踞驷马战轮之上，挥师进军的剪影，车辚辚，马啸啸，声震天地。渐隐。

〔窦婴捧斩雄剑上：内侍、常侍骑随上。

窦　婴　晁错斩讫！

内　侍　皇太后回宫！

常侍骑　吴楚七国起兵广陵！

刘　启　（从窦婴手中一把夺过斩雄剑）斩雄剑啊，斩雄剑！

〔如痴如癫，狂笑、苦笑、冷笑，潸然泪下。

〔众惊惧缩作一团。

——剧　终

演出单位

西安市五一剧团

三贤客

郑宗义　编剧

剧情简介

    劣绅祁少卿仰仗义父之势横行乡里,欺男霸女。欲纳民女杜月英为妾,伙同酒保潘滑诱杜父借钱三十两。杜父客死经商途中,其妻杜氏携女还银,祁、潘妄说杜父借钱三千两,立逼杜月英抵债为妾。县令李竹坚在国库借俸银三千,赎出月英。祁串通总督府幕宾苟品梅诬告李令,总督田文镜派幕宾鲁亮侪摘印代职,鲁感蹊跷,挂冠回府。李竹坚查明隐情,田、李共审此案,立斩祁少卿。鲁亮侪归来,三贤共谋国事。不料苟品梅携圣旨将三贤押解京城。

场　目

人 物 表

鲁亮侪	总督府幕宾	武生
田文镜	河南总督	花脸
李竹坚	中牟县县令	须生
杜 氏	民妇	青衣
杜月英	杜氏之女	小旦
祁少卿	亲王义子	小生
荀品梅	总督府幕宾	小生
潘 滑	酒保	小丑
豫老伯	中牟县百姓	老生
司道		
折差		
中军		
衙役		
校尉		
武士		

第一场 发 案

〔清代康熙年间。

〔中牟县城郊玉龙桥边,酒店门前。

〔幕启:潘滑上。

潘　滑　（数）　咱家姓潘单名滑,

　　　　　　　　玉龙桥边幌子插。

　　　　　　　　醉翁之意不在酒,

　　　　　　　　专为东家采名花。

　　　　　　　　今朝久等人一个,

　　　　　　　（张望、惊喜地）嘿嘿!

　　　　　　　　说她想她就来啦!

　　　　　　有请祁公子!

〔祁少卿醉意矇眬上。

祁少卿　（引）　筵前只贪红裙醉,

　　　　　　　　良辰恭候待美色。

　　　　　　她当真的来了?

潘　滑　你顺着奴才手指儿瞧!

祁少卿　杜月英? 好个窈窕的佳人哪!

　　　　（唱）　婷婷婀娜莲出水,

　　　　　　　　春花翠柳无颜色。

　　　　　　　　香艳沁脾惹人醉,

　　　　　　　　骨软筋麻魂魄飞。

〔杜月英挽扶杜氏上。

杜　氏　（唱）　春回大地风送暖,

　　　　　　　　陌上游人舞翩跹。

杜月英　（唱）　谁解胸中万般苦,

135

孤儿寡母泪满衫。

杜　氏　（念）　红了桃花绿了水，

杜月英　（念）　韶光不管未归人。

潘　滑　哟，这不是杜大嫂么？

杜　氏　潘大哥，妾身有礼了。

潘　滑　你母女俩上坟给杜大哥烧纸去呀？

杜　氏　我是替官人还债来的。（递银包）

潘　滑　（故作惊讶状）怎么，就这一点？

杜　氏　本息全在，不少分文。

潘　滑　这三十来两，还不够利息钱。

杜　氏　妾孝服在身，休得取笑。

潘　滑　谁与你取笑！你家杜郎借的可是三千两呀！

杜　氏　空口无凭。

祁少卿　莫非本公子赖你不成！（出示借据）文约有据！

潘　滑　我给你念念。"兹有本县杜郎欲赴川中经营丝罗，特
　　　　邀玉龙酒家潘滑作保，愿借祁公子少卿纹银三千两，
　　　　月息三厘五，三年为限，本息一并归还。恐口无凭，
　　　　立此为据。"看清白，这是你家官人的手印。

杜　氏　哎呀，苍天！……（昏倒）

杜月英　母亲醒得！母亲醒得！

杜　氏　（唱）　见文约把我的肝胆吓坏，
　　　　（滚白）我叫……叫一声早死的官人，狠心的官人
　　　　啊！实只说将家产典当净尽，换来纹银，偿还债务，
　　　　哪想遭此诬陷，有口难辩，谁替我伸得这不白之
　　　　冤啊！
　　　　（接唱）平地里突降下横祸天灾！
　　　　　　　　祁少卿他原是泼皮无赖，
　　　　　　　　明知晓遭坑害有口难开。
　　　　　　　　杜郎夫你若还阴魂尚在，
　　　　　　　　三对面诉真情为我消灾。

祁少卿　你是还也不还？

杜　氏	祁公子,你不该昧心欺我孤儿寡母啊!
祁少卿	好一刁妇,杜郎借我银子,客死旅中,本公子念你丧事未了,宽仁为怀,没想到你居然忘恩负义,刁钻狡赖。走,随我县衙见官!
潘　滑	公子息怒,有话好说嘛。
杜月英	母亲,那官府是去不得的呀。
潘　滑	月英姑娘说得对。中牟大堂可不是我这小酒店,想来就来,想去就去。你没想想,他义父是当朝亲王,权威势重,哪个敢惹?县大老爷在他脚下不如一只蚂蚁,何况你个小寡妇! 再说,现有文约凭证,中人对质,上了公堂能有你的便宜? 轻则打你个皮肉开花,七窍见彩,重则问成死罪,押赴市曹,凌迟刀剐!
杜月英	啊?!
杜　氏	皇天,还有我平民百姓的活路吗?
潘　滑	天无绝人之路,大嫂若愿听言纳谏,我倒有个两全之策。
杜　氏	但求赐教。
潘　滑	你不如将月英卖于公子为妾,一来可以偿清债款,二来姑娘终身有依,你也能跟上享半世清福。
杜月英	母亲!
杜　氏	要我卖掉女儿? 好毒的心啊! (唱)　你比蛇蝎更凶残, 　　　　逼我骨肉不团圆; 　　　　今日宁肯拼一死, 　　　　要我卖女难上难!
祁少卿	给脸你不要脸,休怪无情面。走,(拉杜氏)随我见官去!
潘　滑	月英姑娘,眼见你娘去坐班房,你这作儿的孝心哪儿去了?
杜月英	慢着! 母亲哪! (唱)　祁贼霎时紧逼命,

怎忍娘亲受酷刑？
万般无奈把心横，
我愿卖身把债清。

杜　氏　月英，娘的儿！……

祁少卿　少啰嗦，走！

潘　滑　（掏出备好的文约）来，在这卖身契上按个手印，你娘就有救了。

杜月英　母亲！……（划押）

杜　氏　你！……（昏倒）

杜月英　（扑向杜氏）母亲！

祁少卿　如今是我祁少卿的人了。走吧？

杜月英　母亲，孩儿我……走了。（跪拜）
〔鸣锣。祁少卿拉杜月英下。

潘　滑　呀，县大老爷过来了。（慌忙揣起银包，拖开杜氏）
少在这儿给我种人命！（下）
〔衙役喝道上。李竹坚上。

李竹坚　（唱）　四方宁乐少诉讼，
岁稔年和三教隆；
祈愿国泰民安生，
立身夙志不求名。

一公人　启禀老爷，有一民妇倒卧桥边。

李竹坚　扶她来见。

一公人　喳！（扶杜氏）我家老爷唤你哩。

杜　氏　啊?!（跪）叩见大老爷。

李竹坚　这一妇人，你为何倒在这里？

杜　氏　贱妾名唤杜氏，家住本城，只因夫君杜郎在世之时，借下祁公子三十两纹银，今日前来归还。不料天降大祸，文约上变成了三千两，女儿月英为了偿还债款，卖身抵债，是我不忍女儿分离，昏倒在此。不知大老爷驾到，万祈开恩恕罪。

李竹坚　竟有这等奇事？

（唱）　民妇哀哀诉端详，
　　　　字字含血痛悲伤；
　　　　食禄执掌中牟堂，
　　　　要把正义来伸张！
这是杜氏，你夫借银，女儿卖身，何人作保？

杜　氏　此店潘滑为保。

李竹坚　传祁少卿、潘滑！

〔公人带祁少卿、潘滑上。

祁少卿
潘　滑　叩见大老爷。

李竹坚　杜郎借银三千，其女卖身抵债，可有其事？

祁少卿
潘　滑　件件属实。

李竹坚　何人作保？

潘　滑　小民潘滑。

李竹坚　可有文契？

祁少卿　明公察验。（递文约，杜氏亦交文约）

李竹坚　果是三千两，并无涂改作弊之处呀？我想她乃殷实小户、单帮经纪，怎会借贷巨款？其中必有蹊跷！

杜　氏　青天大老爷，求大人给公子讲讲情，把月英还给我吧。我与你跪下了。

祁少卿　哼！（扭头不理）

李竹坚　这是祁公子，你看她如此凄切哀伤，看在下官面上，将月英暂还于她吧？

祁少卿　这有何难？拿银子来！

李竹坚　（旁白）好你个祁少卿，依仗干老子的官宦权势，横行乡里，万民切齿，这借银霸女之为，其中必有讹诈。只要民妇告在本县，我就可将他拘押，岂不是既可救民于水火，又为地方治伏一害？这是杜氏，你速速呈状来见。

〔祁少卿一震，以目向潘滑示意。

潘　滑　我说杜大嫂，诬告反坐，罪加十等。你可要掂掂

　　　　　分量。

杜　氏　啊？大老爷，民妇我……我不告状。

李竹坚　这就难煞下官了！

　　　　（唱）　倘若还拖延时辰到今晚，
　　　　　　　　遭凌辱月英贞节难保全。
　　　　　　　　我何不先救民女脱凶险，
　　　　　　　　待来日劝她写状来报官。
　　　　　　　　到那时定将真凶拿到案，
　　　　　　　　依刑律将尔严惩不容宽！

　　　　祁公子，本县我愿出三千两纹银，替杜氏赎回月英。

祁少卿　一个小小七品官儿，月俸三十八两六钱半，哪里拿得
　　　　出三千两银子。好你个李竹坚，到任三载，处处与我
　　　　作对，今日叫你当众出出丑，暂且消消我心头之恨。
　　　　（对李竹坚狡黠一笑）大老爷愿解囊出银，悉听
　　　　尊便。

李竹坚　纸笔伺候！

　　　　〔公人呈上文房，李竹坚草书一帖。

李竹坚　来呀，速提库银三千两，送往祁府，领回杜月英，不得
　　　　有误！

一公人　喳！（拿手折下）

杜　氏　谢青天大老爷恩德。

李竹坚　随着我来。打道回衙。

　　　　〔杜氏随李竹坚、衙役下。

潘　滑　公子，三千两雪花银到手了。

祁少卿　蠢才，我要的是杜月英。

潘　滑　唉，水灵灵的一朵花儿，活生生让这个狗官抢去了！

祁少卿　他咋样带走的，还得乖乖咋样给我送回来！

潘　滑　李竹坚可不是面团儿，想咋捏就咋捏。

祁少卿　他动用国库皇银，把柄在我手心攥着呢。不还杜月
　　　　英，那顶乌纱帽就别想再戴了！打酒来！

潘　滑　来啦！（送酒）

〔苟品梅翩翩上。

苟品梅　（吟）　细雨连霄湿软尘，

　　　　　　　　一朝晴放满目春；

　　　　　　　　柳丝媚舞花嫣笑，

　　　　　　　　都似风前得意人。

祁少卿　有了。我何不借他这张嘴巴一用？

　　　　　（吟）　贵人初得意，

　　　　　　　　豪气入云霄；

　　　　　　　　未置黄金屋，

　　　　　　　　先谋贮阿娇。

苟品梅　好清妙的佳句！

祁少卿　哦呀呀，原是苟兄到了！

苟品梅　原是祁贤弟，幸会，幸会呀！

祁少卿　品梅兄风流倜傥，不减当年，使我想起那次你我在开封争宠名妓夜来香的趣事来了。哈哈哈哈！潘滑，看酒。

　　　　　〔潘滑进酒。二人入座。

祁少卿　仁兄别来无恙？

苟品梅　惭愧呀！

　　　　　（念）　觅巢择室几经春，

　　　　　　　　仕途渺茫难追寻；

　　　　　　　　上苑林花遇不到，

　　　　　　　　生成薄命总依人。

祁少卿　闻听仁兄与当今名士鲁亮侪，双入田督幕府，辅佐政事，不知官拜何职？

苟品梅　一言难尽！

　　　　　（唱）　浪迹江湖空悲愤，

　　　　　　　　绝处幸逢田大人；

　　　　　　　　总督惜才将我聘，

　　　　　　　　以礼款待列上宾。

　　　　　　　　受命访廉暗出巡，

秦腔

三贤客

SANXIANKE

141

体恤民情察官绅；

未把中牟县城进，

酒肆相会喜逢君。

祁少卿　想你苟品梅,胸藏千古史,腹蕴五车书,言比金石,字赛珠玑,尤擅香奁绝调,名噪中州,有口皆碑,怎么竟然落得个篱下清客？可惜呀,可惜！

苟品梅　欲觅荣华羡仕途,云在青山月在楼哇。生不逢时,难遇伯乐啊！

祁少卿　想不到田文镜,竟然无此识玉慧眼,枉戴总督珊瑚顶！

苟品梅　不提也罢。贤弟方才吟诗,想必有感而发？

祁少卿　你呀！

（唱）　敝县令做官骄横逞霸道,

施淫威欺诈黎民践律条。

吞库银贪赃累把私囊饱,

今日里强买民女纳妾娇！

苟品梅　流言蜚语,以讹传讹,亦未可知。

祁少卿　你来看,(出示李竹坚所书文约)这是赃官盗用三千两库银,买女纳妾的明证。

苟品梅　果有此事？

潘　滑　闹得满城风雨,谁敢大声放个屁！

苟品梅　这还了得！

祁少卿　你既身为督府钦差,何不为民请命？

苟品梅　这个……

祁少卿　〔参倒李竹坚,可是你进身之阶呀！

苟品梅　朝中无人,也是枉然呵。

祁少卿　笔墨伺候！(潘滑呈过文房,祁少卿草书一信)仁兄,倘若田大人妒贤嫉能,你带上这封书信进京,面见我义父,保你出任中牟令。

苟品梅　(感激涕零地)生我者父母,知我者贤弟也。倘能凤愿以偿,来日自当竭力报效。

祁少卿　为国举贤荐才嘛。

苟品梅　愚兄就此告辞。

祁少卿　恕不远送。

苟品梅　后会有期。（下）

潘　滑　这书呆子,给根光骨头,他就摇尾巴。

祁少卿　我可没说李竹坚呀,嘿嘿,来日看尔狗官的好下场!

第二场　授　命

〔开封总督府。

〔二幕前:苟品梅兴冲冲上。

苟品梅　（唱）　春风得意马蹄疾,

　　　　　　　天生我才逢良机;

　　　　　　　公子慷慨又仗义,

　　　　　　　怀揣荐札登天梯;

　　　　　　　今番回到开封去,

　　　　　　　大人面前表功绩;

　　　　　　　讨得欢颜蒙提携,

　　　　　　　七品乌纱到手里。

〔二幕启:司道、校尉排衙。

〔田文镜上。

田文镜　（引）　立身卓尔青松操,

　　　　　　　挺志坚然白璧姿。

〔苟品梅进衙。

苟品梅　叩见老大人。

田文镜　免礼。老夫命你出巡,可曾查得民苦官弊?

苟品梅　承禀钧旨,卑职在中牟查获一案。

田文镜　如实道来。

苟品梅　明公且听。

143

（唱）　可恼狗官中牟县，
　　　　贪赃枉法罪滔天；
　　　　侵吞库银三千两，
　　　　强霸民女纵淫欢；
　　　　终朝寻乐不理案，
　　　　民怨鼎沸禁若蝉。

田文镜　啊？有无凭证？

苟品梅　现有他买女纳妾文契，县衙查得提取库银手折。（呈文）明公过目。

田文镜　哇呀呀呀！李竹坚，假君子！

（唱）　肝火迸发怒冲冠，
　　　　好个匹夫李竹坚！
　　　　想当年老夫看你才华超群、秉性刚直貌不凡，
　　　　荐才赐尔七品官；
　　　　盼望辅政秉清廉，
　　　　体恤黎民除佞奸；
　　　　哪知得志身荣显，
　　　　忘记皇恩图淫贪；
　　　　怨我错把人品看，
　　　　朽木误作栋梁安。

来呀，传我契箭，速将李竹坚罢黜，就地收监，听候参劾发落！

中　军　喳！（下）

苟品梅　不知大人遣使何人前去摘印代职？

田文镜　以你之见，何人当得此任？

苟品梅　大人，恕我冒昧妄言，小生不才，承蒙明公宽仁礼遇，厚德见爱，久有辅政济民之志，怎奈无有机缘。若得大人垂青，皇王龙恩圣赐，甘愿效忠麾下。

田文镜　你且下去，容老夫三思。

苟品梅　喳！（下）

田文镜　你等意下如何？

司　道　苟品梅乃当代名士，才学出类拔萃，既能毛遂自荐，倒也当得此任。

田文镜　观千剑而后识器，操千曲而后知音。苟品梅入衙候补多年，老夫久观此人虽风流倜傥，然乏稳健之性，文采俏丽，而多矜炫淹博之味，谈吐悬河，常泄傲桀之词，举止潇洒，而累露猥琐媚谄之态，尚须深察疏导。

司　道　大人所言极是。

田文镜　老夫意欲荐遣鲁亮侪出使中牟，以为何如？

左司道　大人，鲁相公乃当代中州士魁，堪任此职。

右司道　大人，鲁亮侪虽精通文经武略，但自恃才高，桀骜不驯，蔑视科举皇制，终朝走马舞剑，纵酒狂赋，重用不得。

田文镜　言之差矣！尔等可记得当年魏武帝发布求贤令？昔伊挚传说出于贱人，管仲、桓公贼也，皆用之以兴。韩信、陈平负污辱之名，有见笑之耻，卒能成就王业，声著千载。吴起贪将，杀妻自信，散金求官，母死不归，然在魏，秦人不敢东向，在楚则三晋不敢南谋。举贤勿拘品行，但唯才是举。鲁亮侪自恃才高，并非虚妄，虽则桀骜，却有侠骨义胆，纵酒狂赋，然诗境高洁，蔑视科举之制，但素怀报国宏志。吾久察其言行，刚正不阿，胆略过人，累陈忧国济民良策，绝非庸碌之辈。有请鲁亮侪。

〔鲁亮侪内声："来也！"上。

鲁亮侪　（念）　壮心仗剑四海游，

　　　　　　　　怀才忧国志未酬；

　　　　　　　　安得名上凌烟阁，

　　　　　　　　岂羡当年万户侯。

　　　　参见大人。

田文镜　免礼，赐座。

鲁亮侪　明公传唤下官，不知有何见教？

田文镜　是你不知,老夫遣使察廉访政,得悉中牟县令李竹坚贪滥无度,徇私作弊,恣意吞没库银,买女纳妾,肥己追欢,犯下不赦之罪。

鲁亮侪　明公,素闻李令才博耿直,清风惠政,如此丑行秽迹,恐为讹传。

田文镜　苟品梅亲自察访,且有他买女文契,亏银手折,铁证如山。

鲁亮侪　如此看来,他是徒有虚名了?

田文镜　欺世盗名!吾已修本表奏弹劾,今着你前往中牟摘印代职。

鲁亮侪　哎呀,明公,自我入府,领大人福荫,承蒙殊礼恩待,竭诚效力麾下,亮侪虽居身微贱,亦满才心,荣华冠带非我之奢望。下官学疏才浅,充任此职,恐失明公期望,还祈另选贤能。

田文镜　不必过谦。望你此去为国效忠,建立功业,万勿怠慢。你速驰驿赴任。

鲁亮侪　也罢!

　　　（唱）　明公坚意来栽培,
　　　　　　　安敢不尊再推诿?
　　　　　　　唯愿鞠躬能尽瘁。
　　　　　　　死而后已忠报国。

田文镜　后庭设宴,为鲁贤士饯行。

鲁亮侪　岂敢有劳明公。

田文镜　说是你随着我来。（挽鲁亮侪下）

第三场　查　访

〔玉龙酒家门前。

〔二幕前:豫大伯携万民衣提酒壶上。

豫大伯　（唱）　痛骂田督太昏顽，

　　　　　　　　　　有眼不辨忠和奸。

　　　　　　　　　　专横武断信馋言，

　　　　　　　　　　李大老爷蒙屈冤。

　　　　　　　　　　怨声载道齐哀叹，

　　　　　　　　　　万民推我去探监。

　　　　　　〔二幕启：潘滑上。

豫大伯　打壶酒！

潘　滑　豫大伯，稀客，稍候。（提酒壶下）

　　　　　　〔鲁亮侪布衣草冠、策驴上。

鲁亮侪　（唱）　暗察行来中牟县，

　　　　　　　　　　桥边拴驴四下观。

　　　　　　　　　　来往行人愁眉敛，

豫大伯　伤天害理的，天理良心都不要啦！

鲁亮侪　（唱）　老人发怒为哪般？

　　　　　　我想，这店中酒保，眼观六路，耳听八方，县令行止品
　　　　　　德，必有所闻，酒家，打酒来。（坐于豫大伯对面）

　　　　　　〔潘滑提酒壶上。

潘　滑　来啦。客官请。（同时将豫大伯酒壶送过）大伯，这
　　　　　　是你的。

鲁亮侪　这是酒保，我观这中牟县地面，士民安居乐业，百业
　　　　　　兴隆，必是贵县大老爷德政广布，方能如此呀。

潘　滑　客官从哪里来？

鲁亮侪　从开封到此。

潘　滑　嗯，让我也借一张嘴，给狗官传传名。客官，俺这位
　　　　　　李大老爷呀，不是小的背后吃杂碎，谁不知他是个驴
　　　　　　粪蛋蛋外面光！

鲁亮侪　何以见得？

潘　滑　你没听说？他贪赃枉法，吞了三千两皇王库银，买下
　　　　　　一个黄花幼女，纳妾淫欢，闹得乌烟瘴气，迎风飘十
　　　　　　里，满城摇了铃啦！

豫大伯	胡说八道！
潘　滑	谁胡说八道？田总督已经行文，将狗官革职下了大牢啦！听说已派鲁公鲁亮侪今日前来摘印代职哩。
豫大伯	客官，你从开封来，可听说此事？
鲁亮侪	略有所闻，老人家问此何意？
豫大伯	客官哪知，俺们李大老爷爱民如子，德布四乡，全县士民谁不称道？这样的清官被罢，实在可惜呀！
鲁亮侪	既如此，何不前去对新任县令鲁亮侪言讲？
豫大伯	哼，总督有令，有十个鲁亮侪也无能为力。再说，鲁亮侪数载效力田总督麾下，好不容易才取代个县官，能放弃这个美缺，成全李老爷么？人心都叫狗吃了！

（提酒壶愤然下）

鲁亮侪	好爽快的老人！
潘　滑	爽快，这话传到鲁公耳朵里，还不枷断他的贱骨头！请喝酒。

〔杜月英上。

杜月英	（唱）　李老爷动用库银犯了案，
	田总督差官行文把人监；
	怎忍心恩公为我受牵连，
	杜月英岂能袖手来旁观？
	母女们惨凄痛别作决断，
	奴甘愿再次卖身报恩还。
潘　滑	哟，这不是月英姑娘么？我给你道喜啦。
杜月英	休得多言。你对公子言讲，我……（递过卖身契）我情愿委身公子。
潘　滑	你愿意卖给祁公子？好，少候！（下）
鲁亮侪	观见这一女子，泪满愁腮，甘愿卖身必有难言苦衷。请问大姐，卖身为何？
杜月英	客官，你哪知我心中的苦楚哇！
	（唱）　我欠下县大老爷银三千，
	今日里务必如数去归还；

倘若错过时辰不兑现，

冤难明大祸临身命难全。

〔潘滑引祁少卿上。

潘　滑　月英姑娘，公子不记前嫌，应允了。

祁少卿　好吧，随我回府。

杜月英　你将银子送给县衙，我去辞别母亲，方可随去。

祁少卿　潘滑，你去派人送银子，顺便把杜氏接来。

潘　滑　是。（欲下）

鲁亮侪　且慢！

潘　滑　驴槽里多个马嘴。靠边站着吧！

鲁亮侪　大胆！

祁少卿　口气不小哇？你没打听打听，我是谁？

潘　滑　眼放亮，他是当朝亲王的干儿子祁少卿祁大公子。

鲁亮侪　祁公子又能怎么样？

潘　滑　我看你是不想活咧。（动手）

鲁亮侪　今天叫你见识见识咱家。（一掌将潘滑击翻在地）

潘　滑　啊？

祁少卿　你小子是什么人？

鲁亮侪　鲁亮侪！（出示契箭）

潘　滑
祁少卿　（惊倒）啊？！

〔二幕闭。

鲁亮侪　好气也！

（唱）　民女卖身好伤惨，

　　　　士民赞叹李竹坚，

　　　　是真是假难分辨，

　　　　中牟堂上解疑团。

走，带上银子随我进衙！

〔众随鲁亮侪下。

第四场 让 贤

〔接前场。中牟县大堂。

〔"清慎勤"堂匾高悬。

〔二幕启:衙役上。

〔堂鼓声中鲁亮侪上。

鲁亮侪　（念）　公堂森森鬼神惊,

　　　　　　　　清政济民辨忠佞。

　　　带李竹坚!

一公人　带李竹坚!

　　　〔李竹坚内唱:

　　　　　　　堂鼓声声把我传,

　　　〔李竹坚带枷上。

李竹坚　（唱）　满腹怨愤思茫然。

　　　　　　　中牟三载秉清廉,

　　　　　　　光明磊落无私贪。

　　　　　　　不知身将何法犯,

　　　　　　　罢官下狱为哪般?

鲁亮侪　（唱）　观见他面貌温文儒雅相,

　　　　　　　并非那豪纵纨绔小儿郎;

　　　　　　　士民们交口称贤孚众望,

　　　　　　　这样人吞银霸女为哪桩?

李竹坚　参见大人。

鲁亮侪　李竹坚,你可知罪?

李竹坚　下官不知何罪之有?

鲁亮侪　说是你抬起头来,这堂匾书写何语?

李竹坚　清慎勤。

鲁亮侪	语意怎讲?
李竹坚	此乃前朝圣君明言金语:尔俸尔禄,民膏民脂,下民易辱,上天难欺。
鲁亮侪	意在何为?
李竹坚	省身自戒。
鲁亮侪	既晓清廉慎行,勤勉纲政,为何私吞库银?
李竹坚	此乃下官借支俸禄。
鲁亮侪	借银何用?
李竹坚	赎买民女。
鲁亮侪	(冷笑)嘿,嘿嘿嘿嘿,好一个借支俸禄,赎买民女。不动大刑,量尔不招。大刑伺候!
李竹坚	(大笑)哈,哈哈哈哈!
鲁亮侪	你发笑为何?
李竹坚	下官久闻大人耿直刚正,不想今日聆听堂论,居然凭籍一面诬词,不分青红皂白,颠倒是非,岂不令人可笑!
鲁亮侪	难道你亏银霸女不是实情?
李竹坚	下官借俸,书折立案,逐月清偿,写得分明,何谓侵吞?民妇杜氏无力偿还祁家债务,其女月英为救寡母免受刑狱之苦,自卖其身,杜氏痛不欲生,明知蒙冤一时难查,是我不忍她母女生离死别,为保民女贞操,借支俸禄赎回民女,使她孤儿寡母以享天伦,念其无家可归,权且邀回县衙,终生俸养,何谓霸女纳妾?
鲁亮侪	谎言狡辩,谁能作证?
众衙役	我等作证。发案时我等在场,耳闻目睹,俱属实情。望大人明鉴。
鲁亮侪	传杜月英上堂!
一公人	杜月英上堂!
	〔杜月英上。
杜月英	民女杜月英叩见大老爷。

鲁亮侪　　这是杜月英,你是怎样欠下李竹坚三千两纹银,从实讲来。

杜月英　　(发现李竹坚)哎呀,李大老爷! 恩公!

鲁亮侪　　不必胆怕,下官为你作主。

杜月英　　恩公啊! (扑向李竹坚,跪抚其身)我将三千两纹银带来了,求你收下吧。

李竹坚　　啊呀,银子从何而来?

杜月英　　我……我将自身卖于祁公子了。

李竹坚　　什么? 你……你母亲哪?

一公人　　杜氏闻听女儿卖身,已在后堂自缢身亡了。

杜月英　　母亲哪!

李竹坚　　哎呀,皇天! 好个糊涂的姑娘啊!

鲁亮侪　　杜月英,你且讲来。

杜月英　　大老爷!

　　　　　(唱) 开言难禁珠泪滚,

　　　　　　　　民女奇冤苦难申!

　　　　　　　　我家住中牟祖为民,

　　　　　　　　老爹爹贩绸异乡命归阴,

　　　　　　　　曾借下祁府雪花银,

　　　　　　　　为偿债当尽家产凑分文;

　　　　　　　　那一日玉龙酒店去还账,

　　　　　　　　怎料想祁公子翻脸起歹心;

　　　　　　　　三十两变作三千两,

　　　　　　　　霎时间有口难辩祸临身;

　　　　　　　　强逼我母女把县衙进,

　　　　　　　　月英我无奈卖身救母亲;

　　　　　　　　幸遇得李大老爷将我母女来怜悯,

　　　　　　　　他慷慨出银赎我杜门一条根。

　　　　　　　　可怜他因此亏银被拿问,

　　　　　　　　眼睁睁乱箭飞蝗穿我心;

　　　　　　　　怎让他无故带灾遭不幸,

因此上我二次卖身搭救老爷报深恩。
今带来纹银三千把心尽，
要治罪奴愿为他作替身。

李竹坚 （唱） 姑娘你做事太鲁莽，
　　　　　　　为我卖己实荒唐！
　　　　　　　下官虽然遭毁谤，
　　　　　　　纵赴刑场又何妨？
　　　　　　　你正青春年方少，
　　　　　　　幼芽怎能抗冰霜？
　　　　　　　可怜你母命惨丧，
　　　　　　　速去退银莫徬徨！

杜月英　老爷！

（唱） 虽说母女情意长，
　　　　难比恩公好心肠。
　　　　宁舍奴家命一条，
　　　　为你赎罪伸冤枉。

李竹坚　月英姑娘！
杜月英　恩公啊！

鲁亮侪 （唱） 民女血泪诉真相，
　　　　　　　茅塞顿开心亮堂。
　　　　　　　险些误把此案断，
　　　　　　　铸成大错怎收场！

〔豫大伯内声："冤枉啊！"

鲁亮侪　带喊冤人上堂！

〔公人带豫大伯上，豫大伯携衣提酒壶。

豫大伯 （唱） 李大老爷遭诬陷，
　　　　　　　黎民百姓齐喊冤；
　　　　　　　冒死进衙表心愿，
　　　　　　　祈求大人多恩宽。

大人，小民受乡邻之托，要同李大老爷讲几句贴心
话，恳求大人恩准。

鲁亮侪　你且见过。

豫大伯　李老爷！（哭跪）可苦了你啦！

李竹坚　折煞下官了。老伯，快快请起。

豫大伯　（滚白）李老爷啊！满城士民百姓闻听你不幸被田督大人罢官监禁，今日就要解往开封，俺们感你在任贤明恩德，特着老夫前来探监，为你饯行啊！

李竹坚　有劳父老乡亲。

豫大伯　（滚白）……此去路途遥远，你苦刑加身，怎禁风寒，就此一别，后会无期，怎不令人伤悲？你……你将这杯水酒喝了吧，它能驱寒壮志！

李竹坚　如此多谢了。（一饮而尽）

豫大伯　（滚白）这是一件万民衣，大伙彻夜赶做的。把它披上，好为你挡风暖心啊！

李竹坚　大伯，竹坚不才，在任三载，虽有恤民之愿，怎奈力不从心，今日相别，躬身自省，追悔莫及呵。这万民衣么，我实实不敢收受。

豫大伯　（唱）　万民衣本是万民心，
　　　　　　　　定要将它披在身；
　　　　　　　　木有荣枯人有死，
　　　　　　　　恩德无量万古存。

　　　　〔替李竹坚披上万民衣。

鲁亮侪　（唱）　父老百姓令人敬，
　　　　　　　　难舍难分两伤情；
　　　　　　　　手持火签心颤动，
　　　　　　　　热血翻滚令难行。

　　　　〔除李竹坚外，众人一齐跪倒。

众　人　大人，他……他冤枉啊！

鲁亮侪　将李竹坚暂且收监。你们通统退下，下官自有公断！

　　　　〔众退下。

　　　　〔鲁亮侪抚印，不安地思忖着。

鲁亮侪　（唱）　公堂上静寂寂明镜高悬，

李竹坚不愧是士中英贤；
察此情该怎样秉公决断？
鲁亮侪暗思忖坐立不安。
田总督有严令不容更变，
差我来摘县印取代为官；
老大人恩义重诚心力荐，
巴望我登仕途鹏程云天。
假若还不将他解送查办，
违旨令罪难逃后果不堪！
弃前程身名裂才华难展，
胸中志付东流一去不还！

想我鲁亮侪，数载候补，今日得官，秉承田督之命，前来摘印代职，治其罪名乃督府所定，即使有朝一日翻案，也是田大人之责，与我何干？是呀，与我何干呢？再说，倘若秉公而断，救得李竹坚，因此冒犯督府，降下罪来，何人又救得了我鲁亮侪？当今朝野奸佞横行，冤情积案如山，无人敢问，我何苦要为他人做嫁衣裳，白白葬送到手的前程？何必铤而走险，逆水行舟？待我速拟呈文，差人星夜将他解送开封便了。
（执笔欲书，又止）哎呀，且慢！
（接唱）提笔容易落款难，
　　　　一支狼毫重如山。
　　　　执法理应秉公断，
　　　　岂能昧心把人冤？
　　　　老大人为国来举贤，
　　　　怎可失信为己安？
　　　　焉能贪图身荣显，
　　　　践踏忠良往上攀？
　　　　天理良心何所在，
　　　　教人唾骂为哪般？
　　　　舍生求义沥赤胆，

以身许国不图官。

要作刚正男儿汉，

天大风险我承担！（掷笔）

有请李竹坚！

〔李竹坚上。

李竹坚　大人，这是何意？

鲁亮侪　下官一时愚昧，让你蒙辱受屈了。（亲卸其枷）

（唱）　亮侪无知逞桀骜，

自恃博览才高超。

馋言谤语未详考，

盲目轻信动律条。

敬祈仁兄多函谅，

物归原主把印交。

〔鲁亮侪呈印，李竹坚拒收。

李竹坚　哎呀，鲁大人，万万不可！

（唱）　大人思前要想后，

我知你苦衷在心头。

少年前程方展秀，

不可任性把它丢。

今日抗命事必漏，

朝廷焉能不追究？

田总督荐才必向当朝把表奏，

欺圣君他担罪责能不忧？

大人恩义我领受，

高风亮节贯九州。

一为明公二为你，

县印下官不能收！

鲁亮侪　（唱）　仁兄侠义照肝胆，

更使亮侪愧难言。

我怎能把荣华羡，

让你蒙辱自求官？

> 开封去把总督见，
> 宁肯负荆带罪还。
> 以死陈明冤狱案，
> 定要把你来保全！

　　　　　告辞了。

李竹坚　鲁大人，哪里去？

鲁亮侪　回开封。

李竹坚　请带上县印。

鲁亮侪　这印我不能收。

李竹坚　哎呀，大人，这印你是万万不敢留下呀！不然就有杀身之祸！

鲁亮侪　君非知我鲁亮侪者！（掷印，毅然下）

李竹坚　鲁大人！鲁贤弟！……

　　　　　（唱）　贤弟刚直好人品，
　　　　　　　　　豪爽耿志冠古今；
　　　　　　　　　双手托起皇王印，
　　　　　　　　　肩头如负千万斤。（下）

第五场　请　罪

〔总督府花厅。

〔二幕启：田文镜威坐大堂，众司道、校尉、中军怒列两侧。

田文镜　（唱）　可恼亮侪太狂妄，
　　　　　　　　　抗命不尊乱律章；
　　　　　　　　　今日堂审不容情，
　　　　　　　　　法网森严罩大堂。

　　　　　传鲁亮侪！

中　军　鲁亮侪上堂！

〔鲁亮侪捧衣冠上。

鲁亮侪 卑职鲁亮侪拜见大人。

田文镜 （掉转脸,怒不可遏地）哼!

众司道 鲁亮侪!

鲁亮侪 卑职在。

众司道 你不在任所理事,回部堂何故?

鲁亮侪 有情启奏。

众司道 县印何在?

鲁亮侪 留在中牟。

众司道 交与何人?

鲁亮侪 归还李令。

田文镜 （冷笑）嘿,嘿嘿嘿嘿!（猛拍惊堂木）天下竟有你这
等摘印之人!

众司道 大人息怒。我等教敕亡素,致有此等狂悖之员,请大
人发旨,将鲁亮侪交与我等严讯朋党情弊,以惩余官。

田文镜 让他讲。你启奏何情?

鲁亮侪 大人容禀。亮侪乃一寒士,来河南唯求为国效忠,得官
中牟,恨不能连夜排衙视事。怎奈事出有因,特来请罪。

田文镜 你请何罪?

鲁亮侪 卑职领命,未敢怠慢,驰赴中牟,摘印代职。……

众司道 为何不将狗官解回督衙?

田文镜 从实招来!

鲁亮侪 卑职堂审查核,李竹坚动用库银实为借支俸禄,并非
私贪,买女属实,乃为救民于水火,并非纳妾。他虽
官卑职微,但清明廉正,士民拥戴。卑职非沽名钓誉
之辈,不能食王禄、慕锦带花翎而践贤能以图晋阶擢
升。因之,县印不敢摘取,所赐衣冠,原物奉还,望大
人治罪。

田文镜 好恼也!

（唱） 老夫我力排众议把你荐,
尔竟敢抗命不尊蔑皇天!

　　　　此非词赋随意改，
　　　　欺君大罪谁承担?!

众司道　大人，如今时势风云莫测，耳目甚众，此情倘若泄出，被朝中逆臣构造蜚语，摇唇鼓舌，动本劾奏，皇上动怒，如何是好？望大人宜谨慎为是。

田文镜　鲁亮侪呀，老夫身家性命岂可毁于你手？来呀，将他推出辕门，凌迟示众！

校　尉　喳！

鲁亮侪　且慢！我鲁亮侪死而无憾，我倒有一事不明。请问明公，你当初若已知此情，命我摘印而我未摘印而归，乃我之罪也；倘若明公未知原委，而卑职前往代职，今回督衙陈明屈直，意在不负大君子爱才之心，我皇圣上孛治天下之意。明公倘若以为贤良蒙屈无可哀怜，取印何难？督府辕外幕宾数十人皆求官不可得，我鲁亮侪何许之人，焉敢违逆明公旨意，负我皇深恩厚泽？

田文镜　啊？这……

众司道　呔！好一负恩狂悖之徒，敢在本部堂处妄言辱公！还不推出辕门！

鲁亮侪　（朗笑）嘿，嘿嘿嘿嘿！

中　军　走！

田文镜　慢！你不怕死？

鲁亮侪　怕死我就摘印代职了！

田文镜　你有何凭据，能证明中牟县是个好官？

鲁亮侪　大人哪！

　　　　（唱）　明公不必肝火盛，
　　　　　　　　容下官对你诉真情。
　　　　　　　　那一日遵旨中牟行，
　　　　　　　　微服察访众百姓。
　　　　　　　　听蜚语我险把案错定，
　　　　　　　　公堂上几乎误伤李令公。

他用银原为赎民女，
赐仁爱救她出火坑。
手折之上写分明，
要用俸禄把债清。
不忍心民妇母女离乡井，
留县衙以礼相待胜亲生。
似这等清廉布德政，
万民感戴泪涕零。
他虽然蒙冤受酷刑，
却不愿收印把堂升。
言说是为人知恩当报应，
为的是免遭弹劾累明公。
如此虚怀我感动，
岂能趁危图擢升？
脐腑之言已吐净，
笑请大人速施刑。（昂然下）

田文镜　　回来！
　　　　　〔鲁复上。
田文镜　（唱）　一番话拨开眼前迷雾嶂，
　　　　　　　　喜见明玉破土壤。
　　　　　　　　原只爱贤士才学广，
　　　　　　　　哪晓他侠义雄风气宇昂！
　　　　　　　　这等人品何处访，
　　　　　　　　果是国才一栋梁。
　　　　　　　　自愧误信恶诽谤，
　　　　　　　　险些极刑伤忠良。
　　　　鲁贤士！
　　　　　　　　念老夫昏庸无肚量，
　　　　　　　　你切莫要心内装。
　　　　　　　　既已奏本欺圣上，
　　　　　　　　自有本督来承当。

今朝识得真俊杰，

何惧革职去还乡。

近前来。

鲁亮侪 大人？

田文镜 真乃奇男子！（摘下头上珊瑚冠）此冠宜汝戴之。
（替鲁亮侪戴上）

鲁亮侪 折煞下官了。（奉还）

众司道 大人，此情已具表申报题奏，上达钧听，望大人三思。

田文镜 自有老夫上朝负荆请罪！

鲁亮侪 表去几日了？

田文镜 赍差驰送本章已经离去五日，快驰不能追也。

鲁亮侪 我愿前去追回奏折。

田文镜 你去？

鲁亮侪 下官自幼勤习剑法骑术，可日行三百，倘若大人信
赖，请赐契箭一枝，以为凭信。

田文镜 当今世俗，随声者多，审音者少，难得你如此肝胆。
来呀，带过本督骝花马！

〔中军牵马上。

田文镜 赐你契箭一枝，即刻启程。

（唱）　此去关山万千重，

愿你平安早到京；

饥餐渴饮自珍重，

早日追表返回程。

鲁亮侪 就此告辞。（策马下）

田文镜 传苟品梅！

中　军 总督有令，苟品梅上堂！

〔苟品梅上。

苟品梅 （唱）　总督堂上一声唤，

胜似蜜糖下喉咽；

多亏亮侪犯了案，

该我来把锦袍穿。

田文镜　苟贤士。

苟品梅　老明公。

田文镜　苟奴才！

苟品梅　老大人。

田文镜　命你察廉访政，谁使你谎言欺哄本督？

苟品梅　哎呀，大人，没有的事。我就是敢欺列位司道大人，也不敢欺哄你恩比父母的老明公呀。

田文镜　住口！你这馋涎垂禄之徒，殃民误国之辈，妒贤嫉能，陷害忠良，背信忘恩，逞弄诡术，徒有才学的小人，悔我当初无有慧眼望穿你这犬豕面目！

　　　　（唱）　尔是无耻一庸儒，

　　　　　　　　妄图鱼目混明珠；

　　　　　　　　岂容污我总督府，

　　　　来呀！

　　　　　　　　与我拿下此匹夫！

校　尉　喳！（扭住苟品梅）

苟品梅　哎呀，大人，我乃鄙猥小人，误犯虎威，愿大人发菩萨之心，苟延蝼蚁微命啊。（叩头）

田文镜　本当将尔凌迟碎剐，姑念初犯，且饶一死。

苟品梅　承大人厚恩，一定铭刻在心。

田文镜　与我乱棒打出辕门！

校　尉　喳！

　　　　〔校尉押苟品梅下。

第六场　追　表

　　　　〔驿道上。

　　　　〔折差策马上。

折　差　（念）　策马如飞往前行，

奉命传书赴都城；
夜宿晓行把路赶，
翻山越岭快如风。（下）

〔二幕启：马嘶。

〔鲁亮侪内唱：

策马挎剑离中原，

〔鲁亮侪策马挎剑上。

鲁亮侪　（唱）　长风呼啸乌云翻；
日夜兼程往前撵，
饥寒劳累汗湿衫。

〔马失前蹄，鲁亮侪滚鞍落马。

鲁亮侪　哎呀，不好！

（唱）　眼见骝花把气咽，
望关山烈火烧心间！

苍天哪，你可苦煞我了！

思想起多年来世态凉炎，
怀壮志报国无门空怨天。
田文镜惜才爱士人称贤，
他待我仁宽德厚恩如山。
排众议有胆有识把我荐，
逢知音心胸豁达眼界宽。
误弹劾李竹坚惹下祸乱，
我岂能见死袖手来旁观？
无坐骑也要去把折差赶，
决不让恩公负荆受牵连。（下）

〔折差策马上。

折　差　（念）　回首迢迢千里路，
幸喜终临帝王都。（欲下）

〔鲁亮侪内唤："折差慢行！"

折　差　何人呼唤？

〔鲁亮侪颠踬上。

鲁亮侪　折差慢行！折差慢……慢行啊！

摺　差　这不是鲁大人么？因何来在北京？

鲁亮侪　（出示契箭）田总督有令，命你不必进京，立返开封。

摺　差　那大人你……

鲁亮侪　不用管我，请君速归，以解田督忧虑。

摺　差　得令。大人保重，我便告辞了。（策马返下）

鲁亮侪　明公，鲁亮侪……尽心了。（昏倒）

第七场　路　遇

〔荒野。风雨中。

〔鲁亮侪、苟品梅内同唱：

　　　雨泣风厉撼天地，

〔鲁亮侪、苟品梅相对顶风冒雨艰难奔上。

二人合　（唱）　阵阵如刀砭人肌；

　　　　　　　贫病交加饥寒迫，

　　　　　　　枯叶飘零无处栖。

苟品梅　（唱）　为求功名遭凌辱，

鲁亮侪　（唱）　浩志壮怀不可欺！

苟品梅　（唱）　强打精神赴京畿，

鲁亮侪　（唱）　挣扎挪步回原籍。

苟品梅　（唱）　命运引我荒野地，

鲁亮侪　（唱）　眼冒金花腿无力。

苟品梅
鲁亮侪　（相遇）啊，你是……鲁贤弟　么？哎呀，你因何到此？
　　　　　　　　　　　　　苟仁兄

　　　唉……一言难尽哪！

苟品梅　（唱）　只说小命要断气，

鲁亮侪　（唱）　欣逢故知面前立。

〔二人挽臂搀扶，树下躲避。

164

苟品梅　你被罢官了?

鲁亮侪　罢了官了,你因何到此?

苟品梅　哼,都是被田文镜那个老不死的害的!（发狠地)有朝一日我苟品梅若能得志,非要他的狗命不可！哎哟！……

鲁亮侪　仁兄怎样了?

苟品梅　饥饿难熬啊。这会儿谁能给我一块干粮,我把他叫爷都成。

鲁亮侪　我这儿还藏着一块饼子,几天没舍得吃。仁兄请来食用。

苟品梅　好极了。（狼吞虎咽)好冷啊！

鲁亮侪　（解下斗篷)仁兄披上吧。

苟品梅　湿斗篷也济不了多大事。

鲁亮侪　请仁兄搂住我的腰,愚弟且为你遮挡点风寒。

苟品梅　（感激涕零地)贤弟呀,你真是春秋古人左伯挑转世呵。

鲁亮侪　我……（冻饿昏去)

苟品梅　贤弟！鲁贤弟！你可不敢死……死了又活转来呀！（摸鲁嘴)哟,当真的没气了?（放倒鲁亮侪)我可没说鲁亮侪呀,你死得好哇！待我先谢过天地。（作揖)可怜你盖世俊杰,名动九重,就这么不言不传死了。话又说回来,你若不死,焉有我苟品梅出头之日?贤弟哎,你那阴魂莫怨我心黑手毒,这一衣一食,我若还你,你可能又活了,学古人就学到底吧。待我进了北京,见了大学士老大人,求得一官半职,我一定也仿那古人羊角哀,杀猪宰牲,备上香烛纸马,前来这棵树下奠祭于你。今你帮人帮到底,先成全我,（剥下鲁的长衫)这件一并让我穿了。

　　（唱）　莫怨品梅心狠毒,

　　　　　　有你在我这官儿没人收。

　　　　　　挥泪揖别辞贤弟,

迈步进京把书投。

贤弟呀,啊啊啊啊……(溜下)

〔风啸。

〔二差役上。

差役甲 奉了总督令。

差役乙 寻访鲁令公。

差役甲 跑了半月整,

差役乙 丝毫没影踪。

差役甲 伙计,咱先在树下避避雨,躲躲风。

差役乙 真个聪明。(发现树下有人,一惊)啊?

差役甲 咋,有长虫?

差役乙 像个人。

差役甲 哟,冰石凉僵的,八成死咧。

差役乙 死咧。咋还冒气?

差役甲 这人咋面熟熟的?

差役乙 这不是鲁大人么?

差役甲 没错。鲁大人醒得!(急救)

鲁亮侪 (苏醒)你们……是什么人?

二差役 田大人派来接你的。

鲁亮侪 苟仁兄哪里去了?

二差役 狗人熊?早跑了。

鲁亮侪 我的衣衫呢?

二差役 八成让人熊剥去咧。

鲁亮侪 我明白了。苟品梅呀,我把你个忘恩负义的小人!无耻匹夫!我用衣食、骨肉为你充饥挡寒,你却剥去我的衣服,自顾逃生而去,他日看你何面目见我!

二差役 鲁大人,咱们先到前边酒店歇缓歇缓,我二人好早日护送大人回开封。

鲁亮侪 有劳二位了。

〔二差役扶鲁亮侪下。

第八场　归　宿

〔中牟县大堂。

〔二幕前：李竹坚上。

李竹坚　（唱）　调查银案一月整，

狡诈诡计已摸清；

要为杜氏把冤明，

今日严讯祁少卿。

〔一公人上。

一公人　禀老爷，田总督大人到。

李竹坚　有请！

〔衙役上。

〔二幕启：田文镜上。

李竹坚　不知大人到来，有失远迎，望大人恕罪。

田文镜　快快请起。老夫自京师勤王见驾归来，特意取道中
牟，前来谢罪。

李竹坚　大人，这话从何说起？

田文镜　惭愧啊！

（唱）　皆因为老夫我刚愎自用，

听谗言未深究懒坐开封。

伤忠良害得你蒙冤受刑，

多亏了鲁亮侪追表舍生。

如不然我遗恨你早毙命，

思想起苟品梅义愤填膺！

李竹坚　但不知鲁大人今在何处？

田文镜　老夫差人寻访，尚未回来。不知杜氏欠银一案，可曾
查处？

167

李竹坚　今日就要升堂结案。

田文镜　好,升堂吧。

李竹坚　请大人亲审。

田文镜　不必了。(坐于公案一侧)

李竹坚　升堂!

　　　　〔衙役呼堂。

李竹坚　带潘滑、祁少卿!

　　　　〔潘滑、祁少卿上。

潘　滑　公子,我这心咋蛮跳。

祁少卿　不必胆怕,有公子我呢!

二人合　叩见大老爷。

李竹坚　这是潘滑!

潘　滑　小……小民在。

李竹坚　杜郎在世之时,借下祁公子多少银两?

潘　滑　三……三千两。

李竹坚　是你作保?

潘　滑　是。

李竹坚　契约何人所写?

潘　滑　小人亲笔。

李竹坚　银两怎样交付?

潘　滑　三对六面,杜郎当堂背走。

李竹坚　传杜月英上堂!

　　　　〔杜月英上。

杜月英　叩见大老爷。

李竹坚　这是杜月英,借银那年,你父多大岁数?

杜月英　五十有八。

李竹坚　你父有无病症?

杜月英　沉疴经年,扶杖艰行。

李竹坚　潘滑,杜月英所讲,可是实情?

潘　滑　对对的。

李竹坚　杜郎既然年近六旬,加之沉疴在身,怎能当堂背走三千两纹银？

潘　滑　啊？这个——

李竹坚　这个什么？

田文镜　还不从实招来！

潘　滑
祁少卿　啊！田大人！

李竹坚　枷棍伺候！

衙　役　喳！

潘　滑　老爷饶命。我招，我招。

祁少卿　你敢胡言，当心狗命！

李竹坚　动刑！

潘　滑　公子，事到如今我也顾不得你了。

李竹坚　借银多少？

潘　滑　三十两。

李竹坚　契约何人伪造？

潘　滑　没有伪造，小人只不过在那十字上头轻轻地、轻轻地
　　　　加了一撇儿。

李竹坚　何人主谋？

潘　滑　祁公子。

祁少卿　你敢血口喷人！

潘　滑　哎，我说祁公子，人得凭良心呀。不是在写借据前，你在
　　　　酒店悄悄告诉我把大拾写成小十，为了事后好改吗？

祁少卿　我打死你这狗奴才！

田文镜　大胆！（一脚踢翻祁少卿）

潘　滑　好哇，祁少卿，你让我开酒店，专为你采花，你府中那
　　　　十几个女子，不都是你从我酒店弄走的吗？大老爷，
　　　　他为了把杜月英弄到手，没法下爪，怕撞了你老爷的
　　　　虎威，就变着法儿叫小人引诱杜郎借银子。诬陷老
　　　　爷你买女纳妾、侵吞库银，都是他和开封总督衙门里
　　　　来的那个苟什么一块商量的，他给那人许愿，一旦事
　　　　成，罢了老爷的官儿，保举姓苟的任县太爷。

李竹坚　画供。

秦腔

三贤客

SANXIANKE

田文镜	祁少卿,你还有何话讲?
祁少卿	就是供认了,你们敢把我怎么样?干爹在朝官位高, 谁敢拔我一根毛!
田文镜	啊? （唱） 听儿言罢好气恼, 公堂之上敢撒刁。 你依仗父势逞霸道, 横行乡里践律条。 讹诈银钱抢民女, 诽谤命官罪难逃! 漫说你父在当朝, 王公犯法也不饶!
李竹坚	来呀,将潘滑重责四十,押进大牢;将祁少卿立即推 出斩首!
衙 役	喳!（押潘滑、祁少卿下） 〔一公人上。
一公人	禀老爷,鲁大人到。
李竹坚	快快有请! 〔鲁亮侪上。
李竹坚	那是鲁贤弟!
鲁亮侪	那是李仁兄!
李竹坚	贤弟呀,你看何人在此?
鲁亮侪	明公!
田文镜	鲁贤士! 老夫可把你盼回来了! （唱） 赴京曾把君王见, 金銮殿上我把本参。 老夫年迈鬓霜染, 请辞解甲归桑田。 一心把你来保荐, 接替老夫督河南。 你早日打点,随我赴任,皇上圣旨随后就到。

鲁亮侪　大人！亮侪何能,岂劳明公破格荐举?

田文镜　国家应运生才呀。昔日萧何月下追贤,成就了汉家
　　　　四百年天下。老夫算得了什么!

　　　　（唱）　为国选才属己任,

　　　　　　　　个人恩德勿挂心;

　　　　　　　　辅政济民是根本,

　　　　　　　　保国后继喜有人。

　　　　〔一公人急上。

一公人　禀老爷,钦差大人到!

田文镜　一同接旨。

　　　　〔众弹冠出迎。苟品梅宦服捧旨遮面急上。

苟品梅　圣旨到!

田文镜　大人请!

苟品梅　田文镜、鲁亮侪、李竹坚接旨。

　　　　〔三人跪。

苟品梅　（宣旨）查河南总督田文镜欺君罔上,暗与鲁亮侪、
　　　　李竹坚等结为朋党,图谋不轨,贪赃枉法,祸国殃民。
　　　　旨到之日,俱皆革职,所有家产抄没入官,犯官朋党
　　　　尽行拿解进京,交付刑部。钦此。

田文镜
鲁亮侪　（震惊）啊?!
李竹坚

苟品梅　武士哪里?

　　　　〔武士上。

武　士　喳!

苟品梅　将三个狗官与我拿下!

武　士　喳!

苟品梅　带走!

田文镜
鲁亮侪　（仰天长叹）皇天哪!
李竹坚

——剧　终

171

演出单位

西安市五一剧团

雪耻志

王东汉 郑宗义 周锁奇 编剧

西安秦腔剧本精编

剧情简介

　　1900 年(清光绪二十六年),侵略成性的沙俄殖民强盗再次大举入侵我国东北地区。黑龙江流域各族人民在义军首领赵江龙率领下组成正义军,转战在兴安岭上、黑龙江畔,英勇奋战。入侵敌酋耶辛勃夫为挽救败局,一面派遣奸细打入义军,一面勾结清军边防副都统达琪密谋策划,妄图诱骗义军下山,夹击歼灭。义军首领赵江龙亲自探江侦察,识破敌人诡谋,毅然命女儿岭花舍身炸毁敌增援船队,同时,火速返回山寨,清除了奸细,力挽危局,联合各族义军,一举拔除寇巢教堂,给侵略强盗以沉重打击。

《西安秦腔剧本精编》
QINQIANGJUBENJINGBIAN

场　　目

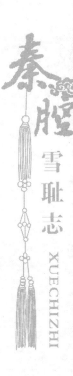

人 物 表

赵江龙　　义和团正义军大师兄，四十一岁
金　勇　　义和团正义军首领，二十多岁
龙春兰　　正义军鄂伦春族轻骑队女首领，二十多岁
赵　母　　赵江龙之母，六十多岁
岭　花　　赵江龙之女，十七八岁
哲　尼　　正义军探马，赫哲族人，二十一岁
马　辉　　清军佐领，三十多岁
各路义军四首领
正义军弟兄若干人
鄂伦春族女骑手、男女群众若干人
达　琪　　清军副都统，五十多岁
协领、府役、探马、御使及清兵若干人
耶辛勃夫　　沙俄侵略军少将酋首，四十五岁
洛菲斯　　东正教神甫，六十多岁
玉　翠　　修女（又名黑牡丹），二十六、七岁
伊　万　　沙俄侵略军哥萨克上校团长，三十多岁
丘尼克　　哥萨克上尉，二十多岁
侍从军官及哥萨克寇兵若干人

第一场 黑水恨

〔1900 年 7 月,傍晚。

〔黑龙江边,天主教堂门侧码头上。

〔幕启:咆哮奔腾的黑龙江怒涛翻卷,烟雾弥漫,阴云蔽天。

〔排枪声划破长空,传来惨厉呼叫。

丘尼克　快点,把它们统统赶下江去!

〔合唱起:

罗刹疯狂舞魔爪,

六十四屯大火烧;

铁蹄蹂躏我国土,

世代血仇卷江涛!

〔合唱声中,三、五妇孺被哥萨克寇兵驱赶下。一青年妇女被拖上,力夺被一寇兵抢去的粮袋,另一寇兵冷酷地将青年妇女打倒,青年妇女与俄寇撕拼,丘尼克挥刀劈死青年妇女。

〔五名群众发辫挽结一起,被押上。

〔洛菲斯步出教堂。

洛菲斯　虔诚的哥萨克,你们这是——

丘尼克　尊贵的神甫,这是沙皇陛下的谕旨,耶辛勃夫将军的命令,黄昏以前必须把江东六十四屯的中国人,一个不留地清除干净!

洛菲斯　为什么?

丘尼克　这得感谢万能的上帝,这块土地从今天起,就是大俄罗斯帝国嘴里的一块肥肉啦! 哈哈哈哈……

洛菲斯　啊! (划十字,对众)对着天国祈祷吧!

群　众　呸！你这披着人皮、捧着圣经的豺狼！

洛菲斯　上帝啊！……

丘尼克　押下码头去！

〔哥萨克押群众下，一哥萨克上。

哥萨克　报告上尉，耶辛勃夫将军大人到！

〔马达轰鸣。丘尼克挥刀，哥萨克骑兵拥上仪仗
列队。

〔汽笛声。一艘沙俄铁甲拖船的桅帆出现在码头上。
耶辛勃夫、伊万及侍从军官相继登上码头。

丘尼克　报告将军大人，大俄罗斯帝国远征军您英明麾下的
无敌哥萨克骑兵团先遣连丘尼克上尉向您致敬！

耶辛勃夫　(冷酷地望着江岸，倾听呼叫声)英雄的哥萨克，你的
无敌性格在哪儿？

丘尼克　将军大人，您看那江上的血水，它可以证明我的忠
诚。这些野蛮的黄种人实在不好对付，他们像生了
根，死死抓住这块土地不放，怎么讲也不听！

耶辛勃夫　伊万上校，一切语言都是多余的。

伊　万　(扑上前给丘尼克一记耳光)愚蠢！沙皇陛下授予
你的战刀，不是为了装饰一名武士！

丘尼克　我明白了，上校。(急转身，挥刀)前进！(率哥萨克
冲下)

〔传来排枪声，呼喊声。

耶辛勃夫　尊贵的洛菲斯神甫，伊万上校，(挥手示意，侍从军官
捧过黑色小盒，从中取出一枚勋章)你为了帝国的利
益，数十年来在黑龙江地区付出心血，大俄罗斯帝国
崇高的皇帝尼古拉二世陛下，特让我把这枚光荣的
勋章授给您。

〔洛菲斯挥手，玉翠捧盘出。

洛菲斯　(感激涕零地亲吻)谢陛下的恩施，(揭去盘上的白
纱)一片薄意。貂皮、鹿茸、人参、熊掌、纯金！

耶辛勃夫　啊，纯金！(贪婪地玩味着金块)谢神甫的慷慨！

〔侍从军官接盘下。

洛菲斯 将军,慷慨的不是洛菲斯,而是您足下这蕴藏着无尽宝藏的东方乐土!

耶辛勃夫 不! 黑龙江只不过是一块码头上的跳板,我们将秉承沙皇陛下的旨意,继续沿着穆拉维约夫伯爵的步伐,为开拓新的疆土向前挺进! 挺进!

〔侍从军官捧盘出,盘内叠放着一面旗帜。

洛菲斯 但愿这个福音早日降临。

耶辛勃夫 这样的时刻已经降临啦!

　　　　(唱)　　陛下发布了攻击令,

　　　　　　　　他亲自统率全军来出征。

　　　　　　　　天津港皇家海军已登陆,

　　　　　　　　我率部挺进快如风。

　　　　　　　　明天越过黑龙江,

　　　　　　　　长驱直捣瑷珲城。

　　　　(自盘中取过沙皇旗帜)我要让帝国的旗帜,在这新开拓的土地上——永远飘扬!

洛菲斯 (接过旗交与玉翠)好哇,尊敬的耶辛勃夫将军,到那时我将为你用纯金在万里长城上铸造一座永垂史册的塑像!

耶辛勃夫 中国边防军有什么新的动向?

洛菲斯 副都统达琪的部队,散布各屯站,毫无戒备,只有参领马辉亲率五百轻骑,驻防瑷珲,正在构筑工事,可能负隅顽抗。

耶辛勃夫 (不可一世地)我的哥萨克将把他们连同瑷珲城,一齐化为灰烬!

洛菲斯 令人寒心的不是清兵,而是揭竿而起的异教徒——义和团哪!

耶辛勃夫 奥妙就在这儿,为了保护帝国在远东的利益,我们是打着协助中国政府剿灭义和团的旗号才发兵远征的。

秦腔
雪耻志
XUECHIZHI

洛菲斯　将军,你可莫要小看这些拳匪,他们简直像团团烈火啊!

（念）　磨刀练拳暗聚众,
　　　　灭洋呼声震长空。
　　　　烧教堂,毁文明,
　　　　三江平原起飓风;
　　　　近月来冒出一个赵江龙,赵江龙!
　　　　不是哥萨克来得快呀,
　　　　我差点被送进天国去朝圣啦!

〔传来喧闹声,丘尼克负伤奔上。玉翠复出。

丘尼克　报告将军大人,有个淘金工人抗拒驱赶,聚众捣乱,打死了一名中士!

耶辛勒夫　带过来!

〔哥萨克押金勇上。

耶辛勒夫　你是什么人?

金　勇　老子是中国人!

耶辛勒夫　把他装进麻袋,扔到江里去!

金　勇　老毛子,狗强盗,中国人是杀不完的!

丘尼克　带走!

〔哥萨克押金勇欲下,赵江龙内喊:"站住!"众匪惊望。

〔赵江龙疾上。

金　勇　大哥!

耶辛勒夫　你——

赵江龙　尔等盗寇不在罗刹,迈开兽蹄,越过封堆,来此何故?

耶辛勒夫　我们——我们来是为了帮助贵国政府剿灭杀人放火寻衅暴乱的义和团!

赵江龙　住口!你睁眼看看,这是谁家的天下?我中华民族,世世代代在此生息繁衍,多少年来尔等贼寇为何屡屡犯我边疆,杀我人民,掳我财产,无恶不为?!

（唱）　俄寇肆虐逞残暴,

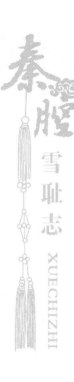

乡亲鲜血染江涛；

中华儿女岂容辱，

甘洒热血对屠刀！

耶辛勃夫　你、你、你！你是义和团！

赵江龙　哈哈……！

〔玉翠从侍从官中接过盘子，匆匆走向洛菲斯，向其深施一礼，退入教堂，洛菲斯一惊。

洛菲斯　啊！（凑近耶辛勃夫）他，他就是赵江龙！

众俄寇　（大惊）啊?!

耶辛勃夫　抓起来！

丘尼克　抓起来！

〔丘尼克指挥哥萨克抓捕赵江龙，赵江龙拔刀与敌搏斗。金勇趁乱挣脱，亦夺刀拼杀，混乱中二人飞身跌入江中。

丘尼克　快开枪！

〔众俄寇依附码头排枪射击。

洛菲斯　（惶恐地划着十字）我的上帝，纵虎归山，后患无穷啊！

〔一道闪电划破长空，乌云翻卷。

〔灯暗。

第二场　举义旗

〔次日上午。

〔江边村屯，赵江龙家院中。

〔波涛汹涌的黑龙江边，坐落着一间简陋的房舍。江对岸浓烟滚滚，大火熊熊。

〔幕启：赵母坐在院中绣旗，闻炮声起身观望，满怀忧怨。

赵　母　（唱）　望江北浓烟滚大火一片，
　　　　　　　　贼俄寇施兽行惨绝人寰。
　　　　　　　　怒滔滔黑龙江血水翻卷，
　　　　　　　　流不尽三江人民的仇和冤。
　　　　　　　　绣义旗我心中思绪千万，
　　　　　　　　一阵阵热泪沸涌倍把恨添。
　　　　　　　　我祖辈生长在黑水北岸，
　　　　　　　　恨俄寇掠国土毁我家园。
　　　　　　　　几十年血泪仇尚未清算，
　　　　　　　　今日里狗强盗又来摧残。
　　　　　　　　乡亲们心肺炸怒火难按，
　　　　　　　　卫疆土义和团举旗揭竿。
　　　　　　　　急切切盼龙儿速快回返，
　　　　　　　　高举起灭洋旗把血债讨还！
　　　　　〔岭花与几个女青年执刀矛上。

岭　花　奶奶！
众　　　赵奶奶！
赵　母　噢！你们回来了，乡亲们都准备好了吧！
岭　花　乡亲们把鱼叉、长矛、大刀磨得铮铮亮，就等着打老
　　　　毛子啦！
赵　母　好哇！向老毛子讨还血债！
众　　　对！老奶奶，我们走啦！
　　　　〔众青年下。
岭　花　奶奶，大旗绣好了吧？
赵　母　你看！（展旗）
　　　　〔岭花接过灭洋大旗，深情地凝望着。
岭　花　（唱）　手抚着灭洋大旗心花放，
　　　　　　　　乡亲们一片衷情绣旗上。
　　　　　　　　针儿织线儿引满怀期望，
　　　　　　　　一针针一线线情深意长；
　　　　　　　　似看到炮火中战旗飘扬，

正义军抗俄寇驰骋疆场。

岭　花
赵　母　（合唱）盼望着扫尽乌云驱虎狼，

挥战旗喜迎那灿烂霞光。

〔炮声轰鸣。

〔哲尼与数青年急上。

哲　尼　大娘，我们赫哲族弟兄正在集合，刀矛都准备好啦。赵大哥回来没有？

赵　母　昨日去找金勇，不知怎么到现在还没有回来。

青　妇　大婶，乡亲们都盼望着大师兄快回来，早点动手啊！

青年甲　眼看着老毛子又来杀人放火，我的心肺都快气炸啦！

青年乙　拿起刀矛，和老毛子拼它个你死我活！

哲　尼　为乡亲们报仇！

〔炮声。众望。

岭　花　我爹咋还不回来呀？

赵　母　（唱）　炮声隆隆耳旁震，

岭　花　（唱）　熊熊烈火煎人心；

哲　尼　（唱）　危难之中情势紧，

众　人　（唱）　盼望江龙领头人！

〔赵江龙风尘仆仆上。

赵江龙　娘，弟兄们！

岭　花　爹！

众　　　大师兄！

〔群众与众弟兄执刀上。

赵　母　龙儿，金勇他们呢？

〔金勇与几名矿工上。

金　勇　大娘，你看矿上的弟兄全来啦！

赵　母　好哇！

哲　尼　大师兄，各村屯弟兄已经到齐，就等你发令啦！

众　　　大师兄，快快发令吧！

金　勇　对，大师兄，我的这把斧子都等得不耐烦啦！

〔马辉内喊："赵大哥——"上。

赵江龙　马辉贤弟，因何匆匆到此？

马　辉　眼看俄寇陈兵江岸，情势紧迫，望大哥速带众位弟兄
共御贼寇。

金　勇　达琪为何按兵不动？

马　辉　我等几番进谏，他却借口无朝廷圣谕，至今举棋
不定！

金　勇　达琪不打，我们打！

赵江龙　国难当头，匹夫有责。马辉贤弟，不管达琪如何，我
等当竭尽全力，扫除俄寇，卫我疆土！

马　辉　保境安民，小弟有责，战死疆场，在所不辞！
〔马蹄声。龙春兰内呼："赵大叔！"率二名鄂伦春族
女青年上。

赵江龙　春兰……

龙春兰　赵大叔！

　　　　（唱）　面对亲人泪如泉，
　　　　　　　　万语千言涌口边；
　　　　　　　　今晨间天色朦胧云低暗，
　　　　　　　　狗强盗血洗我寨罪滔天！
　　　　　　　　将乡亲赶一处刀劈斧砍，
　　　　　　　　劫兽皮抢药材烧杀淫奸；
　　　　　　　　我姐妹不受辱奋力脱险，
　　　　　　　　投义军共举旗雪耻伸冤！

一鄂青　赵大叔啊，我一家都被老毛子活活烧死了！

龙春兰　除了我姐妹三人逃出来，全寨的乡亲们都……（泣不
成声）

赵江龙　（切齿痛恨地）老毛子啊，狗强盗！

　　　　（唱）　三江咆哮怒涛卷，
　　　　　　　　仇恨烈焰烧胸间；
　　　　　　　　多少乡亲遭涂炭，
　　　　　　　　多少屯寨化灰烟；
　　　　　　　　多少土地被侵占，

多少姐妹蒙奇冤；

今日举旗讨血债，

且看黑水起狂澜！

〔炮声大作。一清兵上。

一清兵　报佐领，俄寇大举渡江！

马　辉　传令迎敌！

一清兵　嘁！（急下）

赵江龙　贤弟先行，我等即赴江岸，共同御敌！

〔一弟兄上。

一弟兄　大师兄，各族首领来啦！

赵江龙　请！

〔四首领同上。

首领甲　蒙古族抗俄军巴格桑丹。

首领乙　朝鲜族御俄会朴咸顺。

首领丙　满族抗俄大刀团盛威。

首领丁　达斡尔族灭洋队沙木尔罕。

合　　　拜见赵大哥！

赵江龙　众家首领！

首领甲　赵大哥，我等闻悉赵大哥在集结各路人马，讨伐俄寇，不胜钦佩。愿在大哥统率下，保我国土，保我家园！

众　　　保我国土，保我家园！

赵江龙　江龙不才，愿与各族弟兄携手并肩，保我中华河山！（对众）弟兄们，树起灭洋大旗，焚香祭祖！

〔庄严的音乐声中，金勇高举"灭洋"大旗，赵母焚香递与江龙，赵江龙插香，众托刀跪祭。

赵江龙　（念）中华国魂，祖宗神灵在上，大岭南北，龙江两岸，自古乃我中华圣土，四十余年来，俄寇屡犯边疆。掠我国土，杀我百姓，可恨朝廷昏庸，丧权辱国，当此民族危难之时，江龙愿与父老兄弟姐妹树起灭洋大旗，誓灭俄寇，复我国土。愿上天保佑！

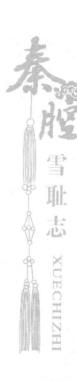

众　　　　上天保佑!

赵江龙　（唱）　义旗高擎烈火燃,

众　　　（唱）　光复中华好河山!

〔金勇高举义旗,义军列队。

〔炮声震耳,火光蔽天。

众　　　杀——

〔金勇挥旗,赵江龙率众冲下。

第三场　逆风吹

〔数月后,黄昏。

〔副都统府客厅。

〔幕启,达琪心神不宁,凭窗眺望远方。

达　琪　（唱）　数月来俄军大举犯边境,

　　　　　　　哥萨克洗城劫寨来势汹;

　　　　　　　欲打只怕打不胜,

　　　　　　　要降又怕众难容;

　　　　　　　不见上谕到边境,

　　　　　　　拳匪作乱不安宁;

　　　　　　　只要保得花翎顶,

　　　　　　　管它庶民死与生。

〔清官上。

清　官　启禀都统大人,参领马辉与俄人开仗,请求调拨红衣神炮助战。

达　琪　哼!量尔区区五百轻骑,如何敌得俄人洋枪洋炮?倘若有失,岂不累害本都?传我令箭,着他火速收兵!

清　官　嗻。（下）

〔探马上。

探　马	禀都统,参领马辉驰报!
达　琪	怎讲?
探　马	今晨与俄人开战,毙伤其官兵五十名,生擒三十名。旗开得胜!
达　琪	再探!
探　马	嗻。(下)
达　琪	(暗喜)看来这俄人并不可畏,我何不奏请圣上,陈明战事,若太后龙颜大悦,加升我一品花翎顶戴也未可知。嗯,待我——
清　官	禀都统,御使到!(下)

　　〔达琪忙整衣冠出迎。

　　〔御史上。

御　史	达琪接旨!(诵)"近悉边军与俄开仗,朕心不悦。中外起衅,原肇自拳匪酿乱,尔等当与俄员共商翦除拳匪!是为至要。谕令钦此。"
达　琪	我皇万岁!(拜谢)大人请坐。
御　史	圣命在身,下官告辞。(下)
达　琪	奉送。哎呀呀,幸亏未曾参书,不然——　　(拭汗)

　　〔府役上。

府　役	禀都统,俄人洛菲斯神甫求见。
达　琪	洛菲斯?快快有请。
府　役	嗻。(下)

　　〔达琪将圣旨袖起。

　　〔洛菲斯上,玉翠捧礼品随上。

洛菲斯	啊,尊敬的达琪都统!
达　琪	不知神甫大驾光临,未能远迎,还望涵谅。

　　〔府役献茶上。

达　琪	神甫有何见教?
洛菲斯	哪里,哪里。我是奉上帝的旨意,前来酬谢阁下的。
达　琪	这,谢从何来?
洛菲斯	近来贵国拳匪四起,杀洋人,烧教堂,拆铁路,抢洋

枪。敝教堂全仰都统庇护,方能得以苟安,为此深表谢意。

达　琪　保护教堂,乃下官之责,何劳酬谢。

洛菲斯　达琪都统,我大俄罗斯沙皇陛下,为了维护贵国政府的利益,帮助你们剿灭义和团暴民,不惜从军事上和道义上予以无私的援助,可是,数月来,你的行动很难令人满意啊!

达　琪　啊!

洛菲斯　（唱）　我沙皇发兵来华境,
　　　　　　　　为援助贵国心赤诚。
　　　　　　　　近月来拳匪集结闹得凶,
　　　　　　　　毁铁路夺辎重炸我军营;
　　　　　　　　正义军对我袭击更惨痛,
　　　　　　　　对此事你为何无动于衷?

达　琪　本都统理该出兵戡乱,怎奈兵力不足,军械奇缺,还望神甫鉴谅。

洛菲斯　毋须搪塞。请问参领马辉可是你的部将?

达　琪　正是下官部将。

洛菲斯　为何他暗与正义军勾结,劫袭俄军兵营,掠截水路交通,而欲剿灭赵江龙拳匪,你却推诿什么兵力不足,军械奇缺?

达　琪　此事乃马辉之过,实非下官之意。

洛菲斯　还有,你的军械库内封存有大量枪支弹药,为何至今未用?你的剿匪行动在哪里?

达　琪　这……

洛菲斯　达琪都统,沙皇陛下早就指出,要是新土地上的任何居民不可能用文雅的手段将它们置于沙皇的最高统治之下的活,就应该使用武力加以镇压,使他们居住的地方变成废墟!（揭去玉翠礼盘上的纱布）这是将军让转交给你的礼物。

达　琪　（小心翼翼地从中捧起一纸公文）剿灭拳匪秘约! 啊!?

洛菲斯　这可是对你诚心的考验呐!

达　琪　下官一定如约行事,尽力剿灭拳匪。

洛菲斯　那么,你的部将马辉?

　　　　〔府役上。

达　琪　自当严加惩处!

府　役　禀都统,参领马辉得胜回府!

达　琪　请神甫后庭饮茶。

　　　　〔洛菲斯、玉翠退下。

达　琪　请马辉!

　　　　〔四清兵上。

四清兵　传马辉!

　　　　〔马辉上。

马　辉　参领马辉,参见都统。

达　琪　(怒斥)大胆马辉,你可知罪?

马　辉　啊,罪从何来?

达　琪　你听!

　　　　(唱)　战俄兵你可有令箭?

马　辉　这!……

达　琪　(唱)　殊不知军法重如山。

马　辉　(惊)啊?

达　琪　(唱)　拳匪作乱你不管,
　　　　　　　 斩杀洋人事关天。

　　　　边界起衅,自有本都统派人与俄员婉商,岂能刀枪相
　　　　见?而拳匪四兴,实为朝廷之患。

马　辉　大人此言差矣!赵江龙所率义军,实乃三江黎民不忍
　　　　外寇凌辱,助我大清防军,奋起抗御,以雪国耻,连战
　　　　告捷,建树殊勋,堪为师表!并非乱贼盗匪,何患
　　　　之有?

达　琪　住口!你身为朝廷命官,就该晓谕部属安分守己,怎
　　　　敢击杀友邦,为匪张目?

马　辉　大人,按你所言,难道俄寇入侵有理,抗俄反倒有罪

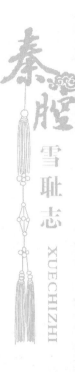

不成？

达　琪　大胆！你无视军法，擅自兴兵，勾结拳匪，得罪洋人，酿成大祸，罪在不赦！

马　辉　啊，你——

　　　　（唱）　听罢此言气难按，

　　　　　　　　国仇如火烧心间。

　　　　　　　　你不见铁蹄又来犯，

　　　　　　　　你不见龙江血水翻。

　　　　　　　　你不见山河遭沦陷，

　　　　　　　　你不见千村万屯断炊烟？

　　　　　　　　万众合力齐备战，

　　　　　　　　斩寇反把罪名添。

　　　　　　　　为虎作伥你意何在？

　　　　　　　　助纣为虐为哪般？！

达　琪　（大怒）狂妄奴才，竟敢辱骂本官！说是你来看！（展示圣旨）

马　辉　（大惊）啊！大人，如今朝廷昏庸，奸臣当道，只知鱼肉百姓中饱私囊，哪管山河沦陷边关危殆？

达　琪　啊，你敢违抗圣命，诽谤朝廷。

马　辉　大人哪，你我同为戍边将官，就应抗御外寇保境安民报效国家啊！

达　琪　一派胡言，与我拿下。

　　　　〔突然从内厅传来一声枪响，众皆惊。

马　辉　啊？（右臂负伤，刀落地怒视内厅）黑牡丹！你——

　　　　〔二清兵擒住马辉。

达　琪　（狂暴地）关入大牢，听候发落！

　　　　〔二清兵押马辉下。

　　　　〔洛菲斯与玉翠上。

洛菲斯　你的果断行为，令我深感钦佩！

达　琪　神甫的枪法运用如神啊！

洛菲斯　那是我们的玉翠女士，哈哈哈……

190

达　琪　（不解地）啊,感谢玉翠女士!
　　　　〔玉翠向达琪深施一礼。
洛菲斯　达琪都统,歼灭赵江龙迫在眉睫,调拨军械务必从速。
达　琪　所需军械,如期送至二龙山口。
洛菲斯　很好。这批军械关系十分重大。我立即转告伊万上校,让他派马队准时接应。
达　琪　好。
洛菲斯　愿上帝保佑你!
达　琪　托上帝洪福!（卑膝地吻洛衣角）
　　　　〔灯暗。

第四场　起狂飙

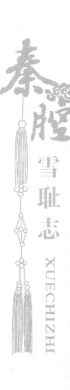

　　　　〔数日后,下午。
　　　　〔二龙山险道要隘。
　　　　〔雷鸣电闪,雨猛风狂。
赵江龙　（内唱）迎雷电驰骋在山野路上。
　　　　〔赵江龙率岭花、龙春兰及轻骑队上,搏风击雨,勇往直前。
　　　　（接唱）今日里,夺军火,众义军同仇敌忾挥戈跃马,
　　　　　　　　哪顾得山路泥泞雨暴风狂;
　　　　　　　　数月来与俄寇鏖战较量,
　　　　　　　　辗转在兴安岭黑龙江旁。
　　　　　　　　劫营寨炸军船连把敌创,
　　　　　　　　复国土雪国恨热血满腔。
　　　　　　　　今日里二龙山神兵天降,
　　　　　　　　截敌寇夺军火怒斩豺狼。
哲　尼　大师兄,押运军械的贼兵,已近二龙山口。
　　　　〔赵江龙观察地形。

赵江龙　岭花,命你带领一支人马,埋伏前边密林之中,断敌
　　　　退路!

岭　花　是!(带人下)

赵江龙　春兰,你我分兵两路,藏于山岩两旁,待敌前部进入山
　　　　谷,鸣枪为号,务歼贼兵于二龙山!

龙春兰　是!

赵江龙　火速隐蔽!

　　　　〔众隐蔽于道旁峭壁后。

　　　　〔清军协领与几个清兵悄悄窜上。

一清兵　报协领,来至二龙山口,没有发现可疑迹象。

协　领　不,正义军神出鬼没,大意不得!

　　　　〔二清兵向前搜索,四处观望。

协　领　传令人马暂停前进,等待接应的俄军马队。

一清兵　嘛。(下)

　　　　〔突然枪响。

协　领　啊?正义军,撤退!(仓皇逃下)

　　　　〔赵江龙冲上,迎战群敌。

　　　　〔一清兵正欲对赵射击,龙春兰跃上岩上,一箭正中
　　　　其臂。

　　　　〔龙春兰与二清兵奋力拼杀,追下。

　　　　〔岭花追击清军协领,迎面赵江龙上,拼杀,协领逃遁。

　　　　〔哲尼奔上。

哲　尼　大师兄,俄寇骑兵上来了!

赵江龙　传令前队,乱箭射杀!

哲　尼　是!(下)

　　　　〔马蹄声近。

岭　花　爹,俄寇来势迅猛,你快带领弟兄们押运军械转移,我
　　　　留下掩护!

龙春兰　我二人掩护,你们赶快走吧!

赵江龙　好,岭花,春兰!

　　　　(唱)　俄寇骑兵来势猛,

欲夺军械如发疯。
你二人在此来掩护,
不可恋战早回营。

转移!

〔赵江龙率众下。

〔传来一片喊杀声。

岭　花　春兰,我在这儿阻击,你领几个弟兄迂回敌侧,牵制敌寇!

龙春兰　这儿危险,我留下。

岭　花　时间紧迫,你们快走吧!

龙春兰　(恋恋不舍地)你要多加小心。(下)

〔丘尼克率俄寇冲上。

〔双方激烈搏斗,岭花与丘尼克拼杀,刀劈丘尼克。

〔四俄寇将岭花团团围住,岭花力战群寇,跃上一座峭石,伊万带二俄寇冲上,岭花刀劈一寇,伊万射击,岭花中弹,踉跄扶峭石。

伊　万　抓活的!

岭　花　强盗来吧!(手抚肩伤,横刀巍然屹立)

〔灯暗。

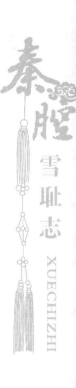

第五场　雪耻志

〔距前场两日后,夜晚。

〔天主教堂一角。

〔幕启:神龛内悬挂着圣母像,烛光下显得阴森恐怖。

〔玉翠持火炬点燃堂内烛台,下。

〔伊万按剑气势汹汹上。

伊　万　洛菲斯神甫!

洛菲斯　你的圣职完成啦!

伊　万　这姑娘简直像兴安岭上的红松,刑具对她毫无成效。

洛菲斯　皮鞭只能使皮肉分裂,可是圣经,却能改变一个人的灵魂。

伊　万　只有把她送上绞架啦!

洛菲斯　一根绞索勒不死义和团。

伊　万　我告诉你,耶辛勃夫将军下令,必须从她嘴里掏出赵江龙的军事部署和行动计划,他的忍耐是有限度的!

洛菲斯　冷静点,伊万上校。当我和中国人打交道的时候,你还是你母亲怀抱中的婴儿哪!

伊　万　洛菲斯!……

洛菲斯　去吧,把她带到我这儿来。

伊　万　(悻悻地)好吧。(下)

岭　花　(内唱)截军火斩俄寇一场恶战,

〔岭花带铐昂然上。

(接唱)护亲人身中弹昏倒路边。

　　　　遭不幸入牢笼天日不见,

　　　　两天来尝毒刑备受摧残。

　　　　一声皮鞭一重恨,

　　　　火炭烧身把仇添。

　　　　镣烤难把壮志撼,

　　　　复仇怒火燃胸间,

　　　　任凭你豺狼施尽千条计,

　　　　岭花我铮铮铁骨永不弯!

洛菲斯　啊?(故作惊讶地)可怜的孩子,他们怎么把你打成这个样子,罪孽,罪孽! 太残忍啦!

岭　花　哼! 更残忍的是你这明捧圣经,暗拿毒剑杀人不见血的刽子手!

洛菲斯　这是从何说起呢?

岭　花　我问你,是谁以教会的名义强行征走我家的土地,派人抢走我家的貂皮、大豆? 又是谁口口声声颂扬沙皇是统治人类的上帝?

洛菲斯　岭花姑娘,不要火气太盛。我请你来,是出于天主的意旨,为了拯救你的灵魂!

岭　花　哼!

洛菲斯　(唱)　魔鬼缠身你不自醒,
　　　　　　　妖言惑众受纵容。
　　　　　　　上帝有意引路径,
　　　　　　　迷魂知返入天庭。
　　　　　　　只要你真心来忏悔,
　　　　　　　我要救你出火坑。

岭　花　(唱)　自那日被捕入牢笼,
　　　　　　　从未想忍辱屈膝来求生。
　　　　　　　《圣经》下藏不住你豺狼性,
　　　　　　　魔窟内把你们狰狞嘴脸早看清。
　　　　　　　黎民的苦泪洗心明,
　　　　　　　民族的仇恨指前程。
　　　　　　　我悔——

洛菲斯　你悔什么?对着圣母忏悔吧。

岭　花　(唱)　我悔恨手中无有冲天剑,
　　　　　　　将你们这些侵略强盗斩尽杀绝救我
　　　　　　　中华儿女出火坑!

洛菲斯　(唱)　你莫把青春年华来断送,

岭　花　(唱)　卫疆土我甘愿血筑长城!

洛菲斯　岭花姑娘,奉劝你不要邪迷心窍,自从你那可怜的母亲进了天国,你的祖母和你的父亲,可就守着你这一棵孤苗啦!

岭　花　我不只是他们的孙女,女儿,我还是中华民族的子孙!

洛菲斯　你不想在入地狱之前,见见你那年迈可怜的祖母么?

岭　花　奶奶,我多么想念你老人家啊!可恨隔着这铁窗牢笼,只能遥寄孙女一片情啦!

洛菲斯　我可以成全你。

　　　　〔岭花冷笑。

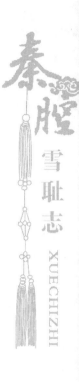

〔洛菲斯向神龛走去,按动开关,圣母神龛突然向侧面移去,高大深邃的壁橱内绑架着赵母,烛光下处于昏迷状态。

洛菲斯　请吧,岭花姑娘!

岭　花　(见状惊呆,继之以呼叫)奶奶!(扑了过去)奶奶,奶奶!

〔洛菲斯狞笑着退下。

岭　花　奶奶! 我是岭花呀!

赵　母　岭花? 你在哪儿?(欲动不得,抬头茫然张望)

　　　　(唱)　昏迷迷辨不清眼前情景,
　　　　　　　恍惚中耳边似闻岭花声。

岭　花　(扶住奶奶)奶奶!

赵　母　岭花!

岭　花　是我,奶奶。

赵　母　孩子!(强挣扎欲趋前,但因铁链锁身,无法行动)

　　　　(唱)　犹是梦中方初醒,
　　　　　　　果是我儿在怀中。
　　　　　　　有手难抚儿娇容,
　　　　　　　有身难暖儿心胸。
　　　　　　　监牢内婆孙来相逢,
　　　　　　　年迈人悲喜交集浪千层。

岭　花　(唱)　恨不能一拳砸碎铁镣铐……

〔岭花愤怒地摇撼着绑架赵母铁链,又抓起烛台猛砸。强盗,松开她!

〔洛菲斯出现在昏暗的角落里,按动机关,铁镣哗啦一声脱落下来,赵母支持不住倒在岭花怀中。

岭　花　(接唱)奶奶呀你因何到狱中?

赵　母　(唱)　自那日你们伏击得了胜,
　　　　　　　喜讯传到咱屯中。
　　　　　　　乡亲们灌酒备肉去相庆,
　　　　　　　谁料想途中突遇俄寇兵。

为掩护众乡亲免遭劫难，

危急中我诱群寇绕山冲。

乡亲们安全脱险过苍岭，

贼俄寇将我抓捕到狱中。

岭　花　你真是我的好奶奶！

赵　母　孩子，你怎么也到这儿来了？

岭　花　我们伏击得胜，夺了贼寇大批枪械；我留下阻击掩护，不幸中弹负伤……（抚胸）

〔赵母慈祥地抚摸着岭花。

赵　母　你爹和义军呢？

岭　花　他们全都安全转移啦。

〔洛菲斯上。

洛菲斯　赵老太太，出于道义，作为上帝的奴仆，我有义务来拯救你们。只要——

赵　母　只要什么？

洛菲斯　只要你能让你的孙女把正义军的军事部署告诉我们。让你儿子放下武器，降下"灭洋"旗帜，我可以担保，耶辛勃夫将军绝不会亏待你们。可以给你儿子个总督，封千垧顷地。到那个时候你们全家就可以团团圆圆，安居乐业啦。

赵　母　到那时，好让我们在强盗的兽蹄下，再给你们缴纳贡赋、磕头谢恩吗？

洛菲斯　啊？老太太，我可是一片诚意啊！

赵　母　诚意？几十年来，你们这些强盗一次次一口口吞噬了我们多少良田沃土？屠杀了多少中华屯民？三天血洗海兰沦，二十万生灵遭惨杀，财产被掳，房舍被烧，把我们江东六十四屯人一个不剩赶下黑龙江，多少亲人惨死在你们的屠刀下呀？

岭　花　你们欠下中国黎民百姓的血债，定要清算！

洛菲斯　（冷笑）嘿嘿嘿，谁来清算哪？我不妨告诉你们，大俄罗斯帝国的军队，已经攻进北京城！

岭　花　什么?

洛菲斯　你们的爱国心,令人钦佩,可是你们的清朝政府已经委派北洋大臣李鸿章阁下,作为全权使者,就要在投降书上签字啦!

岭　花　可耻!

赵　母　无道的昏君,欺压百姓的赃官!

洛菲斯　不要错了良机! 岭花姑娘,你说与不说,可关乎着你奶奶的性命啊! (下)

〔婆孙相偎默然。

〔传来江水浪涛声。

赵　母　岭花啊,奶奶就要走啦……

岭　花　奶奶! (偎在赵母怀中)

赵　母　现在我才看清了,当年你爷爷也是从这间屋子里走的呀!

岭　花　我爷爷也是被他们抓到这里来的?

赵　母　是啊!

(唱)　咸丰年英法入侵起祸乱,
　　　　贼俄寇趁火打劫犯边关。
　　　　发重兵把江北强行霸占,
　　　　赵家屯遭血洗尸骨堆山。
　　　　怀悲愤为把血债来讨还,
　　　　你爷爷擂鼓聚众在江边。
　　　　连日内与贼寇展开血战,
　　　　直杀得老毛子叫苦连天。
　　　　怎奈是寡不敌众粮械断,
　　　　壮士们英勇战死黑水湾。
　　　　你爷爷被贼抓进教堂院,
　　　　我怀抱你爹爹来探监。
　　　　只见他两眼喷火怒难按,
　　　　仇恨满腔咬牙关;
　　　　临刑前手抚娇儿讲遗愿,

字字句句血斑斑。

虽然今朝含恨死，

屠刀难断浪涛翻。

破指滴血写大字。

叫儿牢记这一天。

长大立志雪国耻，

一代一代往下传！

〔赵母从衣襟内掏出一片血衣，上书"雪国耻"三个大字，递与岭花。

岭　花　（唱）　捧血书似看到当年景象，

"雪国耻"三个字永刻心上；

奶奶呀你把宽心放，

岭花我宁为玉碎志如钢。

龙江水将儿来育养，

老一辈未酬壮志儿承当。

我定要飞出这兽巢罗网，

随爹爹报仇雪恨斩豺狼！

〔洛菲斯、伊万上。

洛菲斯　怎么样？想通了吗？

赵　母　等到那一天把你们这伙强盗斩尽杀绝，还我国土的日子，我就想通啦！

洛菲斯　你——

伊　万　时辰已到！

赵　母　岭花，（走向孙女，为其整衣）告诉你爹，不要牵挂奶奶，奶奶的心都绣在义旗上啦。

伊　万　走！

〔二俄寇押赵母下，伊万随下。

岭　花　奶奶！……（伏在门上哭泣）

洛菲斯　你好好想想！（对一俄寇）看住她。（急下）

岭　花　（突昂起头，紧握血书）强盗，这血仇要叫你们加倍偿还！

〔玉翠匆匆暗上,走近俄寇,突然拔出匕首,杀死俄寇,夺了枪支,岭花惊回首一看,玉翠急趋前。

玉　翠　不要怕,岭花姑娘,我叫玉翠,是教堂的修女。他们天亮后就要处死你,我这儿有后门的钥匙,快来吧!

岭　花　你——

玉　翠　我也是生活所迫才进教堂的。早就想投奔义军哪,快,跟我来!

〔岭花随玉翠下。

〔洛菲斯、伊万上。

伊　万　人哪?

洛菲斯　人?哈哈……(阴险地笑着)

〔伊万茫然地回过头来盯着洛菲斯。

〔灯暗。

第六场　热血涌

〔距前场一日后。

〔兴安岭正义军营寨内。

〔深山密林,苍松劲挺,营寨前"灭洋"大旗迎风招展。

〔幕启:赵江龙帷幄运筹。一队义军列队从帐外走过,闻远方操阵杀声,赵江龙徐步出帐,察看山寨。

赵江龙　(唱)　正义军扎营寨兴安岭上,

　　　　　　　数月来歼俄寇威震三江;

　　　　　　　似红松巍巍耸立抗风暴,

　　　　　　　如龙江滔滔奔涌志高昂;

　　　　　　　思想起二龙山伏击一仗,

　　　　　　　夺军械歼敌寇战果辉煌;

　　　　　　　岭花儿遭不幸身陷魔掌,

　　　　　　　我的母又被贼关入教堂;

闻凶讯弟兄们怒火万丈，

似狂涛催我发兵下山岗；

怎奈是敌情变难明真相，

纵然是箭在弦上弓难张；

遥望那龙江岸云遮雾障，

贼俄寇连日按兵不动为哪桩？

莫非是另有图谋暗计藏，

我必须强抑悲痛细思量。

〔金勇急上。

金　勇　（唱）　二龙山与敌打一仗，

岭花被俘入教堂。

弟兄们纷纷来请战，

（对赵江龙）大哥，速快发兵下山岗！

大哥，众弟兄请求下山，营救岭花！

赵江龙　贤弟，弟兄们赤诚之心，江龙深知，只是——

金　勇　大哥，你我可以忍受悲痛，可是大娘年迈，万一——

赵江龙　老娘亲她——

金　勇　快快传令下山吧！

赵江龙　传令下山营救亲人？

金　勇　对，我领一队弟兄偷袭教堂救出岭花！

赵江龙　你可知教堂虚实？

金　勇　不知。

赵江龙　哥萨克骑兵团现在何处？

金　勇　这——

赵江龙　俄寇失了军械，为何连日按兵不动？

金　勇　……

赵江龙　这寇情不明，虚实不知，盲目下山，岂不是轻举妄动？

金　勇　那——

赵江龙　贤弟呀，你我肩负统帅义军之责，岂能为救亲人，贸然
下山？此事还须仔细商量，你火速派人下山探查寇
情，速报我知。

金　勇　是。（下）

〔赵江龙思考少顷。龙春兰上。

龙春兰　大叔,岭花她回来啦!

〔众姐妹簇拥岭花上,玉翠随上。

赵江龙　岭花!

岭　花　爹!（扑入赵江龙怀抱）

赵江龙　你是怎么逃出来的?

岭　花　多亏这位玉翠大姐!（引玉翠见赵江龙）是她刺杀俄寇哨兵,救我脱险。

玉　翠　赵将军!（施礼)请收我参加义军吧!

龙春兰　大叔,收下她吧!

赵江龙　（稍思)嗯。

玉　翠　谢过赵将军!

龙春兰　玉翠大姐,（抓玉翠胸前的十字架,玉翠一惊）今日你上了山寨,快去换了这身衣服,把这也扔了吧!

玉　翠　不,我戴上它,会永远记住这仇恨啊。

赵江龙　岭花,你奶奶她——

龙春兰　赵奶奶她——

岭　花　奶奶她……

赵江龙　她怎么样?

岭　花　她……爹!（扑入赵江龙怀中）

玉　翠　赵大娘被敌人在教堂杀害了!（哭泣）

赵江龙　啊!?

岭　花　（从怀中掏出血衣）这是她临行时交给我的!

赵江龙　（接过血衣）老娘亲!（强抑悲痛）

龙春兰　大叔!（急扶）

赵江龙　（仰天稍思后严肃地）此事不可外传,金勇性情莽撞,更不能让他知晓啊。你们歇息去吧。

〔龙春兰带岭花、玉翠下。

赵江龙　（只看血衣）老娘亲哪!

（唱）　见血衣珠泪滚肝肠裂断,

（滚白）那是惨死的老娘亲啊！

（唱）　永诀别难仰你慈母容颜。

　　　　四十载育儿成长心操烂，

　　　　情切切剖腹教诲响耳边。

　　　　你教儿继父志紧握刀箭，

　　　　时刻把国耻家仇刻心间。

　　　　你教儿习武艺设置神坛，

　　　　绣义旗苦奔波聚众揭竿。

　　　　为严防寇入侵巡更夜半，

　　　　常把那义军安危来挂牵。

　　　　为弟兄节衣食御寒造饭，

　　　　探寇情递消息奋勇当先。

　　　　我的父壮志未酬含恨死，

　　　　你不屈血溅龙江染苍山。

　　　　似这样傲骨浩气一脉相传，

　　　　思念你更为我把力量增添！

〔金勇上。

金　勇　大哥，下山探察的弟兄我已派去了。

〔一义军弟兄上。

一弟兄　大师兄，赃官达琪求见！

赵江龙　噢？此贼闯我山寨，必有图谋！

金　勇　我去宰了他！

赵江龙　慢，我们何不趁此机会摸清贼逆虚实？

金　勇　嗯。

赵江龙　刀枪列队，相机行事！

金　勇　弟兄们，刀枪列队，达琪进见！

〔义军弟兄持械列队。龙春兰上。

〔达琪胆战心惊地上。

达　琪　（唱）　刀枪迎我进山寨，

　　　　　　　魂魄出窍把糠筛。

　　　　　　　为灭拳匪除祸害，

硬着头皮拜佛来。

请问哪位是赵将军——

金　勇　义军帐前,何人喧哗?

达　琪　我乃朝廷命官——

金　勇　怎讲?(拔刀)

达　琪　也罢!(施礼)我乃钦命四品顶戴边戍副都统达琪,拜见赵将军。

赵江龙　啊呀呀,你就是那赫赫有名的达琪副都统呀?

达　琪　正是下官。

赵江龙　本军闻报,你卫边抗俄有功,光绪娃儿降下御旨,不知官加几品?

金　勇　摆摆你的功劳,让咱开开眼界。

龙春兰　这支野雀花翎花儿,是才赏给你的吧?

〔众笑。

达　琪　羞煞下官了。

赵江龙　俄寇作乱,你不统军御敌,缘何屈劳大驾,来到这深山陋寨,"拳匪"之地?

达　琪　闻得义军抗俄寇,卫疆土,屡建奇功,下官不胜钦佩。(招手)来呀!

〔二清兵抬礼物上。

达　琪　特备三牲、金银、钢枪,还望将军笑纳。

赵江龙　我义军志在御贼寇,保我疆土,绝非贪财啸聚之众!

金　勇　谁要你的臭礼!

达　琪　还不退下!

二清兵　嘛。(抬礼物下)

赵江龙　达琪副都统,你绝非单为送礼而屈劳大驾的吧?

达　琪　下官有军机要事相告。

赵江龙　什么军机大事?

达　琪　赵将军哪!

（唱）　圣上有旨抗俄寇,

　　　　下官失职把边陲丢,

今朝我洗心革面整旗鼓，

发誓戴罪雪耻羞；

连日来配备神炮三十尊，

暗调拨右旗边军三千六。

特登寨联络义军去相助，

不歼灭俄寇不罢休！

赵江龙 倘若你能迷途知返，真心爱国，当是可喜之事，但不知有何灭寇良策？

达　琪 下官近日遣派参领马辉，率探过江，得悉重要寇情。

赵江龙 什么寇情？

达　琪 据报，困守教堂的俄寇，弹尽粮绝，已从后方调集来大批军械辎重，准备日内通过二龙山运往前方。恳求义军火速出兵，埋伏二龙山口，到时你我两路夹击，定能取胜。

〔赵江龙冷笑。

达　琪 赵将军笑从何来。

赵江龙 想那耶辛勃夫遭我各地义军分割痛击，运输要道早已截断，伊万困守教堂，已是惊弓之鸟，哪有什么粮械运送可言，显然你欺我义军耳目闭塞，前来刺探虚实！

达　琪 赵将军——赵将军息怒啊！马辉已率部伏击二龙山口，临行恐义军生疑，嘱咐下官转告将军，望以歼敌为重！

赵江龙 此话当真？

达　琪 并无虚假。

赵江龙 嗯，我义军定当如约行事。

达　琪 下官告辞。（下）

龙春兰 大叔，这狗官的话信不得！

〔哲尼上。

哲　尼 大师兄，卧龙港附近俄寇活动频繁，情况异常！

赵江龙 卧龙港情况异常？这其中必有诡谋！

众 怎么办？

赵江龙　金勇贤弟,此事关系甚大,我火速带人下山前往卧龙
　　　　港探查,摸清寇情再作道理。
　　　（唱）　为克敌制胜订方案,
　　　　　　　我带人探察去江边。
　　　　　　　你留守山寨负重任,
　　　　　　　无有我令勿下山!
　　　〔灯暗。

第七场　探江行

　　　〔当日晚。
　　　〔卧龙港边。
　　　〔幕启:夜雾弥漫,浪涛滚滚。
　　　〔赵江龙带岭花、哲尼划船上。
赵江龙　（唱）　驾小舟沿江边暗查细访,
　　　　　　　举目望卧龙港夜雾茫茫。
　　　　　　　但只见江岸旁俄哨游荡,
　　　　　　　港汊内哥萨克来回奔忙。
　　　　　　　又见江上静悄悄无有动向,
　　　　　　　此景象实叫人颇费思量。
　　　　　　　必须要查明这蛛丝迹象,
　　　　　　　要叫那狗强盗一枕黄粱!
　　　　立即登岸,隐蔽观察!
　　　〔三人划船下。
　　　〔暗转。卧龙港湾。
　　　〔二俄哨正在巡逻。
　　　〔二俄寇与一寇官划炸药船上,伊万上。
伊　万　炸药运来了没有?
一寇官　正在搬运下船。

伊　万	好。我率骑兵团驰往二龙山埋伏围歼正义军,速将这船炸药埋于此地断其退路!
一寇官	是!
伊　万	(对俄兵)小心警戒!
俄　兵	是!

〔伊万下。
〔赵江龙与哲尼暗上,刺杀二俄兵。
〔岭花上。

岭　花	爹,前边发现俄寇船队!
赵江龙	啊!俄寇船队?俄寇显然企图从这里绕道偷运粮械!
哲　尼	有人来了!
赵江龙	抓活的!

〔三人隐蔽,渔民装束的府役匆匆上,哲尼扑上拿获。

赵江龙	什么人?
府　役	江上渔民。

〔岭花一把扯开其外衣,显出清兵服。

哲　尼	不老实我一刀捅死你!
府　役	我……我说,我是教堂佣人。
赵江龙	来此何事?
府　役	我……我……
赵江龙	搜!

〔哲尼从其身上搜出一个十字架交与江龙,赵江龙从中取出一封密信。

赵江龙	(展示)"赵江龙带人亲赴江岸查访军情,望速拿获。我诱使金勇下山就范。黑牡丹。"
岭　花 哲　尼	黑牡丹是谁?
府　役	小人确实不知,我是奉神甫之命,在岭下桦树洞里取出十字架,交与神甫的。
赵江龙	押下去。

〔哲尼押府役下。

赵江龙	奸细入我山寨,必然危及义军。

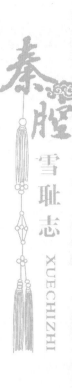

岭　花　咱们火速回山吧。迟了二师兄有可能中计下山!

赵江龙　可是如果回山放走了船队,教堂俄寇就会得到增援,
　　　　必然给我袭击寇巢带来艰险!

岭　花　那……

　　　　〔赵江龙与岭花焦急地思索着,发现俄寇炸药船。

赵江龙　眼下唯一的办法,只有利用这船炸药……趁着夜雾弥
　　　　漫,出其不意,插进船队炸毁它!

岭　花　爹,让我去!

赵江龙　不,事关重大,我去!

岭　花　爹,你乃一军之师,回山除奸要紧,炸毁敌船,孩儿
　　　　前去!

赵江龙　孩子,你可知道,此一去——

岭　花　孩儿虽小,爱憎能分,国耻家仇,铭刻于心!

　　　（唱）　爹爹你率义军任重道远,
　　　　　　　炸敌船千斤重担儿来担。
　　　　　　　我愿化作火一团,
　　　　　　　烧沸黑水煮敌顽!

赵江龙　岭花!

　　　（唱）　手抚着岭花儿心潮翻滚,
　　　　　　　似有那万支利箭穿我心。
　　　　　　　我爱我儿亲骨肉,
　　　　　　　更思中华满园春。
　　　　　　　待来日狂飙万丈冲天起,
　　　　　　　讨还血债祭忠魂!

　　　（强抑悲痛）去吧!

岭　花　（唱）　听不尽滔滔黑水声声浪,
　　　　　　　望不断兴安岭群山茫茫。
　　　　　　　莫怨岭花别离忙,
　　　　　　　只恨俄寇狗豺狼。
　　　　　　　为复我中华疆土胆气壮,
　　　　　　爹爹,孩儿去了!（登船急驶下）

〔哲尼急上。

哲　尼　大师兄我——(一声轰鸣)烈焰冲天,连续爆炸。

赵江龙　岭花!

哲　尼　大师兄!(扑入赵江龙怀抱)

　　　　(伴唱)英烈忠魂贯三江!

　　　　〔灯暗。

第八场　斗妖奸

　　　　〔翌日晚。

　　　　〔景同六场。

　　　　〔幕启:金勇焦灼地凝望山。

金　勇　(唱)　大师兄探敌情尚未回转,

　　　　　　　惦念着伏击事焦躁不安;

　　　　　　　只盼着挥钢刀与敌血战,

　　　　　　　恨不能将俄寇一日杀完。

　　　　〔玉翠暗上。

玉　翠　二师兄,大师兄有音讯吗?

　　　　〔金勇摇摇头。

玉　翠　各路首领派人探询出击消息哪!

金　勇　(着急地)嘿!

玉　翠　二师兄,误了战机,可是大事啊!

　　　　〔众弟兄吵嚷上。

弟兄甲　二师兄!

金　勇　你们不在营中待命,吵闹什么?

弟兄甲　二师兄,如此凶讯噩耗,你为何瞒着众家弟兄?

金　勇　什么凶讯噩耗?

弟兄乙　赵大娘她——

金　勇　(惊诧地)她怎么啦?

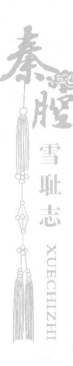

弟兄甲　她被老毛子杀害了!

金　勇　啊,谁讲的?

玉　翠　(悲痛地)大师兄怕咱们一时气愤,不让我对你言讲。

金　勇　啊!(悲痛欲绝)赵大娘!

　　　　(唱)　闻噩耗天庭上惊雷裂炸,

　　　　　　　哭一声好大娘英雄妈妈。

　　　　　　　想当初金矿上俄人欺诈,

　　　　　　　索工钱我的父惨遭枪杀。

　　　　　　　老娘亲重病之中含愤死,

　　　　　　　孤单单丢下我七岁娃娃。

　　　　　　　二十年多亏你把我养大,

　　　　　　　谁料想今日里献身中华。

玉　翠　二师兄,速快发兵下山,为老人家报仇哇!

众弟兄　对,快传令吧!

金　勇　好!

　　　　(唱)　众弟兄求战急摩拳擦掌,

　　　　　　　一阵阵怒火腾焰烧胸膛;

　　　　　　　情势紧我必须发兵点将,

〔龙春兰上。

龙春兰　(唱)　万不能贸然下山冈!

　　　　二师兄,大师兄临行再三叮咛,可不能贸然下山哪!

玉　翠　我想,大师兄回来还不是一样要发兵灭寇,报仇雪恨吗?

龙春兰　敌情不明,贸然下山,必然会给我义军带来危险啊!

　　　　二师兄,还是等大师兄回来再说吧!

金　勇　等大师兄回来?

玉　翠　二师兄,有句话不知当讲不当讲?

龙春兰　玉翠!(欲制止)

金　勇　讲。

玉　翠　那天夜黑赵大娘临赴刑场之时,在那江岸上,仰望兴安岭,声声呼唤着:江龙、金勇呀,你们可要为娘报仇哇！就是铁石心肠,也要落泪。可是今日,我却看不出一个做儿的忠孝之心!

龙春兰　这是什么话?

金　勇　什么? 你,你说我忘恩负义?

玉　翠　不然,你为何优柔寡断,迟疑不决? 再说,我们与清军相约伏击二龙山口,可不能让达琪诬我义军失信啊!

金　勇　这——

玉　翠　二师兄,大师兄远离山寨,倘若今晚义军失约,我等有何颜面再见父老乡亲?

众弟兄　二师兄,快快发令吧!

玉　翠　快快发令吧!

金　勇　好!

龙春兰　慢! 全军下山,事关重大,千万不可莽撞!

金　勇　天塌下来我一人顶着!

〔众拔刀欲下。

〔马辉内呼:"且慢"。众惊,马辉上,玉翠大惊。

金　勇　马辉贤弟,(急扶)二龙山战况如何?

马　辉　什么二龙山?

金　勇　怎么,你不是从二龙山而来?

马　辉　我是从大牢逃来的。

金　勇　(惊疑)啊? 达琪讲你早已埋伏在二龙山!

马　辉　金勇贤弟!

　　　　(唱)　达祺老狗早降叛,

　　　　　　　将我问罪下牢监。

　　　　　　　与俄寇相勾结合谋暗算,

　　　　　　　诱义军下山岗阴谋围歼。

金　勇　啊!

玉　翠　二师兄,你可莫要轻信奸细谗言!

金　勇　奸细?

玉　翠　就是他! (指马辉)

金　勇　什么?

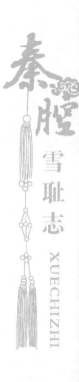

〔众拔刀怒视马辉。

马　辉　啊？（认出玉翠）黑牡丹！

　　　　〔众面面相觑。

金　勇　到底是怎么回事？

马　辉　金勇贤弟，此贼父乃三江有名江洋大盗，早年勾结犯
　　　　边俄寇，盗运国宝，被我拿获，将其斩首；此贼潜逃，窜
　　　　入教堂，成为洛菲斯心腹走狗，前些日子在都统府内，
　　　　达琪将我问罪，是她开枪将我打伤，今日窜上山寨，必
　　　　怀诡谋。

金　勇　（怒视玉翠）你——

　　　　〔众拔刀怒视玉翠。

玉　翠　二师兄，你不要听信他的谎言诡辩，玉翠我刺杀贼寇
　　　　救出岭花，人证俱在，而马辉突然到此，谁可作证？

金　勇　嗯。

马　辉　马辉所言，句句属实。

玉　翠　住口！二师兄，叛贼马辉根本不在监狱，近日他出入
　　　　教堂，与洛菲斯来往密切，是我亲眼所见！

马　辉　黑牡丹，你好狠毒啊！

玉　翠　二师兄，此贼丧尽天良，还干下一桩罪恶滔天之事！

金　勇　什么？

玉　翠　那天夜里，就是他亲手杀害了赵大娘！

金　勇　啊！

马　辉　你——

金　勇　来呀，将马辉与我绑了！

　　　　〔两兄弟捆绑马辉。

马　辉　金勇贤弟！（欲分辩）

玉　翠　死到临头，还敢妖言惑众，扰我军心，岂能容得！

金　勇　斩首示众！

　　　　〔二兄弟押马辉下。

　　　　〔赵江龙内喊："刀下留人！"

众　　　大师兄回来了！

〔玉翠惊恐地退缩到一旁。

〔赵江龙急上。

金　勇　大师兄!

赵江龙　马辉所犯何罪?

金　勇　他是奸细!

赵江龙　有何凭据?

金　勇　现有人证。

赵江龙　谁?

金　勇　玉翠姑娘。

赵江龙　玉翠,你是怎样知晓的?

玉　翠　是我在教堂之内亲眼所见。

赵江龙　好,你立即将他的罪状写来我看。我要杀一儆百,布
　　　　告三军!

玉　翠　好!（下）

龙春兰　马辉所为——

赵江龙　不必多言,带马辉!

哲　尼　带马辉!

　　　　〔二弟兄押马辉上。

马　辉　大哥……

赵江龙　马辉,你是怎样从狱中逃出来的?

马　辉　大哥,我在狱中听得狱卒言讲,达琪老贼与俄寇勾结,
　　　　今晚在二龙山埋伏,诱使义军下山,一举围歼,我在狱
　　　　卒协助下急奔山寨,哪知——

　　　　〔玉翠捧纸上。

玉　翠　赵将军请看。（将纸交与赵江龙）

赵江龙　（展阅）嗯,不错,是她所为。

玉　翠　（对马辉）这下看你还有何话说?

赵江龙　（对玉翠）我再问你,可有物证?

玉　翠　物证?……

赵江龙　我这儿倒有一件。（取出密信）说是你来看!

玉　翠　（大惊）啊!

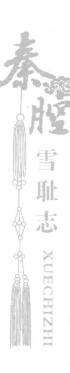

赵江龙　这,可是你的?

玉　翠　这——

赵江龙　玉翠姑娘。

玉　翠　赵将军——

赵江龙　黑牡丹!

玉　翠　啊!

赵江龙　你竟敢陷害忠良,煽动金勇,妄图将我义军置于死地
　　　　(将密件掷于地)这就是你给洛菲斯的密信!
　　　　(唱)　无耻猾贼好毒险,
　　　　　　　诬陷马辉造事端;
　　　　　　　今日斩你除祸患,
　　　　　　　要为民族雪耻冤!

金　勇　(看信)黑牡丹,你这条毒蛇!

赵江龙　人赃俱在!

玉　翠　赵将军饶命啊!

赵江龙　(挥手)

金　勇　看刀!
　　　　〔杀死玉翠,二弟兄拖尸下。

赵江龙　马辉贤弟!（亲解其绑)

金　勇　马辉贤弟!（愧跪)

龙春兰　赵大叔,岭花呢?

哲　尼　岭花她——

赵江龙　(沉痛地)岭花为炸敌船……

哲　尼　英灵已壮烈归天了!

众　　　岭花——
　　　　〔众遥望山下,松涛声涌。
　　　　(伴唱)松涛吼,憾重山,
　　　　　　　先烈英名千秋传。

众　　　(合唱)龙江滔滔流不断,
　　　　　　　血债定要血来还!

赵江龙　(唱)　血债定要血来还!

〔四首领上。

四首领　赵将军,速快发兵吧!

赵江龙　各路弟兄听令,金勇、春兰各率骑队,分兵两路,埋伏在教堂与二龙山之间,务须歼灭增援教堂之敌,其余各路人马,随我飞兵下山,直捣寇巢!

众　　　是!(下)

第九场　怒涛卷

〔接前场,黎明前。

〔景同一场。

〔幕启:洛菲斯心慌意乱地在码头上张望着。

洛菲斯　(念)　卧龙港粮械援兵被断送,

　　　　　　　二龙山不见义军影和踪。

　　　　　　　为什么黑牡丹不把信送?

　　　　　　　难道说这一计又要落空?

〔耶辛勃夫及随从军官急上。

耶辛勃夫　洛菲斯,(怒冲冲地)我的粮械援兵船队呢?

洛菲斯　将军,船队炸后至今真相不明……

耶辛勃夫　单凭这一点就该把你同犹大一样送上绞架! 我军在前线被各地义和团分割包围,弹尽粮绝,你知道吗?

洛菲斯　损失点粮械没什么,只要消灭了正义军……

耶辛勃夫　别做梦啦!

〔突然枪声大作,一俄寇急上。

一俄寇　报告将军大人,正义军的骑队向教堂冲杀过来了!

众　　　(惊)啊!

洛菲斯　这……

耶辛勃夫　传我命令,让伊万上校火速率队增援,保卫教堂码头!

一俄寇　是!(急下)

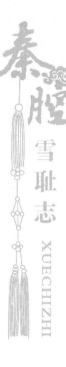

耶辛勃夫　洛菲斯，我马上回国去调集军队，你要不惜一切代价守住这个桥头堡！

洛菲斯　啊，您不能走啊！

耶辛勃夫　走，哼！黑龙江挡不住俄罗斯军人的步伐。沙皇陛下的宏愿一定要实现，我们还要回来的！再见。

　　　〔炮声大作。

　　　〔耶辛勃夫率随从军官急下。

洛菲斯　将军，将军！跑吧，畜牲！

　　　〔达琪逃上。

达　琪　神甫救救我！

洛菲斯　你的部队呢？

达　琪　大部阵亡，其余的都投奔了正义军。

洛菲斯　好，好极了，上船吧！

达　琪　谢神甫恩德。（急奔码头）

　　　〔洛菲斯一枪击毙达琪，倒入江中。

洛菲斯　进天国去吧！

　　　〔伊万负伤逃上。

洛菲斯　伊万上校，快让你的哥萨克给我顶住！

伊　万　我的队伍让正义军消灭啦！

洛菲斯　啊！

　　　〔二人仓惶逃入教堂。

　　　〔号角阵阵。数俄寇仓惶逃窜。

　　　〔赵江龙率正义军冲入教堂。

　　　〔金勇、马辉双战俄寇，恶战下。

　　　〔龙春兰、哲尼击杀俄寇过场。

　　　〔伊万率二俄寇逃上，遇赵江龙，赵力战群寇，刀劈伊万，追杀寇兵下。

　　　〔教堂大火冲天。洛菲斯狼狈溜出教堂，枪杀一义军，遇四首领，转身，迎面赵江龙上。

洛菲斯　赵，赵将军，饶恕我吧。

　　　〔赵江龙朗笑。

〔洛菲斯战战兢兢地退至江岸边,突然拔枪欲射,赵江
龙手起刀落,洛菲斯惨叫一声栽入江里。

〔众义军拥上,"灭洋旗"迎风招展。

〔龙春兰持沙俄国旗同金勇上,龙春兰将旗掷于地。
赵江龙踩于脚下。

金　勇　耶辛勃夫逃跑了!

赵江龙　耶辛勃夫虽然逃跑,可是大批强盗还在践踏着我们的
神圣国土。我们要高举义旗战斗下去! 誓灭俄寇,复
我疆土!

众　　　誓灭俄寇,复我疆土!

〔众亮相。

——剧　终

秦腔

雪耻志

XUECHIZHI

西安秦腔剧本精编

演出单位

西安市五一剧团

糨子官断案

郑宗义　编剧

剧情简介

　　这是一出秦腔小喜剧,塑造了糯子官强志这一歌颂性喜剧形象。通过他为民请命、巧斗府尹、智断琴红案、开仓放赈等一系列喜剧情节,表现了他不畏权贵、爱民如子的精神。

人 物 表

强　志	渭南县令	丑
琴　红	民　女	旦
李　实	京兆尹	净
县　尉		
二校尉		

〔唐德宗贞元二十年(公元804)夏。

〔京兆府渭南县衙,公堂。

〔幕启:强志老气横秋、有气无力、精神恍惚上。

强　志　(念)　六十花甲七品县,

老爷人称浆子官。

上边犯案管不了,

下边背后骂祖先。

拿着明白倒糊涂,

窝囊受气陪笑颜。

(唱)　今春无雨遭荒旱,

黎民泣饥唤苍天。

适逢皇王过寿诞,

强索贡礼连二三。

饿殍载道人逃难,

见天击鼓诉奇冤。

仓中皇粮千万石,

一颗不敢乱动弹。

差派县尉京兆府,

但愿求得米粒权。

接连数日未合眼,

提笔只觉重如山。

〔伏案昏睡,鼾声如雷。县尉急上。

县　尉　强老爷!强大人!(摇晃)啊?你可不能死呀!

强　志　(惊醒)死了倒省心。你把呈文送交京兆府李大

人了?

县　尉　送到了。

强　志　大人有何批文?

县　尉　屁文！不让进府。

强　志　擂鼓！

县　尉　校尉捶了我一顿屁股。

强　志　喊冤！

县　尉　差点把我的骨头砸断。

强　志　咊是十万火急为民请命的公文，不是肉包子，让你揣进京城去喂狗。

县　尉　恶狗拦道，李大人拒不接见。急得小人没法，只得典当了衣衫，换得几贯铜钱，请校尉吃了一顿狗肉包子，才请得一纸回文带回渭南。（递文）大人过目。

强　志　（念）　渭南令，浆子官，

狗官狗胆敢吠天！

一年两税不能减，

皇王寿礼要加翻。

三日驰送京兆府，

饶你老命活几年。

若再为民来请命，

当心脑袋把家搬！

（瘫坐、战抖、口眼发直，气愤欲绝）

县　尉　大人醒得！（哭）

强　志　我还没断气，把眼泪省着。

县　尉　大人，我看算了。你把心尽了，免得招灾惹祸。

强　志　掌嘴！强老爷生来有个犟病。吾老爷乃民之父母，子民饿断肠子哭断筋，铁石狮娃也伤心。我若糊涂打下一锅粘浆子，还不叫人骂先人？

县　尉　大人所为，有目共睹。连日察访灾情，捐出自家俸禄，熬粥放赈，救民水火，又彻夜秉烛草章，驰报京师。眼熬红了，人愁瘦了。再下去，怕你坐不了公堂，就得改设灵堂。

强　志　你算把下官的心思摸透了。

（唱）　一担心仰面八叉身放展，

一串串骨头架子散了摊。

一口痰卡在脖项喉咙眼，

一蹬腿不言不喘不呻唤。

一阵阵稀里糊涂把气咽，

一刹时便给你把麻达添。

一声声俺娃哭爹把你缠，

一溜风寡妇太太要老汉。

（数）　没寿衣靠你搜罗簸衣穿，

没棺材还得上炕揭席片。

俺先人没给我留一分田，

没处埋还得让你提住双脚拖出县衙扔在荒

郊让狗餐。

（唱）　二担心明朝心中无主见，

众饥民结伙擂鼓来喊冤。

吾老爷堂堂七品一知县，

不如个手拿钥匙小丫环。

到时辰升堂怎样来断案，

总不能装成死狗不言传。

〔擂鼓声。

县　尉　有人击鼓喊冤。

强　志　说着说着就来了。我这身上咋直起鸡皮疙瘩……

县　尉　咋办？

强　志　老规矩。看客下面。

〔强志纱帽戴翻，背身而卧，佯装睡去，二校尉上，李
　实气势汹汹上。

县　尉　喊冤人，跪下！

〔李实飞脚将县尉踢倒。

县　尉　啊？大……大人！

强　志　你来了？

李　实　我来了！

强　志　来者都是客。要是跪着，就自己起来；站着嫌累，就

寻个位位坐下;没坐处,就在拐角圪蹴着。……

李　实　哎!(抓印猛击公案)

〔强志受惊弹跳了一下,又侧向另一边。

强　志　嫑生哕大的气。吾老爷给你说:气大了,胀肚子;肚子胀了饥火盛,火盛了烧心;心动则神乱,神乱了惊魂,魂不守舍,小命就毕噎了。

李　实　大胆!

强　志　胆再大,不济事,管不了肚子饥。

李　实　昏官!

强　志　嫑发躁。你给我发火,我给谁发火? 不怨天,不怨地,都怨府尹李实咾个狗杂种不是人养的东西!……

李　实　气死我了!(摘下强志纱帽,掷之于地)气死我了!

强　志　可不敢死,赔不起人命种。

李　实　你抬起头来!

强　志　这好办。(发现李实,惊呆。李实挥手,二校尉将强志隔案架出,李实猛击一掌,强志眩晕不支,旋转,倒下)

李　实　(唱)　昏庸强志渭南县,
　　　　　　　　竟敢秽辱蔑本官。
　　　　　　　　不给尔点颜色看,
　　　　　　　　枉坐府台镇朝班。

　　　　校尉们,与我打、打、打!

〔校尉揪起强志,欲打。

强　志　哎呀,李大人,千万打不得!

李　实　(狞笑)斩尔如同草芥,打又何妨?

强　志　大人!

　　　　(唱)　卑职年迈快入土,
　　　　　　　　枯木朽枝骨头酥。
　　　　　　　　下水干巴难榨油,
　　　　　　　　精疲血竭风前烛。

　　　　　　　偏又得了狗吓病，

　　　　　　　正好瞌睡寻枕头。

　　　　　　　一杖下去魂溜走，

　　　　　　　赋税寿银谁征收？

　　　　〔击鼓声。

强　志　大人，你看咋样，又有子民申冤抗税拒交寿礼，告状来了。

李　实　升堂审问！

强　志　多谢大人，卑职告退。

李　实　你与我审！

强　志　审案子就得坐公堂。大人占着位位，下官没法审呀。请靠边，往下站，再往下站。

县　尉　（对校尉）靠边，往下站！

强　志　我说菩萨、老天，今日你可得开眼，平素没少给你烧香许愿，求神灵保佑，但愿喊冤人千万千万别告这个凶残的狗官。带喊冤人！

县　尉　喊冤人上堂！

　　　　〔琴红抱琴上。

琴　红　（唱）　泪簌簌怀恨堂前站，

　　　　　　　求大人与民申屈冤。

强　志　状告哪个王八蛋？狗崽子？

琴　红　（唱）　奴状告李实贼权奸，

　　　　　　　索寿礼逼死老椿萱。

李　实　大胆刁民，竟敢诬告本官？

强　志　这一摞状子全是告你的。

琴　红　大人，民女冤枉！（呈状）

强　志　我不是瓜子，你的也不是瞎子，偏遇上这号茬茬子，好一对倒霉不拣日子的崽娃子。（念诉状）官府征税要银子，勒索寿礼加码子，逼得百姓没法子，只得卖苗拆房子，就差二两碎银子，打死乐工老头子，丢下一个弱女子，状告李实狗贼子，求大人与民申冤断

225

官司。

李　实　　来呀！与我拿下！

强　志　　慢！

李　实　　你敢袒护刁民！

强　志　　大人息怒，且看下官的杀法。大胆刁民，琴红娃娃，打狗也看主儿，尔竟敢诬陷辱骂堂堂府台，岂能容得！不动大刑，量你不招。来呀！

县　尉　　大人！……

强　志　　我瞧这娃，真是冤家。迷三倒四，目无王法。拉下去！吊到廊下，锁上铁枷，先灌一碗酸辣，嘴里塞上石头疙瘩，若不招供画押伏法，就给我剥了她的皮，砸了她的琴，把尸首从后门马上送回老家！

琴　红　　好一个浆子官！一丘之貉，害民的贼呀！

县　尉　　走！（推琴红下）

李　实　　你是个好的。

强　志　　这是跟大人学下的一手。

李　实　　强志，强县令。

强　志　　卑职在。

李　实　　限你三日之内，将税银寿礼如数收齐，驰送京兆府。少一个铜子儿，唯你是问。

〔李实带校尉下。县尉上。

强　志　　送大人。（瘫倒）

县　尉　　强大人？

强　志　　（弹汗）摸摸，心还在么？

县　尉　　扑腾扑腾跳，没丢。

强　志　　吾老爷的煞棒灵不灵？

县　尉　　妙极了。我把女娃藏到廊下，喝了姜汤，身暖冰化，白蒸馍下肚，精神焕发，准备了逃跑的衣衫……

〔琴红上。

琴　红　　叩谢救命的青天老爷活菩萨。

强　志　　愧煞下官了。

琴　红	大人,李实无法无天,就该审明,绳之以法。
强　志	李实官拜司农卿,坐镇京兆淫威凶,满朝文武谁不怕,何况我这七品令。纵有参贼英雄胆,奏章难以上龙廷。
琴　红	皇王天子,为何充耳不闻?
强　志	此贼专权,结党乱政,爪牙密布,欺蒙圣聪。龙颜难见,无法进呈啊。
琴　红	民女闻,治国以民为本。民受难,天子庆寿,绝非圣君所为,天理不容。
强　志	你不想活咧!
琴　红	我要编成戏文,抱琴进京,宫前演唱,把皇王点醒。
强　志	远水解不了近渴。
琴　红	近处有水,就怕无人开闸。
强　志	水在何处?
琴　红	适才奴家看见,县衙府库之中,征收的税粮寿银,堆积如山。大人,你若不是个浆子官,有心解民倒悬,何不——
强　志	开仓放赈!?
琴　红	正是。
强　志	(唱)　一句话把我来敲醒, 　　　　打一锅浆子为百姓。 　　　　仓中现有粮多少?
县　尉	二百五十万斗。
强　志	琴红姑娘! (唱)　拜谢师尊女中英。
琴　红	大人,这是何意?
强　志	吾老爷要打一锅浆子。
县　尉	哎呀,大人,说你是个浆子官,咋个真的糊涂了。这是皇粮寿银,无有圣旨恩准,府台批文,私开仓库放赈,要犯死罪的!
强　志	嘿嘿,我这干葫芦脑袋,若值二百五十万斗粮,救了

渭南百姓穷饥荒，打它一锅粘糯子，坐官一场不冤枉。（得意狂笑）嘿嘿，嘻嘻，呵呵，哈哈……

县　尉　大人，你昏了？

强　志　我才灵醒咧！

　　　　（唱）　老夫鼓起破天胆，
　　　　　　　　不负民望浆子官。
　　　　　　　　生平首次掌实权，
　　　　　　　　哪怕脑袋把家搬。
　　　　　　　　草章自劾告御状，

琴　红
县　尉　（唱）　甘愿随爷赴长安。

强　志　鸣锣张榜，开仓放赈！

——完

演出单位

西安市五一剧团

秦香莲后传

根据同名豫剧改编

郑宗义　改编

剧情简介

　　北宋年间，民妇秦香莲守寡一十八载，将儿女培养成人，适逢辽兵南侵，国难当头，她毅然送子从军。陈英哥征战边关，杀入重围，救出张谦元帅及其女紫兰，凯旋还朝后，张元帅荐才择婿，遂将英哥带入帅府。

　　战乱平息，不见儿归，秦香莲担心他贪图富贵，便带女儿冬梅进京寻找，古庙祭奠恩人，恰遇韩琪夫人及其子韩丰，苦命相依，结为儿女亲家。

　　元帅夫人皇姑得知英哥乃是秦香莲之子，勾起旧怨隐痛，拒婚。紫兰爱慕英哥，违抗母命，夜探书馆，自托终身，英哥恐母责怪，逃离帅府，紫兰不舍，雨夜追踪到韩丰家。秦香莲闻知儿子与仇人之女订婚，怒火中烧，责打英哥，紫兰求告，她坚意不从。韩丰设计带一对情侣夜入南衙。

　　包拯几经周折，从中斡旋，申明大义，晓之以理，终使两家怨恨消除，促成美事。

场　目

人 物 表

秦香莲

皇　姑

包　拯

英　哥

紫　兰

张　谦

韩夫人

冬　梅

韩　丰

秋　红

侬智广

院　公

兵将若干

第一场 辞 母

〔秦香莲家。

英 哥　（内唱）闻听边关起战乱，

〔英哥挑柴担上。

　　　　（接唱）义愤填膺怒冲冠。

　　　　　　　武当练就一身胆，

　　　　　　　理应杀敌到阵前。

　　　　　　　急急忙忙回家转，

　　　　唉！

　　　　　　　母亲多病启齿难。

〔放下柴担，秦香莲、冬梅上。

冬　梅　哥哥！

香　莲　英儿回来了！

英　哥　母亲。

香　莲　我儿今日回来，为何满面焦愁？

英　哥　母亲！我……（欲言又止）

冬　梅　哥哥，你到底为了何事啊？

英　哥　母亲，适才孩儿在镇上卖柴，闻听人言，北辽再次犯我边关，黎民百姓惨遭劫难，孩儿往日在武当山学艺，师父亦曾再三教诲：国家有难，匹夫有责。我乃堂堂七尺男儿，岂能坐视生灵涂炭？孩儿有心从戎杀敌？

冬　梅　哥哥，你要从戎杀敌？

英　哥　正是此意，但不知母亲——（扶香莲坐在石凳上）

秦香莲　（唱）　儿的话令香莲悲痛难忍，

　　　　　　　忆往事辛酸泪涌满我心。

233

想当年儿父赶考离家门，

只因他忘恩负义，贪图富贵铜铡之下分了身。

我只说带你兄妹回原郡，

咱三人孤儿寡母从此相依苦度光阴永世不离分。

娘不为儿求功名标金榜，

只图儿做个正直人。

如今为娘霜两鬓，

在世难活几冬春。

我儿你若离家从军去，

为娘难舍两离分。

英　哥　（唱）苦命娘声声泪语重心长，

英哥我止不住泪涌心伤。

娘呵你含辛茹苦把儿来教养，

山样情海样恩铭记心房。

儿习艺并非为名标金榜，

儿从戎为的是保民安邦。

倘若是天下太平国无恙，

我岂能不尽孝伺奉高堂？

冬　梅　（唱）哥哥你一腔热血志刚强，

为黎民为保国勇赴疆场。

望母亲你且把宽心展放，

有冬梅日晚间尽孝在身旁。

英　哥
冬　梅　母亲。

香　莲　（唱）儿女们明大义将我来劝！

为黎民为邦国理应争先。

怎能为骨肉情把儿阻拦，

此一去终难免梦萦魂牵。

儿呀！

娘愿你到边关奋勇征战，

平了贼速解甲早回家园。

为娘我有句话牢记心田，

纵然是立了功切莫做官。

英　哥　（唱）　母亲且把心放宽，

嘱托儿定记心间。

永远不图身荣显，

凯旋归来孝堂前。

第二场　奏　凯

〔边关，山峦起伏、层林叠嶂。

〔张谦、紫兰与侬智广双方列阵形上。

张　谦　大胆侬智广，尔等北辽贼寇，无故扰我边关。今日叫尔有来无回！

侬智广　张元帅，宋王昏庸，理当取而代之。

张　谦　一派胡言，休走看枪！

〔开打。混战，宋兵败下。

〔英哥带从戎壮士上。

英　哥　观见那边人声呐喊，宋兵被围，待俺杀上前去！（下）

〔张谦败上，马失前蹄，辽兵杀上。紫兰急上，架住辽兵，身陷重围，英哥下，复上，杀退辽兵，侬智广接战，被英哥打落马下，辽兵救出侬智广败下。紫兰扶起张谦，英哥欲追下。

张　谦　壮士慢走！

英　哥　参见元帅。

张　谦　快快请起。请问壮士，家住哪里，姓甚名谁？

英　哥　回禀元帅，小生陈英哥，均州人氏，闻得辽寇犯境，黎民遭殃，特来边关，杀贼保国。

张　谦	多谢壮士杀退辽兵,扬我国威,可喜可贺。本帅为你请功。
英　哥	不敢烦劳。俺谨遵母训,从戎保国、义不容辞,并非为了求取功名。如今辽兵已退,俺便告辞了。(欲走)
紫　兰	慢!(转身急对张)爹爹,他可不能走哇!
张　谦	壮士,你且随我还朝,待本帅奏明圣上,再作道理。
英　哥	这……
紫　兰	(急拦)壮士请!
张　谦	众将官,班师回朝。
众将官	啊!

〔众下。

第三场　庙　遇

〔汴梁城外,土地庙。

〔冬梅扶秦香莲上。

香　莲	(唱)　你哥哥去从戎音信隔断, 在家中日夜里坐卧不安。
冬　梅	(唱)　陪母亲到京地前来打探, 一路上风霜苦疲累不堪。
香　莲	(唱)　想汴梁恨汴梁汴梁又见, 秦香莲不由得珠泪涟涟。
冬　梅	(唱)　劝母亲且忍耐不必哀叹, 宿小店慢打问暂把身安。
冬　梅	啊母亲,这儿有一庙宇,你我且到庙内歇息歇息,你看如何?
香　莲	就依我儿之见。(进庙观望,一惊)冬梅,这庙宇好像当年我们母子三人曾经留宿之处!

冬　梅　母亲,你看,(念)"韩将军名垂千古。包拯题。"

香　莲　啊! 韩将军!(扑向石碑,悲痛万状)

　　　　我叫叫一声韩将军,我哭哭一声惨死的韩大爷!

　　　　(唱)　　抚石碑眼面前旧景重现,

　　　　　　　浑身颤好一似刀把心剜。

　　　　　　　哭一声韩将军难以再见,

　　　　　　　骂一声陈世美无义之男。

　　　　　　　大比年进京赶考中状元,

　　　　　　　贼呀你竟然招为驸马忘家园。

　　　　　　　我带儿千里乞讨上京地,

　　　　　　　哪知你忘恩义黑了心肝。

　　　　　　　你不认妻子儿女还罢了,

　　　　　　　谁知你暗差韩琪杀家眷。

　　　　　　　多亏军爷明大义,

　　　　　　　宁舍生救我母子得团圆。

　　　　　　　将军的人品昭日月,

　　　　　　　将军的恩德难偿还。

　　　　　　　哭将军哭得我五内裂断,

　　　　　　　只觉得头昏眼花倒碑前。

冬　梅　母亲! 母亲醒得!

香　莲　冬儿,为了感戴韩将军大恩大德,你我祭奠恩人一

　　　　回,以慰将军在天英灵。

　　　　〔母女大礼膜拜祭奠。

　　　　〔韩丰扶韩夫人上。

韩夫人　(唱)　　三月清明又来临,

　　　　　　　随孩儿庙中祭夫君。

韩　丰　(唱)　　爹爹取义垂千古,

　　　　　　　春雨如泪祭英魂。

　　　　〔二人入庙,见状惊疑。

韩　丰　啊母亲,你看,何人在此祭奠?

韩夫人　这位夫人,不知你因何在此祭奠?

香　莲		是你不知，十八年前，韩将军为我母子仗义自刎，因而在此一祭。
韩夫人		噢？莫非你就是十八年前千里寻夫的秦氏香莲？
香　莲		正是民妇。夫人，你如何知晓？
韩夫人		韩郎夫啊！……（抚碑恸哭）
香　莲		公子她？
韩　丰		她是我母。韩琪乃是我父啊！
香　莲		恩人——
韩夫人		香莲！

〔二人抱头痛哭。

香　莲
韩夫人　（唱）　见夫人
　　　　　　　　见香莲　不由我热泪滚滚，

　　　　　　　　夫人哪
　　　　　　　　　　　你是　俺的大恩人。
　　　　　　　　香莲啊　　一个苦命人。
　　　　　　　　都只为陈世美伤害天伦，
　　　　　　　　同感激包相爷把冤来伸。

韩夫人	（唱）	十八年香莲你艰难受尽，
香　莲	（唱）	但不知你母子怎度光阴？
韩夫人	（唱）	韩丰儿在南衙当差为民， 母子们苦相依直到如今。
香　莲	（唱）	今日里有幸见夫人公子， 我母子结草衔环难报将军恩。
韩夫人	（唱）	劝香莲莫悲痛保重自身， 既进京不见令郎是何因？
香　莲	（唱）	外寇侵扰边关紧， 英哥儿为国离家门。 闻听凯旋传佳信， 却不见我儿返回村。 千里迢迢把京进， 跋山涉水将儿寻。

韩夫人	不知可曾打听到英哥下落？
香 莲	方才到京，尚未打问。
韩夫人	你且不要焦急，以我之见不如先到我家住下，我让丰儿替你打探，定能找见英哥。
韩 丰	是呀。
香 莲	这……将爷大恩大德未报，又要相扰，于心不忍！
韩 丰	伯母不必过谦，就依我娘之见，权且住下，寻见我那英哥兄长，再送你们返回均州不迟。
香 莲	如此冬梅，快快谢过你家伯母、兄长。
冬 梅	多谢伯母。
韩夫人	快快起来。
冬 梅	谢过兄长。
韩 丰	贤妹免礼。
韩夫人	(见状暗喜)香莲,(拉过香莲)我有一事，不知可敢动问？
香 莲	恩人请讲。
韩夫人	不知冬梅可曾许配于人？
香 莲	尚未许人。
韩夫人	我有心让他二人结为百年之好，不知你意下如何？
香 莲	哎呀夫人，恩德未报，岂敢高攀？
韩夫人	你我同是苦命之人，何言高攀！
韩夫人	如此你我上前问过孩儿。
香 莲 韩夫人	冬儿，丰儿，母亲有意为你二人联姻，但不知我儿意下如何？
冬 梅 韩 丰	(又喜又羞地)但凭母亲做主。
	〔众喜。

第四场 议 亲

〔汴京,元帅府。

〔皇姑上。

皇　姑　（唱）桃李飘香春意闹,

对对鸳鸯过小桥。

当年红颜瞬间老,

想起往事心如潮。

十八岁招驸马原想偕老,

谁知他原是一个祸根苗。

陈世美抛妻舍子人嘲笑。

只落得南衙府内卧铡刀。

父王他替我又配张元帅,

独生紫兰女英豪。

父女平贼边关去,

不知何日转回朝?

思念亲人心焦躁,

〔紫兰上。

紫　兰　（唱）凯旋班师喜眉梢。

参见母亲。

皇　姑　（惊喜地）啊,兰儿,你可回来了!

（端详爱抚）儿啊,你那爹爹呢?

紫　兰　爹爹面君已毕,现到府门之外。

皇　姑　快快有请。

紫　兰　有请爹爹!

〔张元帅上。

皇　姑　驸马征战辛苦,快快请坐。

张元帅　公主请坐。

皇　姑　驸马，此番平贼，斩获不少吧？

张元帅　公主啊！

（唱）　领圣旨挂帅印兵发疆场，

　　　　提起了平贼事羞愧难当。

　　　　两军阵入贼网损兵折将，

　　　　本帅我被围困险遭祸殃。

　　　　危急中一壮士从天而降，

　　　　救本帅出重围遇难呈祥。

　　　　小壮士本领高后继有望，

　　　　为国家荐贤才喜得栋梁。

　　　　适才间在金殿将本奏上，

　　　　皇封他少将军共参朝纲。

皇　姑　驸马，那小将既有救命之恩，何不带他进府相见？

张元帅　现在客厅。

皇　姑　快快有请恩人呀！女儿回避。

张元帅　且慢。女儿回避。公主，我有一事想同公主商议。

〔紫兰退下。

皇　姑　驸马请讲。

张元帅　公主！

（唱）　你我成亲十八载，

　　　　只生紫兰女裙钗。

　　　　本该择婿无良爱，

　　　　我想选配小英才。

皇　姑　驸马，听你之言，要选小将军做女婿？

张元帅　不知公主意下如何？

皇　姑　哎呀驸马，紫兰小女乃你我掌上明珠，婚姻之事不可
　　　　草率。请来小将军我要亲自过问。

张元帅　家院，有请陈将军。夫人，小将军一表人才，我保公
　　　　主一见如意。只是——

皇　姑　只是什么？

241

张元帅 那小将军不肯做官受封,适才金殿之上,他一再推
却,执意要解甲归田。故而这提亲之事嘛……

皇　姑 驸马,此事关乎女儿终身,得先问过紫兰她是否
愿意。

〔紫兰突然出。

紫　兰 儿我早就愿……任凭母亲做主。(羞怯地下,与英哥
相遇,下)

英　哥 参见元帅、公主。

张元帅 罢了。

皇　姑 小将军请坐。

英　哥 谢公主。

皇　姑 闻听小将军作战骁勇,救了元帅,实实令人敬佩。

英　哥 公主过奖了。

皇　姑 坐下,坐下。

(唱)　听驸马一再把小将夸赞,

果然是貌堂堂名不虚传。

进府来春风含笑多稳健,

好一个奇男子英俊少年。

细观他只觉得似曾相见。

呀!

犹如那十八年前的陈状元!

张元帅 公主,你看如何呀?

皇　姑 不知他是否已经婚配?

张元帅 这有何难,公主可当面问过。

皇　姑 小将军,我有一言,不知当讲不当讲?

英　哥 公主有话请讲。

皇　姑 但不知你在家可曾婚配?

英　哥 这……

皇　姑 这……

张元帅 陈将军有所不知,我膝下只有紫兰小女,至今尚未婚
配,夫人有心将小女许配于你,但不知小将军意下

如何？

英　哥　这……

皇　姑　我观他神色不对，其中必有缘故。

张元帅　莫非将军在家早已成亲不成？

英　哥　哎呀元帅，小将家中贫寒，至今并未婚配。

皇　姑　并未婚配？那贼子当年招驸马时，也是这么讲的呀！

张元帅　那么这门亲事……

英　哥　元帅有所不知，从军之时，家母曾再三嘱咐，凯旋之
　　　　后让我立速归去，未有母亲之许，我实实不敢从命。

皇　姑　你家住哪里？

英　哥　（唱）　家住湖广均州县，
　　　　　　　　提起家父愧难言。
　　　　　　　　陈世美本是他的名，
　　　　　　　　世人唾骂丑名传。

皇　姑　啊！（昏厥）

张元帅　夫人！夫人！

　　　　〔紫兰、秋红、院公上。

紫　兰　母亲！

英　哥　公主她……

张元帅　哦……她有昏眩之病。快搀夫人回房。

　　　　〔秋红扶皇姑下。

张元帅　家院，领陈将军暂到书房歇息去吧。

家　院　是。

英　哥　这……

院　公　将爷随我来。

　　　　〔院公引英哥下。

紫　兰　爹爹，他……他真的是陈世美之子么？

张元帅　（叹息）唉！（下）

紫　兰　苍天！爹爹！（追下）

243

第五场　私　会

〔元帅府,花园书馆。

〔月色朦胧。

〔英哥坐书馆。

英　哥　（唱）　听窗外风习习摇醒栖燕,

英哥我心焦躁满腹疑团。

适才间公主她客厅相见,

闻父名她为何昏倒堂前?

想必是有隐情难于言传,

这件事实令我坐立不安。

〔院公送茶上。

院　公　请将爷用茶。(欲下)

英　哥　老伯慢走。我有一言不知可敢动问?

院　公　将爷有话请讲。

英　哥　请问老伯,你家公主可有昏眩之症?

院　公　这——将爷问此何故?

英　哥　老伯不知,适才客厅之内,是我提起家父陈世美,公
主听罢突然昏倒,我惊疑不解,故而动问。

院　公　怎么,你父就是当年状元——陈驸马?

英　哥　正是。

院　公　你母可是秦香莲?

英　哥　是啊。你如何知晓?

院　公　哎呀呀,真是冤家路窄。

英　哥　(一惊)何言冤家?

院　公　莫非将爷当真不知我家公主与你家的旧事?

英　哥　当真不知,请老伯明言。

院　公　这……

英　哥　快快讲来。

院　公　（胆怯地）小老不知详情，请将爷恕罪，我便告辞了。

英　哥　看他惊恐之相，必知详情，何不吓他一吓。

　　　　〔院公端茶盘欲下。

英　哥　站住！（拔剑出鞘）你讲也不讲？

院　公　将爷饶命。

英　哥　从实讲来！

院　公　哎呀，将爷，此事关系重大，小老讲出，倘若公主知
　　　　晓，我可吃罪不起呀。

英　哥　一切有我担待，不必多虑。

院　公　将爷，我家夫人便是当年将你父招为驸马爷的那位
　　　　公主啊！

英　哥　怎么说？

院　公　她就是当年将你爹招为驸马的那位皇姑！

英　哥　啊？（一阵昏眩）

院　公　（急扶）将爷，将爷！（急下）

英　哥　（唱）　听一言似雷鸣魂魄飘散，
　　　　　　　　我好似坠落在雾里云间。
　　　　　　　　耳旁边似听到母亲哭喊，
　　　　　　　　声声泪在公堂哀诉屈冤。
　　　　　　　　十八载怨和恨铭刻心田，
　　　　　　　　想不到又踏入仇恨之渊。
　　　　　　　　临别时娘嘱托犹在耳畔，
　　　　　　　　陷此境见母面如何答言？
　　　　　　　　到如今我只有当机立断，
　　　　　　　　趁夜晚逃出府速回家园。

　　　　〔秋红内声："小姐，快走啊！"

英　哥　哎呀，她怎么来了？（关门）

　　　　〔秋红掌灯引紫兰上。

紫　兰　（唱）　一场风波添惆怅，

冷雨浇身透心凉。
原只说患难相识并蒂长，
怎料他竟是冤家对头郎！
母亲她勾起旧恨拒婚配，
紫兰我难舍难离痛肝肠。
叫秋红快领我前往书房，

秋　红　小姐，书房到了。

紫　兰　（唱）　探将军诉原委自有主张。
秋红，上前叩门。

秋　红　（叩门）将军，开门来。

英　哥　何人叩门？

秋　红　我家小姐来了。

英　哥　哼，替我谢过你家小姐。天色已晚，还是不见的好。

紫　兰　秋红，他说什么？

秋　红　他说天色已晚，还是不见的好。

紫　兰　莫非他已知其中缘故？秋红过来，你对他说我有要
　　　　事相告。

秋　红　是。将爷听着，我家小姐有要事相告。

英　哥　也好。待我听她讲说什么。（开门）小姐请。

秋　红　小姐，快进去吧。（推紫兰进，悄然下）

紫　兰　我且问你，你我父母当年之事，你可知晓？

英　哥　略知一二。

紫　兰　略知一二，那你我婚姻之事……

英　哥　小姐呀！
　　　　（唱）　英哥并非糊涂汉，
　　　　　　　小姐情意我了然。
　　　　　　　奉劝小姐多珍重，
　　　　　　　从今莫再提姻缘。
　　　　　　　谨遵家母临别言，
　　　　　　　明月照我把家还。

紫　兰　怎么，你要回去？

英　哥　正是。

紫　兰　不能再多留几日么？

英　哥　思念家母心切，我即日就要起程。

紫　兰　将军啊！

（唱）　将军你归心似箭不容缓，

且容我将衷曲细诉一番。（搬椅）

父母间结怨恨累月经年，

你与我并无有仇恨牵连。

怨你父不该把高贵贪恋，

怨我母闹南衙横生事端。

包相爷秉公断了却此案，

你母子苦伶仃令人心酸。

你卫国怀壮志令人钦羡，

厌深闺我随父出征边关。

疆场上救父帅威震敌胆，

紫兰我敬佩你智勇双全。

父有意择佳婿遂我心愿，

只说是结秦晋匹配良缘。

到来日比翼飞相依共勉，

谁料想遇狂风浪打船翻！

父母过至今日一十八载，

难道说一朝错遗恨百年？

今日我吐真情不顾羞惭，

劝将军再三思度量要宽。

英　哥　（唱）　小姐衷情肺腑言，

聆听知音润心田。

人言皇家女娇惯，

今日方知女中贤。

不记旧怨识大体，

远见卓识非等闲。

有心对她讲真情，

母亲责问怎答言？

紫　兰　唉，你倒是说话呀！（欲下）

英　哥　小姐呀！

（唱）　我本是个庄稼汉，

耕桑纺织苦不堪。

你乃皇门千金女，

何苦随我受饥寒？

紫　兰　（唱）　耕桑纺织我情愿，

不怕日晒受饥寒。

一日三餐粗茶饭，

伺奉婆母孝堂前。

只要你真心爱紫兰，

今夜随你把家还。

英　哥　哎呀呀，小姐如此钟情，实是难得。只是我……有了，我不免先假意允下，待机回家禀明母亲再作道理。小姐，这亲事我……我允下了。

紫　兰　你允下了？

英　哥　允下了。

紫　兰　将军！（深情地扑向英哥怀抱）

英　哥　（躲闪）哎呀！

紫　兰　怎么了？

英　哥　你看我浑身打颤，想必受了风寒。

紫　兰　（心疼地）哎呀！你且坐好。待我给你取件衣裳来。

英　哥　多谢小姐。

紫　兰　坐下，我去去就来。（欢喜地下）

英　哥　哎呀，此时不可久留，待我留诗一首，不若趁此逃走便了！（书诗一首，逃下）

〔紫兰夹衣兴冲冲上。

（发现诗作，念）

知音英才情高尚，

难违母命实感伤。

今夜明月伴我去，
来日比翼云天上。

将军哪！

（唱）　你既爱我女中才，
为何执意要分开？
任你插翅飞天外，
纵死追你到灵台！

将军，我赶你来了。（追下）

第六场　追　婿

〔汴京街头。

〔夜雨濛濛。

〔英哥内唱：急匆匆离帅府心慌意乱，

〔英哥上。

英　哥　（接唱）雨潇潇难分辨东北西南。
忍悲痛辞小姐急把路赶，

〔紫兰内喊："将军——"

英　哥　哎呀！她怎么赶来了？

（接唱）狠狠心暂躲避免她纠缠。

〔英哥躲下，紫兰急上。

紫　兰　（唱）　一片痴情心中藏，
哪顾夜雨路茫茫。
声声呼唤叫不应，
如意郎君你在何方！（滑倒）

〔英哥不忍闪上。

英　哥　小姐！（急扶）小姐怎么样了？

紫　兰　（又惊又喜又恨地将英哥推了一下）你呀！

（唱）　你呀你，太不该，

249

巧言骗我为何来？
紫兰衷心将你爱，
为何狠心来抛开？
（假意泣哭）

英　哥　小姐不必泣哭，全怨我的不是。唉！小姐，你看这风
　　　　雨不停，小心冻坏千金贵体。

紫　兰　你休想巧言骗我，今天我就冻死在这里。

英　哥　小姐不必动怒，你我先到前边暂且避避风雨，再作计
　　　　议可好？

紫　兰　你不走了？

英　哥　不走了。

紫　兰　你不逃了？

英　哥　不逃了。

紫　兰　那就咱们走吧。

〔英哥扶紫兰，紫兰依偎在其肩膀下。

第七场　责　子

〔韩丰家，夜。

〔韩丰挑灯笼上。

韩　丰　（唱）　打探兄长无踪影，
　　　　　　　　奔波一日又落空，
　　　　（叩门）娘子！快来开门。

〔冬梅上。

冬　梅　（唱）　闻听夫君一声唤，
　　　　　　　　急急忙忙走上前。（开门）

冬　梅　韩郎，你回来了，可曾探明兄长下落？

韩　丰　回来了。（摇头）问过几家军爷，都不知军中有此名
　　　　姓之人。

冬　梅	唉,如此早些回房歇息吧。

〔冬梅扶韩丰欲下,英哥扶紫兰上,叩门。

英　哥	里边有人吗?
韩　丰	何人叩门?
英　哥	我乃过路之人,因避避风雨。暂求主人行个方便。
韩　丰	如此二位请进。(对内)娘子,快快打茶来。

〔英哥扶紫兰入室,冬梅送茶上。

冬　梅	客官请用茶。
英　哥	(惊喜地)妹妹!
冬　梅	(一惊)哥哥!
韩　丰	他是——
冬　梅	他就是家兄英哥呀!
韩　丰	啊?他就是英哥兄长?
英　哥	(猜疑地)妹妹因何在此?母亲呢?
冬　梅	母亲现在后堂。(对内)母亲!
韩　丰	有请母亲!

〔英哥、紫兰面面相觑,秦香莲韩夫人闻声上。

秦香莲 韩夫人	儿呀!何事?
冬　梅	母亲,你看他是何人?

〔韩丰悄对母亲耳语。

英　哥	母亲!
秦香莲	你是英儿?英儿!
英　哥	母亲在上,受孩儿一拜。
秦香莲	儿呀!她就是韩伯父的夫人。
英　哥	韩伯父的夫人?
秦香莲	正是恩人,快快上前拜见你伯母!
英　哥	韩伯母在上,请受侄儿大礼参拜。
韩夫人	快快起来。
英　哥	母亲,你们为何来到京城?
秦香莲	儿啊,是你不知,闻听边关告捷,为娘倚门盼望,久等 数月不见儿归,心中惦念,便同你妹妹进京探问,巧

遇恩人，因而来到此处。

英　哥　他是……

韩夫人　他是我儿韩丰。

秦香莲　儿呀！为娘做主，已将你妹妹许配韩公子，业已
　　　　完婚。

韩夫人　儿啊，快上前见过你家兄长。

韩　丰　兄长，韩丰拜见兄长。

英　哥　妹丈，快快免礼。

紫　兰　将军！将军！（暗拉英哥）快将你我之事告知母
　　　　亲呀！

秦香莲　英儿，她是何人？

英　哥　她是……

冬　梅　哥哥，莫非她是嫂嫂？

紫　兰　（毅然地）见过婆母。

英　哥　啊？你……

秦香莲　小姐快快请起，英哥啊，她是何人？

紫　兰　说呀！

英　哥　她……她是公主的千金，名叫紫兰。

秦香莲　啊！这……

英　哥　母亲，孩儿去到边关，杀敌立功，班师回朝。皇上加
　　　　封，元帅有心择婿，昨日将儿带进帅府，将她许配
　　　　于我。

秦香莲　她是哪位公主的千金？

英　哥　就……就是当年将我父招为驸马的……

秦香莲　天哪——

英　哥　母亲！啊！（震惊）

秦香莲　这么说，你做了官了？（气极头抖）

英　哥　我……

秦香莲　你允下这门亲事了？

英　哥　我……

秦香莲　儿啊，你……你过来。

英　哥　　母亲……（近前）

秦香莲　　（猛打英哥一记耳光）不孝的畜牲！

　　　　　（唱）　霎时间气得我浑身打颤，
　　　　　　　　　骂了声小畜牲无法无天！
　　　　　　　　　临别时为娘我怎样来嘱愿，
　　　　　　　　　违母命受皇封私攀姻缘。
　　　　　　　　　奴才你贪富贵竟把心变，
　　　　　　　　　忘记了咱两家血海仇冤！
　　　　　　　　　是她母招驸马种下祸患，
　　　　　　　　　害得咱母子们受尽辛酸。
　　　　　　　　　若不是包相爷为民赤胆，
　　　　　　　　　咱母子早作鬼哪有今天！
　　　　　　　　　桩桩件件你亲眼见，
　　　　　　　　　奴才你做事理不端。
　　　　　　　　　你爹把富贵曾贪恋，
　　　　　　　　　难道你同他一样黑心肝？
　　　　　　　　　平日里我怎样把你教管，
　　　　　　　　　不料想也是个无耻儿男。
　　　　　　　　　十八年守寡将儿盼，
　　　　　　　　　心血煎熬空喜欢。
　　　　　　　　　留你在世有何用？

　　　　〔秦香莲觅棍欲打英哥，韩夫人急拉，英哥拣棍递与
　　　　母亲让其责打。秦香莲悲愤交集，再次举棍欲打英
　　　　哥，紫兰急趋上前跪倒。

紫　兰　　（唱）　上前忙将婆母拦，
　　　　　　　　　要打你把我来打。
　　　　　　　　　听儿与你说根源，

　　　　〔韩丰夺棍、冬梅扶秦香莲坐下。

　　　　　　　　　恨辽兵犯境民遭难，
　　　　　　　　　紫兰女随父帅出征边关。
　　　　　　　　　不料想陷重围危在夕旦，

秦腔

秦香莲后传

QINXIANGLIANHOUZHUAN

英哥他闯敌阵一马当先。

救父帅立奇功三军称赞,

凯旋归荐贤良皇上封官。

我的父钟爱才许亲当面,

他有情我有意暗藏心间。

我的娘怀旧恨积重难返,

知此情决意要断此姻缘。

英哥他遵母训执意不愿,

因此上追赶他来到此间。

纵然说当年事结冤非浅,

难道说这沟壑永世难填?

你今日也要将良缘拆散,

我的婆母啊!

父母债难道要子女偿还?

秦香莲　啊!

（唱）　小紫兰哭得我揪心裂肝,

将怨恨化流水情理不端。

劝小姐莫把英哥再留恋,

紫　兰　（唱）　不允婚我永跪在你的面前。

冬　梅　母亲。

（唱）　你看她痴情重真心一片,

韩　丰　（唱）　求岳母将兄长婚事成全。

韩夫人　（唱）　亲家母这倒是好事一件,

秦香莲　（唱）　意已决劝你们莫再多言。

英　哥　（跪倒)母亲!

秦香莲　你若是我儿,速快打点行装,随娘立即上路,返回均州;你若是贪图富贵、丧了廉耻之徒,咱母子情义从今一刀两断。（下）

冬　梅　母亲!（追下）

韩夫人　亲家!（追下）

英　哥　这……这……

紫　兰

韩　丰　（沉思）兄长！

英　哥
　　　　　有何良言，快快讲来。
紫　兰

韩　丰　（唱）　忽然一计涌上心，
　　　　　　　　叫声兄长听我言。
　　　　　　　　快随我把南衙进，
　　　　　　　　解铃还须系铃人。
　　　　　你二人快随我走！
　　　　　〔众下。

第八场　和　冤

　　　　　〔南衙府客厅。
　　　　　〔包拯上。

包　拯　（唱）　昨夜晚张千岁过府传讯，
　　　　　　　　宫院内逃走了紫兰千金。
　　　　　　　　清早间秦香莲声泪悲愤，
　　　　　　　　来诉说不孝子英哥将军。
　　　　　　　　那韩丰性聪敏暗中牵引，
　　　　　　　　将一对小恋人带进府门。
　　　　　　　　想当年铡美案平了民愤，
　　　　　　　　谁料想今日里又起风云。
　　　　　　　　张千岁荐贤才万岁封臣，
　　　　　　　　却不料择佳婿惹起争纷。
　　　　　　　　这一起家庭案公堂难进，
　　　　　　　　倒叫我费斟酌苦苦思忖。
　　　　　〔韩丰上。

韩　丰　禀大人，驸马、公主驾到。

包　拯　有请！

秦腔

秦香莲后传

QINXIANGLIANHOUZHUAN

韩　丰	是,请驸马、公主!(下)
	〔张元帅、皇姑上。
张元帅	(唱)　求包拯来把官司断。
皇　姑	(唱)　到南衙意乱心不安。
包　拯	参见公主千岁。
张元帅	包大人免礼。
皇　姑	包爱卿。
包　拯	(唱)　问公主驾临因何故?
皇　姑	(唱)　状告刁民秦香莲!
包　拯	(唱)　秦香莲她犯什么罪?
皇　姑	(唱)　她纵子拐骗女紫兰。
包　拯	这就奇了!
皇　姑	奇什么?她儿英哥将我女骗出宫院,拐带出京,逃往均州,既有院公作证,又有逃犯留诗为凭。当年南衙官司让我丢尽脸面,今日我看你怎样发落!
包　拯	既然公主到衙,省得为臣作难,说是你来看!(出示状纸)
	〔张元帅接过递与皇姑观看。
皇　姑	状告驸马公主迫害民子之事。啊?
张元帅	何人呈状?
皇　姑	秦——香——莲!啊?怎么她倒把我告下了!
包　拯	正是。
	(唱)　秦香莲清早间来到南衙,
	击堂鼓喊冤枉声泪交加。
	告公主忘记了救命恩义,
	仗皇势强纳婿违律乱法。
	他的儿无踪影生死不明,
	叫为臣申民冤细审详查。
	千岁,既然双方上告,谁是谁非。待为臣唤过王朝马汉,升堂审理,你看如何。
张元帅	且慢!(对皇姑)夫人哪,万一那黑脸升堂,秉公执

法,按律治罪。如何是好？此事传扬于世,夫人的尊严岂不被人耻笑？

皇　姑　以你之见？

张元帅　以我之见,不若就在客厅,让他传来被告。不,传来原告,当面对质,再作道理。

皇　姑　只好如此。包爱卿。

包　拯　臣在。

皇　姑　我来南衙,可曾击鼓？

包　拯　无有。

皇　姑　可递过状纸？

包　拯　也无有。

皇　姑　一没击鼓,二无申冤大状,你升的什么堂,审的什么案？

包　拯　公主无有。秦香莲告状是实。既然民有冤情,为臣焉能不审？

皇　姑　好。你传秦香莲,我要当面问话。

包　拯　正合我意。韩丰！

　　　　〔韩丰上。

韩　丰　在。

包　拯　快请香莲来见。

韩　丰　是。相爷有请香莲。（下）

　　　　〔秦香莲上。

秦香莲　来了！

（唱）　猛听得包相爷一声呼唤,
　　　　后衙中走出我秦氏香莲。
　　　　进厅堂举双目仔细观看,
　　　　好一位金枝玉叶坐堂前。
　　　　见此情不由我旧景重现,
　　　　原来是冤家相逢在今天。
　　　　我这里且压下满腔愤怨,
　　　　我看她今日里怎样答言。

叩见相爷。

包　拯　香莲,请你见过公主。

张元帅　夫人。上前见过香莲哪。

秦香莲　包相爷!

　　　　（唱）　香莲来府为告状,
　　　　　　　　并非为了会皇亲。

皇　姑　包爱卿!

　　　　（唱）　问她状告哪一个,
　　　　　　　　你把是非要区分。

秦香莲　（唱）　告你依势欺黎民,
　　　　　　　　强择婿忘了救命恩。
　　　　　　　　要逼我儿成婚配,
　　　　　　　　至今生死不明因。

皇　姑　（唱）　我告你纵子行欺骗,
　　　　　　　　拐骗我女逃外边。
　　　　　　　　藏匿凶犯罪非浅,
　　　　　　　　不交出我女让你拿命还!

秦香莲　你诬赖好人!

皇　姑　你诬赖好人!

秦香莲
皇　姑　请相爷与我做主!
　　　　　爱卿

包　拯　（唱）　各要儿女强争辩,
　　　　　　　　是非曲直乱一团。
　　　　　　　　南衙不理家务案,

张元帅　（唱）　还望大人多周旋。

秦香莲　（唱）　既然南衙不理案,

皇　姑　（唱）　何苦在此费时间!
　　　　告辞了!
　　　　〔二人欲下,三声堂鼓。

包　拯　且慢!
　　　　〔韩丰上。

韩　丰　禀大人,有人在衙前击鼓喊冤。

包　拯	带喊冤人二堂来见。
韩　丰	是。喊冤人二堂来见。
	〔英哥、紫兰上。
英　哥 紫　兰	叩见相爷。
包　拯	为何击鼓？
英　哥 紫　兰	小民有冤上告。
包　拯	状告何人？
	〔英哥指秦香莲、皇姑，不敢正视开口。
紫　兰	就是她。
皇　姑	啊。
	〔韩丰暗中捅了一下。英哥恍悟。
英　哥	就是她！
秦香莲 皇　姑	（惊怒）啊？
包　拯	莫要害怕。从实讲来。
英　哥 紫　兰	相爷容禀！
	（唱）　为保国我与他边关征战， 　　　　疆场上相互钟情未明言。 　　　　还朝来 元帅 　　　　　　　我父 提亲在当面， 　　　　谁料想反把祸事添。
紫　兰	（唱）　我娘她执意来阻拦， 　　　　棒打鸳鸯理不端。 　　　　无奈潜逃离家院， 　　　　求相爷做主结凤鸾。
秦香莲 皇　姑	不孝的奴才！
包　拯	哈……公主、香莲，你二人可曾听得明白？
秦香莲 皇　姑	（语塞）这……

包　拯　千岁,可曾听得明白?

张元帅　我听得明明白白。

包　拯　香莲,如此看来,公主、千岁并非强纳良婿,逼迫你儿
　　　　英哥成亲。

皇　姑　(对秦香莲)看你还有何话讲!

包　拯　公主,香莲也并非纵子拐骗你女紫兰。

秦香莲　(对皇姑)看你还有何话说!

包　拯　你二人暂且下去。

　　　　〔英哥、紫兰随韩丰下。

张元帅　啊大人,此案么,还望多多费心。

包　拯　请千岁暂且下面用茶。公主、香莲!

　　(唱)　请耐心且听包拯言,
　　　　　这一案是非已了然。
　　　　　为子女需抛却个人恩怨,
　　　　　为家邦更应该不计前嫌。
　　　　　施一礼我先把公主来劝,
　　　　　为皇亲要把那肚量放宽。
　　　　　小英哥救千岁恩德非浅,
　　　　　紫兰她爱英才理应成全。
　　　　　好女婿本是那慈母教管,
　　　　　你就该上前去把她来参。

皇　姑　(唱)　包爱卿讲此话情理缺欠,
　　　　　　大宋朝宫中有皇家尊严。
　　　　　　她的儿立战功皇封金殿,
　　　　　　君臣礼岂能够上下倒颠。

包　拯　(唱)　转面再把香莲劝,
　　　　　　见皇姑非可比当年。
　　　　　　千岁他无有那门户之见,
　　　　　　在我朝本应该皆大喜欢。
　　　　　　结亲家不损你为人尊严,
　　　　　　上前去把公主大礼来参。

秦香莲　（唱）　并非我有意把姻缘拆散，

民妇人怎能把皇门高攀？

人间苦香莲我早已尝遍，

我决意引孩儿转回家园。

包　拯　（唱）　一个执意不允亲，

一个尊严不下参。

我断过不少无头案，

今日里费尽唇舌难成全。

罢罢罢！

你不允亲我不管，

要走就走我不拦。

倘若家园被贼占，

看你怎样种桑田！

你不参礼我不劝，

皇家理应有尊严。

外寇若把京城陷，

管它谁来坐江山！

秦香莲　相爷
皇　姑　爱卿　你……

包　拯　（唱）　我年迈两鬓霜雪染，

奏本辞朝归田园。（假意欲下）

秦香莲
皇　姑　哎呀，你可不能走哇！

包　拯　我怎么不能走？

秦香莲　（唱）　百姓受难你不管，

万民枉称包青天！

皇　姑　（唱）　国难当头你不管，

忠良一世化云烟。

包　拯　（唱）　到如今我该怎办？

秦香莲
皇　姑　（唱）　就该合力保江山。

包　拯　哈……公主，如此说来，倒是为臣有罪了？

秦腔

秦香莲后传

QINXIANGLIANHOUZHUAN

皇　姑　有罪。

包　拯　香莲，本相我有错了？

秦香莲　有错。

包　拯　好，我认罪认错。哈……

秦香莲　北辽已平，国泰民安，你何必以此吓人？
皇　姑

包　拯　（唱）并非本相把你骗，
　　　　　　　　近闻西陲起狼烟。
　　　　　　　　群臣议事在金殿，
　　　　　　　　千岁他统兵要平蕃。
　　　　　　　　三日后点将出征去，
　　　　　　　　英哥紫兰先行官！
　　　　　　　　你二人为了私恩怨，
　　　　　　　　争辩不休到何年？

皇　姑　（唱）包爱卿再三劝申明大义，
　　　　　　　　我不该耿耿于怀世不两立。
　　　　　　　　为国家为儿女同舟共济，
　　　　　　　　十八年旧怨恨休再提及。
　　　　　　　　我这里向姐姐赔情施礼，
　　　　　　　　如不然我给你跪下双膝。

包　拯　香莲，公主与你赔礼。

秦香莲　（忙扶）公主请起。

　　　　（唱）公主你施大礼担当不起，
　　　　　　　　见此情倒叫我悲喜交集。
　　　　　　　　今日你明大义怨恨抛弃，
　　　　　　　　我焉能为往事纠缠不息。
　　　　　　　　从此后两相亲冰消释疑，
　　　　　　　　为国泰为儿女同心协力。

包　拯　哈哈。
　　　　唤千岁、英哥、紫兰入厅。
　　　　（对英哥）还不快去见过岳父岳母！
　　　　〔张元帅、英哥、紫兰上。

英　哥	母亲！这……
秦香莲	去吧！
英　哥	叩见岳父岳母。
张元帅 皇　姑	贤婿快快起来。(对紫兰)儿啊,还傻笑什么!
紫　兰	拜见婆母。
秦香莲	儿媳快快起来。
包　拯	哈哈哈！
	(唱)　十八年前结怨恨,
	十八年后结亲朋。
众　人	(唱)　南衙未把铡刀动,
	千古称颂包文正。

——剧　终

秦腔
秦香莲后传
QINXIANGLIANHOUZHUAN

263

演出单位

西安市五一剧团

三打陶三春

根据吴祖光同名京剧移植

郑宗义　移植

剧情简介

　　五代时,一日,周主柴荣临朝。南平王赵匡胤上殿,将当年北平王郑恩落魄江湖,卖油为业时,怎样路过蒲城县境,偷瓜解渴,被看瓜女子陶三春擒住,遭到一顿暴打,自己又怎样从中撮合,使二人订下婚姻之事奏明,并请旨为他们二人完婚。柴荣准奏,即令礼部差官,前去迎接陶三春进京完婚。

　　蒲城知县为了讨好王妃,奉旨去瓜园迎亲。生性爽朗的陶三春不愿受朝廷礼节约束,宁肯骑驴进京。知县无奈只好命銮驾紧紧追随。行至京城汴梁郊外,路遇响马打劫銮驾。陶三春擒获响马,问明情由。原来是万里侯高怀德受赵匡胤与郑恩之托,假扮响马,以期半路将陶三春制服,杀杀她的威风,免得进京之后目中无人。陶三春闻言勃然大怒。击鼓敲钟,直闯金殿,郑恩吓得溜走,高怀亮与殿前武士拦阻,均被陶三春打得落花流水。周主无奈只得命赵匡胤寻找郑恩,赶快为他们完婚。洞房之中,郑恩想借高怀德的威名斗胆欲打陶三春,反被狠狠地教训了一顿。陶三春当着周主与众家大臣之面,为郑氏门中立下家法,然后与郑恩双人洞房,结成百年之好。

场　目

秦腔

三打陶三春

SANDATAOSANCHUN

人物表

大太监

柴　荣　　老　生

赵匡胤　　红　生

郑　恩　　花　脸

陶三春　　刀马花旦

陶　虎　　武　丑

知　县　　丑

高怀德　　武　生

钦　差

高怀亮　　武小生

高丫环

旗牌

太监

大铠

衙役

随从

兵士

第一场 奏 本

〔金銮殿。
〔大铠、四太监、大太监、柴荣上。

柴　荣　（引）　金銮御殿飘清香，
　　　　　　　　五色祥云绕建章。
　　　　（诗）　堂堂君王相，
　　　　　　　　巍巍镇帝邦。
　　　　　　　　江山蒙雨露，
　　　　　　　　星斗焕文章。
　　　　　　孤，大周天子柴荣，国号显得在位。只因平了河东
　　　　　　刘崇，得胜班师，托上天之福，四海奠安。今当设
　　　　　　立早朝，内侍……
大太监　有。
柴　荣　吩咐满朝文武，有本早奏，无本卷帘退班。
大太监　满朝文武听着：万岁有旨，有本早奏，无本卷帘退班！
　　　　〔赵匡胤声："领旨"，赵匡胤上。
赵匡胤　朝靴踏御道，风吹滚龙袍。臣赵匡胤见驾，吾皇
　　　　万岁。
柴　荣　二弟平身。
赵匡胤　万万岁。
柴　荣　二弟上殿，有何本奏？
赵匡胤　万岁有所不知，只因北平王郑恩当年曾聘下陶家之
　　　　女为婚，今日天下太平，臣意欲与他夫妻择一良辰吉
　　　　日完成花烛，请旨定夺。
柴　荣　这亲事乃是何年何地所订，孤为何一向不知？
赵匡胤　只因连年征战，无暇提及此事。

柴　荣　二弟可知此女当年怎样聘定，与孤奏来。

赵匡胤　万岁容禀。臣与三弟早年流落江湖，一日行至蒲城
　　　　县境，天热口渴，三弟前往瓜园摘得一颗西瓜，正待
　　　　消渴解馋，忽然闯出一位女子阻拦，三弟恼怒，动手
　　　　便打，谁知却被那女子掀翻在地，痛打不止。

柴　荣　哎呀！竟有这等武艺超群女子，她是何人呢？

赵匡胤　万岁呀！

　　　　（唱）　三春女家住蒲城县，
　　　　　　　　姐弟随父看瓜园。
　　　　　　　　自幼懒操针和线，
　　　　　　　　酷爱枪棒恋雕鞍。
　　　　　　　　练就一身好武艺，
　　　　　　　　生性豪放美容颜。
　　　　　　　　臣充月老牵红线，
　　　　　　　　岁月蹉跎到今天。
　　　　　　　　四海承平结凤鸾，
　　　　　　　　望乞万岁来成全。

柴　荣　既然如此，二弟代孤传旨，宣三弟子明上殿。

赵匡胤　领旨。万岁有旨，宣北平王郑恩上殿。
　　　　（少顷）怎么无有回应？哎呀，我可没说三弟呀，子
　　　　明！早朝不到，罪在欺君。如今已经封王拜将，怎么
　　　　还这般不服王法？这可如何是好？这……
　　　　〔郑恩声："子明来也！"郑恩上。

郑　恩　（唱）　忽听万岁把旨宣，
　　　　　　　　忙整冠带到阶前。
　　　　　　　　大哥在上难呼唤，
　　　　　　　　身不由己拜一番。
　　　　　　　　臣郑恩见驾，吾皇万岁。

柴　荣　三弟平身。

郑　恩　万万岁。啊，二哥。

赵匡胤　三弟。

西安秦腔剧本精编
QINQIANGJUBENJINGBIAN

郑　恩　真是活受罪！

柴　荣　二弟,你看三弟冠带袍服甚是整齐,言谈举止恭而有
　　　　礼,与先前关西路上是判若两人。

赵匡胤　三弟如今身居王位,深居简出,习学礼仪,才得如此
　　　　规矩。

郑　恩　哎呀呀！这都是二哥的酸主张,鬼名堂！
　　（唱）　当年征战在疆场,
　　　　　　咱弟兄亲亲热热本寻常。
　　　　　　到如今坐了江山变了样,
　　　　　　朝王见驾臭排场。
　　　　　　教我冠带捆身上,
　　　　　　坐有坐相要端庄。
　　　　　　睡觉不准囫囵躺,
　　　　　　吃饭莫把大嘴张。
　　　　　　走路强装文雅样,
　　　　　　待人施礼更难缠。
　　　　　　练得我腰酸脑门胀,
　　　　　　累得人喘气伸脖项。
　　　　　　这事实在活遭罪,
　　　　　　苦煞咱这卖油郎。
　　　　大哥呀！

赵匡胤　唉！要叫万岁！

郑　恩　唉！哪个不知他是万岁。小弟吼叫大哥惯了,叫别
　　　　的名号就觉着不热乎,不顺嘴么。

赵匡胤　从今往后,当着满朝文武,千万不可失礼。

郑　恩　嗯,我这下明白咧。得是怕失了礼丢了你咄皇上的
　　　　脸蛋子?

柴　荣　你是孤王的金兰兄弟,原要如此。

郑　恩　好、好、好,嗯,宣咱老郑上殿,有何国事议论?

柴　荣　方才二弟奏道,早年三弟已然订下亲事。如今天下
　　　　平定,就该成就百年之好。

郑　恩　什么亲事？咱老郑我一概的不知。

赵匡胤　当年瓜园订下的亲事呀！

郑　恩　啊呀呀！好我的大哥……噢，好我的万岁，这瓜园的
　　　　丫头是十分的厉害，小弟……噢，为臣我实在不敢
　　　　要她！

柴　荣　唉，三弟乃当朝虎将，还怕她一个瓜园女子不成！

郑　恩　你若不信，到她那瓜园偷个瓜试火一下，尝尝那丫头
　　　　的拳脚。

赵匡胤　休得无礼！

郑　恩　你们没有挨过打的，怎知道挨打的苦处。

柴　荣　哈哈哈！三弟，你的心事我倒明白了。

郑　恩　明白了还说糊涂话！

柴　荣　你是怕那女子勇力过人，深怕再受她的教训么？

郑　恩　这才说着咧。

柴　荣　二弟。以孤看来，这门亲事实属难得，将来他再无法
　　　　无天，就命陶三春严加管教！

郑　恩　啊呀！万岁大哥，使不得！使不得！

赵匡胤　此乃圣命，怎敢违抗！

郑　恩　哎，这些做官的臭规矩，真她娘的叫人活受罪！

柴　荣　二弟传旨，着礼部差官，准备銮驾全副、凤冠、霞帔、
　　　　蟒袍、玉带，前往蒲城县迎接北平王妃进京完婚。领
　　　　旨下殿去吧。

赵匡胤　领旨。

柴　荣　退班。

　　　　〔柴荣及太监等下。二幕闭。

郑　恩　哎呀，二哥，这全着了你的祸了！先前早说过，我不
　　　　要那女娃子，你却死拉胡扯两头凑。如今又在大哥
　　　　面前把个生米煮成熟饭，苦苦地接她前来做啥哩！

赵匡胤　男婚女嫁，古之常礼。

郑　恩　又是一礼！

赵匡胤　圣命钦定，谁敢违抗？

郑　恩　咱老郑不娶老婆,难道也犯王法不成。

赵匡胤　倘若抗旨不遵,轻者削职为民,重则性命难保。你如今身居王位,比不得从前了!(欲行)

郑　恩　二哥,回来,回来,商量商量……

赵匡胤　无须商量,你准备迎娶王妃吧!(下)

郑　恩　哎,二哥!……都走了,真倒霉!唉,想当年,咱卖油的时节,无拘无束,梆子一敲,好不快活!如今当了他娘的什么瘟王爷,一步不许咱乱走,一事不由咱作主,处处由人指拨,放个屁都得看场合。什么王法如天,圣命难违,要是再加上个陶三春……夫人的管教,咱老郑还算什么男儿大丈夫!

(唱)　想当初瓜园挨打丢尽脸,
　　　　提起那陶氏三春骨头酸。
　　　　她好比一个刺猬怀中暖,
　　　　娶不娶不由老郑发熬煎。(下)

第二场　迎　亲

〔瓜园。

〔陶三春上。

陶三春　(唱)　晴空万里不见云,
　　　　　　　　瓜园秧苗盼甘霖。
　　　　　　　　二老爹娘早下世,
　　　　　　　　姐弟勤谨度光阴。

奴家陶三春,只因世乱家贫,自幼跟随爹爹与人看守瓜园为业,自打二老下世,里外由我一人操持。是我生性不爱涂脂抹粉,只喜欢和我兄弟陶虎一起,习学拳棒,抢枪舞剑。日每经管瓜园,自食其力,不看旁人的眉高眼低,倒也快活。眼看日头将出,不免叫醒

273

我那兄弟干起活来。兄弟,陶虎,(以梆子敲击水桶)兄弟哪里?

〔陶虎声:"来啦!"陶虎上。

陶　虎　(唱)　忽听梆子敲,

　　　　　　　　急忙往外跑;

　　　　　　　　搭眼四下找,

　　　　　　　　窃贼哪里逃!

陶三春　陶虎,哪儿有贼呀?

陶　虎　噢,姐姐,是你在那儿敲梆子呢?

陶三春　叫你趁早起来给瓜田浇水哩。

陶　虎　嗨,我还以为俺那黑小子姐夫又偷西瓜来了。

陶三春　休得胡言乱语,快浇水!

陶　虎　哎呀,好我的姐姐呢,务了多年瓜,你咋糊涂咧?常言说得好,旱瓜涝枣。西瓜还敢浇水。

陶三春　你看,天旱无雨,瓜秧都快晒干了。快打水去!

陶　虎　好,打水就打水。(提水桶)

陶　虎　哎哟!

陶三春　怎么了?

陶　虎　完了! 水桶没底儿了!

陶三春　这可咋办呢?

陶　虎　我看看,嗯,箍松了,把底儿安上,砸一砸就行了。

陶三春　那你快砸呀!

陶　虎　别着急。我也不能拿手砸呀!(找到一个梆子)嘿,这家伙不错,正合适。(砸桶)

陶三春　哎呀!(抢过梆子)可不敢用他砸,你知道这是啥?

陶　虎　(又抢过去)你说这是啥?

陶三春　这个呀……(羞,笑)这是梆子!

陶　虎　梆子?(故意地)干啥用的?

陶三春　卖油用的。

陶　虎　哟哟哟,我说姐姐,一个卖油的烂梆子,有啥稀罕!

　　　　(欲扔)

陶三春　（忙夺过）可不敢撂了！

陶　虎　为啥？

陶三春　你还不知道？

陶　虎　不知道。这里边有啥名堂？

陶三春　兄弟呀，你听了！

　　　　（唱）　英雄汉自古从不论门第，

　　　　　　　你姐夫原本是个卖油的。

　　　　　　　曾不记那年他闯进咱瓜地，

　　　　　　　似饿虎偷瓜就把甜水吸。

　　　　　　　我急忙上前拦挡去论理，

　　　　　　　他竟敢撒刁将瓜用脚踢。

　　　　　　　一霎间抡起梆子怒火起，

　　　　　　　瓜园中立时与我见高低。

　　　　　　　被姐姐三拳揍倒嘴啃泥，

　　　　　　　赵匡胤赶来赔情事方息。

　　　　　　　瓜庵内两下撮合把亲提，

　　　　　　　相约定日后迎娶待佳期。

　　　　　　　因此上留下梆子做聘礼，

　　　　　　　从那天他为夫来我为妻。

陶　虎　听你这一说，这梆子砸不得？

陶三春　砸不得。

陶　虎　叫我再试火一下……

陶三春　（抢回梆子）你拿过来吧！

陶　虎　其实我早都砸好咧，不过试探试探你对俺卖油黑姐
　　　　夫的咻心。

陶三春　多嘴！当心吃打！

陶　虎　哎，挑起水来呀！

　　　　〔陶虎井边打水，陶三春放好梆子，取水桶浇田。

陶三春　（唱）　姐弟做活忙不闲，

陶　虎　（唱）　不怕贫穷不靠天。

陶三春　（唱）　你快打水休迟慢，

陶　虎	（唱）	你快浇地莫歇肩。
陶三春	（唱）	纵然春旱无雨露，
陶　虎	（唱）	决不让瓜苗受摧残。
陶三春	（唱）	沟满壕平水花溅，
陶　虎	（唱）	气得龙王两眼翻。

今朝洒下千滴汗，

来日瓜熟香又甜。

〔陶三春与陶虎下。

〔四衙役、知县上。

| 知　县 | （唱） | 皇朝奠立瑞气升， |

差官结队出帝京。

为把王妃凤驾迎，

| 众　人 | （唱） | 喜事今日降蒲城。 |
| 知　县 | （唱） | 忙坏我这小县令， |

两腿赛过走马灯。

不坐官轿不骑乘，

亲率衙役与兵丁。

此番见了王妃面，

多说好话多奉承。

只要娘娘高了兴，

罗帐内吹个枕头风。

王爷耳边提个名，

飞黄腾达有前程。

那时加官把赏领，

再看老爷抖威风。

越思越想暗庆幸，

叫衙役……

众　人		有！
知　县	（唱）	唤兵丁。
众　人		啊！
知　县	（唱）	老爷迈步头前行，

众　人　哦!

知　县　（唱）　你们跟紧要放松。

众　人　是!

知　县　（唱）　三步并作两步行,

　　　　　　　　差点跌个倒栽葱。

衙　役　启禀老爷,瓜园已到。

知　县　上前通禀,就说蒲城县率领三班衙役叩见王妃。

衙　役　是。（上前）门上的大哥,请了。

　　　　〔陶虎上。

陶　虎　看这帮子闲人,八成是来偷瓜的吧!

衙　役　我们不是偷瓜的。

陶　虎　是买瓜的?

衙　役　也不是。

陶　虎　那钻到瓜地里来弄啥? 抢人来了?

衙　役　不是抢人,是寻人。

陶　虎　我家瓜庵从来不窝藏犯人。

衙　役　可你家瓜庵打坐着王妃。

陶　虎　你得是得了胡说病?

衙　役　告诉你,本县的太爷,率领三班衙役,前来叩见王妃。

陶　虎　什么王妃? 哪儿来的王妃? 你们找错门啦。

衙　役　王妃就是那陶三春。

知　县　（上前）呸! 无用的奴才! 王妃的名讳岂是你随便叫得的! 大胆! 回衙掌嘴,还不与我退下。（施礼）下官蒲城县令,请问尊姓大名?

陶　虎　我叫陶虎。

知　县　请问北平王妃陶氏三春是尊驾何人?

陶　虎　陶三春是我姐姐,可不是王妃。

知　县　哎呀呀! 失敬了! 失敬了! 原来是陶员外……舅老爷,请受下官大礼参拜。（下跪）

陶　虎　陶员外?（忙下跪）哎呀,县太老爷,你这一桄桄子把我打得糊里糊涂的。

277

知 县	舅爷有所不知,当年万岁登基,令姐丈官封北平王,奉旨完婚,钦赐全副銮驾,命礼部差官恭迎王妃进京。下官特地前来报喜。
陶 虎	嘿嘿! 这可好了! (喊)姐姐快来!
	〔陶三春上。
陶 虎	啊! 姐姐,你看来了黑乎乎一片人。
陶三春	哟! 八成是来买瓜的。告诉他们,性子不要太急了,想吃瓜,等六月再来,这阵儿西瓜刚串秧哩。
陶 虎	不是! 我那黑姐夫封了王啦! 这些是接你进京完婚的人。
陶三春	这话当真?
陶 虎	假不了! 你看,这不是报喜的县太爷,还在这儿跪着呢!
陶三春	哎呀! (上前)
知 县	(叩头)下官蒲城县,叩见王妃娘娘。
陶三春	好了,起来吧,你给我说清白,谁来接我来啦,那郑子明来了么?
知 县	是、是、是。(起立)回禀王妃,郑王爷尚在京中,乃是礼部差官,钦赐全副銮驾、凤冠霞帔、蟒袍玉带,前来迎接王妃进京完婚。
陶三春	哦! 这么多年也没说捎个口信,如今当了王爷还摆开架子了。好吧,不来也行,咱们自己去。走吧……
陶 虎	好,走……
陶三春	啊呀! 不行,走不了。
陶 虎	为啥走不了?
陶三春	咱姐弟俩给人家看守瓜园,还没给主人交待呢?
知 县	啊呀呀,做了王妃还看守什么瓜园,此事自有下官担待。
陶三春	噢,这儿有你担待?
知 县	自然是下官担待。
陶 虎	那好,咱们走!
知 县	慢来! 慢来! 王妃,舅爷,且慢……
陶三春	咋回事?

知　县	礼部差官,全副銮驾,以及随从人役,护驾兵丁,奉万岁圣旨,即刻来到。准备接旨,款待差官,还有许许多多的官家礼教,岂可草草成行啊?
陶三春	还有这么多的麻烦! 咋接旨? 咋款待? 兄弟,你给我问问他!
陶　虎	你给说说,要俺咋接旨咋款待?
知　县	是、是、是,王妃娘娘容禀了。

(数板)扫庭院,理瓜庵,

　　　　　室内张灯莫怠慢。

　　　　　整衣冠,摆香案,

　　　　　圣旨一到跪在前。

　　　　　三呼万岁万万岁,

　　　　　叩请圣安站一边。

　　　　　三百随从要管饭,

　　　　　四桌酒筵待差官。

　　　　　饭后逐个赐赏钱,

　　　　　共需白银三百三十三两三。

　　　　　娘娘若能照此办,

　　　　　方显大方不一般。

陶　虎	姐姐,听见没有? 我可学不来做不了。
陶三春	这么折腾,咱得花多少钱呀?
陶　虎	是呀! 咱没见过,没听过,更紧火的是没钱来张罗。
知　县	王妃不必担心,此事包在下官身上。
陶　虎	都包在你身上?
知　县	一概由下官垫办。
陶　虎	姐姐,县官全给咱垫上了。
陶三春	不行,不行。咱们还没见着你黑姐夫,先拉一屁股账咋成? 再说咱姐弟俩给人看守瓜园,借这么多钱,哪辈子还得起? 不拉账!
陶　虎	对,还不起,不拉账!
知　县	哎呀呀! 舅爷,舅爷! 此款下官名为代垫,哪能叫王

妃归还。

陶　虎　不要我姐还,我黑姐夫是个卖油的,他也还不起。

知　县　哎呀呀! 笑话,笑话,做了王爷如何还会卖油。舅爷不必拿下官开心,此款是下官孝敬王爷、王妃的一点心意,不要归还。

陶　虎　姐姐,县官垫了就垫了,不要咱还。

陶三春　不要咱还利息吧?

陶　虎　连本也不要了,白垫。

陶三春　白垫?

知　县　白垫。

陶　虎　天下竟有这等好事。

陶三春　好啥? 白占人家便宜的事咱不干!

陶　虎　对! 白占便宜的事俺不干!

知　县　哎呀呀! 这是哪里话……

陶三春　就是瓜园的话。进个京,完个婚,有个啥了不起的,何劳兴师动众。我自有主意。兄弟……

陶　虎　我在这儿呢。

陶三春　把咱小毛驴驴拉来。我骑驴,你赶脚,进京寻你黑姐夫哥走!

陶　虎　好! 既省事,又方便,省得把人家的便宜占。

陶三春　此去汴梁,路途遥远,一路上少不了贼人强盗,咱得防备着点。

陶　虎　你只管放心,(舞棍)兄弟我手使齐眉棍,看他哪个敢近身!

陶三春　(背起一对银锤)姐姐我将银锤背身上,不怕死的叫他过来尝尝!

陶　虎　走!

陶三春　慢! (低声)还有你姐夫的那个……

陶　虎　对,(取梆子)卖油的梆子也得带上。

　　　　〔二人下。

知　县　哎呀不好,衙役! 速报钦差大人知道。

〔衙役下。

〔陶虎牵驴。陶三春接鞭。陶虎拉缰,陶三春上驴。

陶三春 （唱） 姐弟辞别瓜园地。

陶 虎 　　　　关山千里走如飞!

　　　　走啦! 得儿驾……

知 县 哎呀,不可,不可!（拦阻）

陶三春 说是你快快闪开把路让,

陶 虎 当心驴踢到你的帽翅上。

陶三春 （唱） 陶三春来喜洋洋,

　　　　轻掸泥土整行装。

　　　　辞别瓜园离故乡,

　　　　一心只想卖油郎。

　　　　小毛驴驴把路上,

　　　　陶虎紧随我身旁。

　　　　汴梁去把奴夫望,

　　　　铁鞋磨破心欢畅。

〔跑驴。

〔衙役们上。知县与衙役等随跑。

知 县 （大叫）钦差大人! 随从人役! 不好啦! 王妃骑着毛驴跑了! 快追! 快追! ……

〔陶三春跑驴,知县等追驴。兵士、四随从捧凤冠、霞帔、蟒袍、玉带、仪仗、銮驾,四钦差跑上,追驴,跑大圆场,众下。

第三场　定　计

〔赵府。

〔赵匡胤上。

赵匡胤 （唱） 忆昔当年函关道,

三弟瓜园把亲招。

今日奉旨成姻好，

貔貅队又添女英豪。

惟恐她恃勇性高傲，

藐视群僚轻律条。

计设罗网将她套，

协力同心保圣朝。

〔旗牌上。

旗　牌　启禀王爷，高侯爷到。

赵匡胤　有请。

〔高怀德上。旗牌下。

高怀德　白马金枪将，美名天下扬。

二哥。

赵匡胤　贤弟。请坐。

高怀德　有座。承蒙相台小弟，有何见谕？

赵匡胤　相邀贤弟，非为别事，只因那日金殿之上，万岁降下
旨意，命礼部官员备就全副銮驾，前往蒲城县迎接陶
氏三春进京，与郑三弟拜堂成亲。我想这陶氏女子，
当年在瓜园之内力败郑三弟，果然是武艺高强，英雄
出众，将来保国开疆，大有用场。只是此女自幼随父
看管瓜园为业，未曾见过世面。任性从事，缺乏教养，
进京之后若不把满朝文武大臣放在眼内，如何是好？

高怀德　嗯……依二哥之见呢？

赵匡胤　依愚兄之见么，可选一名智勇双全的上将，在中途路
上将她制服，然后再向她说破此事。一来杀杀她的
威风，为郑三弟争回面子，二来也好教她知道，这朝
中武将并非等闲之辈，免她从今以后目中无人。

高怀德　此计甚好，不知二哥欲命何人前去？

赵匡胤　贤弟乃是我朝首名上将，可愿此行？

高怀德　恕小弟不能从命。

赵匡胤　却是为何？

高怀德　二哥呀。

　　　　（唱）　怀德不才把国报，
　　　　　　　　须眉男儿七尺高。
　　　　　　　　若与妇人去较量，
　　　　　　　　铠甲羞染满身臊。
　　　　　　　　天下英雄来耻笑，
　　　　　　　　我有何面在当朝！

　　　　二哥，还是另请高明吧。

赵匡胤　贤弟万勿推辞。

　　　　〔旗牌上。

旗　牌　启禀王爷，北平王驾到。

赵匡胤　快快有请。

旗　牌　有请郑王爷。

　　　　〔郑恩上。

郑　恩　奉旨迎亲愁入怀，心事重重解不开。
　　　　二哥，高贤弟。

赵匡胤　三弟请坐。今日到此，所为何事？

郑　恩　还不是为了……咳，高贤弟在此，有些那个……

赵匡胤　都是自家兄弟，但讲何妨？

高怀德　三哥，难道还有什么不可告人之事么？

郑　恩　咳！二哥，贤弟！

　　　　（唱）　自那日金殿之上把话讲，
　　　　　　　　没料想万岁大哥开了腔。
　　　　　　　　言说是太平盛世呈吉祥，
　　　　　　　　命俺与陶家女子拜花堂。
　　　　　　　　眼见得銮驾迎妃回京地，
　　　　　　　　不由我心里阵阵直发慌。

赵匡胤　三弟休要烦恼，愚兄我袖中早已拟就一条妙计。

郑　恩　哎呀，二哥，有啥妙招，快快倒将出来。

赵匡胤　为兄打算差派一员虎将，假扮响马，在途中将她制
　　　　服，杀杀她的傲气，与三弟你争回面子，也好教她知

283

道我朝中自有英雄能将。

郑　恩　此计甚好。只是咱老郑盖世英雄尚且打她不过,还
　　　　有何人可以去得。

赵匡胤　近在眼前,三弟因何不见?

郑　恩　哦,哦,哦!原是高贤弟。

赵匡胤　怎奈高贤弟再三推辞不愿前去,奈何?

郑　恩　唔,想必怕的是战不过那陶三春,伤了他大哥的脸面
　　　　……大将的威风……?

高怀德　郑三哥,你待怎讲?

郑　恩　怕的是你战不过那陶三春啊……

高怀德　啊!

　　　（唱）　谁不知高怀德艺高胆大,
　　　　　　　大英雄无敌将名震天涯;
　　　　　　　陶三春看瓜女不在眼下,
　　　　　　　凭单枪跨独马手到擒拿。

赵匡胤　好,好,好。

　　　（唱）　命贤弟速改扮假装响马,
　　　　　　　紧披挂率兵丁埋伏山洼;
　　　　　　　西门外十里堡打劫銮驾,
　　　　　　　激怒那陶氏女制服于她。

高怀德　小弟无须披挂,不带兵丁,一枪一马去擒那陶氏进
　　　　京,与三哥拜堂成亲!

郑　恩　多谢高贤弟大仁大义,打下陶氏女子的威风。咱老
　　　　郑感恩非浅。

高怀德　此乃小事,何足挂齿。

郑　恩　贤弟武艺比咱老郑强胜十倍,此去十里堡,必是旗开
　　　　得胜,但只一件……

高怀德　何事请讲。

郑　恩　贤弟手下留情,休要伤了你三嫂子。

高怀德　小弟尽都知道,何劳三哥多虑。

郑　恩　（掩面）嘿……

高怀德　告辞了。

　　　　（唱）　十里堡劫銮驾如同戏耍，

　　　　　　　　只不过为的是吓一吓她。（下）

赵匡胤　这便好了。三弟请。

郑　恩　二哥请。

　　　　〔二人同笑。下。

第四场　劫　驾

　　〔京郊。

　　〔陶三春内唱：

　　　　　　离开了蒲城县迤逦前进，

　　〔陶三春上。

陶三春　（接唱）踏青山涉绿水穿过千村。

　　　　　　一路上看不尽花海层林，

　　　　　　小毛驴四蹄撒欢铃声亲。

　　　　　　不受它官家礼法拘束紧，

　　　　　　叫那些钦差銮驾人役兵丁后边跟。

　　　　　　看前面杨柳如烟城郭隐，

　　　　　　想必是大周京城汴梁近。

　　　　　　陶三春千里迢迢来投奔，

　　　　　　郑子明却为何不来迎亲？

　　　　〔知县、差役追赶上前。

　　　　〔钦差、兵士等上，跟随陶三春下。

　　　　〔暗转，高怀德过场。下。陶三春等上。

钦　差　王妃留步！王妃请留步！

陶三春　兄弟，问问他们，出了啥事了？

陶　虎　我说当官的！我姐让问问你：出了啥事了？

钦　差　启禀王妃，前面就是京城。此地乃是西门以外十里堡,小官等奉了圣旨备就全副銮驾迎接王妃,如今离城不远,就请王妃更衣升轿摆驾进城。

(四随从捧凤冠、霞帔、蟒袍、玉带,高举过顶,下跪)

陶　虎　姐姐,他们说让你更衣升轿,摆驾进城哪!

陶三春　早说过了,咱们不要这套,叫他们省点事吧。

陶　虎　对! 不要这套,省点事!

钦　差　(下跪)唉呀! 王妃呀! 王妃若是这样进城,万岁降罪下来,小官等吃罪不起呀!

陶三春　哦! 万岁降罪下来,你们吃罪不起?

钦　差　正是,龙颜一怒难免性命之忧啊!

陶三春　噢! 这万岁就这么厉害的?

钦　差　实在的厉害呀! 王妃开恩……

陶三春　唉! 看你们当个官也实在不容易啊。

钦　差　王妃开恩,王妃开恩。舅爷,你替小官在王妃面前说两句好话吧!

陶　虎　我说姐姐,"大姑娘上轿——就这一回"。哪有娶新媳妇不坐花轿的? 姐姐你就换衣裳上轿吧。

陶三春　好! 换衣裳,上轿!

钦　差　谢王妃! (对随从)衣冠伺候……

〔随从人等捧衣冠上前。

〔高怀德声:"呔! 前面过路之人,随行车驾听着! 留下买路金银,放你等过去!"

钦　差　哎呀,不好! 有响马! 军士们上前!

〔钦差、随从等逃下,兵士们上前。

〔高怀德跨马持枪,扮成响马上。

高怀德　(念)　此路是我开,

此树是我栽,

若要从此过,

留下买路财。

哪个胆敢来拗抗,

一枪戳尔五脏开!

知　县　嘟！大胆响马，王妃銮驾在此，休得无礼！

〔兵士们举刀枪上前。

陶三春　你们给我往后站！

陶　虎　听见没有，往后站！

〔兵士们后退。

陶三春　这人咋恁恶煞的？他是干啥的？

陶　虎　你还没听见？来了响马了。

陶三春　哦！响马？我们这一路上都是平平安安的，如今到了京城倒来了强盗了。来得好，姐姐我正闲得难受哪。让他吃我一锤！（取锤）

陶　虎　姐姐，慢着！小小的响马，何必你亲自动手，留着让兄弟我收拾他！（上前）

陶三春　兄弟，小心了。

〔陶三春等下。

陶　虎　呔！响马听着！你八成是抢错了人。我们一不是财主，二不是贪官，是卖油的郑子明娶媳妇。

高怀德　娶的何人？

陶　虎　我姐姐陶三春。

高怀德　俺抢的正是陶三春！

陶　虎　嗯，我看你活得不耐烦了！我这姐姐陶三春浑身都是武艺，你趁早滚开，免你一死！

高怀德　娃娃休得多言。快快将新娘子陶三春与我留下，放你们过去！

陶　虎　好小子！竟敢胡说八道！看棍！

〔高怀德与陶虎开打。陶虎被高怀德打倒，陶三春上前架住。

陶三春　响马住手！

高怀德　你是何人？

陶三春　你姑娘陶三春！

高怀德　啊哈！啊哈哈……

陶三春　你为何发笑？

高怀德	久闻陶三春武艺过人,当代虎将非其敌手,今日一见原来才是黄毛丫头,好不叫人好笑哇!哈哈哈……
陶三春	好吧,现在让你笑个痛快,等会儿叫你哭都没眼泪。我看你这强盗胆量不小,居然敢在京城郊外,单枪独马前来打劫我北平王妃这么大的队伍!
陶　虎	姐姐,这强盗不好惹……
陶三春	不好惹?我偏要惹惹他,给我通通退下,看你姐姐活捉这个混账强盗!

〔陶虎、兵士等下。

高怀德	好、好、好,他们既然把你留下,正好随我回去,作一个压寨的夫人。
陶三春	呸!

（唱）　听此言不由人火冒三丈,
　　　　今日里要叫你认识姑娘!
　　　　京郊外阳关道拦路劫抢,
　　　　何方的贼响马如此猖狂?

〔开打。

〔高怀德败。

高怀德	哎呀!（下）
陶三春	响马,哪里走?（追下）

〔高怀德上。

高怀德	哎呀,且住。陶三春武艺高强,战她不过……有了,待我伤她一箭!（张弓）

〔陶三春声:"响马,哪里走?"陶三春上。

高怀德	（放箭）看箭!
陶三春	（接箭）好小子!暗箭伤人,算什么英雄好汉?看锤!

〔高怀德落马。

〔陶虎冲上,将高怀德按住。

〔钦差、兵士、随从等上。

陶三春	（举锤）着打!
高怀德	三嫂子,三嫂子……慢打,兄弟在此。

陶三春	谁是你的三嫂子？你是谁的兄弟？
高怀德	郑子明是我三哥,你不是我三嫂子吗?
陶三春	你是什么人?
高怀德	万里侯高怀德是也。
陶　虎	姐姐,别听他胡说,分明是个强盗,一锤打死为民除害!
陶三春	对!（欲打）
高怀德	慢来! 慢来! 嫂嫂请看我方才射的那一箭。
陶三春	（看箭）乃是一根无头箭,这是何意呀?
高怀德	不过为了吓嫂子一下,并无恶意。
陶三春	哼,谁能证明你是什么"碗里猴"？还是山里猴?
高怀德	差官可以作证。
	〔钦差上前。
钦　差	果然是万里侯高侯爷。
陶三春	刚才为何不认?
钦　差	听说来了响马,小官吓糊涂了。
陶三春	无用的东西,与我退后。
钦　差	是是是……（退后）
陶三春	起来讲话。
	〔陶虎放手,高怀德起立。
陶三春	既是堂堂上将万里侯,为啥假扮响马,前来行抢?
高怀德	这个……
陶三春	不说,我打你……
高怀德	我说,我说,只因北平王乃当世虎将,当年曾在瓜园被嫂嫂打败,如今奉旨迎亲,小弟奉了南平王赵匡胤之命……
陶三春	干什么?
高怀德	假扮响马,在这十里堡治服三嫂,以免你从今以后目中无人。
陶三春	好你个赵老二,这么坏! 我来问你,此事你三哥可曾知晓?
高怀德	我们计议之时,郑三哥他……也在场。

陶三春　他咋说的？

高怀德　这个……（目视左右）

陶三春　咋了？不好说呀？兄弟，叫他们都给我走开。

陶　虎　你们都走，都走。

〔钦差、随从、武士下。

陶三春　你给我说。

高怀德　临行之时，郑三哥对小弟言道：“贤弟此去，打下陶氏
　　　　女子的威风，咱老郑感恩非浅……

陶三春　好恼！

高怀德　郑三哥又说……

陶三春　你住口！

（唱）　听此言激起怒火三千丈，
　　　　辜负我数载盼夫苦心肠。
　　　　自别后每日里朝思暮想，
　　　　谁料他竟是个无义儿郎！

高怀德！
　　　　我问你郑子明现今何往？

高怀德　（唱）　他现在金銮殿陪伴君王。

陶三春　好啊，走！

高怀德　呵！

陶三春　带路金銮殿！

〔众下。

第五场　闹　朝

〔金銮殿。

〔高怀德、陶三春、陶虎上。

高怀德　来此已是宫门。

陶三春　领路进宫。

高怀德	且慢!
陶三春	怎么了?
高怀德	无有圣上旨意,怎敢闯入宫门?
陶三春	算了吧!我来是奉旨进京的,咋个不能进宫门?
高怀德	有旨进京,无旨上殿。
陶三春	哪来这么多穷规矩!我要找姓郑的,非上殿不可。
高怀德	这个……有了!我何不激她闯闹金殿,借助王法治服于她!就是这般主意。啊呀,嫂嫂,你既要上殿,不知可有胆量?
陶三春	若问奴家胆,巍巍大无边!
高怀德	既有胆量,你与我击动朝王鼓……
陶三春	击动朝王鼓?
高怀德	敲响景阳钟……
陶三春	敲响景阳钟!
高怀德	只是万岁不降罪便罢,倘若降罪便有杀身之祸!
陶三春	你姑奶奶我是吃饭长大的,不是吓大的! (取锤,唱) 　　　　陶氏三春我怒冲冲, 　　　　金銮殿之上看谁凶!
陶　虎	(唱)　我这里擂破朝王鼓!(击鼓)
陶三春	(唱)　我这里敲碎景阳钟!(敲钟) 〔四大铠、四太监、大太监、赵匡胤、郑恩、高怀亮、柴荣上。
柴　荣	何人胆大,竟敢击鼓敲钟!
大太监	呔!何人击鼓敲钟?
陶三春	你姑奶奶陶三春!
郑　恩	哎呦!我的妈!她怎么闯到金殿上来了?不好,我得溜! 〔郑恩偷眼张望,溜下。
柴　荣	宣陶三春上殿。
大太监	万岁有旨,宣陶三春上殿!

高怀德　嫂嫂,万岁就要召见,小弟衣冠不整,不敢上殿面君,就在殿角相候。

〔高怀德与陶虎下。

陶三春　去你的。上殿? 好,上殿就上殿。(朝龙案而去)我找郑子明……

〔大太监上前阻挡。

陶三春　(往右方)我找郑子明!

〔大太监阻挡。

〔陶三春往左方。

陶三春　郑子明! 郑子明! 卖油的郑子明! 给我站出来!

赵匡胤　唉!

（唱）　好一大胆陶三春,
　　　　目无王法少分寸;
　　　　上得金殿不拜驾,
　　　　横冲直撞是何因?

陶三春　啊! 赵老二,是你呀!

（唱）　姑娘这里正寻觅,
　　　　你倒前来发脾气;
　　　　若还不见郑子明,
　　　　就找你这红脸的!

赵匡胤　呵,弟妹,有话好讲,有话好讲。

陶三春　你过来,我问你。

（唱）　当年蒲城西瓜地,
　　　　谁与我许下郑门戚?

赵匡胤　（唱）　愚兄为媒牵红线,
　　　　配与三弟作夫妻。

陶三春　（唱）　为何差将充响马,
　　　　中途劫抢把我欺?

赵匡胤　这个……这个……

陶三春　哼哼哼!

（唱）　速快交出郑子明,

　　　　　　　　不然跟你不得毕!

　　　　　　〔陶三春推,赵匡胤跌倒。

赵匡胤　哎呦! 哎呦……

柴　荣　胆大陶三春!

　　　　(唱)　小小瓜园女裙钗,

　　　　　　　　竟敢当殿辱大臣;

　　　　　　　　转面吩咐御林军……

四大铠　啊!

柴　荣　(唱)　速速拿下陶三春!

四大铠　啊!

陶三春　(取锤在手)拿我? 看谁敢!

　　　　　　〔四大铠上前。开打,四大铠败退,陶三春逼近龙案。

高怀亮　胆大陶三春! 休伤我主! 且慢猖狂! 定远侯高怀亮
　　　　在此!

陶三春　什么"猴"我也不怕,吃我一锤!

　　　　　　〔二人架住。

柴　荣　高爱卿与孤抵挡一阵。

　　　　　　〔开打。陶三春一锤击倒高怀亮。高怀亮倒地。

高怀亮　(架住双锤,大叫)万岁救命! 万岁救命!

柴　荣　弟妹住手,弟妹住手!

　　　　　　〔陶三春放了高怀亮。高怀亮下。

陶三春　没啥可说的! 交出郑子明!

柴　荣　孤王依从弟妹就是。(四望)北平王郑恩适才在此
　　　　上朝,此时为何不见?

　　　　　　〔众喊:郑恩见驾……

大太监　启奏万岁,北平王刚才在王妃上殿之时,悄悄地从后
　　　　门溜走,如今下落不明。

柴　荣　好你个郑恩,临阵脱逃! ……二弟。

赵匡胤　万岁。

柴　荣　想此事皆因你起,就命你将郑恩即刻访回,今晚在北
　　　　平王府为他二人交杯合卺,成就百年之好。弟妹远

路而来,想必十分辛苦,你你你就请回府歇息歇息。
下殿去吧。

赵匡胤　请驾!

柴　荣　退班。

〔柴荣、大太监下。二太监搀扶陶三春出殿门……

〔高怀德与陶虎迎上。

高怀德　嫂嫂,出殿来了?

陶三春　你给我滚开,全是一路货!

〔陶虎、太监扶陶三春下。

高怀德　二哥!

赵匡胤　哎呀!高贤弟!你怎么此时才来?十里堡劫驾之
事,想必……

高怀德　唉!马尾串豆腐——别提了。

赵匡胤　唉!这便如何是好?

高怀德　如何是好还是好,亲成之后万事消。

赵匡胤　好!好!好!万岁有旨,命他二人今晚成就百年之
好,你三哥逃之夭夭,叫为兄哪里去寻,哪里去找?

高怀德　哦!哦……郑三哥的下落么……

赵匡胤　贤弟可知?

高怀德　小弟我不找便罢……

赵匡胤　若找呢?

高怀德　手到擒来,易如反掌。

赵匡胤　唉唉唉,又说大话。

高怀德　二哥有所不知,这郑三哥有个毛病,每到他发愁烦闷
的时节,就会钻到御厨房油库之内去偷油吃。

赵匡胤　哦!三弟当年卖油为业,这也难怪。

高怀德　三哥此时准在油库。

赵匡胤　如此你我一同前去。

高怀德　慢来!倘若三哥问起十里堡劫驾之事,小弟我该何
言答对?

赵匡胤　附耳上来。

〔赵匡胤对高怀德耳语。

高怀德 唔唔唔……我明白了。正是：

三嫂大闹金銮殿，

三哥油库避难关；

赵匡胤 新人倒怕新人至，

冤家要见冤家面。

哈哈哈哈……

〔二人下。

第六场 避 难

〔油库。

〔郑恩声："愁杀人也！"郑恩上。

郑 恩 （唱） 只因偷瓜祸起头，

今朝满腹添忧愁。

堂堂虎将无敌手，

却怕瓜园一女流。

休看她玲珑娇小清而秀，

打得我鼻青脸肿蒙耻羞。

到今日官封王位又出丑，

都只怪二哥说媒没来由。

事到如今把罪受，

真难受，难受、难受真难受，心头如藏滚煎油。

（唱） 后悔当年把瓜偷。

倒不如重操梆子去卖油，

何苦要自作自受当王侯！

不由得又来在御厨门首，

闻油香品油味油解忧愁！

〔赵匡胤、高怀德暗上。

赵匡胤	三弟！
高怀德	三哥！
郑　恩	哎呀，二哥，高贤弟！
	请问十里堡劫驾之事究竟怎样？
高怀德	恭喜三哥！贺喜三哥！
郑　恩	喜从何来？
赵匡胤	哎呀！三弟，你装的什么糊涂，快快回府，准备拜堂成亲吧。
郑　恩	哦！如此说来，高贤弟打胜了？
高怀德	岂有不胜之理！
郑　恩	那陶三春她，她服了？
高怀德	她早就服服帖帖了！
郑　恩	我却不信。既已败服，为何上得金殿还是那副模样呢？
赵匡胤	贤弟，既是你三哥不信，你可将十里堡前与你三嫂交锋之事，讲与他听。
高怀德	咳！小事一桩，不讲也罢。
郑　恩	要讲！要讲！此事若不说出详情，咱老郑是不信的。
赵匡胤	贤弟，讲讲何妨？
高怀德	也罢！如此二哥三哥听了。

（念）　十里堡前会一阵，

　　　　好一员女将陶三春。

　　　　但见她美青丝钗挽乌云，

　　　　双杏眼波如秋水倍精神。

　　　　小毛驴更添巾帼英雄彩，

　　　　红缕袄丹凤朝阳系腰身。

　　　　一霎时相交恶战风声紧，

　　　　烂银锤疾似流星搅乾坤。

　　　　直杀得尘土扬午时将近，

　　　　到此刻小弟再难留情分。

（唱）　纵马回佯输诈败将她引，

　　　　暗地里弓开满月箭传音！

郑　恩　怎么讲？贤弟你暗放雕翎。

高怀德　正是。

郑　恩　可伤了你家三嫂？

高怀德　（唱）　三嫂她中箭吃惊落下马，
　　　　　　　　三哥你不必为她来担心。

　　　　　小弟射的那是一支无头箭。

郑　恩　哦呀！竟有此事？……打掉了陶三春的气焰？

高怀德　打掉了嫂嫂的气焰！

赵匡胤　现在你该放心了。快快随我回府。

郑　恩　且慢！且慢！适才你三嫂嫂击鼓敲钟闹上金殿，那
　　　　模样，傲气并未见其收敛，为了何事？

赵匡胤　那是弟妹久居乡里，初进汴梁，只会务瓜，不懂王规
　　　　礼法。走吧！

郑　恩　这个……

赵匡胤　郑三弟，可笑你身为大将，这样的胆小。

郑　恩　是你有所不知，我实在被她那一回打怕了。

赵匡胤　听愚兄为你分解分解。

　　　　（念）　那一回你在瓜园挨痛打，
　　　　　　　　全只因解渴贪馋偷西瓜。
　　　　　　　　落贼名心虚胆怯害了怕，
　　　　　　　　因此上拳脚路数乱章法。

　　　　（唱）　如今你封王拜将威力大，
　　　　　　　　奉圣旨完新婚谁敢有差。
　　　　　　　　高贤弟又将她气焰打下，
　　　　　　　　洞房内谁还敢把你欺压！

郑　恩　怎么讲？

赵匡胤　你还怕什么？

郑　恩　啊！哈哈哈……

　　　　（唱）　赵二哥一语良言启愚蒙，
　　　　　　　　鼓起我当年的上将威风。

　　　　啊！高贤弟，我来问你，这陶三春……

高怀德	三哥你呀！
（唱）	三嫂她闭花羞月貌出众，
	好一个沉鱼落雁美娇容；
赵匡胤（唱）	可算得天庭织女离仙境，
	犹如那嫦娥出了广寒宫。
郑　恩（唱）	谁不知咱的老婆貌出众，
	我问你她对老郑可钟情？
高怀德（唱）	三嫂她真心对你情意重，
赵匡胤（唱）	要不然为何千里找上京？
郑　恩	啊！哈哈哈！……
（唱）	郑子明听罢此言笑哈哈，
	高贤弟为咱解开心疙瘩。
	我的妻千里寻夫情不假，
	真是个痴心人儿奔天涯。
	若得要此后夫唱妇随咱，
	今夜晚洞房之中定家法。
	从此后我发命令她听话，
	到明年叫她生个胖娃娃。
赵匡胤 高怀德	（同笑）哈哈哈哈……

〔众下。

第七场　完　婚

〔喜堂。

〔二丫环掸尘，下。

〔傧相声：“啊哈”。傧相（蒲城知县改扮）上。

傧　相　离了蒲城县，扬鞭到汴梁。

　　　　只为求封赏，千里送娘娘。

今日成大礼,王爷拜花堂。

念起风霜苦,封我做傧相。

傧相傧相,专管拜堂;

撒金播银,吃肉喝汤。

见了王爷,叩头烧香。

〔赵匡胤、高怀德、高怀亮上。

赵匡胤　今日北平王拜堂成亲,赞礼上来。

傧　相　遵命。(作揖)正是:

　　　　瓜园相会闹纠纷,

　　　　瓜蔓搭桥结情人;

　　　　吾皇明断偷瓜案,

　　　　一世夫妻感瓜恩。

搀新人拜堂!

〔郑恩上。丫环扶陶三春上。陶虎上。

傧　相　一拜天地。二拜高堂。夫妻交拜。送入洞房。

〔陶三春掀盖头看郑恩。

陶　虎　姐姐,没错。我姐夫还是那么黑。

〔丫环送陶三春下。

傧　相　给王爷叩头。

郑　恩　这是蒲城县。念你护送王妃辛苦,今将王妃所乘毛
　　　　驴赏施于你,速速牵驴回家去吧。

傧　相　多谢王爷。

　　　　早知今日一场空,

陶　虎　快些牵驴回蒲城。(与蒲城县下)

高怀德　三弟,请入洞房,我等明日前来贺喜。

赵匡胤　我等告辞了。(下)

郑　恩　哎呀! 高贤弟,慢走! 慢走!

高怀德　三哥何事?

郑　恩　俺心中咋总有点不实在,怪害怕的,贤弟你陪我进洞
　　　　房去吧!

高怀德　岂有此理!

郑　恩　伢我咋浑身蛮打战呀……

高怀德　看三嫂那样弱不禁风的样儿，此话亏你讲得出口！

郑　恩　好兄弟！救人救到底么！我入了洞房，你站在门外做个接应，万一你嫂旧病复发，动起手来，我可就不得活咧！

高怀德　我也怎么浑身打起战来了？我不管你这闲事。（下）

郑　恩　啊呀贤弟！念在你我兄弟相交一场，你怎好见死不救呀？贤弟！贤弟！（追下）

　　　　〔丫环换陶三春上。

陶三春　（唱）　自幼儿随老父瓜园生长，

　　　　　　　　全不解习针线爱动刀枪。

　　　　　　　　那一日黑脸汉偷瓜行抢，

　　　　　　　　为此事我与他结为鸳鸯。

　　　　　　　　从来好事多魔障，

　　　　　　　　万里烽烟各一方。

　　　　　　　　今宵重会红罗帐，

　　　　　　　　瓜女喜配卖油郎。

　　　　〔郑恩声："嗯哼！怀德贤弟随我来。"郑恩上。

郑　恩　抖起英雄胆，来会美婵娟。

　　　　〔郑恩回头，见身后无人，跑下，拉高怀德上。

高怀德　行至洞房前，腿软骨头酸。

　　　　呀！三哥，不要拉拉扯扯……

郑　恩　贤弟，你与我站在此处，一招便来，万万不可走去。

高怀德　三哥放心。重振乾纲，在此一举，三哥好自为之。

郑　恩　看我的上将虎胆！洞房头一夜，先给她个下马威！

　　　　〔陶虎迎上。

陶　虎　（作揖）恭喜姐丈，贺喜姐丈。

郑　恩　叫我姐丈，你是何人？

陶　虎　你还不知道我是谁？听着，我乃当朝一品……

郑　恩　怎么讲？

陶　虎　小舅子！

郑　恩　我今天娶的你姐,你来弄啥? 去去去!
　　　　〔郑恩一脚将陶虎踢下。大摇大摆进入洞房。
丫　环　(上前)给王爷道喜。
郑　恩　(坐下)罢了。(看陶三春,大喝)
　　　　啊!
丫　环　王爷,你这是怎么了?
郑　恩　(唱)　有为王进洞房不见吉象,
　　　　　　　那新人坐上面气宇轩昂。
　　　　　　　不贺喜不参拜不声不响,
　　　　　　　怎容得破府规无视典章!
丫　环　王爷息怒。启禀王爷,王妃头一天过门,娇羞不安,
　　　　再说,王妃也不明白府里的规矩,你多担待点吧。
郑　恩　唔,是要叫她学会王府内的规矩。这里不是瓜园,哼
　　　　哼,是王法的所在。
丫　环　遵命。
郑　恩　唔,与我打茶来!
丫　环　现在你去偷个西瓜吃才解渴呢!(取茶)
郑　恩　(大叫)与我打茶来!
　　　　〔丫环献茶。
丫　环　王爷……
郑　恩　哪个要你们打茶?
丫　环　你让谁给你打茶?
郑　恩　要那陶三春!
　　　　〔陶三春不动声色。
丫　环　王爷,王妃不理,你看咋办?
郑　恩　(大怒)与老子脱了衣裳!
　　　　〔丫环与郑恩解衣,露出全身铠甲。
丫　环　呦! 王爷,这是新人洞房,不是两军阵前,你咋穿起
　　　　这个来了?
郑　恩　这是内穿铠甲,外罩袍服,来它个防而不备,备而不
　　　　防……

丫　环	你防备什么?
郑　恩	(自语)我防备挨……你们懂得什么!(跑出门,见高怀德在窃听)好好好,不可远走。
高怀德	三哥一叫,小弟便到。
郑　恩	好好好。(进洞房)与我取家法来!
丫　环	呦!王爷你这里从啥时候起又有了家法了?
郑　恩	休要多口,取家法。
丫　环	请问王爷,你的家法在哪本书上写着呢?
郑　恩	哪是什么书,是棍子!
丫　环	要它做啥?
郑　恩	打人。
丫　环	打谁呀?
郑　恩	打她!
丫　环	打王妃呀?人家没招你没惹你,老老实实坐着,凭啥打人家?
郑　恩	一来报当年瓜园挨打之仇,二来洞房头一夜,将她拿下马来,叫她怕我一辈子!
丫　环	看你说的,你要不偷瓜,能挨打吗?再说,人家凭啥怕你一辈子?
郑　恩	休得啰唆!取家法来!
丫　环	你这叫不讲理。不取!
郑　恩	取家法来!
丫　环	不取!
郑　恩	(狂吼)取家法来呀!哇哇哇哇……
陶三春	(将梆子高举过顶)家法在此!
	(下)
郑　恩	呀!
	(唱)　一见梆子心害怕,
	当年瓜园夺去它。
	梆子飞舞暴雨下,
	全恨这个木冤家。

〔陶三春更衣上。

高怀德　（偷看）哎呀！不好！溜！（下）

陶三春　我把你这个卖油的黑小子呀！

　　　　（唱）　洞房中花烛夜尔敢威吓，

　　　　　　　　当着我陶三春又把口夸！

　　　　　　　　高怀德高怀亮被我打垮，

　　　　　　　　把你个偷瓜黑贼算个啥！

　　　　　　　　油梆子它本是你的家法，

　　　　　　　　看姑娘打一个落地开花！

丫　环　哎哟！王妃！你这是要干啥？

陶三春　常言道三天不打上房揭瓦，一天一顿，他会感恩报
　　　　答。看我揍这个黑贼！

　　　　〔二人开打。

丫　环　不得了啦！王爷王妃打起来啦！（下）

　　　　〔郑恩被打倒，陶三春用梆子打他。

陶三春　你这没良心的！你服我不服？

郑　恩　不服！

陶三春　不服再打！（欲打）

郑　恩　（高声喊叫）高贤弟！高贤弟！

陶三春　你叫他干什么？

郑　恩　你若打得过他，我就服你。

陶三春　好！把他叫来！（松手）

郑　恩　哼！（爬起，出门）兄弟！高贤弟！哎呀！跑了！我
　　　　上了他的当了！不如趁此逃走！（欲溜）

陶三春　郑子明！你敢走！给我回来！

郑　恩　哎哟！（进门，跪下）我的老婆……

陶三春　啊？

郑　恩　我的姑奶奶！（叩头）你饶了我吧！

陶三春　哼！饶了你！这回呀，我再不饶你了！（举起梆子）

郑　恩　救命！救命啊！

　　　　〔丫环引太监等上。

太　监　圣驾到，王爷、王妃接驾！

郑　恩　哎呀！圣驾到了。放我起来吧！

陶三春　圣驾？圣驾算老几！姑奶奶天不怕，地不怕，怕
　　　　圣驾？

　　　　〔柴荣、赵匡胤、高怀德、高怀亮上。

　　　　〔陶虎上。

郑　恩　万岁救命！万岁救命！

柴　荣　弟妹，看在孤王面上，饶了三弟吧。

赵匡胤　弟妹，看在愚兄面上，饶了三弟。

高怀德
高怀亮　三嫂，看在小弟面上，饶了三哥吧。

陶三春　好吧，今日个我就看在你们的份上。

柴　荣　起来。

　　　　〔郑恩欲起。

陶三春　敢！

　　　　〔郑恩又跪下。

郑　恩　这多难为情……

陶三春　郑子明，我问你，我是一心一意地奔你来了。好哇，
　　　　你变着法儿地想收拾我……你，这到底是为什么？

郑　恩　是二哥……

　　　　〔赵匡胤在后面摆手。

郑　恩　……还有高贤弟……

　　　　〔高怀德摆手。

陶三春　你少拉扯人家，我问的是你！

郑　恩　唉！当年瓜园之内，我实实被你打、打、打怕了，这
　　　　才……

陶三春　你这号人，不打还行吗？圣驾，你过来。

柴　荣　是、是、是。

陶三春　赵二哥，高贤弟，你们也给我站好了。

赵匡胤
高怀德
高怀亮　是、是、是。

陶三春　（对郑恩）你过来。

郑　恩　（站起）是、是、是。

陶三春　跪下！

郑　恩　（犹疑）啊……

〔陶三春瞪眼，郑恩忙向梆子下跪。

陶三春　今日个当着你们圣驾，当着二哥、贤弟，听我教训
　　　　于你！

　　　　（唱）　你看你披上这身王侯皮，

　　　　　　　　居然敢一朝富贵压为妻。

　　　　　　　　身荣显不知姓啥为老几，

　　　　　　　　忘记了多年卖油受苦凄。

　　　　　　　　你不去瓜园迎亲我不怨，

　　　　　　　　为什么差人劫驾把我欺？

　　　　　　　　三春我千里迢迢来投你，

　　　　　　　　金殿上为何不见隐形迹？

　　　　　　　　为妻我洞房之内久盼你，

　　　　　　　　你竟敢穷抖威风发脾气！

　　　　　　　　似这等胆小如鼠忘恩义，

　　　　　　　　怎能够舍死保国斩荆棘！

　　　　　　　　这梆子世世代代供养起，

　　　　　　　　为郑门今日咱把家法立。

　　　　　　　　儿孙中谁若再敢仿效你，

　　　　　　　　油梆子把他无情来敲击！

郑　恩　是、是、是。

陶三春　今天是我们立下家法的日子，你们弟兄几个做个证
　　　　见吧！

众　人　是、是、是。

柴　荣　三弟，还不叩首……再叩首……三叩首！

〔郑恩对家法叩首，起立。

柴　荣　好、好、好。弟妹武艺高强，英雄出众，为孤王添了一
　　　　条大大的膀臂；从此大周天下，江山有靠。如今二人

和解，洞房花烛，可喜可贺。郑恩、陶三春听孤王亲自加封。

郑　恩　（跪）万岁！（扯陶三春衣服）跪下。

陶三春　我不跪。

柴　荣　不跪就不跪，倒也无所谓。北平王郑恩加封天下都招讨，兵马大元帅。

郑　恩　万万岁！

柴　荣　北平王妃陶三春加封天下无敌一品勇猛夫人。

陶三春　这也没啥了不起的。

柴　荣　是、是、是。

陶三春　慢着！还有我兄弟陶虎呢。

郑　恩　对，那是我小舅子。

柴　荣　陶虎听封。

　　　　〔陶虎不知所措，郑恩拉他欲跪，陶三春扯了一把，未跪。

柴　荣　北平王舅陶虎护送銮驾有功，加封为护驾侯，掌管家法，不可粗心误事。

陶　虎　行！这梆子交给我啦！

陶三春　（对郑恩）起来吧，还跪着干什么？

郑　恩　这……腿都跪僵了。

陶三春　待我搀你一把。

　　　　〔陶三春搀起郑恩，郑恩受宠若惊。

陶三春　你不用这个酸样子，咱俩既是夫妻，教训你归教训你，该疼你的时候还是得疼你，从今以后……

郑　恩　俺听话就是。

陶三春　唉，这就对了。

赵匡胤　三弟，弟妹，明晨五鼓，满朝文武，大小三军，都要前来贺喜。你夫妻二人还要参王拜驾，叩谢龙恩，又要到各路王侯府第家家处处前去道谢。你们安息吧……

陶三春　何必劳师动众，大家吃杯喜酒也就是了。

赵匡胤　也罢，明晨同庆。洞房花烛，一刻千金，万岁……

柴　荣　摆驾回宫。

郑　恩　送万岁。

陶三春　明日见吧。

柴　荣　明日见。

　　　　〔柴荣、赵匡胤、高怀德、高怀亮、陶虎下。

郑　恩　正是:世间最贵数王侯,

陶三春　　　不抵恩爱美千秋。

郑　恩　　　从此王法添家法,

陶三春　　　全因偷瓜相聚头。

郑　恩　王妃请。

陶三春　油郎请。

　　　　〔二人下。

————剧　终

演出单位

西安市五一剧团

巡按审父

潘新宁 王锡春 编剧

郑宗义 移植

剧情简介

　　本剧为移植之大型秦腔历史故事剧。

　　它通过新科状元徐青巡按江南,查勘灾情, 体恤民苦, 惩治贪官,辅政为民的事迹,着力描写巡按在审理杀人犯自己生父徐成一案中,不徇私情,执法如山,大义灭亲,为民申冤的刚直性格和高贵品质,塑造了一个清正廉明的清官形象。

场　目

秦腔
巡按审父
XUN'ANSHENFU

人 物 表

徐　青	新科状元,江南巡按
李月素	尼姑
姚　妈	徐青的乳娘,老佣人
夫　人	徐青之母
陈虎根	灾民
徐　成	徐青之父
周　吉	南京府尹
中军监	
太尉役	
校衙环	
丫	

第一场　告　状

〔江南春日。

〔接官亭。

〔密锣声中幕启:衙役们匆忙送酒排宴,忙碌布置。

衙　役　有请府尹大人过目!

〔周吉内声:"来来来了!"上。

周　吉　（念）　官拜南京任府尹,

哪个不晓咱周吉;

接官亭前迎巡按,

九分担心一分喜。

（简点布置,品酒尝菜,啧啧赞许）好,嫽,鞥!

〔一衙役匆匆上。

衙　役　禀大人,接官亭前来了不少灾民,吵着要见新来的巡按大人!

周　吉　快去,把他们统统赶走!

衙　役　是。（欲下）

周　吉　慢来! 赶走之后,他们不是还得见巡按告我的状么?

（对内）来呀! 给我把最前边那几个领头闹事的刁民捉过来!

〔陈虎根被衙役扯上。徐青身着布衣扶乳娘姚妈暗上,观察。

周　吉　（对陈虎根）咄! 你是何人,竟敢大胆吵闹官亭,聚众捣乱!

陈虎根　小民是专程前来等候求见巡按大人的!

周　吉　见他作甚?

李虎根　见他告状!

衙　役　大人，这是从他身上搜出的万民状。（呈状）

周　吉　（阅状一震）好穷小子，连我的老底都翻出来了！幸亏没遇上巡按，不然此状落在徐青手里，那还了得！（撕毁状纸）大胆刁民，一派胡言！我周吉乃朝廷命官，你竟敢栽赃诬陷，该当何罪！?

陈虎根　你贪赃枉法，私吞赈济钱粮，谁人不知，哪个不晓！

周　吉　来呀！把他与我拿下！重打四十，轰了出去！

　　　　〔衙役押陈虎根下。

周　吉　（对徐青）呔，你是干什么的？

徐　青　你问的是我么？

周　吉　难道我问的是截木头不成！

徐　青　我是看灾民告状的，听你大人审案的。

周　吉　哟嗬，好大的口气。你们瞧瞧，这小子要是穿上朝服，就和巡按的派头差不离。啊？哈哈哈哈！

衙　役　哈哈哈哈！

姚　妈　他就是……

徐　青　嗯！（以目示意制止）

周　吉　就是什么？

姚　妈　是……过路之人呀。

周　吉　瞎了狗眼！没看吾老爷在这儿干什么，还不与我快快滚开！

徐　青　（冷笑）嘿，嘿嘿嘿嘿！

　　　　（唱）　府尹蛮横逞霸道，
　　　　　　　　徐青心中怒火烧；
　　　　　　　　倘若不是暗察访，
　　　　　　　　定给狗官把乖教！

周　吉　与我轰走！

　　　　〔衙役驱赶徐青、姚妈下。

　　　　〔内起喝道锣声。

周　吉　（唱）　锣声阵阵耳边闻，
　　　　　　　　我双膝酸软汗淋淋。

朝廷曾拨下赈济粮和银，

被我悄悄暗私分；

新巡按察勘要把南京进，

一路上惩治贪官斩草又剜根。

他铁面无私声威震，

灾民们闻讯告状乱纷纷。

倘若还状子到他手，

丢掉乌纱命难存。

越思越想愁断魂，

意乱如麻神智昏。

（焦急不安地坐到接官亭内）

〔衙役上，两厢候立。

〔李月素内唱：

夫君被害十八年，

〔李月素上。

李月素　（接唱）深仇大恨埋心间。

听说是今日来了新巡按，

徐青天面前伸仇冤。

巡按大人，冤枉！

周　吉　（惊起）又是个告状的？

李月素　贫尼有十八年冤仇在身，望大人明鉴！

周　吉　把她拉下去！

李月素　大人，大人！人称你徐青徐青天，我冒死前来投状，

没料想大人你……你原来也是徒有虚名啊！

周　吉　（自语）嗨嗨，她把我当成巡按大人徐青了。准又是

来告我的状，岂能让状纸落入巡按之手。（对李）你

果真有冤仇在身？

李月素　贫尼怎敢虚告。

周　吉　呈状来。

〔衙役接过状纸递给周吉。

周　吉　（看状，惊跌在地）啊？状上所言，件件是真？

李月素　是真。

周　吉　字字不假?

李月素　不假。

周　吉　真真是来了个救命的活菩萨! (思索)倘若有假,岂
　　　　不弄巧成拙? (佯怒,声色俱厉地)大胆妖尼,竟敢
　　　　轻举妄动,拦路诬告。来呀,拖下去重打四十!

衙役　　喳! (拖李月素下)
　　　　〔内传责打声:"一十,二十,三十,四十!"
　　　　〔衙役拖李月素上。李月素疼痛跌倒。

李月素　(唱)　四十棍打得我体肤鳞伤,
　　　　　　　弱女身血淋淋痛彻肝肠;
　　　　　　　任凭你百般拷打逞凶狂,
　　　　　　　为夫仇忍磨难再喊冤枉!

　　　　　　冤——枉!

周　吉　嘟! 大胆妖尼从实招来,此状是否诬告?

李月素　出家人慈悲为本,道义为重,怎敢藐视王法,诬告陷
　　　　害他人。

周　吉　状上有无虚言?

李月素　决无半点虚言。

周　吉　如此,从实讲来。

李月素　大人容禀!
　　　　(唱)　奴家本住涿州郡,
　　　　　　　大宋庄上有家门;
　　　　　　　夫君苏云人勤谨,
　　　　　　　宁浙经商受苦辛;
　　　　　　　挣得银钱回故里,
　　　　　　　月素我一路相伴紧随身;
　　　　　　　谁知途经五坝江,
　　　　　　　遇上盗贼祸临身;
　　　　　　　见钱财恶贼他把天良全丧尽,
　　　　　　　实可怜奴夫刀下命归阴;

那强贼逼奴作妾奴不允，

趁夜晚脱离虎口隐姓埋名到如今。

仇人名字叫徐成，

尸骨成灰我认得真。

状纸上句句陈述无含混，

十八年冤仇似海深；

大人啊，

你若是真正青天为黎民，

一定要为奴做主把冤伸。

周　吉　李月素。

李月素　大人。

周　吉　你只管放心,本官一定为你做主。你先回尼庵,听候
　　　　发落。

李月素　谢大人。（下）

周　吉　妙,妙,妙哇!（幸灾乐祸地）五坝江盗贼徐成,不就
　　　　是这任巡按大人的父亲么？嘿嘿,嘻嘻,哈哈!

　　　　（唱）　想不到十年枯井起浪花,

　　　　　　　这状纸好似救命活菩萨。

　　　　　　　看来此状无虚假,

　　　　　　　愁云顿消笑哈哈。

　　　　哈哈哈哈哈!

　　　　　　　有了它不怕徐青来巡查,

　　　　　　　周吉我照当府尹戴乌纱；

　　　　　　　那徐青孝顺出名威望大,

　　　　　　　这一回看你怎样动杀法;

　　　　　　　不怕你新官上任火三把,

　　　　　　　怎抵得把柄在我手中抓。

〔锣声已近。

〔周吉招呼衙役。整冠,大礼相迎。

周　吉　南京府尹周吉,迎接巡按大人!

众衙役　迎接巡按大人!

317

〔周吉率众跪迎于地。

〔锣声大作,气势威严。

第二场 审 状

〔当日晚。

〔巡按府内室。

〔二幕前:陈虎根内唱:

接官亭告状起祸患,

〔陈虎根负伤忍痛仓惶上。

陈虎根 (接唱)周吉贼打得我血染衣衫。

毁状纸妄想欺蒙新巡按,

把他们私吞粮银来隐瞒!

强挣扎忍伤痛急把路赶,

找巡按诉冤情再告赃官!(下)

〔二幕启:徐青秉烛翻阅案卷。

〔姚妈端茶上。

姚 妈 少老爷,你出京南下,明察暗访,白日一路察勘劳累,
夜晚又在灯下阅卷。(从徐青手中夺过案卷)今晚
你就早些歇息吧。

徐 青 乳娘,看到这一路灾情,怎不令人痛心。黎民百姓处
于水火之中,我怎能安得下心呀。乳娘,这些天来,
让你随我私访奔波,偌大年纪,受尽风霜之苦,教我
于心不忍,还是你先去歇息吧。(复又拿过案卷)

姚 妈 (无奈地)你呀!(与徐青披衣,下)

〔徐青看案卷,坐立不安,思绪纷纭。

徐 青 (唱) 奉皇命出京察勘到南京,

一路上灾情重景象凋零。

百日大旱稼禾死,

千里饿殍哀鸿鸣。

难民结队离乡井,

村庄不闻鸡犬声。

满目萧条不忍睹,

万箭射穿我心胸。

身为巡按播德政,

早解民愁惩奸佞。

(翻阅案卷,怵目惊心)"江宁百姓状告周吉""上元百姓状告周吉",周吉,好一个周吉呀!

(接唱)一路上状纸犹如雪片来,

告周吉身为府尹行为歹。

朝廷几番拨钱粮,

他竟敢累次贪污不赈灾!

众口一词血泪诉,

桩桩件件无疑猜。

接官亭眼见贼丑态,

告状人无故被他逮。

朝廷竟有这狗贪财,

不由人怒火阵阵烧胸怀!

(激愤地将案卷掷于桌上)

〔中军上。

中　军　禀大人,南京府尹周大人前来求见。

徐　青　噢? 他深夜到此何故? 其中必有诡谋! (对中军)命他进来!

中　军　是。(下)

〔周吉上。

周　吉　南京府尹周吉,拜见巡按大人!

徐　青　周大人,请坐。

周　吉　谢坐。(照面一怔)好面熟哇!

徐　青　周大人深夜到此,有何见教?

周　吉　岂敢。徐大人南下察勘,一路风尘,鞍马劳顿,十分辛苦。下官特备水酒,明日与大人接风。

徐　青　不会将我轰出来吧?

周　吉　这话从何说起?

徐　青　周大人,你忘了接官亭前,被你轰走的大闲人了?

周　吉　哎呀呀,怎么是他?!（恳求地）徐大人,下官有眼不识泰山,冒犯大人虎威,罪该万死,罪该万死!

徐　青　不知不为罪。周大人既已备下水酒,何不施于灾民?

周　吉　大人既有此意,下官敢不从命。

徐　青　我此来南京,让你操了不少心啊。

周　吉　哪里,哪里。大人奉命出京,亲临灾地,黎民百姓对大人体恤民情的盛德,无不感激涕零,堪称百官师表。

徐　青　我初来南京,人地生疏,哪比得你周大人老诚达练,下知灾民疾苦,上晓条律法令。要体恤灾民,还全仗在你周大人的身上。啊?哈哈哈哈!

周　吉　（尴尬地）呃,嘿嘿嘿嘿!
　　　　（旁唱）他年少血气盛言词锋利,

徐　青　（旁唱）他深夜来见我定藏诡秘。

周　吉　（旁唱）我顺风扬帆来摸底,

徐　青　（旁唱）且看他老谋深算下何棋。

周　吉　（旁唱）任凭他骄矜狂傲多神气,
　　　　　　　霎时间定要叫他把头低!

徐　青　（旁唱）他纵然久混官场多心计,
　　　　　　　霎时间定要叫他露马迹!

周　吉
徐　青　（心照不宣地）　徐大人
　　　　　　　　　　　　周大人　请坐!

徐　青　周大人!
　　　　（唱）　朝中早拨钱和粮,
　　　　　　　　赈济南京救灾荒。
　　　　　　　　各县饥民久盼望,
　　　　　　　　谅必早已发下乡?
　　　　（以目逼视周吉）

320

周　吉　徐大人！

　　　　（唱）　荒年救灾如救火，
　　　　　　　　下官怎敢误时光。
　　　　　　　　钱粮早发灾民手，
　　　　　　　　万民得救喜洋洋。

徐　青　（唱）　四月所拨万担粮，
周　吉　（唱）　上元灾民充饥肠。
徐　青　（唱）　五月调银十万两，
周　吉　（唱）　江宁万民全分光。
徐　青　（唱）　两县灾民俱告状，
　　　　　　　　揭发府尹你贪赃。
周　吉　（唱）　刁民诬告把你诳，
　　　　　　　　欺骗大人罪昭彰！
徐　青　（唱）　件件我已细察访，
　　　　　　　　抵赖岂有好下场！

　　　　（怒不可遏地将状纸推给周吉）你来看！

周　吉　"状告南京府尹周吉吞没赈济灾民钱粮事……"啊？
徐　青　我来问你，是谁在接官亭撕毁民状，逮走灾民陈虎
　　　　根，驱散告状灾民，轰走朝廷命官巡按！
周　吉　（惊倒）啊？这……
徐　青　这是我亲眼所见，亲耳所闻！险些也让你拿了！
周　吉　哎呀，徐大人！
徐　青　还不从实与我招来！
周　吉　请大人高抬贵手。
徐　青　你待怎讲？高抬贵手？
周　吉　凡事留条后路，和为贵者好哇。
徐　青　你让我徇私不成？
周　吉　嘻嘻，嘻嘻，嘻嘻嘻，徐大人！

　　　　（唱）　常言道久站鱼池沾腥气，
　　　　　　　　官场上难免作弊不稀奇。
　　　　　　　　只怪我一时糊涂心窍迷，

偶然间见财起意沾便宜。
求大人此刻同舟要共济，
把你的恩德永远载丰碑。

徐　青　让我与你同舟共济？

周　吉　嘻嘻，是呀。

徐　青　（愤怒斥责）无耻周吉！

（唱）　尔食皇禄把荣享，
玩忽职守坐府堂。
既然身为朝中官，
为什么不与黎民共度患难解灾荒？
竟然敢狠心抢捞血汗钱，
从灾民口中去夺粮。
眼睁睁千万生灵遭涂炭，
铁石人儿也悲伤。
你知法犯法罪上加罪难宽谅，
自古血债要血偿！

周　吉　大人，刁民告状，不可轻信呀。

徐　青　难道民状所言，是假的不成？

周　吉　也未必是真的。（狡诈地）大人不信，我这里也有一张状纸，拿去看过，就知其中奥妙。（呈状）

徐　青　（阅状，震惊）啊？！

（唱）　观状文似雷击顶浑身震，
天旋地转神志昏。
告我慈父杀人命，
顿叫我一腔血沸汗淋淋。

周　吉　（得意地）巡按大人！

（唱）　只要你一眼睁来一眼闭，
各人把事藏肚里。
你不说来我不提，
咱二人有福同享有难同当两相依。
皇上照常重用你，

　　　　　　我也能靠你步步高升登楼梯。

〔徐青呆望着周吉,坐立不宁,一时看状,一时反复踱步。

周　吉　大人,你我之事,只有天知地知,你知我知。只要大
　　　　人有情,下官岂能无义。

徐　青　告状人现在何处?

周　吉　城外月云庵。

徐　青　此案我自有发落。周大人且请回衙歇息。

周　吉　是。(欲下又止)大人,自古人生总为己,骨肉之情
　　　　难分离啊。告辞!(下)

徐　青　(抓起状纸,思绪万千)

　　(唱)　轻轻一张黄纸状,
　　　　　好比泰山压身上。
　　　　　句句如雷耳边响,
　　　　　字字似针刺胸膛。
　　　　　难道说世上唯有我父叫徐成,
　　　　　难道说江南只有一个五坝江?
　　　　　莫非是有人冒名行劫抢,
　　　　　莫非是有人暗害来栽赃?
　　　　　但愿是假不是真,
　　　　　但愿是噩梦一场!

　　(念)　排除庐山云雾障,
　　　　　传来原告问端详。(下)

第三场　撤　状

〔数日后。

〔巡按府书房。

〔二幕前:姚妈引李月素上。

姚　妈　(唱)　少老爷命我将师太传唤,

李月素	（唱）　不由得李月素悲喜相煎。
姚　妈	（唱）　一路上她不住悲泣哀叹，
李月素	（唱）　但愿得徐大人雪我沉冤。
姚　妈	师太不必伤心。我家少老爷秉公执法，离京至今，一路上明察暗访，杀了不少贪官歹徒，为不少人伸了屈冤。你有什么冤仇，尽管讲明就是。
李月素	这也是贫尼的造化。
姚　妈	师太，随着我来。

〔二幕启。

姚　妈	师太，你且坐下，我去唤少老爷前来。
李月素	巡按府第，贫尼不敢就坐。
姚　妈	我家少老爷为人可好呐，你不必拘礼，只管坐了。

〔姚妈上前递茶，李月素接杯，二人近身相视，突然愣住。

李月素 姚　妈	呀！
	（唱）　飞燕如见旧时梁， 　　　　似曾相识在何方？ 　　　　人世变迁历沧桑， 　　　　一时忘怀费思量。
姚　妈	师太呀！
	（唱）　你诉何冤告何状， 　　　　能否与我说端详？
李月素	老妈妈！
	（唱）　提起了贫尼仇恨好痛酸， 　　　　状告那十八年前一沉冤。 　　　　五坝江奴夫遭害死得惨， 　　　　那强盗名叫徐成心毒手狠……

〔姚妈急掩李月素之口，四顾无人。

姚　妈	（接唱）杀死你夫夺取钱财妄图把你来糟践。
李月素	对呀！
	（唱）　幸遇徐门一乳娘，

		助我出逃奔他乡。
姚　妈	（唱）	你是当年李月素？
李月素	（唱）	你是当年徐门乳娘？
姚　妈		李月素！
李月素		乳娘！
姚　妈		苦命的孩子！
李月素		恩人！（扑入姚妈怀中）
姚　妈	（唱）	那日一别我常挂心，
		你因何故入空门？
李月素	（唱）	离虎口天涯流落苦受尽，
		多少次告状无人来问津。
		江边徘徊欲自尽，
		怎奈是奴夫冤仇未雪、仇人逍遥法外我不
		甘心！
		强压怒火饮悲愤，
		剪青丝月云庵中苦栖身。
		晨钟教我莫忘恨，
		暮鼓催落泪纷纷。
		近日里檐前喜鹊报吉讯，
		禅房内灯花结蕊传佳音。
		香客祷告神显灵，
		果然盼来徐大人。
		因此上不顾佛门法戒训，
		拼死告状把冤伸。
		倘若还巡按将我沉冤得昭雪，
		来日再谢你救命恩。
姚　妈	（唱）	可怜月素苦命人，
		一声谢恩揪我心。
		她怎知巡按就是仇人子，
		谁见过儿子斩父亲？
		徐青自幼孝心重，

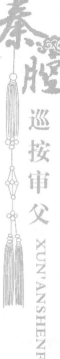

他对二老恩情深。
虽说他断案铁面无私秉公论,
怎奈杀的是旁人。
这一案牵连骨肉情,
铁石人也难免不动心。
万一他把私情徇,
告状势必火烧身。

李月素　姚妈妈,巡按堂上,还求你为我作证。

姚　妈　你,你,你还是死了告状这条心吧。

李月素　(惊)啊?(追问)此话怎讲?
　　　　〔姚妈摇头不语。

李月素　难道巡按大人不是青天?

姚　妈　你哪里知道,这位巡按就是……

李月素　就是什么?(哀求地)姚妈妈,恩人哪!当年五坝江口,就在徐成的虎口底下,你尚且见义勇为,放我出逃。如今,怎么连句话都吞吞吐吐地不敢讲了?

姚　妈　(为难地)月素哇,这事不能讲啊。

李月素　姚妈妈,恩人!(哭诉)你可怜可怜我这个孤苦伶仃、无依无靠的苦命人儿,你……你就告诉我吧!(跪求)

姚　妈　(急扶,无奈地)月素,这巡按大人徐青,就是当年五坝江口,杀死你夫、欲霸你身的仇人之子!

李月素　啊?(昏厥)

姚　妈　(将月素扶到椅子上)月素醒得!月素醒得!

李月素　(唱)　一声惊雷断心弦,
　　　　　　　无情狂涛砍孤帆。
　　　　　　　可叹我黄卷青灯年复年,
　　　　　　　钟鼓声里盼青天。
　　　　　　　终日哀祷苦参禅,
　　　　　　　又谁知盼来青天愁更添。

姚　妈　月素,你就忍了吧。

李月素　难道夫君被害,沉冤一十八年,我茹苦含辛等到今日,就此罢了不成?

姚　妈　(为难地)月素,是你不知,我若作证,万一少老爷难舍父子情义降下罪来,我难免同你一样,落个杀身之祸啊! 这事你还要从长计议。你还是赶快离开这儿吧!

李月素　好吧,贫尼决不连累于你。(欲下)
　　　　〔徐青上。二人急躲开,徐青一怔。

姚　妈　(一惊)少老爷。

徐　青　你与这位师太相识么?

姚　妈　呃……不,不,我不认识她。她,她想叫我在少老爷面前说几句好话。

徐　青　原来如此。

姚　妈　师太,这位就是我家少老爷。

李月素　叩见大人。

徐　青　你就是月云庵尼姑李月素?

李月素　正是贫尼。

徐　青　(对姚)你且后堂歇息去吧。

姚　妈　是。(下)

徐　青　(从袖中取出状纸)这血状是你亲手所写?

李月素　正是贫尼亲手所写。

徐　青　李月素。

李月素　大人。

徐　青　你且听了!

　　　　(唱)　告状你要细盘算,
　　　　　　　人命关天非一般。
　　　　　　　一定要句句从实、字字无诈、人证物证摆齐全,
　　　　　　　桩桩确凿任察勘。
　　　　　　　假若还胆敢来把本按骗,
　　　　　　　受人蒙蔽滋事端。

李月素哇，

　　　　　　那时休怪法律严，

　　　　　　须知晓诬告反坐罪如山！

李月素　　呀！

　　（唱）我一时告状心切未细想，

　　　　　　但见他心冰面冷坐厅堂。

　　　　　　每句话犹如冰雹煞威棒，

　　　　　　分明是心怀鬼胎做文章。

　　　　　　看起来作茧自缚把当上，

　　　　　　是乌鸦怎能一朝生凤凰！

　　　　　　他身为巡按权势大无量，

　　　　　　我一棵嫩笋怎把泰山夯。

　　　　　　我遭横祸事虽小，

　　　　　　怎能连累老乳娘！？

　　　　　　倒不如强把仇恨压心房，

　　　　　　撤状纸避锋芒另作主张。

徐　青　李月素，从实讲来。

李月素　大人，贫尼前来是为了撤回状纸。

徐　青　（诧异地）怎么，你不告状了？

李月素　不告状了。

徐　青　却是为何？

李月素　细想贫尼之冤，已时隔一十八年，当时案情，有些确
　　　　　已记忆不清。倘若上告，难免不出差错。我请求撤
　　　　　回状纸，望大人宽谅。

徐　青　李月素，你且静心想想，撤状容易，告状难啊，本院巡
　　　　　按江南，时机有限，倘若错过，就鞭长莫及了。

李月素　大人，贫尼确实连凶犯姓名都已记不清楚，实难肯
　　　　　定。再说，倘若凶犯是冒名顶替，岂不牵害无辜？
　　　　　想我乃出家之人，理应食斋供物，恪守清规。贫尼
　　　　　情愿撤状回庵，焚香念经，再也不染世事了。

徐　青　你当真要撤回状纸？

李月素　当真。求大人发还。

徐　青　如此，你且先回庵中去吧。

李月素　谢大人。（急下）

　　　　〔徐青注视着李月素背影，不安地思忖着，由疑转惊。

徐　青　难道她真的记不清了？（复视状纸）不对呀！

　　　　（唱）　一纸状文十八春，

　　　　　　　　血迹斑斑溶泪痕。

　　　　　　　　它含着多少冤，

　　　　　　　　它怀着多少恨。

　　　　　　　　沉冤仇恨怎堪忍，

　　　　　　　　家破人亡历苦辛。

　　　　　　　　如此凶案绝人伦，

　　　　　　　　焉能忘记不明根？

　　　　　　　　状上条理无含混，

　　　　　　　　为何突然变了心？

　　　　　　　　莫非是有人威吓暗指引，

　　　　　　　　她已知徐成就是我父亲？

　　　　　　　　适才间她同乳娘两亲近，

　　　　　　　　其中必定有原因。

　　　　乳娘，乳娘！

　　　　〔姚妈上。

姚　妈　忽听一声唤，老身心不安。少老爷，唤我何事？

徐　青　乳娘，请坐，请坐。

姚　妈　谢坐。

徐　青　乳娘，你到我家多少年了？

姚　妈　整整二十年了。

徐　青　你是怎样来的？

姚　妈　老夫人生下你后，唤老身前来乳哺少老爷的。

徐　青　自你进府，可曾离开过？

姚　妈　二十年朝夕侍奉，从未离开。

徐　青　家人待你如何？

329

姚　妈　待我亲如一家,情重如山。

徐　青　我今有一事动问,乳娘,你要从实讲来。

姚　妈　只要老身知晓,理当如实禀告。

徐　青　你与刚才来的尼姑李月素,可曾相识?

姚　妈　(不安地)不相识……

徐　青　以前可曾见过?

姚　妈　没,没有。

徐　青　这里有张状纸,你拿去看来。

　　　　〔姚妈接状观看,惊呆,哆嗦。

徐　青　状上所言,你可知晓?

姚　妈　呃,我,我不知道。

徐　青　(抽状佯怒)嘿,大胆乳娘!

姚　妈　(恐惧地)少老爷。

徐　青　你二十年来,从未离家,这十八年前我家发生之事,
　　　　焉能不知!

姚　妈　(跪求)少老爷,这……

徐　青　讲!

姚　妈　这……

徐　青　(声色俱厉地)讲、讲、讲!

姚　妈　(声泪俱下,求饶地)少老爷息怒,这件事我……我
　　　　实实不晓,你叫老身怎样回答?

徐　青　(欲擒故纵地)如此,乳娘请起。

姚　妈　老身告辞。(下,躲于屏风后窃听)

徐　青　(察觉乳娘在屏风后窃听,故意大声地)哼,这张状
　　　　纸,定是南京府尹周吉,为逃脱罪责,转移视线,买通
　　　　月云庵妖尼李月素前来诬告我父。实实地可恼,实
　　　　实地可恨也! 李月素呀李月素,休怪我徐青无情了!
　　　　来人哪!

　　　　〔中军上。

中　军　大人,有何吩咐?

徐　青　命你带领校尉,待夜静更深,趁人不备,去到月云庵

中,将妖尼李月素与我处死!

中　军　是!

〔中军欲下,被徐青一把扯住,示意不要声张。姚妈
匆匆下。

徐　青　(得意地)嘿,嘿嘿嘿嘿……

第四场　访　尼

〔傍晚。

〔月云庵,李月素云房。

〔二幕前:姚妈惊慌不安急上。

姚　妈　(唱)　想不到少老爷突把心变,

月云庵今夜晚要起祸端。

他难道鬼迷窍一时误断,

又莫非难舍情保父过关?

可怜那李月素家破人散,

含夫冤落尼庵受尽辛酸。

我不忍无辜人身遭暗算,

趁天黑溜出府去把信传。

〔姚妈回头张望无人,匆匆下。徐青乔装挂须跟踪
追上。

徐　青　(唱)　老乳娘偷出府神色慌乱,

看起来与尼姑果有牵连。

我这里乔改扮跟踪察看,

月云庵访师太探明根源。(下)

〔二幕启:李月素打坐云房,青灯摇曳,李月素无限忧
郁,神情颓丧。

李月素　(唱)　风萧萧残叶飞勾起惊魂,

松涛吼幽谷鸣云房清森。

心灰灰意惶惶难诵经文，

今日事倒让我堕入迷津。

只因错把状投告，

一张状纸惹祸根！

早知他是仇人子，

悔不该飞蛾扑灯自焚身。

我有心避灾难逃离庵门，

怎奈是一孤雁无处投奔。

思想起奴夫君恩爱亡人，

十八年每日里热泪湿襟。

亡夫啊！

可怜你冤魂不散鬼门恨，

可怜我痛断肝肠怨红尘。

实难为夫君祭奠慰孤魂，（取出匕首）

枉藏这徐贼凶器到如今。

贪官污吏害黎民，

虎狼当道冤难伸。

活在人世空悲愤，

不如一死追夫君！

〔姚妈急上。

〔李月素欲持刀自尽，姚妈叩门。

姚　妈　快开门！

李月素　（藏起匕首）门外何人？

姚　妈　月素，是我。快快开门！

李月素　姚妈妈？（急开门）姚妈妈，何事惊慌？

姚　妈　（反手掩门）月素，你闯下大祸了！

李月素　莫非巡按大人他——

姚　妈　他见你突然撤状，误当你被南京府尹周吉买通，诬告他父徐成，陷害朝廷命官。一怒之下，密派中军，今晚夜半更深就要前来杀害于你！

李月素　天哪！

姚　妈	时辰不早,你赶紧收拾行装,速速逃命去吧!
李月素	恩人哪!(跪)
姚　妈	(扶起)快去!

〔李月素入内。

〔徐青匆匆上。

徐　青	(唱)　一路尾随不松放,
	暗见乳娘进庵堂。
	投石下水听音响,
	查明撤状为哪桩。

〔李月素挟包袱上,与姚妈欲开门,徐青叩门。二人
大惊。

姚　妈	啊?听声音好像我家少老爷!
李月素	(一惊)啊?(包袱落地)
姚　妈	(从门缝窥视)不像是来抓你的。
李月素	你且先到神龛后躲避一时。

(姚妈挟包袱躲下)

李月素	何人叩门?
徐　青	我乃特来贵庵进香求神的。
李月素	进香求神请客官到佛殿去。
徐　青	我已求过神,抽过签了。特来讨杯茶水解渴。请行
	个方便吧。

〔李月素胆怯地开门。

李月素	(见是一位老者,稍感放心,指茶壶)客官,请自便。
徐　青	谢师太。

〔徐青假装饮茶,观看云房动静,李月素打坐,心神
不宁。

李月素	(唱)　欲逃不能急煞人,
	强装诵经待时辰。
	山庵木鱼声声碎,
	含冤人愁肠泪咽黄昏。
徐　青	(试探地)师太,听你木鱼声乱,观你焦容悲泣,气色

不佳,莫非你也有何苦衷?

李月素　这……出家人食斋供佛,旁无二心。

徐　青　(一声长叹)唉!……

李月素　客官因何叹息?

徐　青　师太呀!

　　　　(唱)　巡按大人到南京,
　　　　　　　盼来青天喜盈盈。
　　　　　　　家有沉冤待申诉,
　　　　　　　特来进香求神灵。
　　　　　　　谁知得了个下下签,
　　　　　　　满怀希望化烟云。

李月素　(唱)　人生坎坷多不平,
　　　　　　　含冤人相遇含冤人。
　　　　　　　贫尼唠叨来动问,
　　　　　　　你有何冤要诉申?

徐　青　(唱)　提起冤仇怒火升,
　　　　　　　骂一声徐成贼子贼徐成!
　　　　　　　十八年前风雨夜,
　　　　　　　五坝江心来行凶。
　　　　　　　杀我妻子夺钱财,
　　　　　　　多亏我跳江逃遁得余生。
　　　　　　　我打算登程把状告,

　　　　师太呀!

　　　　　　　请问你此去是吉还是凶?

李月素　(唱)　看看佛爷果有灵,
　　　　　　　你不告免却祸临身。

徐　青　(唱)　假若佛爷果有灵,
　　　　　　　为什么信佛灾民丧性命?
　　　　　　　假若菩萨有灵应,
　　　　　　　为什么善男信女受欺凌?
　　　　　　　看起来求神无有用,

菩萨不会渡苍生。
我这里撕毁签书把状告，
管它是吉还是凶！

李月素　（唱）　客官莫要太莽撞，
　　　　　　　告状必定遭祸殃！

徐　青　（唱）　莫非师太告过状，
　　　　　　　巡按大人把你伤？

李月素　（唱）　提起告状咬牙恨，
　　　　　　　今晚大祸临庵门。
　　　　　　　出家人本有慈悲心，
　　　　　　　怎忍他自投陷阱火烧身！

　　　　　　客官呀！你可知巡按他是什么人？

徐　青　他是何人哪？

李月素　（接唱）他就是徐成之子社稷臣。

徐　青　（旁唱）她果知徐成就是我父亲，
　　　　　　　看起来撤状定是此原因。

　　　　　　师太呀！

　　　　　　　是青天徐青就该为黎民，
　　　　　　　他怎敢徇私不顾皇王雨露恩？

李月素　（唱）　常言道亲向亲邻向邻，
　　　　　　　有几个清官能绝骨肉亲？
　　　　　　　包公铁面铡包勉，
　　　　　　　也曾动摇两三分。
　　　　　　　有道是同姓同族一家人，
　　　　　　　打断骨头连着筋。
　　　　　　　更何况父子本是一脉承，
　　　　　　　巡按他怎会大义灭至亲？

徐　青　（唱）　一番话解开了撤状之谜，
　　　　　　　拨亮了徐青我眼中云翳。
　　　　　　　道出了官场中营私恶习，
　　　　　　　因此上惧怕我令人痛惜。

师太呀！

> 佛门人诵经文深明大理，
> 不枉我来进香深受教益。
> 虽然说父子一脉重情义，
> 你可知徇私情国法不依！
> 依我看朝官并非都舞弊，
> 切莫信妖言蛊惑把人欺。
> 你有冤速去告莫要迟疑，
> 别庵堂施一礼后会有期。

李月素　（不安地）你一定要去告状？

徐　青　一定要去的。师太，告辞了。（欲下）

〔姚妈闪上。李月素一怔。

姚　妈　少老爷！

徐　青　乳娘！（摘下假胡须）

李月素　巡按大人?!

徐　青　李月素，你告徐成一案，本按准状。速随姚妈来衙候审。（下）

李月素　……徐青天！

〔二人弃包袱，急追下。

第五场　勾　结

〔数日后。

〔周吉府客厅。

〔二幕前：周吉上。

周　吉　（唱）　闻听徐成到南京，
> 苍天赐我救命星。
> 今朝来把老贼请，
> 到时看我显神通。

不怕你徐青逞得能，

怎敌我妙计赛孔明。

〔衙役上。

衙　役　禀大人，徐老大人到！

周　吉　有请！

衙　役　有请徐老大人！（下）

〔二幕启：徐成上。

徐　成　（念）　吾儿一朝身荣显，

老子赛过七品官。

周　吉　徐老大人！

徐　成　周大人！

周　吉　快快请坐。

徐　成　老夫谢坐。

周　吉　不知老大人贵体光临南京，下官未曾远迎，今日特请
　　　　过府一叙，一来给老大人请安，二来还望老大人
　　　　恕罪。

徐　成　府尹大人乃民之父母，老夫岂敢怪罪。

周　吉　来人哪！

〔一丫环捧礼盘上。

周　吉　老大人，下官不曾接风，深感不安，特备薄礼少许，不
　　　　成敬意，还望老大人笑纳。

徐　成　（见财垂涎）呜呀呀，周大人如此盛情，老夫却之不
　　　　恭了。（发现丫环姿容）宝物璀灿，光华照人哪！
　　　　〔丫环下，以目追寻。

周　吉　老大人若还有意，下官愿将这一奴婢赠于老大人，不
　　　　知意下如何？

徐　成　这……多有不便。

周　吉　倘若巡按府不便，下官现有幽巷别馆一座，一并
　　　　奉送。

徐　成　谢大人！

周　吉　（斟茶）老大人，请！

徐　成　周大人,请!

周　吉　（唱）恭喜你老大人教子有方,

令郎他上通天文下知地理经伦满腹才华超

群真乃当朝一栋梁。

新科高中状元郎,

江南又把巡按当。

平步直把青云上,

盖世英才美名扬。

全仗你徐门祖荫风脉旺,

老大人洪福齐天寿无疆。

徐　成　大人过奖了。

周　吉　不过,老大人哪!

（接唱）古语讲福祸之间无隔墙,

相生相克难估量。

如意时莫把灾祸忘,

还须谨慎多提防。

徐　成　（诧异地）提防灾祸?周大人,此话从何说起?

周　吉　此话不是下官应当讲的,不过提醒你老大人一句,万

望小心为妙。

徐　成　听府尹大人话中之意,并非等闲之事,还望直言相

告,老夫日后感激不尽。

周　吉　倘若巡按大人怪罪下来,下官可吃罪不起呀。

徐　成　你只管放心,有老夫一面承当,但讲无妨。

周　吉　如此,容下官直言相告。

（唱）你可知十八年前一晚上,

有一对少年夫妻返故乡。

半路途经五坝江,

遇上个强盗遭祸殃。

金银财宝被劫抢,

男被杀害投进江。

妇人吓得魂魄丧,

被贼抢去纳妾房。

那盗贼以为人鬼不知安然脱法网，

岂知道世上难有隔音墙。

不知何人将她放，

十八年死灰复燃重放光。

近日突然来告状，

那强盗……

徐　成　（惶恐地）是哪个？

周　吉　（唱）　就是你徐门老高堂！

徐　成　（大惊失色）啊？老夫我……绝无此事。

周　吉　老大人，此案已三审五核，确凿无疑了！

徐　成　哎呀！

　　　　（唱）　听一言把我的魂魄吓掉，

　　　　　　　十八年旧案发祸降今朝！

　　　　　　　悔当初未杀尽祸患根苗，

　　　　　　　今日难把屠刀操。

　　　　　　　转面我把大人叫，

　　　　　　　你把老夫怎开销？

周　吉　（唱）　自古杀人要偿命，

　　　　　　　依法治罪情理中！

徐　成　周大人哪！

　　　　（唱）　只要保全老夫命，

　　　　　　　我把你供养当祖宗。

周　吉　哎呀，徐老大人，折煞下官了。

徐　成　事已至此，还求大人高抬贵手。

周　吉　老大人不必胆怕，事在人为嘛。你乃巡按大人的高堂，下官敢不尽心。告诉你，为了老大人的安全，我已将此案人不知鬼不觉转交令郎审理了。

徐　成　我那不肖之子，恐怕难以容得老夫啊！

周　吉　你是他的什么人？

徐　成　谁不知我是他亲老子呀！

周　吉　这就对呀。自古道：骨肉之情总难断。更何况人非
　　　　草木，焉能无情？只要你以情感化他，苦苦相求，徐
　　　　青乃当代首屈一指的孝子，未必生有铁石心肠，只要
　　　　巡按不究，老大人岂不就逢凶化吉，遇难呈祥了么？

徐　成　唔，有道理。他能把老子怎么样！不过，周大人，那
　　　　李月素不死，有朝一日难免不去另行告官，你说
　　　　怎处？

周　吉　这有何难！不瞒你说，只要老大人在令郎面前，替下
　　　　官美言几句，将我贪占赈济钱粮一案瞒过，李月素自
　　　　有下官处置。

徐　成　义气！够朋友！如此你我同心。

周　吉　彼此彼此。啊？哈哈哈哈！

徐　成　哈哈哈哈！

周　吉　（唱）　你为我来我为你，

徐　成　（唱）　官匪一家两相依。

周　吉　（唱）　我还照旧当府尹，

徐　成　（唱）　巡按老子谁敢欺！

　　　　〔一丫环上。

丫　环　禀大人，酒宴备齐。

周　吉　老大人，请！

徐　成　周大人，请！

　　　　〔二人携手下，丫环随下。

第六场　查　核

〔前场翌日下午。

〔巡按府外堂。景同三场。

〔陈虎根内喊："冤枉——！"

〔堂鼓三响。

〔中军、校尉上。徐青上。

徐　青　（念）　三声堂鼓震耳鸣，

　　　　　　　　解民倒悬扫奸佞。

　　　　带喊冤人！

中　军　喊冤人上堂！

〔陈虎根手持万民状上。

陈虎根　巡按大人，冤枉啊！（因饥饿昏倒）

徐　青　（急扶）你是何处灾民，有何冤枉？只管讲来。

陈虎根　大人容禀了！

　　　　（唱）　提起灾情肝火冒，

　　　　　　　　未曾开言泪淘淘。

　　　　　　　　遭旱荒桑枝无叶禾苗焦，

　　　　　　　　众黎民哀哀泣饥怨声高。

　　　　　　　　家中饿死我二老，

　　　　　　　　贤妻投井归阴曹。

　　　　　　　　小女临死口含草，

　　　　　　　　灾民尸骨遍荒郊。

　　　　　　　　闻听说救灾粮款早拨到，

　　　　　　　　至今日不见分发半分毫。

　　　　　　　　原来是周吉他把私囊饱，

　　　　　　　　贪赃枉法刮民膏！

　　　　　　　　涂炭生灵实无道，

　　　　　　　　欺君害民罪难逃。

　　　　　　　　众百姓推我把状告，

　　　　　　　　被周吉关进黑牢受煎熬。

　　　　　　　　我冒死越狱把你找，

　　　　　　　　求大人秉公执法，严惩贪官，解救灾民命

　　　　　　　万条！

〔陈虎根头顶"万民状"跪呈徐青。

徐　青　（唱）　双手接过万民状，

　　　　　　　　似闻黎民痛悲伤。

百姓对我寄厚望，

要把正义来伸张！

陈虎根，你告周吉私吞赈济钱粮，可有人证？

陈虎根 状上签名画押之人，都为周吉偷运过钱粮，亲眼所见！

徐　青 可有赃证？

陈虎根 赃物钱粮，尚在密仓存放，小民愿引大人前去察看。

徐　青 好。来呀，领他后堂用饭，速请郎中为他调治伤疾。

中　军 是。

陈虎根 谢大人。（中军扶陈虎根下）

〔内声："圣旨下！"众军士退下。

〔徐青整衣冠接旨。

〔太监持圣旨上。

太　监 徐青接旨。"奉天承运，皇帝诏曰：巡按察勘南京，朕心悬念。限汝十日，查清实情，严惩贪官，解救灾民。事毕立返京师面谕。钦此。"

徐　青 臣领旨。吾皇万岁，万万岁！（太监下）

（唱） 君命催办期限紧，

勾起我心中思绪乱纷纷。

徐青我夙志要做社稷臣，

登仕途辅政济民报主恩。

谁料想踌躇满志初查巡，

这一案犹如泰山压我身。

青枝靠根育成人，

怎断父子骨肉亲？

执法、徇情难并存，

执刀怎斩至亲人？

来呀！

〔中军上。

徐　青 请姚妈带李月素来见。

中　军 是。（下）

〔一校尉上。

校　尉　禀大人,南京府尹周大人求见。

徐　青　命他进来。

校　尉　有请周大人!（下）

〔周吉上。

徐　青　周大人,请!

周　吉　徐大人,请!

〔二人入座。

徐　青　周大人前来,不知有何见教?

〔姚妈、李月素上,见状隐退。

周　吉　大人,李月素状告十八年前凶杀一案,不知可曾与令
　　　　尊大人言明?

徐　青　依你之见?

周　吉　令尊大人欢欣而来,又年近花甲,旅途劳顿,我看还
　　　　是不讲为好。

徐　青　倘若不讲,如何结案?请问周大人有何良策?

周　吉　大人如愿纳谏,下官倒有一计良策。

徐　青　你且讲来。

周　吉　大人果真爱听?

徐　青　我正求之不得。

周　吉　你不见外?

徐　青　份内之事。

周　吉　你听了!

（唱）　马到山前自找路,
　　　　船到滩头难收留。
　　　　若还要把令尊救,
　　　　快刀断麻万愁休!

徐　青　你是说——杀人来灭口?

周　吉　结果李月素!

徐　青　（一震）万一走了风?

周　吉　下官亲动手!

徐　青　怎样酬谢你?

周　吉　手下把情留。

徐　青　把你贪污赈济粮款一案,一笔勾销?

周　吉　彼此相安千秋。这一点我已与令尊大人谈妥了。

徐　青　(一惊)噢? 不过,周大人,你的胃口也太大了!

周　吉　下官愿将赈济粮银与大人对半平分。

徐　青　空口无凭。

周　吉　立约为据。

徐　青　好,火速写来!

周　吉　(写据)请大人过目。

徐　青　何时交货?

周　吉　烦劳大人派一心腹之人,今晚随下官前往密仓查验
　　　　分装。

徐　青　一言为定。

周　吉　下官告辞。(下)

徐　青　好贼呀!

　　　　(唱)　周吉贼施奸诈恶贯满盈,
　　　　　　　今日里我方把赃证摸清。
　　　　　　　皇圣旨万民状千钧压顶,
　　　　　　　灾民们呼号声犹响耳中!
　　　　　　　我徐青奉皇命南京巡行,
　　　　　　　怎能够无视灾民死与生。
　　　　　　　我只有忍痛割舍父子情,
　　　　　　　方能够惩处贪官解救灾民出火坑。
　　　　　　　人命关天不容缓,
　　　　　　　当机立断秉大公!

　　　　来人哪!

　　　　〔中军上。

徐　青　命你带上这张文约,带领校尉,让陈虎根混在其中今
　　　　晚前往府衙,随同周吉,查验潜藏赈济钱粮密仓,名
　　　　为平分,实为查抄,一旦查验清楚,立将周吉与我

拿下！

中　军　是！（下）

〔姚妈、李月素急上。

李月素　巡按大人！

姚　妈　少老爷！

徐　青　李月素，乳娘，找你们前来本按有一事相求。

李月素　大人，你不用相求，贫尼十八年前的冤仇，决定不
　　　　告了。

徐　青　（十分意外地）这又是何意？

李月素　大人，你听我道来！

　　（唱）　自与大人见面后，
　　　　　　桩桩事看在眼里记心头。
　　　　　　我怀着切齿之恨来报仇，
　　　　　　哪知晓仇人是你高堂父。
　　　　　　月素我闻听此信魂魄丢，
　　　　　　暗担心你会杀人来灭口。
　　　　　　哪知你秉公执法情不留，
　　　　　　周吉贼黑心肚肠曲如钩。
　　　　　　他妄图借我冤仇拉你舞弊同流合污残害灾
　　　　　　民坐把渔利收，
　　　　　　你光明磊落不纳垢。
　　　　　　不徇私情拒浊流，
　　　　　　这样的好官世少有。
　　　　　　灾民们泣饥号寒盼你解忧愁，
　　　　　　我愿咽一十八年亡夫恨，
　　　　　　也不忍你因父株连把功名丢。
　　　　　　我真心实意来恳求，
　　　　　　望大人将贫尼之事一笔勾！

姚　妈　少老爷，李月素深明大义，一番苦求，你就应允了吧。

李月素　大人，贫尼虽冤，乃只一人之冤，万民因灾受难，时刻
　　　　仰祈大人搭救啊！你就允我撤了状纸吧。

秦腔
巡按审父
XUN'ANSHENFU

徐　青　师太,乳娘,一人含冤,万民受难,同属民苦,我岂能允你撤状,纵然下官因父株连,丢了前程,也不能因此徇情枉法呀!

　　　　(唱)　国家若要得兴旺,
　　　　　　　全凭着王法律条与朝纲。
　　　　　　　执法人不守法法无威望,
　　　　　　　法无望民心不服国家难以享泰康。
　　　　　　　法正民心方归顺,
　　　　　　　无法岂能抚四方?
　　　　　　　国家须以民为本,
　　　　　　　民心若失岂安邦。
　　　　　　　做朝臣理应该为民着想,
　　　　　　　我徐青怎能够违法乱章。

李月素　(感动地)大人!
姚　妈　　　　　少老爷!

徐　青　李月素,你夫冤案,情况确凿,此案为时多年,不容拖延,但等凶手拿到,即行开审。到时务请你们当堂对质。

李月素　(惊愕地)啊? 大人,大人,大人!
姚　妈

　　　　〔李月素、姚妈三跪求情,徐青三扶,慨然退下。

李月素　大人! ……(追下)
姚　妈

第七场　诀　别

　　　　〔当日夜。
　　　　〔巡按府后花园。
　　　　〔二幕前:徐青惆怅上。

徐　青　(唱)　花好月圆夜露浸,

満腹惆怅待双亲。
花园设宴心欲碎,
强颜欢笑泪纷纷。
今夜相聚成永别,
人间黄泉两离分。
老父恶报归自取,
怎慰老娘悲哀心?

〔姚妈上。

姚　妈　少老爷,酒宴已经……备好了。

徐　青　老爷现在何处?

姚　妈　过府回拜周大人,尚未归来。

徐　青　乳娘,去请我母亲吧。

姚　妈　我……(饮泣)

徐　青　把眼泪擦了! 去吧……

姚　妈　是。(拭泪下)

〔徐青心事重重下。

〔二幕启:徐青心事重重退上。

徐　青　见了母亲,我该怎样对她言讲? 好不难煞人了啊!

〔姚妈、夫人上。

姚　妈　少老爷,夫人到了。(下)

徐　青　母亲,请坐。

夫　人　我儿一同坐了。

徐　青　儿谢坐。

夫　人　儿呀,自从上京去后,真把为娘想煞了。

（唱）　数月不见儿丰采,
　　　　为娘时时挂心怀。
　　　　每日往返落花径,
　　　　依依望儿泪沾腮。

徐　青　（唱）　游子千里同相望,
　　　　　　　双亲悬挂我胸膛。
　　　　　　　皇命在身难赡仰,

恕儿不孝奉高堂。（叩拜）

夫　人　快快请起，为娘不怪罪于你。我儿真不愧是个孝
　　　　子啊。
　　　（唱）我儿是鹏程万里锦绣才，
　　　　　　不枉我费尽心血苦培栽。
　　　　　　为娘我受儿孝敬享安泰，
　　　　　　咱一家从此富贵花盛开。

徐　青　（唱）高堂母笑语欢言喜眉扬，
　　　　　　怎知我满腹忧愁绞肝肠！
　　　　　　她只知家人团聚把天伦享，
　　　　　　怎想到杀人罪恶要清偿。
　　　　　　儿执法审父怎对娘亲讲，
　　　　　　倒叫我话到唇边口难张。
　　　　　　我这里含泪斟满三杯酒，
　　　　　　解娘痛慰娘心细诉端详。

夫　人　儿呀，快快坐了。

徐　青　谢母亲。
　　　　（唱）头杯酒，敬高堂，
　　　　　　　生身之恩永难忘。
　　　　　　　含辛茹苦二十春，
　　　　　　　养育之恩似水长。

夫　人　（唱）头杯酒，捧手上，
　　　　　　　愿儿长做孝顺郎。
　　　　　　　莫忘了石榴有根方结籽，
　　　　　　　大树有本方成梁。

徐　青　母亲请！
　　　〔夫人饮酒。

徐　青　（唱）二杯酒，敬高堂，
　　　　　　　儿登金榜先谢娘。
　　　　　　　你让我做官莫把黎民忘，
　　　　　　　儿遵母训记心上。

夫　人　（唱）　二杯酒,捧手上,
　　　　　　　　我儿如花吐清香。
　　　　　　　　惩恶扬善民颂扬,
　　　　　　　　深孚众望娘荣光。

徐　青　母亲请!
　　　　〔夫人饮酒。

徐　青　（唱）　三杯酒,端手上,
　　　　　　　　手颤心酸泪汪汪。
　　　　　　　　我欲把祸事当面讲,
　　　　　　　　铁石心肠也彷徨。

夫　人　（疑惑地）儿啊,你怎么了?

徐　青　母亲哪!
　　　　（唱）　三杯酒,敬高堂,
　　　　　　　　儿有事求娘来相帮。
　　　　　　　　我左思右想多为难,

夫　人　（唱）　对娘尽讲有何妨。

徐　青　母亲,容禀了!
　　　　（唱）　孩儿我无奈把话讲当面,
　　　　　　　　求母亲切莫悲痛泪涟涟。
　　　　　　　　皇王爷为社稷开了科选,
　　　　　　　　儿高中受皇命巡按江南。
　　　　　　　　近日里接状纸受理一案,
　　　　　　　　状告那强徒贪财起歹念,
　　　　　　　　五坝江十八年前把路拦。
　　　　　　　　见一位涿州客商到江岸,
　　　　　　　　携带着娇妻财物把家还。
　　　　　　　　那强人挥刀将那商人砍,
　　　　　　　　劫财宝又抢妇人到家园。
　　　　　　　　幸亏那好心女仆放她去逃窜,
　　　　　　　　为报仇隐姓埋名入尼庵。
　　　　　　　　民妇遭遇好伤惨,

经年沉冤要见天。
儿已查出杀人犯，
要为民妇雪仇冤。
凶手徐成传到案，
明朝入斩插标签！

夫　人　天哪！（昏晕）
徐　青　母亲醒得！母亲醒得！
夫　人　（唱）当头飞来无情棒，
　　　　　　　　晴空霹雳响耳旁。
　　　　　　　　我徐门初交好运福气旺，
　　　　　　　　怎经这六月乍寒七月霜！
　　　　　　　　恨老爷做事他把天良丧，
　　　　　　　　贪钱财杀人霸女罪昭彰。
　　　　　　　　从今后怎在人前把话讲，
　　　　　　　　不由我满面蒙辱愧难当。

（滚白）我可没说老爷呀，老爷！我把你个无耻的贼
啊！你昧心杀人劫夺不义之财，辱害良家之女，毁我
一门清白，叫我儿今后怎样为官，老身怎样做人啊！
（接唱）无奈我还须顾家门名望，
　　　　　　　　转面来求我儿再作商量。

　　　　　　　　儿啊！
徐　青　母亲！
夫　人　（唱）你的父犯王法虽难容谅，
　　　　　　　　要念起他总是你的高堂。
　　　　　　　　娘为儿十月怀胎来抚养，
　　　　　　　　曾把你当明珠捧在手上。
　　　　　　　　朝朝暮暮盼儿长，
　　　　　　　　时时刻刻挂心肠。
　　　　　　　　起风怕儿受寒凉，
　　　　　　　　雷响怕儿受惊慌。
　　　　　　　　腊月盼望阳春到，

三伏怕儿受暑伤。
南学里送儿读圣贤，
西厢院教儿作文章。
娘为儿功名高中登金榜，
陪伴儿求贤访师走四方。
儿不能大树参天将本忘，
做了高官忘爹娘。
常言道乌鸦也知反哺恩，
知恩不报非忠良。
求孩儿看在为娘面，
赦免你父罪一桩。
将那师太收留下，
养老送终把债偿。

徐　青　母亲。

（唱）　母亲你不必哀求把情讲，
难道儿生就的铁石心肠？
你把儿自幼来抚养，
你伴儿十年苦读守寒窗。
你教儿立志为国怀宏愿，
你教儿当官要把百姓疾苦挂心上。
儿呀我遵从母训为民清算血泪账，
不孝犯在哪一章？
只怨我父把天良丧，
藐视王法与朝纲。
孩儿我今日若将他赦免，
岂不是背弃母训失信于民负皇王？
大汉正史上千年，
千古教训岂能忘？
周厉王，秦二世，
因失民心丧家邦。
民本宗旨不可忘，

为保社稷万年长。
儿为国岂能徇私情，
叫人唾骂万世脏。
今朝斩父除民害，
秉公执法理应当！

夫　人　儿啊，你心已决，不可更改了？苦哇……

徐　青　母亲！（跪趋向前）从今往后，你是孩儿唯一的亲人了，儿我一定百倍侍奉，力尽孝道。娘啊，你饮下这三杯酒吧！

夫　人　（唱）　双手接过三杯酒，
　　　　　　　　点点滴滴泪双流。
　　　　　　　　强忍悲痛咽下喉，
　　　　　　　　千山难遮我满面羞。
　　　　　　　　只怨你父丧人伦，
　　　　　　　　莫要为娘来担忧。
　　　　　　　　今日诀别我情愿，
　　　　　　　　大义灭亲照千秋！

徐　青　啊呀，母亲！我的好母亲！
　　　　〔姚妈引李月素上。

姚　妈　月素，快快上前见过夫人！

李月素　夫人，贫尼有礼了。

夫　人　姚妈，这一师太她是何人？

姚　妈　她叫李月素。

徐　青　她就是含冤十八年的被害人。

夫　人　苦命的孩子！
　　　　〔夫人急起抱住李月素，二人悲泣不已。
　　　　〔徐成上。

徐　成　（唱）　假托去把周吉见，
　　　　　　　　幽馆佳会女貂蝉。
　　　　　　　　夫人为何泪满面，
　　　　　　　　倒叫老夫把心担。

夫人哪！（见李月素一惊）啊？好面熟哇！

徐　青　（严峻地）你还认识她么？

徐　成　她是何人？（不安地）为父我……不曾见过。

李月素　（脱下袈裟）现在你该认清了？

徐　成　啊？你……你是谁？

李月素　是你没有害死的商客之妻李月素！

〔徐成突然逼近李月素，一把揪住她。

徐　成　（压低声音）李月素！难道你还想打赢这场官司不成？你不知道，这巡按大人就是我的儿子！你若就此罢手，老夫不会亏待于你，你若是一意孤行，嘿嘿，当心你飞蛾扑灯，自取灭亡！

李月素　徐成啊，老贼！我本当在大人面前救你一命，谁知你事到如今，恶习未改，贼心不死，还来借势威吓于我。想那十八年前，你见财起意，残杀我夫，又欲霸我纳妾，幸亏好心的乳娘姚妈妈暗中相救，放我出逃。十八年沉冤在胸，我含泪削发进庵，就为了今日伸冤报仇！天日昭昭，难道你，还想抵赖不成！

徐　成　（狡猾地）哼哼，我杀你夫，有何凭据？

李月素　你来看！（从怀中取出匕首）刀上铸有你徐成的贼名！（徐成扑上去，一把夺过）

姚　妈　老爷，这是实情，老身亲眼所见，你还不快快招了，好求得个悔罪轻处吧。

徐　成　住嘴！原来老夫的身家性命，全坏在你这不忠的臭妇人之手。留尔何用！

徐　青　住手！

〔徐成挥刀欲杀姚妈，徐青一把托住父亲的手腕，夺下匕首。示意姚妈、李月素下。

徐　成　（不满地）哼！你想把老子怎么样？

徐　青　刑律有据，杀人偿命！

徐　成　啊？好你个蠢才呀！

（唱）　忤逆不孝把本忘，

忘恩负义不孝郎。

不守三纲与五常，

无仁无义你赛豺狼！

徐　青　来呀！

〔校尉上。

徐　青　与我拿下！（校尉抓徐成）

徐　成　哎呀，夫人，看在多年夫妻份上，求你在孩儿面前求

　　　　求情吧！

夫　人　我……

徐　成　我与你跪下了。

夫　人　无耻强盗！（猛击徐成一掌）

　（唱）　你杀人劫夺不义财，

　　　　　自己做事把祸栽。

　　　　　而今欠下血仇债，

　　　　　要想做人你重投胎！

〔徐成瘫倒。

徐　青　押下去！

〔校尉押徐成下。

第八场　判　斩

〔前场翌日。

〔巡按府公堂。

〔二幕前：周吉挟账簿兴冲冲上。

周　吉　（唱）　徐青娃娃阅历浅，

　　　　　　　　陷进我的巧机关。

　　　　（数）　抓住他爸杀人案，

　　　　　　　　从此我把笼头按。

　　　　　　　　叫他咋办就咋办，

　　　　　　　一条裤子俩人穿。

　　　　（唱）　靠他手中尚方剑,

　　　　　　　　　升官发财有何难。

　　　　中军,这边厢来!

　　　　〔中军带穿校尉服的陈虎根上。

周　吉　这儿是第八个财室密仓,你顺着我的手儿瞧:这半
　　　　边,二十四罐雪花银,那半边放着粮食一百三十三
　　　　石六。按对半分,你家大人应得银子十二罐,粮食
　　　　六十六石八。(翻开账簿)请查验过目。

中　军　还有吗?

周　吉　多得是,只是还没弄到手哩。

陈虎根　没错。

中　军　来呀!

　　　　〔校尉上。

中　军　与我拿下!

　　　　〔校尉抓住周吉。

周　吉　哎呀,这是何意?

陈虎根　你干的事你清楚!

中　军　带走!(众押周吉下)

　　　　〔二幕启:徐青内声:"升堂!"

　　　　〔校尉声:"喏!"

　　　　〔鼓角相闻,号声阵阵。

　　　　〔校尉上。

　　　　〔中军托尚方宝剑上。

　　　　〔徐青上。

徐　青　(念)　大堂之上气象严,

　　　　　　　王法条条难容奸。

　　　　　　　尚方宝剑映日月,

　　　　　　　耿耿丹心对皇天!

　　　　(坐堂)来呀!

校　尉　喳!

徐　青　带周吉！

〔两校尉下，复带周吉上。

周　吉　（念）　你翻脸不讲信和义，

周吉也不是好惹的！

徐　青　嘟！大胆周吉，见了本按为何不跪？

周　吉　（冷笑）嘿！

徐　青　跪下！

校　尉　（助威）嗬！

周　吉　（身不由己跪下）下官何罪之有？请巡按大人言明。

徐　青　你身为府尹，不顾千万灾民身家性命，贪赃朝廷所拨
赈济粮款，致使生灵涂炭，尸骨遍野。你藐视王法，
触犯朝纲，罪在不赦！

周　吉　（嘲讽地）嘿嘿，好一个巡按大人，开口王法，闭口朝
纲，说得比唱得还好听。那么，请问大人，月云庵尼
姑李月素，状告你父杀人一案，你是作何发落，怎样
个处置？请在这公堂之上，当众言明！

徐　青　你——

周　吉　你也是徇私舞弊、上欺君王、下瞒黎民的伪君子，你
瞒得了众人，可瞒不了我周吉！

徐　青　（朗笑）哈哈哈哈！

周　吉　（冷笑）嘿嘿嘿嘿！

徐　青　来人哪！

校　尉　喳！

徐　青　带徐成！

〔周吉一怔。校尉押徐成上。

徐　青　传证人李月素、姚妈、陈虎根上堂！

中　军　李月素、姚妈、陈虎根上堂！

〔李月素、姚妈、陈虎根上。

李月素
姚　妈　叩见大人！
陈虎根

〔周吉大惊，紧张不安。

徐　青　　徐成！

徐　成　　（欲祈求）儿啊……

徐　青　　嘟！

徐　成　　巡按大人。（跪）

徐　青　　本按查明，十八年前，你在五坝江口，见财起意，伤害
　　　　　人命，又欲强占他人之妻。铁证如山！如今案发，你
　　　　　不思投案悔罪，反而勾结赃官，光天化日持刀行凶，
　　　　　妄图杀人灭口。实属穷凶极恶，罪在不赦！

徐　成　　不孝的，儿啊！……（瘫倒）

周　吉　　大人！饶下官一条狗命吧……

徐　青　　周吉呀，民贼！

　　　　（唱）　你为官不正罪恶重，
　　　　　　　　横行暴戾太昏庸。
　　　　　　　　有多少无辜灾民活活饿死埋荒冢，
　　　　　　　　你竟把赈济粮款来私吞！
　　　　　　　　留尔狗官有何用，
　　　　　　　　只能乱朝害百姓。
　　　　　　　　我这里立即将你依法惩处、明正典刑、
　　　　　　　　晓谕天下、斩首来示众，
　　　　　　　　留与后人敲警钟！

　　　　　来呀！

校　尉　　喳！

徐　青　　将徐成、周吉推下斩了！

　　　　〔校尉押徐成、周吉下。

李月素
姚　妈　　（跪拜）青天大人！
陈虎根

　　　　〔徐青急扶起众人。手托乌纱，撩袍亮相。

徐　青　　打开密仓，赈济灾民！

　　　　　　　　　　　　——剧　终

357

演出单位

西安市五一剧团

春江月

根据包朝赞同名越剧移植

郑宗义 移植

剧情简介

　　《春江月》是根据同名越剧移植的秦腔剧。

　　绣花姑娘柳明月,订婚前夕,偶然拾得落难忠良刘之章的弃婴,出于正义,她悄然将孩子收养下来。不料,此举被叔父柳二察觉,告密官府,前来捕杀。危急之中,她不顾个人贞操名声,慨然认"子",在师兄阿牛协助下,救下婴儿。由此引起轩然大波,招致婆家退婚,铁匠老父气绝身亡。贪婪的柳二欲霸兄长家业,买通官府,陷害阿牛,欲置明月于娼门。多亏二婶报信,"母子"虎口脱逃,流落异乡。柳明月为抚孤忍辱负重,隐居紫竹庵,依靠绣花,含辛茹苦,育儿成才。18年后,柳宝终于金榜名标,高中状元。与此刘之章冤案平反、官复一品,寻子不遇,误将柳二视为恩公,接回相府,委以重任。适值新科状元过府拜师,狭路相逢,柳二诬称柳宝是"私生子",冒用假名,欺君罔上,以此要挟。柳宝深恐连累慈母、恩师,决意弃官。刘之章不知就里,将义女许配状元公。柳明月为寻访儿子生身父母,精绣弃子图,以此作为聘礼,呈上宰相,以期引来开锁人。

　　刘之章触景生情,追究原委,柳二眼见假相败露遂生恶念,欲害明月,恰逢获释归来寻访师妹的阿牛,将其捉拿归案。状元公重见亲人,骨肉团聚。随同阿牛重返故乡,铁锤绣针长相伴,比翼青山绿水间。

场　目

人 物 表

柳明月	女	绣花女
柳　宝	男	柳明月养子,后改名牛宝
柳老大	男	老铁匠,柳明月之父
阿　牛	男	柳老大的徒弟
柳　二	男	柳明月之叔父
二　婶	女	柳二妻
刘之章	男	难　臣
刘夫人	女	刘之章之妻
春　燕	女	刘府丫环
军　爷		
官　兵		
衙　役		
家　丁		
老娘舅		
丫　环		
绣花姑娘		

第一场

〔傍晚,富春江畔,杨柳庄渡口。古柳垂翠,山明水秀,晚霞点染江面,夹岸榴花似火。

〔幕后合唱:

> 银河玉水富春浪,
> 奔流直泻钱塘江。
> 流下几多悲欢事,
> 一曲山歌传四方。

〔幕启:刘之章仓惶上。

刘之章　（唱）　腥风血雨遮苍穹,

〔刘夫人怀抱婴儿踉跄上。

刘夫人　（唱）　魂飞魄散步难行。

刘之章　（唱）　无道昏君宠奸佞,

刘夫人　（唱）　多少忠良丧残生。

刘之章　（唱）　刘之章为社稷秉公刚正,

　　　　　　　到今日遭陷害血溅门庭。

刘夫人　（唱）　脱网逃出三条命,

刘之章　（唱）　春江挡道路不通。

〔捉拿钦犯刘之章的喊声起。

刘夫人　儿啊、儿……

刘之章　夫人哪,前有春江挡道,后有官兵追赶,若再携带孩儿,官兵必然闻声而到,你我与儿性命休矣!

刘夫人　这……

刘之章　夫人你看,前面有一铁匠铺,不如将儿寄放那里,将来若有出头之日,你我也好前来认领。

刘夫人　老爷,这这、万万使不得。

刘之章　夫人,生死存亡就在眼前,事不宜迟,你我快走!为了来日报国除奸,事到如今,你我只好弃儿逃走。

刘夫人　啊?老爷、你……你我就能如此狠心哪!儿是娘心一块肉,就是死,我也要与儿死在一起!(哭)儿啊……

刘之章　夫人哪!

　　　　(唱)　之章非是铁石心,
　　　　　　　追兵临近怎脱身?
　　　　　　　若还携儿被贼拿,
　　　　　　　刘门要断后代根。
　　　　　　　暂把娇儿异乡存,
　　　　　　　布衣百姓有好心。
　　　　　　　只要留得青山在,
　　　　　　　除奸雪恨有后人。

刘夫人　(唱)　生离死别心悲愤,
　　　　　　　欲哭无声泪纷纷。
　　　　　　　叹我儿生不逢时受煎熬,
　　　　　　　无辜受害为哪遭!
　　　　　　　盼只盼能遇好人将儿抱,
　　　　　　　抚我儿长大金榜把名标。
　　　　　　　为娘我终成冤鬼离人世,
　　　　　　　九泉下愿与我儿把灾祸消。
　　　　　　　忙将金锁寄襁褓,
　　　　　　　断肠人怎忍将儿抛!

　　　　〔刘夫人掏出一把金锁戴在婴儿项下。
　　　　〔喊声复起。

刘之章　夫人再休啼哭,待我立草血书一封,夫人快走!

　　　　〔刘之章将血书揣入婴儿怀抱,搀扶刘夫人急下。
　　　　〔柳明月内唱:
　　　　　　　春江畔榴花似火迎端阳,
　　　　〔柳明月划船拢岸,兴冲冲上。

柳明月	（接唱）明月我又喜又羞回故乡。
	一路上青山绿水惹人醉，
	彩蝶儿翩翩相依伴身旁。
	十月前相随表姨到富阳，
	学绣花巧手引线挽奇香。
	前日里爹传喜讯催儿归，
	为明月择订佳期配夫郎。
	抬头看古柳半掩喜门墙，
	急切切回家赶做嫁装。

〔阿牛背包袱、持雨伞上。

阿　牛	师妹？你可回来啦！
柳明月	阿牛哥，我爹在家吗？
阿　牛	为了给你筹办婚事，师傅过江收账去了。
柳明月	你——这是做什么去呀！
阿　牛	师妹有所不知，昨日有人捎话，我那老母身染重病、卧床不起，我已向师傅诉说回家伺奉母亲。师傅让我等你回来再走。
柳明月	既是伯母染病，自当早些动身才是。
阿　牛	师妹，饭菜我已做好热在锅中，快去吃吧。我这就告辞了。
柳明月	阿牛哥，你等等。（从包袱中取出一双新鞋）给你。
阿　牛	新鞋。
柳明月	阿牛哥！
	（唱）　平日里鞋袜衣衫妹来管，
阿　牛	（唱）　旧的未破新的添。
柳明月	（唱）　从今兄妹暂分离，
阿　牛	（唱）　隔山隔水相见难。
柳明月	（唱）　劝师兄早日托媒聘贤女，
	成家立业结凤鸾；
	这双鞋权作明月贺喜礼，
	你穿它交拜天地到百年。

阿　牛　　好,就等到那一天再穿吧,反正鞋又不会生铁锈,十年不穿坏不了。(惆怅地)哎!鸟在天上飞,鱼在水底游。连个影子都没有,这一天不知要等到何年何月呢?师妹呀!

（唱）　在你家学徒三年永难忘,
　　　　与师妹朝夕共处互相帮,

(背唱)我也曾对她生爱慕,
　　　　怎奈是胆小嘴笨口难张。
　　　　恭喜你得配好夫郎,
　　　　临别时送你银簪表心肠。

柳明月　　多谢师兄。(欲戴银簪)

阿　牛　　师妹,等你出嫁那天再戴吧。

柳明月　　我记下了。

阿　牛　　天色不早,我走了。(撑船下)

柳明月　　阿牛哥,多加保重!(远望阿牛远去,陷入甜美的沉思)我的郎君要像阿牛哥一样,该多好呵!(欲下,突然传来婴儿啼哭声,四下张望。发现婴儿,急下,抱婴儿复上)是谁把婴儿放在我家门口了?(哄孩子)嗷、嗷,好宝宝,不要哭。(四望)哎——谁把娃放在这儿了?怎么不见人?奇怪,天底下哪有这般狠心的爹娘,把娃扔下就不管了。(婴儿嚎哭不止)噢,好乖乖,喉咙都哭哑了,衣衫也湿了,甭哭了,我给你擦擦。(欲解襁褓,发现金锁、血书)这是什么?(掏出血书展示)"弃儿心何忍,国难家仇深,百拜托孤苗,且等开锁人"。呀!

（唱）　白绫赤字血未干,
　　　　一把金锁寄辛酸。
　　　　话语字字含悲愤,

我想起来了,刚才听到远方人喊马叫,定是官兵捉拿什么人!在富阳绣花之时,曾听人说朝中出了奸贼,到处捕捉杀害忠良,莫非他们……(再观血书)哎呀！是了！

（唱）　莫不是忠良蒙屈冤？

　　　　追兵提拿苦无奈，

　　　　无奈弃子到此间。

　　　　可惜明月佳期近，

　　　　老父怎能育婴男？

　　　　总不能怀抱婴儿去出嫁，

（欲放，婴儿啼哭，于心不忍）哎呀！

（唱）　倒叫明月作了难。

天哪，我一个姑娘家，该怎么办呢？

〔喊声大振。

柳明月　（唱）　忽听阵阵人声喊，

　　　　　　　怀抱婴儿速躲藏。（急下）

〔军爷率官兵上。

官　兵　报！钦犯刘之章一家三口，下落不明。

军　爷　封锁渡口，与我四下搜查！

　　　　〔切光。

第二场

〔三日后，柳明月家门前。

〔门上悬挂一块"柳记铁铺"招牌，上悬一副大红喜绸。

〔二幕前，柳二上。

柳　二　（念）　官兵到柳庄，

　　　　　　　追捕刘之章。

　　　　　　　父子无踪影，

　　　　　　　命我暗察访。

　　　　（唱）　自幼吃喝嫖赌逛，

秦腔
春江月
CHUNJIANGYUE

一份家产踢踏光。

混了个里正芝麻官,

油水不大出气长。

上边催案悬重赏,我柳二时来运转有指望。昨夜里忽见我侄女闺房之中婴儿啼哭人影晃,莫不是暗把孽种来收藏?

（唱）　我这里匆忙报官来捉拿,

到明朝纱帽戴在我头上。

〔柳二乐吱吱欲下,二婶上。

二　婶　官人!

柳　二　何事?

二　婶　今日是什么日子,你忘了?

柳　二　什么日子? 大喜日子么!

二　婶　既然知道是大喜之日,你还急匆匆朝哪儿去? 你这当叔的,侄女明月今日订亲,婆家娘舅要来送礼,还不早些准备陪伴客人。

柳　二　我公务在身,没功夫。

二　婶　这是啥话? 大哥从小将你扶养成人,你我成亲之时,他还欠下了一屁股债,待我们真是恩重如山。如今,轮到侄女办喜事,你不帮衬几个钱不说,难道连个骨肉人情都没了? 试问六亲不认,良心何在?

柳　二　（背白）什么六亲不认,只有白花花的银子最亲。

（对二婶）好、好、好,你先去我随后就到!

二　婶　你可快一点。（急下）

〔二幕启。

〔柳明月怀抱婴儿焦急地上。

柳明月　（唱）　三天光阴似三年,

怀抱婴儿心如煎。

爹爹呀,儿苦盼,

盼你等你早回还。

有心把实情去对二婶言,

二叔他知晓起祸端。

思前想后无主见，

谁能替我把忧担？

（婴儿啼，饥）嗷！宝宝饿了，我来喂你，吃吧、吃吧！

（轻轻拍，哼起摇篮曲）

天上银河长又长，

掉落地下变条江。

什么江，富春江，

水像猫眼绿汪汪。

〔阿牛上。

阿　牛　师妹！

柳明月　阿牛哥！伯母有病你怎么……

阿　牛　我母病已好转。

（唱）　师妹订亲在今朝，

我母喜得乐滔滔。

命我送来鸡蛋大红枣，

帮师父置酒把菜烧。

柳明月　爹爹到这般时候还没有回来呀！

阿　牛　不要紧，我来准备，咦，你怎么抱了个——

柳明月　嘘！轻点。（四顾无人）阿牛哥，我来告诉你。（二人悄语进屋）

〔柳老大上。

柳老大　（唱）　四乡讨账鞋跑烂，

为给女儿办妆奁。

连日在外受风寒，

虽累只觉心里甜。

明月、明月！

〔明月上。

柳明月　爹爹回来了！哎呀，你怎么了？

柳老大　不妨事，路途劳累，歇会就会好的。

柳明月　既然身体不爽，何必如此。

柳老大　儿啊！

（唱）　爹爹我当了一世打铁匠，

到头来铁锤铁砧穷叮当。

黄连拌饭将儿养，

又当爹来又当娘。

儿呀你绣花美名扬，

人夸我草窝飞出金凤凰。

到今日凤凰飞上梧桐树，

了却我心头事一桩。

告慰地下儿亲娘，

为女儿未负你一片衷肠。

柳明月　（旁唱）老爹爹与我诉衷肠，

他怎知尚有婴儿藏闺房？

一霎时宾客把门上，

婴儿哭必定起祸殃。

爹爹呀！

儿的婚嫁且莫讲，

有件事急需与爹爹作商量。

柳老大　什么事？

柳明月　爹爹，我——

（鼓乐声骤起）

柳老大　哎呀，快快回屋准备，男家送礼来了！

柳明月　爹爹！

柳老大　儿啊，有话随后讲，快去梳妆吧！（推明月下，二婶急上）

二　婶　舅老爷，请！

〔老娘舅上，柳老大迎上。

二　婶　大伯，这是新姑爷的舅老爷，特地前来送礼的。

柳老大　（作揖）有劳亲家。

老娘舅　（回礼）你我同喜。（挥手）将礼担送上！

〔家丁挑礼担上。

柳老大	（拉过二婶）弟妹,酒菜还未准备,不可慢待亲家了。
二　婶	你放心,我已经准备好了。
柳老大	我去请老二来陪客人。
二　婶	不用,他一时就来。来来来,舅老爷,里边请!
柳老大 老娘舅	亲家请!（携手同进）

〔众人随下。

〔柳二引官兵急上。

柳　二	军爷,就在这间屋子!
军　爷	你可看得明白?
柳　二	一清二楚。
军　爷	统统与我出来!

〔柳二隐退,柳老大等上,见状惊慌。

二　婶	噢!原是各位军爷到了,来得早不如来得巧,来来来,请进屋一同喝杯喜酒。
军　爷	闪开!谁是主人?
柳老大	军爷有何吩咐?
军　爷	快把你家窝藏的朝廷钦犯小孽种与我交出来!
柳老大	我这小小铁匠铺,只有我同女儿相依为命,军爷如若不信——
军　爷	与我搜!
二　婶	人家正在办喜事,可不要把喜冲了。
军　爷	休得啰嗦。
柳老大	让他搜!

〔众兵入内搜查。

众　兵	禀报军爷,不见婴孩。
军　爷	啊?里正哪里?

〔柳二上。

柳　二	小人在。
军　爷	你敢谎报军情——
柳　二	我……你听。

〔传来婴儿哭声。

军　爷　哈哈！与我拿下！

〔众兵捉婴儿上。

众　兵　婴儿藏在米缸之中。

军　爷　哼哼，小孽种！来呀！（掷婴儿于地）

众　兵　在！

军　爷　与我乱刀砍下！（众兵挥刀欲砍）

〔柳明月内呼："住手！"急上，护住婴儿。

军　爷　你是什么人？

柳老大　她是我的女儿。

军　爷　小孽种从何而来？

柳老大　这……

柳明月　他是……

军　爷　讲！

柳明月　他……他是我的……

军　爷　他是你的什么人？

柳明月　他是民女的亲生子！

众　人　（震惊）啊？

柳老大　明月！你——

柳明月　爹爹！

军　爷　一派胡言！里正！她可是你的侄女？

柳　二　正是。

军　爷　可曾出嫁？

柳　二　今日正在订亲。

军　爷　（冷笑）嘿嘿嘿，一个黄花闺女，哪来的孩子？

柳明月　军爷容禀：

　　　　（唱）　十月前绣花离家去富阳，

军　爷　难道绣花绣出私生子来了？

柳老大　明月，你——

柳明月　（唱）　儿不孝失身丧德养儿郎，

　　　　（婴儿啼哭）好孩子，让娘来抱。

军　爷　奸夫是谁？

柳明月	（唱）	奸夫他远逃他乡去流浪，
		前日我无奈返回杨柳庄。
军　爷		谁可作证？
	〔众人面面相觑。	
军　爷		谁可作证？
	〔阿牛冲上。	
阿　牛		我可作证！
军　爷		你是什么人？
阿　牛		我是柳铁匠的徒弟阿牛。
军　爷		你是怎么知道的？
阿　牛		是我亲自将她从富阳接回家的。
柳　二		阿牛，作假证可要犯斩刑的，你敢担保？
阿　牛		我敢担保！
军　爷		带走！
	〔军爷率众兵押阿牛下，柳二随下。	
老娘舅		来呀！将礼担挑回去！
柳老大		亲家！
老娘舅		冤家！
二　婶		舅老爷，你听我说……
老娘舅		亏你有脸给人说媒！（拂然下）
二　婶		舅老爷，等一等……（追下）
柳老大		明月呀！明月！
柳明月		爹爹！
柳老大		(气得猛击女儿一掌)我把你这个小贱人！
柳明月		爹爹！（跪）
柳老大	（唱）	这一阵气得我怒火难咽，
		小奴才做此事辱祖欺天。
		我只说女儿明理十八变，
		谁知你竟然变成妖狐仙。
		借名绣花偷养汉，
		抱了孽种转回还。

秦腔

春江月

CHUNJIANGYUE

柳老大一生刚强打铁汉，

岂容你败坏门风丑名传！

柳明月　爹爹！

（唱）　求爹爹暂息雷霆听儿言，

今日里遇此事突出偶然！

柳老大　你与我住口！

〔二婶愁苦上。

二　婶　大哥，这件婚事……

柳老大　怪我家教无方，出此丑事，难为弟妹了。

二　婶　你自己看吧。（递休书）

柳老大　啊？休——书！（气极吐血昏厥）

二　婶　大哥！

柳明月　爹爹！

二　婶　快扶你爹进屋，我去请郎中。（下）

〔柳明月扶柳老大欲下，柳老大挣扎甩开明月。

柳老大　你走开！我……我没有你这个女儿！（突然栽倒，气
绝）

〔暗转……

第三场

〔八年之后，柳明月家门前，枯柳寒舍，景象一派
凄凉。

〔二幕前：柳宝肩背书包擦泪上。

柳　宝　（唱）　妈妈送我把学上，

进了学堂更遭殃。

同窗骂我是野种，

耻笑殴打满身伤。

人前吞声咬紧牙，

　　　　　　　背后难忍泪汪汪。

　　　　　〔柳二迎面上。

柳　二　（唱）　为求赏银曾告密，

　　　　　　　偷鸡不着蚀了米。

　　　　　　　八年来难咽这口气，

　　　　　　（见柳宝哭泣，恶狠狠地一挥手）

　　　　　　　私生子长成小东西！

　　　　　　　眼见得大哥家产难到手，

柳　宝　二爷爷！

柳　二　谁是你家的二爷爷？野种！

柳　宝　不是就不是，做啥骂人！

柳　二　好小子，竟敢翻嘴。（打柳宝一记嘴巴）小杂种，给
　　　　我滚！

　　　　　〔柳宝哭下。

柳　二　（唱）　我这里冥思苦想打主意。

　　　　　　　闻听说阿牛今日送柴米，

　　　　　　　正是天赐好良机。

　　　　　　　自古无毒不丈夫，

　　　　　　　定叫他家破人亡断根基！（下）

　　　　　〔二幕启：柳明月背米袋，迎风踏雪上。

柳明月　（唱）　腊月北风刺骨寒，

　　　　　　　鱼米之乡遇荒年。

　　　　　　　绣针难挑千斤担，

　　　　　　　与宝儿饥一餐来饱一餐。

　　　　　　　昨日里后山借来米一碗，

　　　　　　　给我儿野菜熬粥御风寒。

　　　　　〔柳宝哭上。

柳明月　宝儿，怎么这么早就放学了！

柳　宝　我不读书了。

柳明月　啊？哎呀，看你衣破鞋脏，满脸是伤。定是不用功，
　　　　顽皮惹祸与人打架了！

柳　宝　（委屈地）谁说我不用功,顽皮惹祸来?（忍不住痛哭）

柳明月　到底为了何事?

柳　宝　（唱）　小柳宝,真晦气,
　　　　　　　　进了学堂把头低。
　　　　　　　　豪门少爷来打骂,
　　　　　　　　好比老鹰抓小鸡。
　　　　　　　　眼泪吞了一肚皮,
　　　　　　　　没爹的孩子受人欺!

柳明月　（唱）　听此言来生怒气,
　　　　　　　　欲去评理话难提。
　　　　　　　　可怜他小小年纪受人欺,
　　　　　　　　好似那钢针扎在我心里。
　　　　　　宝儿! 刚才为娘错怪你了,不要哭了,来,我给你把
　　　　　　衣衫缭一缭。（揽过宝儿为其缝补）明日我去向先
　　　　　　生求个情,求他们不要再欺侮我宝儿就是了。

柳　宝　（唱）　我好比石猴生在花果山,
　　　　　　　　出世来未见爹爹啥脸面。
　　　　　　　　我好比一叶浮萍在河湾,
　　　　　　　　到如今空长叶儿无根源。
　　　　　　　　问妈妈儿的祖宗名和姓,
　　　　　　　　问妈妈儿的亲爹在哪边?

柳明月　（唱）　宝儿把话重提起,
　　　　　　　　满腹焦愁浪花激。
　　　　　　　　日盼夜梦开锁人,
　　　　　　　　苦等八年无信音。
　　　　　　　　隐情怎向稚童提?
　　　　　　　　不提教儿受苦凄,
　　　　　　　　怕只怕风声败露被人疑。

柳　宝　（唱）　妈妈为何把头低?
　　　　　　　　几次追问她总避。

　　　　　　　莫非人言是真的？

　　　　　　　越思越想越生疑。

柳明月　（唱）　就怕我儿追根基，

　　　　　　　看见金锁生主意。

　　　　　儿啊！娘给你讲讲这金锁的来历。

柳　宝　我不听。我不听，我知道，这金锁是……

柳明月　是什么？

柳　宝　是……

柳明月　讲啊！

柳　宝　是你野男人送的臭东西！

柳明月　啊！（打宝儿一掌，柳宝痛哭）

　　　　（唱）　宝儿讲话似钢针，

　　　　　　　污言秽语泼我身。

　　　　　　　旁人耻笑犹可忍，

　　　　　　　宝儿出言太寒心。

柳　宝　（唱）　见妈妈哀哀伤痛怀悲愤，

　　　　　　　双膝跪地求娘亲。

　　　　　妈妈！妈妈！儿我再不说了，妈妈——

柳明月　我不是你的妈妈！我本来就不是……

柳　宝　妈妈！妈妈，你骂我，打我吧！（拉母亲手打自己）

柳明月　（唱）　宝儿跪地求娘亲，

　　　　　　　儿流泪来娘伤心。

　　　　　　　不怪我儿说错话，

　　　　　　　恨世俗千年偏见恶毒根。

　　　　　儿啊，起来吧。（为儿擦泪）

柳　宝　妈妈，你不要哭了。（为娘擦泪）

柳明月　（唱）　儿不是花果山上小石猴，

　　　　　　　儿不是水中浮萍无有根。

　　　　　　　为娘我本是清白绣花女，

　　　　　　　你爹爹并非是无耻人。

　　　　　　　只因他身在异乡无音讯，

待来日自有亲生开锁人。

柳　宝　妈妈,我听话,从今往后,再也不惹你生气了。(头晕)

柳明月　我儿饿坏了,妈给你做饭吃,吃了饭好早些上学用功。

柳　宝　妈,我不上学了,我要跟阿牛叔叔学打铁去,将来赚好多银子,给妈买好多好多东西。妈妈,我要养活你。

柳明月　宝儿,听娘话,你要发奋读书,叔叔那儿不要去。

柳　宝　那为啥? 你说阿牛叔叔不好么?

柳明月　他是世界上最好的好人!

柳　宝　那为啥不许我去? 平常他送东西来,你总是躲开他,这是为啥?

柳明月　不为啥!

柳　宝　不为啥,不为啥为啥又不许我去? 你说呀!

柳明月　(唱)　你不要打破沙锅问到底,
　　　　　　　　长大自知其道理。
　　　　孩子家不懂事,不要多问。听妈话,叫你不要去,就不要去!

柳　宝　妈妈,你看,阿牛叔叔来了!

〔柳明月欲下回避,阿牛持扁担上。

〔二人相对无言。

柳　宝　阿牛叔,你挑的啥东西?

阿　牛　(指)你看,干柴一担、糙米一袋。

柳　宝　你卖去呀?

阿　牛　卖给你了。师妹你看,漫地积雪,寒风刺骨,我是怕你母子冻坏了,特地送来的。

柳　宝　叔叔真好。

阿　牛　好什么,打铁叮当响,穷得响叮当。(从中取出二只饼)柳宝,给!

柳明月　阿牛哥,我不是给你讲过多次,不要再来了嘛! 可

　　　　你……

阿　牛　师妹,有件事在我心里藏了八年,比一块烧红的烙铁
　　　　还难受,打铁人讲出口来,你不要在意。

柳明月　你说吧。

阿　牛　(从怀中取出新鞋)师妹,我把它带来了。

柳明月　(忐忑不安地接过)你这是何意?

阿　牛　师妹呀!

　　　(唱)　一双布鞋两只新,
　　　　　　　师妹嘱咐牢记心。
　　　　　　　八年来天天看不够,
　　　　　　　箱底珍藏到如今。

柳明月　(唱)　为何不听妹相劝?
　　　　　　　空留布鞋误青春。

阿　牛　(唱)　今朝带它重登门,
　　　　　　　是穿是还妹定音。

柳明月　这……阿牛哥。

　　　(唱)　难忘你雪中送炭助寒贫,
　　　　　　　难忘你见义勇为作证人。
　　　　　　　八年来一片痴情未启齿,
　　　　　　　好似一纸糊灯笼明在心。
　　　　　　　奉劝你是非之地莫久存,
　　　　　　　早一日成家展翅入凌云。

阿　牛　师妹呀。

　　　(唱)　如今我高堂老母已故去,
　　　　　　　如今我孤炉冷灶独一人。
　　　　　　　咱兄妹说亲又非亲,
　　　　　　　污言早已飞出村。
　　　　　　　倘蒙师妹不嫌弃,
　　　　　　　挺起腰杆横条心。
　　　　　　　门首贴上红双喜,
　　　　　　　师兄师妹来联姻。

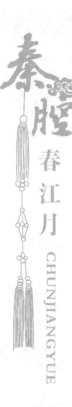

秦腔 春江月 CHUNJIANGYUE

　　　　　　　　任凭风雪漫天过，
　　　　　　　　茅屋炉火自生春！

柳明月　（唱）　我早向苍天起誓愿，
　　　　　　　　黑锅压顶自承担。
　　　　　　　　金锁不开人不嫁，
　　　　　　　　还望师兄另打算。

阿　牛　（唱）　阿牛早知妹心愿，
　　　　　　　　情愿等到那一天。

柳明月　（唱）　他爹娘八年不见面，

阿　牛　（唱）　再等八年我心甘。

柳明月　（唱）　三春严寒容易度，
　　　　　　　　十年无音怎了然。

阿　牛　（唱）　哪怕两鬓白霜染，
　　　　　　　　情愿等妹到百年！

柳明月　阿牛哥！
　　　　（唱）　莫叫新鞋污尘染，
　　　　　　　　好好收藏在身边。
　　　　　　　　但等那锁开之日儿团圆，
　　　　　　　　哥穿新鞋迎妹还。

阿　牛　好师妹！
　　　　〔柳宝上。

柳　宝　妈妈，饼子烤热了，快来吃。

柳明月　我儿吃吧，妈妈烧粥，今天让叔叔在咱家中吃饭。
　　　　（下）

柳　宝　叔叔，快进屋去。（拉阿牛进屋下）
　　　　〔柳二上。向后招手，打手甲、乙执绳索、黑布上。

柳　二　捉奸捉双。你二人先将奸夫带走，然后再来收拾
　　　　女的。
　　　　〔二打手藏于门后。阿牛挑水担出，被打手击昏，捆
　　　　体拖下。
　　　　〔二婶匆匆上。

二　婶　明月,大事不好了!

柳明月　何事惊慌?

二　婶　你二叔他……嗨,他这该千刀万剐的,说是阿牛与你通奸,刚才带人把阿牛逮走了。

柳明月　(震惊)啊?阿牛哥!(欲追)

二　婶　去不得,(一把拉住明月)孩子,你二叔马上还要带人来抓你,他已把你卖给妓院了。

柳明月　啊?我……我与他们拼了!

二　婶　你一个弱女子,岂能敌得豺狼打手,此去不是自投罗网么?若遭不测,可怜的宝儿谁来抚养?事不宜迟,你带孩子从后门速快逃命去吧!

　　　　(唱)　离乡此去路无尽,

　　　　　　　饥寒冷暖多操心。

　　　　　　　这是一点散碎银,

　　　　　　　你且把它带在身。

　　　　　　　举目无亲多保重,

　　　　　　　抚养宝儿早成人。

柳明月　多谢二婶。(欲跪)

二　婶　快走吧!(赠碎银,拉柳明月进屋下)

　　　　〔二打手上。打门,无人回应,破门而入将二婶用黑布蒙头拖出。

二　婶　强盗,放开我!

打　手　哼,到了妓院自然会放你的!走!(押二婶下)

第四场

　　　　〔距一场十八年后,宰相府华堂。

　　　　〔二幕前:衙役开道,柳宝锦袍官花翩翩上。

柳　宝　(唱)　京华处处春色新,

笑迎蟾宫折桂人。
金殿御宴不敢醉,
长街夸官暗担心。
处处提防多谨慎,
谦恭俭让不敢尊。
我本是被人唾骂私生子,
出世来只有亲娘无父亲。
为求功名把京进,
改名换姓报宗亲。
战兢兢瞒过考官众翰林,
暗庆幸搁滩鲤鱼跳龙门。

人役们!挽轿把相府进,拜谢恩师刘大人。

〔众衙役引柳宝下。

〔二幕启:鼓乐声中,丫环们捧果品等过场。

〔柳二锦衣上。

柳　　二　　有请夫人。

〔刘之章、刘夫人上。

刘之章　（念）　乌云终开日重光,
　　　　　　　　官复一品伴朝堂。

刘夫人　（念）　奸佞剔除感圣明,
　　　　　　　　每思娇儿暗忧伤!

柳　　二　　启禀大人,新科状元牛大人登门拜见!

刘之章　快快有请!

柳　　二　　快快有请!

家　　人　　牛大人,有请!（下）

刘之章　柳恩公,酒宴可曾齐备?

柳　　二　　启禀大人,万事俱备。

刘之章　你再查看仔细。

柳　　二　　是!（下）

〔柳宝上。

柳　　宝　　学生牛宝,此番春闱及弟、金榜题名,全仗刘大人教

诲,恩师在上,且受学生一拜!(礼拜)

刘之章　贤契请起。

柳　宝　谢过恩公。

刘夫人　状元公请坐。

柳　宝　谢过夫人。

〔三人入座。

刘之章　(唱)　贤契年少学有方,
　　　　　　　　才华横溢气宇昂。
　　　　　　　　落笔成章惊四座,
　　　　　　　　我朝喜得一栋梁。

柳　宝　(唱)　恩师之言太过奖,
　　　　　　　　还望赐教多相帮。
　　　　　　　　愿效先辈报国志,
　　　　　　　　社稷安危岂敢忘。

刘夫人　(唱)　细观这位状元郎,
　　　　　　　　似曾相识在何方?
　　　　　　　　他与老爷年少时,
　　　　　　　　音容笑貌同一双。
　　　　　　　　莫不是苍天把福降,
　　　　　　　　我儿他死里逃生回家乡?

刘之章　(唱)　你真是老眼昏花生痴望,
　　　　　　　　念子心切胡思量。

柳　宝　(唱)　老夫人两眼出神将我望,
　　　　　　　　看得我如坐针毡心惊慌。
　　　　　　　　莫非她知晓我是冒名人,
　　　　　　　　此时刻隐而不发待时光?

刘之章　夫人!

刘夫人　状元公,请用茶。

柳　宝　谢过恩师、老夫人。

刘夫人　(唱)　我这里投石问路解迷障,
　　　　　　　　摸根基不露声色问短长。

秦腔
春江月
CHUNJIANGYUE

柳　宝	（唱）　我这里权且装作无事样，
	顺其意巧言答对把她搪。

柳　宝　（唱）　我这里权且装作无事样，
　　　　　　　　顺其意巧言答对把她搪。

刘夫人　不知状元公今年贵庚多少？

柳　宝　虚度年华十八岁。

刘夫人　可是正月初五子时生？

柳　宝　是……

刘夫人　是也不是？

柳　宝　这个嘛……回禀老夫人，学生疏忽，这生辰八字，从来未问过二老爹娘。

刘夫人　状元公家住何方？高堂二老安在？

柳　宝　（唱）　学生出世牛家庄，
　　　　　　　　荒年逃难走四方。
　　　　　　　　父亲早亡母健在，
　　　　　　　　她吃斋念佛绣花度日在庵堂。

刘夫人　（唱）　你可是你娘亲生养？

柳　宝　（唱）　她本是我的亲生娘。

刘夫人　（恍惚地）不是的？

柳　宝　是的，学生不敢谎说。

刘之章　啊呀夫人，他是新科贵人状元公！（对柳宝）贤契不必介意，只因早年老夫遭贼陷害，祸殃九族，逃亡途中，舍弃爱子。至今不曾查明下落，生死未卜，夫人为此伤悲过度，但是与儿同龄之人，总是盘根究底。

柳　宝　（如释重负）原来如此。老夫人，请不必伤悲，只要细细寻访，你母子定会团聚。学生虽非老夫人亲生，从今之后敬你如同亲生母亲一样。

刘之章　诚感状元公一番美意。

柳　宝　师母在上，请受学生一拜。

刘夫人　快快请起。

〔柳二上。

柳　二　启禀老爷，酒宴齐备。

刘之章
刘夫人　贤契请！

柳　宝		恩师、师母请！
		〔刘之章、刘夫人下。
柳　二		牛大人。请！
		〔柳宝行了两步,猛然转身,与柳二相对凝视惊异。
柳　宝 柳　二		啊？怎么是他？
柳　宝		是你——
柳　二		小人乃相府总管。
柳　宝	(冷笑)	嘿嘿嘿嘿！
	（唱）	好一个相府大总管,
		原来是柳二在面前。
柳　二	（唱）	好一个新科牛状元,
		原来是柳宝在人间。
柳　宝	（唱）	他为何混入相府院？
		其中必定有奇缘！
柳　二	（唱）	他为何大难未死人健在？
		竟然敢以假充真瞒考官！
柳　宝	（唱）	他还是当年丑态形未变,
		不由我阵阵怒火烧胸间！
柳　二	（唱）	倘若还水落石出父子会,
		柳二我命在旦夕间。
柳　宝	（唱）	剥画皮让他原形现！
柳　二	（唱）	软硬兼施巧周旋！
柳　宝		柳二！
柳　二		想不到你一身荣贵,还认得你二爷爷！
柳　宝		你以为藏匿丑行,离开故土,改了袍服,混入相府,别人就认不出你来了么？
柳　二		你以为改名换姓、谎报门庭、头戴乌纱、足登朝靴,就能够掩过世人耳目了么？
柳　宝		此话何意？
柳　二		你心里明白！
柳　宝		大胆！你以为我还是十年前的柳宝么？今朝落入我

手,岂能轻饶与你。来!

柳　二　（大声回应）来啦!你以为我还是从前的柳二么?当年被你母子蒙混,害我吃了不少苦头,今日身在相府,岂能任你宰割!

柳　宝　今日我要禀明恩师,拿你治罪!

柳　二　问我什么罪?

柳　宝　勾结奸贼,捕杀忠良之后,乘人之危,霸田占产,陷害阿牛。逼死妻室,欲卖侄女为娼,难道不是事实?

柳　二　此事你从何知晓?又有何人为证?

柳　宝　是我亲身所历,母亲柳明月为证!

柳　二　那么,请问状元公,你母亲是什么人?我又是你的什么人?

柳　宝　这……

柳　二　你家姓柳,你为何姓牛?

柳　宝　这……

柳　二　一个入了另册的私生子,竟敢谎报假姓,欺君罔上,混入朝班,该当何罪!

柳　宝　这……

柳　二　这……倘若声张出去,岂不露了你的庐山真面目么?

　　　　〔柳宝大惊失色,浑身颤抖……

柳　二　到了那时,可就由不得你了。朝廷一旦知晓,万岁爷降下罪来,将你凌迟刀剐莫要说起,就连你的恩师刘大人,也逃脱不了干系。少不得打掉乌纱、下入大牢,状元公,何去何从,你自裁吧!

柳　宝　啊呀!

　　（唱）　看起来我的底细再难隐,

　　　　　　柳二他句句要挟藏祸心。

　　　　　　只道是隐姓更名人不晓,

　　　　　　哪料到狭路偏逢对头人!

　　　　　　我若将贼罪来问,

　　　　　　大祸顷刻要临身!

我丢乌纱事虽小，
株连恩师忠良臣。
我若不雪昔年耻，
有负母亲教诲恩！
左难右难难决论，
进退维谷乱了神。

柳　二　宝儿！
　　　　（唱）　我心肠并非铁石炼，
　　　　　　　　官场中人情世故自了然。
　　　　　　　　你不仁休怪我无义，
　　　　　　　　你有情我当报恩还。
　　　　　　　　只要你一笔勾销旧仇怨，
　　　　　　　　咱爷孙太平无事两相安。

柳　宝　（唱）　打落门牙肚里咽，
　　　　　　　　有兴而来郁闷还。（欲下）

柳　二　状元公,哪里去？

柳　宝　打轿回府！

柳　二　且慢！相爷正在花园等你赴宴,说不定还要收你做
　　　　他义女的新姑爷呢！

柳　宝　这……

柳　二　状元公,请！
　　　　〔柳二推柳宝下。

第五场

〔接前场,月夜。紫竹庵、厢房。
〔清风明月,修竹弄影,青灯长明。
〔幕后伴唱：
　　　　清风明月相依伴,

修竹萧瑟过尼庵。

可叹她窈窕黄花女，

十八年春蚕舞丝白发添！

〔柳明月挣扎上，强忍病痛，坐在绣架前。

柳明月　（唱）　每日里拈银针心乱如麻，

望明月心驰往飞到京华。

柳宝儿去赴考娘心牵挂，

屈指算三月余不见回还。

我每日祈神灵奉点香蜡，

梦见儿登金榜夸官插花。

思想起十八年漂流天涯，

受尽苦栖尼庵教儿奋发。

夜来伴儿勤刺绣，

日来长街去卖花。

儿求功名合娘意，

唯愿儿继承父志忠心报国展才华！

〔柳宝微服郁郁上。

柳明月　宝儿？

柳　宝　母亲！

柳明月　果是我儿回来了！

〔柳宝扶母入内。

柳明月　快快告知为娘，我儿进京赴考，金榜可曾题名？

柳　宝　孩儿已高中头名状元。

柳明月　你不要欺哄为娘，我儿既已高中，为何未曾加官插花，只身一人归来？

柳　宝　母亲不知，孩儿乃是微服出来，特来探望母亲的。

柳明月　此话当真？

柳　宝　儿何时哄过母亲！

柳明月　娘的儿！（昏厥）

柳　宝　母亲醒得、母亲醒得！

柳明月　（唱）　听说我儿得高中，

明月恍如在水中。
感谢苍天谢神灵，
十八年心血今有终！（拭泪）

柳　宝　母亲，孩儿有事请求母亲。

柳明月　我儿只管言明。

柳　宝　孩儿今科虽然得中功名，可是我……

柳明月　你怎么样？

柳　宝　我不想坐官了！

柳明月　这却是为何？

柳　宝　儿我宁愿回到紫竹庵侍奉母亲！

柳明月　这有何难？明日为娘随我儿进府，有此孝心，早晚侍
　　　　奉也就是了。

柳　宝　儿我决意不坐官了！

柳明月　好糊涂的儿啊！

柳　宝　母亲容禀了！

　　（唱）　孩儿我若要为官把忠尽，
　　　　　　儿就得舍弃高堂好娘亲。
　　　　　　眼前事两者不能相共存，
　　　　　　儿已是不忠不孝戴罪人。

柳明月　到底为了何事？速与母亲讲个明白！

柳　宝　母亲啊！

　　（唱）　遵母训儿去赴考把京进，
　　　　　　方知晓科场戒律好严森。
　　　　　　儿无父本是列入另册人，
　　　　　　若实报永难应试枉负薪。
　　　　　　万般无奈儿改姓，
　　　　　　谎称牛宝是家门。
　　　　　　虽然瞒过众翰林，
　　　　　　消息走露罪欺君！

柳明月　（唱）　宝儿与我讲明因，
　　　　　　　　冷水浇头凉在心！

也罢！

苦泪再多能吞忍，

啊！　要为我儿绝祸根。

儿中状元如竹笋，

莫为此事来担心。

为娘自有安身处，

你只管展翅入青云！

柳　宝　（唱）　自古伴君如伴虎，

难免疏漏失龙恩。

倘若他日被人告，

有负娘亲一片心。

孩儿意决弃仕途，

誓与母亲共清贫！

柳明月　（唱）　男儿贵在志凌云，

怎可荒废毁青春？

柳　宝　（唱）　哀求母亲将儿留，

何必坐官不由身？

柳明月　（唱）　求功名为保社稷为黎民，

并非为己来荣身。

你若执拗负娘意，

我愿落发入空门。

柳　宝　（唱）　你若为尼儿立死，

儿不坐官要母亲！

柳明月　（唱）　你不是我的亲骨肉，

十八年深埋心中将儿瞒。

你本是忠良后代男，

你父母难中托孤春江边。

我本应把真情对你讲，

又怕你年幼失口命难全。

我每日都在盼等儿亲眷，

风雪里携儿走遍大江南。

忍凌辱我把泪水肚中咽，
为的是我儿能够有今天。
纵然你亲生二老早下世，
也告慰托孤亡魂在九泉。
你带上金锁查访勤打探，
儿爹娘若还在世定团圆。
到那时奏明圣上求赦免，
万岁爷一定会大开龙颜！

柳　宝　（唱）　娘又把金锁提当面，
　　　　　　　谎称道生父忠良不一般。
　　　　　　　我父他空留金锁黄鹤去，
　　　　　　　害我母子受熬煎。
　　　　　　　娘你莫再将儿骗，
　　　　　　　我愿奉娘到百年！

　　　　　　〔家人上。

家　人　启禀老爷。

柳　宝　何事？

家　人　刘大人拜托王大人过府,前来替他义女说媒联亲,请
　　　　老爷速快回府。

柳　宝　这个……

柳明月　此乃神明天意,成儿婚姻大事,双喜临门。为娘把多
　　　　年精绣的春江托孤图送于相爷……

柳　宝　我……母亲！

柳明月　嗯！

柳　宝　谨遵母亲！

柳明月　(给图)去吧！(柳宝接图下)观见宝儿神情恍惚,我
　　　　何不暗地随儿进京帮他寻找生身父母便了！

第六场

〔数日后,相府华堂。

〔幕启:刘之章上。

刘之章　（念）　状元过府来拜见,

　　　　　　　　才华横溢美少年。

那日状元公过府,夫人一见十分喜爱,一心要为义女联姻,老夫人也有此意,已托王大人说媒联姻,但愿天遂人愿,哈哈哈……

〔柳二上。

柳　二　启禀大人,新科状元牛大人前来纳聘。

刘之章　快快迎请!

柳　二　奏乐!

〔喜乐起。

柳　二　有请牛大人哪!

〔柳宝持绣轴郁郁上。

柳　宝　（唱）　惴惴不安来纳聘,

　　　　　　　　但愿早了事一宗。

恩师在上,请受学生一拜。

刘之章　嗯!

柳　宝　岳父在上,请受小婿一拜。（礼拜）

刘之章　哈哈哈,贤婿免礼,快快坐了。

柳　宝　谢坐。启禀恩师——

刘之章　哎哎哎,怎么又糊涂了?

柳　宝　启禀岳父大人,只因小婿孤身进京,连日拜访文武百官,无暇顾及置办彩礼,多有不恭。身边唯有家珍绣轴一卷,权作聘礼信物,聊表情意,大人若不见怪,还望笑纳。

刘之章　精诚所至,金石为开。贤婿家珍贵之物,岂有不受之理? 这是柳恩公,快快悬挂中堂。

柳　二　是。(持绣轴下)

〔巨幅绣轴,落地展绽,细观之,乃是当年刘之章夫妇落难时春江渡口托孤画面。

刘之章　(震惊,脱口而出)《春江托孤图》!

（唱）　锦绣图景好蹊跷,

　　　　恰似当年托孤苗。

　　　　富春江畔晚风啸,

　　　　杨柳树下置襁褓。

　　　　一把金锁项上戴,

　　　　血书一片胸前飘。

（念）　弃儿心何忍,

　　　　国难家仇深。

　　　　百拜托孤苗,

　　　　且等开锁人。

哎呀!

（唱）　果是老夫心血草,

　　　　旧景重现在今朝。

　　　　多年查访儿无讯,

　　　　绣图之人她怎知道?

柳恩公!

〔柳二上。

柳　二　大人有何差遣?

刘之章　说是你来看! 图中故事,你可知晓?

柳　二　(观图)小人不大明白。

刘之章　所言正是老夫当年托孤之真情。

柳　二　啊?!

刘之章　柳恩公,你不是言讲,此事只有你夫妻二人知晓么?

柳　二　我讲的全是实情呀。

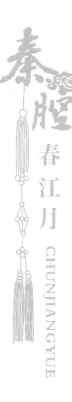

393

刘之章　那么这绣娘她是何人？莫非就是恩公之妻么？

柳　二　我看差不离。

刘之章　贤婿，此物何人所绣？

柳　宝　一个民间女子绣花娘。

刘之章　她姓甚名谁？

柳　宝　这……小婿不知。

刘之章　此人今在何处？你快快讲来呀！

柳　宝　（唱）　大人穷追问根芽，

　　　　　　　　柳二在场难回答。

　　　　　　　　有心讲出实情话，

　　　　　　　　必然出事把案发。

　　　　　　　　有心不讲娘所绣，

　　　　　　　　相爷起疑要追查。

柳　二　（唱）　我冒充当年抚孤人，

　　　　　　　　相爷见图细查根。

　　　　　　　　倘若唤来明月问，

　　　　　　　　眼看大祸要临身！

刘之章　（唱）　贤婿为何不回话？

　　　　　　　　恩公搪塞来回答。

　　　　　　　　莫非与图有牵挂，

　　　　　　　　我还须仔细来盘查。

　　　　　　　绣花娘现在何处，快快告知老夫！

柳　宝　回禀大人，她……她在……

刘之章　在什么地方？

柳　宝　现在郊外紫竹庵。

刘之章　作速打轿，与我请进府来！

柳　宝　这……

柳　二　启禀大人，姑爷前来纳聘相亲多有不便，此妇想必正是小人贱内并未可知，待我前去一观，将她接来相府。

刘之章　如此甚好，你速前去！

柳　二　　是！（急下）

柳　宝　　哎呀不好！

　　　　　（唱）　柳二前去紫竹庵，

　　　　　　　　　相逢难免起祸因。

　　　　　　　　　万般无奈诉实情，

　　　　　　刘大人！

　　　　　　　　　绣娘本是我母亲！

刘之章　　你为何早不言讲？观你心神不定，想必怀揣苦衷？

柳　宝　　求大人恕罪！（跪）

刘之章　　但讲无妨。

柳　宝　　大人，学生家母乃柳二之侄女，十年前柳二霸我家
　　　　　　产，欲卖我母柳明月为娼，多亏二奶奶搭救，母子才
　　　　　　得以脱逃。此人今番前去紫竹庵，若见我母，必生
　　　　　　恶念，望大人搭救才是。

刘之章　　你家姓柳，你为何姓牛？

柳　宝　　哎呀大人，学生乃私生子，是我为了功名改名换姓，欺哄
　　　　　　恩师，此事被柳二抓住把柄，要挟学生，因之隐瞒至今。

刘之章　　你待怎讲？

柳　宝　　学生明知犯下欺君大罪，万望恩师搭救我母，我愿面
　　　　　　君请罪，死而无憾，决不连累恩师。

刘之章　　你不是你娘所生！

柳　宝　　我是我娘亲生！

刘之章　　你速将你娘与我接进府来！

柳　宝　　遵命！

第七场

〔接前场，相府。

〔二幕前，阿牛内唱：

步履艰辛路漫漫,

〔阿牛背包袱,抗风顶雨,持伞上。

阿　牛　（唱）　恨柳二诬我通奸太屈冤。

八年苦役肝肠断,

辛遇大赦见青天。

归来不见明月面,

她母子不知在哪边?

且上京城去打探,

找不见明月不回还!（欲下）

〔柳二上。

柳　二　（念）　冒名顶替已败露,

眼看大祸要临头。

一不做,二不休,

杀了明月才罢休!

〔官兵内吼:"哪里走——"

阿　牛　啊!官府又在抓人!

〔柳二仓惶逃上。

官府抓人,快躲起来!

〔阿牛拉柳二隐藏,以伞遮挡,官兵追踪上,复下。

柳　二　多谢壮士救命之恩。（跪拜）

阿　牛　快快请起。

〔二人相见,一惊。

柳　二　啊!你是阿牛?

阿　牛　原来是你!

柳　二　（跪求）阿牛,当初是我一时糊涂,你就饶了我吧。

阿　牛　我且问你,明月母子,十年前被你逼到哪里去了?

柳　二　我……我不知道。

阿　牛　今日不讲实话,我就宰了你!

柳　二　饶命啊!我说说。

阿　牛　快讲!

柳　二　十年前明月携带宝儿离开杨柳庄,流落异乡,如今栖身紫竹庵,柳宝已经中了状元。

阿　牛　你因何到此?

柳　二　不瞒你说,自从明月走后,五年前当朝宰相刘大人官复原职前来认子,我冒名顶替进了相府,没想到柳宝成了相爷乘龙快婿,将明月所绣之《春江托孤图》作为聘礼献上,刘大人一见,要招明月入府查问,眼见事情败露,为了灭口,我只好——

阿　牛　怎么样?

柳　二　潜入紫竹庵……

阿　牛　杀害柳明月!

柳　二　全怪我一时糊涂!如能放我一条生路(从怀中掏出包裹),我愿将这三百两黄金全部送给你。

阿　牛　哼!你带我速去紫竹庵,走!(押柳二下)
　　　　〔二幕启,春燕上。

春　燕　状元公,里边请!
　　　　〔柳宝扶柳明月上。

春　燕　有请老爷、夫人!状元公、柳夫人到!
　　　　〔刘之章、刘夫人急上。

柳　宝　岳父、岳母大人,这是家母。

柳明月　贫妇叩见大人!(欲拜)

刘夫人　(急扶)夫人请起,快快请坐。

柳明月　不知大人传唤贫妇,有何见教?

刘之章　敢问夫人,《春江托孤图》可是夫人亲手所绣?

柳明月　正是贫妇所绣。

刘之章　图中所绣事情,可是你亲身所见?

柳明月　正是我亲身所见。

刘之章　血书现在何处?

柳明月　(递血书)请大人过目。

刘之章　(惊喜地)正是下官手书!

刘夫人　金锁安在?

柳明月　孤儿身藏。

刘之章 刘夫人	他……他今在何方？
柳明月	就在眼前。
柳　宝	（递上金锁）金锁在此。
	〔刘之章掏出钥匙，打开金锁，众皆惊喜。
柳明月	（唱）　柳明月十八载一腔痴愿，
	喜今日金锁开朝霞满天。
	走上前将宝儿一声呼唤，
	宝儿啊！
	这是儿亲爹娘站立面前！
柳　宝	这是真的？
柳明月	是真的。
刘之章 刘夫人	儿啊……
柳　宝	母亲——
刘夫人	不！宝儿，你虽是为娘所生，可她，才是养育我儿成 人的真正的母亲哪！（推柳宝走向柳明月）
柳　宝	母亲——
柳明月 刘夫人	刘夫人 柳夫人，宝儿在唤你哩！
柳　宝	哎呀，母亲，孩儿我跪拜了！
	〔柳明月、刘夫人同搀柳宝。
柳明月 刘夫人	我儿快快起来。
柳明月	恭喜你一家骨肉团圆，十八年来悬在我心上的千斤 石头也放下了，如此我就告辞了。
刘之章	恩人，万万不能走！
刘夫人	从今之后，你我如同姐妹一般，共享荣华、颐养天年。
柳明月	夫人好意，我心领了。
柳　宝	母亲。
柳明月	宝儿，你可记得，杨柳庄上有我爹爹坟墓，你那阿牛 叔至今生死不明，为娘我……

（唱）　为娘我并非无有母子情，
　　　　日夜间怀念亲人有苦衷。
　　　　睡梦中常见故乡春江月，
　　　　似唤我游子归去上坟茔。
　　　　娘愿儿为国为民要廉正，
　　　　对双亲膝下孝敬百年终！（欲下）

柳　宝　母亲！娘啊！（跪拜）
（唱）　双膝跪地喊娘亲，
　　　　一声娘亲泪淋淋！
　　　　多少往事心头起，
　　　　娘的恩情比海深！
　　　　十八年前在柳荫下，
　　　　是娘你将儿抱回家。
　　　　你为我未曾出嫁先做娘，
　　　　调食喂水受苦辛。
　　　　娘啊娘，定亲佳期乌云起，
　　　　柳二告密要杀身。
　　　　你为我当众来把私生认，
　　　　才免儿一命未归阴。
　　　　娘啊娘认儿毁你清白体，
　　　　招来休书断婚姻。
　　　　你为我气死慈父目难瞑，
　　　　丢下你孤女无有亲。
　　　　娘啊娘柳二霸产将你卖，
　　　　你带儿逃命十冬春。
　　　　你为我荒庵苦熬罪受尽，
　　　　夜夜抱病拈绣针。
　　　　你为我寒冬腊月盖破被，
　　　　十载新衣未上身。
　　　　你为我苦读诗书能温饱，
　　　　节俭自食苦菜根。

　　　　　　　你为我长大早成人，
　　　　　　　耽误闺阁十八春。
　　　　　　　你为我半生心血全熬尽，
　　　　　　　两鬓霜雪看得真。
　　　　　　　到如今儿中高官娘退隐，
　　　　　　　我怎能找见亲生失娘亲。
　　　　　　　我不是你生胜亲生，
　　　　　　　儿死不放娘离身。

刘夫人　恩人，一十八载你含辛茹苦，抚养宝儿长大成人，若
　　　　不是你焉有今日，你就留下吧！
刘之章　如其不然，我二老与你跪倒了。（跪）
柳明月　（唱）　宝儿跪地诉衷情，
　　　　　　　肝肠欲断难出声。
　　　　　　　老爷夫人苦相告，
　　　　　　　暂忍隐痛留府中。

柳明月　宝儿！
柳　宝　母亲！
刘之章
刘夫人　恩人！（跪）
柳明月　快快请起。
　　　　〔家人上。
家　人　启禀老爷，凶犯柳二已经被人拿到。
刘之章　何人所拿？
家　人　一位不吐名姓的壮士。
刘之章　传他进来，下官当面酬劳！
家　人　是。（下）
　　　　〔春燕上。
刘之章　恩人且请下边更衣赴宴，下官随后就到。
刘夫人　恩人请！
柳　宝　母亲请！
　　　　〔二人搀扶柳明月下，家人引阿牛上。
家　人　这一壮士，快来拜过刘大人。

400

阿　牛	小民拜见刘大人。(礼拜)
刘之章	壮士请起。你是如何拿得凶犯的?
阿　牛	官兵追赶捉拿,是他撞在小人手中的。
刘之章	你何缘知晓他是凶犯?
阿　牛	小人与此贼柳二,有不共戴天的冤仇!
刘之章	你且讲来。
阿　牛	十年前,小人无辜被他陷害充军八年,今日他又行凶 杀害小人师妹,因之擒拿,欲报深仇。
刘之章	你师妹名叫什么?
阿　牛	柳明月。
刘之章	啊!柳明月,你叫阿牛?
阿　牛	正是小民。
刘之章	哎呀!好蹊跷啊,来人,有请柳夫人!
家　人	有请柳夫人!
	〔柳明月盛装上。
刘之章	恩人请坐,你来看,他是何人?
柳明月	(惊喜地)阿牛哥?!
阿　牛	(吓了一跳)擦眼辨认。
	你、你是——
柳明月	你认不得我了?
阿　牛	你是师妹?
柳明月	阿牛哥!
	〔刘之章挥手家人下,刘之章隐退。
阿　牛	师妹!
柳明月	阿牛哥!宝儿已中状元,刘大人就是他生身父。
阿　牛	(唱)　喜师妹今日苦变甜, 　　　不枉你含辛茹苦十八年!
柳明月	(唱)　从今后悲泪换欢颜,
阿　牛	(唱)　我面带笑容心里酸!
柳明月	阿牛哥,你怎么了?
阿　牛	没什么,师妹,柳二已让我拿住,相爷将他打入大牢了。

柳明月　可怜二婶不知身在何处……

阿　牛　二婶被逮进妓院,她宁死不从,跳江自尽了。

柳明月　但愿她在天之灵,知有今日。

阿　牛　是啊,明月妹(急改口),不,柳夫人,看到你和宝儿
　　　　能有今天我就心满意足了。

柳明月　我去唤宝儿出来! 你等等。(下)

　　　　〔阿牛看鞋思忆,放桌上,痛下。

　　　　〔柳明月上。

柳明月　阿牛哥! (暗转)

　　　　〔阿牛上。

阿　牛　(唱)　离了相府出京城,

　　　　　　　茫茫大地任我行。

　　　　　　　今日幸遇亲人面,

　　　　　　　儿尊娘贵乐融融。

　　　　　　　了结阿牛苦心愿,

　　　　　　　回家打铁赶路程。

　　　　〔柳明月上。

柳明月　阿牛哥!

阿　牛　你来作甚?

柳明月　我来给你送一样东西。

阿　牛　鞋!

柳明月　(插戴凤簪,手指头对阿牛)你看好吗?

阿　牛　好! (阿牛穿鞋,二人拉手欲走)咱们回!

柳明月　走这儿!

　　　　〔二人上台阶,拥抱。

　　　　〔剪影、天色现月。

—— 剧　终

演出单位

西安市五一剧团

密建游宫

根据越剧《金银轿》移植

郑宗义　移植

西安秦腔剧本精编

剧情简介

　　春秋末期,诸侯争雄。秦王以强凌弱,妄图吞并十七国诸侯,楚国大将伍子胥智破阴谋,在临潼斗宝大会上力显奇能,镇服秦国。为缔结两国联盟,熄灭战火,秦将公主吴香配与楚少主密建为妻,并进献美女以充楚王妃嫔。

　　荒淫无道的楚王,闻吴香貌美绝伦,意欲霸之。奸臣费无极进馋献策,李代桃僵,以假乱真,将吴香骗入章华西宫献与楚王,将秦女马昭仪换给密建成婚。

　　贤淑善良的吴香蒙冤受屈,痛不欲生,为免两国干戈,饮泣忍辱三载。一日,密建游宫,吴香表述衷肠,楚王恼羞成怒,当殿刺杀伍奢,将吴香打入冷宫,将密建绑出朝门问斩。

　　奋扬将军救出密建,潜入冷宫,杀死费无极,欲救吴香、马昭仪,吴香见奸臣已死,密建觉醒,自刎辞世。

《西安秦腔剧本精编》 QINQIANGJUBENJINGBIAN

场　目

人 物 表

吴　香	秦襄公之长妹,本名孟嬴
马昭仪	吴香公主侍女
密　建	楚国太子
伍子胥	楚国将军,安国君
伍　奢	伍子胥之父,楚国令尹,太子太师
奋　扬	城父司马
楚平王	楚国国王
费无极	楚国大夫,太子少师
鄢将师	右领
太　监	
宫　女	
武　兵	士　将

第一场 贺 功

〔春秋末期。

〔楚国郢都、金殿。

〔幕启:费无极上。

费无极 摆宴!

〔宴乐起,宫女鱼贯上,排宴;武士上;伍奢、伍子胥、
奋扬、鄢将师上。

费无极 有请大王!

〔太监、宫娥引楚平王上。

楚平王 (念) 临潼得胜声威震,

十七国诸侯我为尊,

春风得意凯旋归,

金殿设宴庆功臣。

〔众臣朝拜。

楚平王 众爱卿平身。

众 臣 谢大王!

楚平王 想那西秦,自恃强大,目空海内,暗定奸谋,在临潼关
摆下斗宝大会,名为斗宝,暗伏军将,妄想一举吞并
十七国诸侯。到头来只落得画虎不成反类犬,哈哈
哈哈,堂堂秦国只得向我大楚认输。临潼得胜实乃
子胥之功也。伍子胥!

伍子胥 臣在。

楚平王 (唱) 孤封你神勇无敌安国君,

赐爱卿百匹彩缎万两金。

在朝班永世执掌明辅印,

孤王我当殿敬你酒一樽。

费无极	（献媚地）大王，让为臣代劳了吧。（递酒）
伍子胥	谢大王。（一饮而尽）
费无极	临潼得胜，救出十七国诸侯，全凭伍将军之神勇，堪称盖世奇功。一则仰赖大王洪福，二则亦是老令尹家教有方啊。
伍　奢	小儿微小之功，何足挂齿。
奋　扬	费大人言之有理，自古道：一国之中，无兵不强，无将必亡。谋臣良将乃奠国之基。少将军随大王临潼赴会，临危不惧，衣下搜利刃，力举千斤鼎，惊遏群寇，威压强秦，救出十七国诸侯，真算是肩荷天下安危重任，手握宇宙苍生命运，实实可喜可贺。伍将军，来，请饮一樽。
伍子胥	今日盛会，举国欢腾，万民庆幸，列位大人同饮！
	〔众饮酒。
费无极	启奏大王，就此盛宴同乐，何不将各国所进献宝物呈出，让臣等一开眼界。
楚平王	甚好。
太　监	呈宝上来！
	〔宫女呈宝进献上。
楚平王	（唱）　燕国进赤兔马慓悍骏强，
	鲁国赠玉宝琴盖世无双。
	卫国的美金冠珠玑闪亮，
	齐国赠太公宝符兵书战策内里藏。
	赵魏韩郑不相让，
	感恩拥戴倾私囊。
	秦王他临潼战败无奈求和赐礼让，
	当面允亲嫁红妆。
	〔太监上。内喊："殿下宫外候旨！"
太　监	启禀大王，殿下巡视城门归来，现在宫外候旨。
楚平王	来得正好，传他进见。
太　监	殿下进见哪！（下）

〔密建上。

密　建　儿臣拜见父王。

楚平王　王儿平身。入席同饮。

密　建　儿臣遵命。

众　臣　臣等与殿下贺喜。

密　建　众卿同喜。欣闻临潼会盟,威压强秦,慑服诸侯,平息祸乱,扬我大楚国威,万民庆幸。一赖父王神威,二赖群臣运筹,密建特表祝贺。

楚平王　首功当贺伍子胥。

密　建　伍将军!

　　　　（唱）　将军是盖世英雄世无双,
　　　　　　　　临潼会为我大楚争荣光。
　　　　　　　　这一樽醇酒虽微量,
　　　　　　　　它本是密建一腔热血肠。

伍子胥　（唱）　区区小功何足论,
　　　　　　　　原为得睦邻相安永相亲。
　　　　　　　　恳请殿下来恕罪,
　　　　　　　　为臣我斗胆保媒结联姻。

密　建　所订何人?

伍子胥　秦王的长妹孟嬴,人称吴香公主。

密　建　(惊喜地)是她?

楚平王　不知此女品貌若何?

伍子胥　回禀大王,吴香公主,端庄贤淑,玉貌绝伦,聪惠妩媚,能琴善歌,可谓一代天姿国色。

费无极　殿下得此玉人为妻,东宫定生华光,真乃一生之幸也。

楚平王　西秦竟有此绝色?

费无极　大王!

　　　　（唱）　那吴香天生就花容月貌,
　　　　　　　　亚赛似嫦娥女月宫玉姣。
　　　　　　　　纤手儿抚琴瑟飞禽来朝,
　　　　　　　　启朱唇百灵鸟羞愧音消。

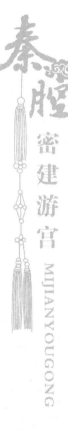

秦腔

密建游宫

MIJIANYOUGONG

那秦王视公主掌上珠宝，

殿下你得此女永乐逍遥。

密　建　美事玉成，全赖伍大人辛劳。请饮此樽。

伍子胥　殿下过奖了。为了大楚霸业，子胥愿肝脑涂地。秦
　　　　王同时允诺，愿将吴香公主侍妾，美女马昭仪进献，
　　　　以充大王妃嫔。

众　臣　臣等向大王贺喜、进酒。

楚平王　（不悦地）平庸民女，何喜之有，不敬也罢！

　　　　〔众臣面面相觑。

费无极　大王……

楚平王　起乐止宴！

费无极　遵旨。起乐止宴哪！

　　　　〔楚平王拂袖，群臣施礼下。费无极欲下。

楚平王　费爱卿。

费无极　臣在。

楚平王　你可知孤王心事否？

费无极　微臣伴驾多年，朝夕不离王侧，大王心意，岂能不察。

楚平王　你且讲来。

费无极　微臣不敢造次，诚恐冲撞龙颜。

楚平王　但讲无妨。

费无极　大王想必厌恶那马昭仪不成？

楚平王　你可知晓，那马昭仪与吴香公主相比，姿色如何？

费无极　那可是天壤之别呀！

　　　　（唱）　吴香貌美世少有，

　　　　　　　亭亭玉立百花羞。

　　　　　　　那容颜如同晚霞凝脂秀，

　　　　　　　双杏眼酷似秋水把魂收。

　　　　　　　樱桃小口香酥手，

　　　　　　　莺歌一曲解百愁。

　　　　　　　马昭仪本是秦宫平庸女，

　　　　　　　怎及吴香一指头！

楚平王	此话当真？
费无极	微臣不敢妄奏。
楚平王	费爱卿，孤且问你，这天下珠宝——
费无极	应归大王所藏。
楚平王	这天下美女——
费无极	理应陪伴吾皇！
楚平王	可惜呵……
费无极	大王既慕吴香公主，何不设计纳之？
楚平王	吴香已与殿下定亲，计将安出？
费无极	微臣倒有一计。
楚平王	快快讲来。
费无极	大王如能差下官前去迎亲，臣自有妙计安排。管叫它神不知鬼不觉将吴香抬进章华宫。
楚平王	不知用何妙计？
费无极	移花接木，李代桃僵！
楚平王	移花接木，李代桃僵！哈……

第二场 换 轿

〔涂山。秦楚交界处。

〔二幕启。

〔轿夫抬金银顶盖锦轿上。费无极随上，击锣停轿。

费无极	请公主出轿，暂在松林之下歇息片刻。
	〔吴香、马昭仪同出金银轿。
费无极	参见公主。
吴 香	爱卿平身。
马昭仪	参见公主。
吴 香	免礼。（对费无极）爱卿，此地是……
费无极	此地乃秦楚交界要道，名曰涂山。

吴　香　　涂山！要离开我秦国之地了。

马昭仪　（亦有感触地）是啊！

吴　香　（唱）　举目望风和暖阳光灿烂，

　　　　　　　　白云下山叠翠古木参天。

　　　　　　　　一缕缕云烟飞驰雾弥漫，

　　　　　　　　好似那飞泉涛涌迈千山。

　　　　　　　　人说道秦宫春晓景罕见，

　　　　　　　　怎比这苍岭吐翠现奇观。

　　　　　　　　秦与楚红线联姻结亲眷，

　　　　　　　　从此后停干戈永灭狼烟。

　　　　　　　　那密建一表非凡世人赞，

　　　　　　　　喜吴香得此佳偶配凤鸾。

　　　　　　　　虽说是故土难舍人依恋，

　　　　　　　　解国忧婚配如意两心欢。

马昭仪　（唱）　见公主笑逐颜开情缱绻，

　　　　　　　　有谁知昭仪满腹愁烦添。

　　　　　　　　她配少年英俊主，

　　　　　　　　我伴楚王老迈年，

　　　　　　　　俱是青春窈窕女，

　　　　　　　　命运如此不一般。

吴　香　（观景，神往地）昭仪，你看这远山近水，天高地阔，
　　　　　那金碧辉煌的秦宫怎能与它媲美。……（发现昭仪
　　　　　伤感）你怎么流起泪来了？

马昭仪　（掩饰地）这……公主啊！

　　　　（唱）　临楚地秦川百里怎能忘，

　　　　　　　　难忘却黄河激浪卷飞烟。

　　　　　　　　游子心连故乡情，

　　　　　　　　离乡背井惹人恋。

吴　香　（唱）　人说家乡风光美，

　　　　　　　　我看他乡亦足恋。

　　　　　　　　虽然你我离故土，

換得秦楚息烽烟。

百姓乐业勤耕灌，

两国和好永相安。

昭仪,你说,我讲得对吗?

马昭仪 公主所言甚是,这么一说,我的心胸也开阔了。为了两国永保和好,我就不再怜乡念亲了。

吴　香 昭仪,要记住你我为轻,国事为重。

马昭仪 公主教谕,我马昭仪永铭在心。

〔喊杀声骤起,鄢将师急上。

鄢将师 启禀大人,大事不好!

费无极 公主在此,休得无理,惊伤玉体,如何了得! 下站! 你与我往下站!

鄢将师 回禀大人,漫说公主,就是大王在此,我也要如实禀奏。

费无极 何事?

鄢将师 此山有一强盗,江湖人称癞皮豹,武艺高强,为人险毒,到处烧杀抢掠,无恶不作。适才此贼率领喽啰,杀下涂山,扬言要抢金顶轿中的秦公主,与他上山充当押寨夫人。

吴　香
马昭仪 (大惊)啊!

鄢将师 费大人,你听!

〔强盗内声:"下面听着:我家大王有令,速快放下金顶轿,交出秦国公主,如若不然,将尔等斩尽杀绝!"

费无极 公主不必惊慌,鄢将军,火速率队杀贼!

鄢将师 敌众我寡,恐难取胜。

费无极 违令者斩!

吴　香 费爱卿有何退敌良策,速快讲来。

费无极 敌众我寡,恐难取胜。为臣若还是个女流,定然不惜性命,甘愿顶替公主。可是……

吴　香 不! 昭仪!

(唱)　事到如今休顾我,

速登银轿快启程。

马昭仪　公主啊！

（唱）昭仪肝胆侠义重，
岂能舍你自逃生？
你待我如同姐妹情意浓，
你被劫两国难免动刀兵。
我事小来国事重，
救公主如同救百姓。
你且宽心莫担惊，
昭仪甘愿替你行。

吴　香　使不得！使不得呀！

〔杀声复起。

费无极　昭仪此举，乃是替主临难，如此侠肠义胆，将名标史册。公主，你就成全了她吧！

马昭仪　公主你听，眼见贼兵将临，若稍延误，后悔莫及。速上银轿去吧！

吴　香　昭仪！

马昭仪　愿公主早到楚都，莫负我意。

费无极　公主请登银轿！

吴　香
马昭仪　（恸哭）昭仪
公主！（换乘双轿）

费无极　起轿！

〔轿夫抬银顶轿下。费无极随下。

〔喊杀声迫近。鄢将师率喽罗改扮山大王上。

鄢将师　哈哈，秦国公主，绝代佳人！不必胆怕，请下轿随我上山做夫人吧！

〔马昭仪下轿。

鄢将师　你是吴香公主？

马昭仪　正是。

鄢将师　大胆！吴香公主乃是天姿国色，岂是你这等模样？速快与我从实招来，你是何人，敢来冒名顶替！

马昭仪　我是吴香，你敢怎样？

鄢将师　等我拿得吴香公主,再来和你算账！弟兄们,捉拿吴香,与我追！

〔鄢将师率众追杀下。

马昭仪　好贼呀！

（唱）　冒名之计贼识破,

公主难免遭祸殃。

马蹄声震我心碎,

杀声阵阵揪肝肠。

祷告苍天多保佑,

保公主平安到楚邦。

（费无极狼狈逃上）

马昭仪　哎呀,费大人,这是怎么了？

费无极　一言难尽啊！

（唱）　我保公主离此地,

哪料强盗紧追逼。

贼子将我打昏迷,

醒来不辨东与西。

公主被贼抢掳去,

忍痛寻找到这里。

马昭仪　哎呀,不好！

（唱）　闻听公主被贼抢,

疼烂昭仪寸肝肠。

可怜公主金玉体,

无辜受辱为哪桩？

从此起衅干戈动,

我有何颜对君王？

〔费无极跪倒在地。

马昭仪　费大人,这是何故？

费无极　（唱）　我迎公主结联姻,

中途被劫遭祸殃。

秦王若知定动怒,

必然发兵犯楚邦。

为了两国永安好，

为今之计嘛……（跪求）只有求你搭救于我了。

马昭仪　我一侍妾弱女，如何搭救大人？

费无极　（唱）　只有以李代桃僵！

马昭仪　你是说让我顶替公主，赴楚联姻？

费无极　正是此意。

马昭仪　（唱）　楚殿下娶的秦公主，

　　　　　　　　昭仪怎能代吴香？

费无极　（唱）　殿下虽羡公主貌，

　　　　　　　　从未见过秦吴香。

　　　　　　　　你与公主貌相像，

　　　　　　　　定然无疑拜花堂。

马昭仪　（唱）　一时能把耳目障，

　　　　　　　　以假乱真难久长。

　　　　　　　　秦主若要见公主，

　　　　　　　　那时难免祸一场。

费无极　昭仪不必多虑，此事你知我知，天知地知，只要不讲出去，万无一失。倘若他日秦王要会公主，我自有办法搪塞。为了两国永罢兵刀，秦楚黎民能够休养生息，安居乐业，后世千秋，人们将永远感戴你马昭仪忘我义举。

马昭仪　也罢！

　　　　（唱）　为全公主节和名，

　　　　　　　　为息两国动刀兵。

　　　　　　　　昭仪违心且相从，

　　　　　　　　强压悲痛怀苦衷。

费无极　起轿！

　　　　〔轿夫抬金顶轿下。费无极随下。

第三场　合　婚

〔数日后,东宫。

〔幕启:太监、宫女布置喜堂过场。

〔费无极上。

费无极　吉时已到,奏乐!

〔二幕启:太监、宫女引密建、马昭仪上。

费无极　(念)　东宫高挂龙凤灯,

　　　　　　　交杯合卺礼缔成。

〔新人行交拜礼。

费无极　礼毕。(费无极挥手,太监、宫女退下)今日乃是殿
　　　　下、公主大喜之日,请受微臣敬酒一樽。

密　建　费大人迎亲,一路辛苦了。明日再行封赏。

费无极　谢殿下。微臣告退。(下)

密　建　公主,密建这厢有礼。

马昭仪　殿下,还礼。

密　建　公主啊!

　　　　(唱)　伍大人联姻保媒缔成双,

　　　　　　　密建我常把公主惦心上。

　　　　　　　人说到公主聪慧多才艺,

　　　　　　　知书达理明纲常。

　　　　　　　启朱唇玉嗓出绝唱,

　　　　　　　抚琴弦音律佳妙惊四方。

　　　　　　　人说道公主贤德又温良,

　　　　　　　常为那黎民百姓倍思量。

　　　　　　　甘愿为两国相安架桥梁,

　　　　　　　离秦远嫁到楚邦。

公主貌美天仙样，
人间罕见世无双。
今相会果然俊俏压群芳，
堪贺今日得配秦吴香。

马昭仪　（不安地）我……

密　建　公主，密建这厢有礼。

马昭仪　还礼了。

密　建　（唱）　清风拂袖异香放，
　　　　　　　　羞态动人百媚香。

马昭仪　我我我，我不是……吴香！

密　建　（唱）　不是吴香秦公主，
　　　　　　　　哪得楚宫放华光！

　　　　说是公主，你随我来！

　　　　〔马昭仪退避。

密　建　公主，你我既成夫妻，避我做甚？难道我密建是假
　　　　不成？

马昭仪　（唱）　昭仪有口难辩讲，
　　　　　　　　少主认我是吴香。
　　　　　　　　有心上前吐真情，
　　　　　　　　费大人嘱咐响耳旁。
　　　　　　　　他言道欺君罪恶大，
　　　　　　　　露真情性命难久长。
　　　　　　　　昭仪一死何足惜，
　　　　　　　　怕只怕两国争斗民遭殃！
　　　　　　　　我若不把真情讲，
　　　　　　　　怎代吴香入洞房？
　　　　　　　　左右为难难煞我。

密　建　公主呀！
　　　　（唱）　有何难直言又何妨？

马昭仪　（急掩饰）殿下切勿多心，没什么。

密　建　（唱）　莫非我刚才话错讲，

　　　　　浪语误把公主伤?

马昭仪　不!

　　　　（唱）　我原是蒲柳之质本平常,
　　　　　　　　与殿下良莠不齐难配双。

密　建　（唱）　莫不是嫌我才疏貌不扬?

马昭仪　（唱）　殿下你文武兼备貌堂堂。

密　建　（唱）　莫不是嫌楚国贫民不强?

马昭仪　（唱）　看当今堪与秦比唯楚邦。

密　建　（唱）　莫不是今朝婚仪太简慢?

马昭仪　（唱）　皇室的婚礼堂皇世无双。

密　建　噢,是了!

　　　　（唱）　公主是金枝玉叶体,
　　　　　　　　跋山涉水到楚邦。
　　　　　　　　旅途劳顿人不爽,
　　　　　　　　神色黯然心劳伤。

马昭仪　正是如此。

密　建　既是贵体不适,就早些安歇了吧。公主请!

马昭仪　殿下,刚才我原觉困倦,此刻与殿下一说话,反倒不倦了。殿下请先安歇吧。

密　建　既如此,我就在此奉陪。公主,你能给我讲讲秦宫的事吗?

马昭仪　秦宫与楚宫并无多少不同之处。

密　建　我闻听你兄秦王,才智过人,是么?

马昭仪　（支吾掩饰）嗯。

密　建　我还听说公主抚得一手好琴,当此良宵,不妨抚它一曲若何?

马昭仪　我久不弹弄,怎敢在殿下面前献丑。

密　建　（怏怏不乐地）莫非嫌我不通音律不成?

马昭仪　殿下有所不知,实因抚弄乡音,难免触景生情,怀恋故土,请殿下恕罪。

密　建　公主既然无兴,不必勉强。待我亲自为你取杯香茶

来。（下）

马昭仪 （擦汗）好险哪！（悲从心起）公主啊，公主，你今在哪里啊？

（唱）　我与你离秦把路上，
　　　　两顶花轿到楚邦。
　　　　自从涂山强盗抢，
　　　　不知你生死音讯在何方？
　　　　我只说入宫暂且把你侍奉，
　　　　想不到今日由我拜花堂！
　　　　虽说是费大人嘱咐耳旁响，
　　　　我总觉其中似有奇文章。
　　　　殿下他若知我是马昭仪，
　　　　李代桃僵怎收场？
　　　　我今一死还罢了，
　　　　两国动干戈民遭殃！

〔密建捧茶上。

密　建 公主，请用香茶。

马昭仪 烦劳殿下，臣妾实不敢当。

密　建 公主，看你心神不定，莫非思念家乡，因而思虑过度？如其不然，我来日陪你一同前往秦国，以解忧伤？

马昭仪 不不，我既到楚国，就是楚国的人，用不着再回秦国去了。

密　建 公主如此深明大义，真乃令人敬佩，你看，夜已更深，让我扶你进宫歇息了吧。

马昭仪 我……

密　建 有话明日再叙不迟。请吧，公主！

〔密建挽起马昭仪。下。

第四场　蒙　辱

〔章华宫。

〔二幕前,费无极上。

费无极　（唱）　忙罢东宫到章华,

一手攫来两枝花。

管教楚宫生祸乱,

坐收渔利图天下。（下）

〔二幕启:宫女引吴香上。

吴　香　（唱）　离秦嫁楚路艰辛,

中途遇盗起祸因。

不知昭仪命可存,

至今无讯两离分。

七天来独坐深宫如囚禁,

为什么不行大礼不成亲?

莫非是秦楚两国礼有别,

莫非是殿下欠安病在身?

闷忧忧凭栏揣度空惆怅,

风过处何处传来丝竹音?

宫女,是哪里传来丝竹之声?

宫　女　像是从东墙外传来的。

吴　香　循何路而去?

宫　女　沿宗庙而行。

吴　香　但不知是何人起驾?

宫　女　金钟三响是大王出朝,钟声二击是殿下的仪仗。

吴　香　这钟声二击……

宫　女　定是东宫少主的仪仗了。

吴　香　启开窗帘。（宫女启帘，吴香近前眺望）

　　　　（唱）　近窗前，用目观，

　　　　　　　　军士对对坐雕鞍。

　　　　　　　　刀明戟亮光闪闪，

　　　　　　　　红锦绿缎彩色鲜。

　　　　　　　　但见那金碧辉煌龙虎辇，

　　　　　　　　前呼后拥文武官。

　　　　　　　　不用猜测便知晓，

　　　　　　　　定是少主在里边。

　　　　　　　　看前面走着一员威武将，

　　　　　　　　紫面虎须二目圆。

　　　　　　　　跨下乌骓飞蹄健，

　　　　　　　　问宫女此乃何人走在先？

宫　女　东宫司马奋扬将军。

吴　香　啊，是了！

　　　　（唱）　移目再往后边看，

　　　　　　　　枣红马上一少年。

　　　　　　　　气宇轩昂透壮志，

　　　　　　　　定是英雄将伍员。

　　　　　　　　眼前又现一车辇，

　　　　　　　　端庄乘坐一老年。

　　　　　　　　苍老面容透和善，

　　　　　　　他是谁人？

宫　女　老令尹。

吴　香　（唱）　原是栋梁一大贤。

　　　　　　　　自古道红花绿叶两相伴，

　　　　　　　　骏马尚须配雕鞍。

　　　　　　　　昔重耳得此英豪相辅助，

　　　　　　　　整祖业晋国兴盛称德贤。

　　　　　　　　世子他有此父子相随伴，

　　　　　　　　到来日掌朝国泰民自安。

　　　　　　　吴香我得配殿下意如愿，

　　　　　　　好似那莺鸣宫墙蝶蹁跹，

　　　　　　　那仪仗奔赴宗庙拜宗亲，

　　　　　　　看起来交杯合卺在今天。

　　　　〔费无极上。

费无极　臣费无极参见公主。

吴　香　爱卿平身。请问马昭仪安在？

费无极　公主宽心，马昭仪安然无恙。（奸笑）委屈公主焦待

　　　　七日，喜期已临，请看装成礼呀！

吴　香　有劳爱卿。（娇羞喜悦地下）

费无极　摆设喜堂！

宫　女　是。

　　　　〔众宫女下。

费无极　有请大王！

　　　　〔乐起，二宫女持系有红锦的酒杯上。宫女从两厢扶

　　　　吴香、楚平王上。

费无极　（念）　章华高悬龙凤灯，

　　　　　　　　比翼双鸾入龙庭。

　　　　　　　　百世姻缘前生定，

　　　　　　　　交杯合卺礼缔成。

　　　　〔吴香、楚平王行交杯礼。

费无极　送新人入寝宫。

楚平王　爱妃，随王来哟，哈哈哈哈……

吴　香　（惊慌偷视）你你你，你是何人？

楚平王　寡人乃一国之君呀！

吴　香　啊？殿下他……他在何处？

楚平王　美人！殿下已与马昭仪成婚啦。（逼近狂笑）

吴　香　天哪！（昏倒）

第五场　游　宫

〔三年后,春末。

〔章华宫。

〔伍奢、奋扬上。

伍　奢　（唱）　昏君淫乐乱人伦,
　　　　　　　　大楚业绩起祸根。

奋　扬　（唱）　朝野私议人共愤,
　　　　　　　　只缘宠信奸佞臣!

伍　奢　大楚江山,从此祸生,可忧,可悲!

奋　扬　王纳子妻,千古绝伦! 老令尹,你能容殿下受此凌辱
　　　　而无动于衷么?

伍　奢　老夫多次直谏,反遭大王忌恨,已传旨要将太子同我
　　　　贬往城父。

奋　扬　殿下可晓得宫中丑事?

伍　奢　太子秉性忠厚,至今不知。

奋　扬　哎呀,老大人,这就是你的不是,你身为太子太师,为
　　　　何不早日告知殿下?

伍　奢　即使告知,殿下亦未必可信。

奋　扬　应该设法使他能会公主一面,便知详情。

伍　奢　大王有令,任何人不得擅入西宫,太子岂能近身
　　　　一见?

奋　扬　有了。大王出城巡围狩猎未归,殿下代王守宫,何不
　　　　借此良机,让他以巡宫为名,前去西宫一会?

伍　奢　此言甚善。

奋　扬　走,你我速去东宫。告知殿下。

伍　奢　请!

〔二人下。

〔二幕启：吴香倚栏凝思。

吴　香　（唱）　章华深闭独凄凉，

　　　　　　　铜镜积垢暗无光。

　　　　　　　衣带渐宽懒施粉，

　　　　　　　三年苦恨心底藏。

　　　　　　　怨兄长凌弱图霸逞豪强，

　　　　　　　到今日将我远嫁送他邦。

　　　　　　　原以为匹配密建少年主，

　　　　　　　哪料想入宫失身昏楚王。

　　　　　　　每日里倚栏只把世子望，

　　　　　　　何一日相会倾吐诉衷肠。

〔宫女上。

宫　女　请娘娘梳妆。

宫　女　请娘娘服药。

吴　香　（唱）　良药能医风寒疾，

　　　　　　　怎奈难治心创伤。

　　　　　　　可叹寂寞深宫里，

　　　　　　　云鬟雾鬓任风飏？

宫　女　娘娘，奴婢们好久没听到娘娘的琴音了。

吴　香　这桐琴么……（沉思）也好，且抚一曲，诉我心声吧。

〔吴香登上琴台，众宫女随上。

宫　女　奴婢们伴琴音歌舞，与娘娘解愁可好？

吴　香　任尔自便吧。

〔吴香抚琴，宫女们起舞，由于琴音哀怨，宫女们随旋
律改变舞姿，呈现出悲伤情景。

吴　香　（唱）　凤楼锁春唤奈何，

　　　　　　　满怀悲愤饮泣多。

　　　　　　　七尺桐琴相伴随，

　　　　　　　代我低诉长恨歌。

　　　　　　　故国双亲难相见，

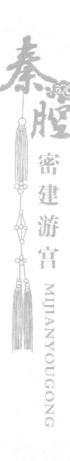

秦腔
密建游宫
MIJIANYOUGONG

425

青春憔悴对谁说?
宫商声声愁断肠,
琴难理来弦难拨。

〔太监引密建上。

密　建　（唱）　密建我游宫院心情烦闷,
　　　　　　　　思想起太师言弦外有音。
　　　　　　　　为什么速催我把宫来巡,
　　　　（传来琴声）
　　　　　　　　是何人满含悲恨奏此音?
　　　　　　　　绝命曲琴声哀伤多怨恨,
　　　　　　　　穿兰宫越桂殿查源问根。

　　　　内侍,这是何宫?

太　监　章华西宫。

密　建　何人哀怨抚琴?

太　监　想必是西宫娘娘。

密　建　西宫娘娘? 她是何时入宫,我怎不知?

太　监　已经入宫三载了。

密　建　噢,既已入宫三载,为什么无人告知于我? 娘娘,恕儿不孝。速快带我参见王娘。

太　监　启奏殿下,大王有令,未经大王允许,任何人不得步入西宫,谁人擅敢跨越雷池,罪在不赦。殿下,还是绕道巡宫吧。

密　建　（唱）　我替父来巡宫各宫可进,
　　　　　　　　论家法王妃也是我娘亲。
　　　　　　　　既知晓就该纳拜行大礼,
　　　　　　　　也免得叫人唾骂忤逆人。
　　　　　　　　叫内侍随我进宫要谨慎,
　　　　　　　　头一回拜皇娘礼法当遵。

　　　　内侍停车,仪仗列开! 速快入宫通禀。

太　监　是。（进宫）启禀娘娘,东宫殿下游宫到此,觐见娘娘。

吴 香	（惊喜地）啊！内侍，请殿下少候，待我整妆出迎。
太 监	遵命。（下）
吴 香	（唱）　听说是密建少年把宫巡，

听说是密建少年把宫巡，
真好比久旱禾苗降甘霖。
吴香我忍受羞辱朝夕盼，
想不到今日得见少主君。
理青丝整装出宫把主迎，
见一面诉罢真情我死也甘心。

（观望，喜不自禁）

（唱）　在眼前闪出一座龙虎辇，
端坐一位美少年。

他……是他呀！

只见他上罩一顶黄罗伞，
鲜艳的朝服身上穿。
温柔典雅透斯文，
相貌端庄满面春。
确有那唐尧虞舜君王相，
他日定是一国君。

呀！

他虽然一表非凡好人品，
初相见怎能以貌来取人？
我必须试探真假多谨慎，
是昏王我宁立死不出唇。
心意定整装束轻移莲步，
章华宫强颜见驾少主君。

〔太监引密建入宫。

密 建	儿臣见过皇娘！
吴 香	章华妃见驾。
密 建	儿臣不敢。皇娘心中有何不快，奏此悲音怨曲？
吴 香	这个……屈尊殿下进宫一叙。
密 建	儿臣遵命。内侍传旨，御林军宫外等候！

太　监	宫外候驾！
密　建	皇娘请！
吴　香	少主请！
	〔二人入内。
密　建	儿臣密建参见皇娘！
吴　香	殿下平身。看座。
密　建	谢皇娘。
吴　香	难得殿下驾临西宫,哀家有几点不明之事,特向殿下询问？
密　建	不知皇娘有何见教？儿臣恭听。
吴　香	哀家久居深宫,不知这大周天下,世态若何？
密　建	自周室封侯以来,诸侯争霸,以强凌弱,递相争伐,方今正处在强存弱亡之势。
吴　香	但不知楚国以何为治国之本？
密　建	信守立国,德义化民。
吴　香	这秦楚和亲,义在何为？
密　建	休戚与共,不动刀兵。
吴　香	我再问你,楚国的民心若何？
密　建	昔日先王,不恤民力,设造章华宫,有失民心……
吴　香	你父王为人呢？
密　建	儿臣不敢妄议。
吴　香	但讲无妨。
密　建	皇娘啊！

（唱）　三年前列强之中秦称霸,
　　　　临潼会楚国威扬王为尊。
　　　　各国诸侯俱褒赞,
　　　　都言楚国有能人。
　　　　武能领兵打天下,
　　　　文有韬略定乾坤。
　　　　我的父虽然美名播四海……

吴　香	（唱）　怎知他表里不一乱人伦！

密　建　（一惊）皇娘此话何意！

吴　香　你不知西宫之事？

密　建　儿臣不知。

吴　香　宫廷礼法，以何为尊，以何为贵？

密　建　伦常为尊，礼义为贵。

吴　香　倘若有人叛礼义，乱伦常，你当如何发落？

密　建　轻者施加刑法，重则诛之！

吴　香　少主答对，甚是贤明。

密　建　皇娘过奖。

吴　香　宫女摆宴！

密　建　（不解其意，惊慌失措）启禀皇娘，儿臣国事在身，焉
　　　　敢在宫中饮宴，望皇娘恕儿不孝之罪。

吴　香　殿下不必多心，我有一事不明，要在殿下台前领教。

密　建　皇娘有训，儿臣遵命。

　　　　〔宫女摆宴，吴香示意，宫女退下，密建惊甚。

吴　香　（唱）　满满斟上酒一樽，

　　　　　　　　愿你能与我解愁因。

密　建　（慌忙接酒）皇娘！

密　建　（唱）　长敬少折杀小儿臣，

　　　　　　　　皇娘有训儿恭遵。

吴　香　（唱）　少主夫人可安好？

密　建　（唱）　贤淑端庄遂儿心。

吴　香　（唱）　她是哪国贵公主？

密　建　（唱）　秦国公主女裙钗。

吴　香　（唱）　东宫夫人名和姓？

密　建　（唱）　吴香公主谁不闻。

吴　香　（唱）　你可知涂山双换轿？

密　建　（唱）　儿臣不晓情和因。

吴　香　（唱）　你可知东宫并非吴香女？

密　建　（唱）　不是吴香是何人？

吴　香　（唱）　那吴香欲死目难瞑，

那吴香欲活泪湿襟。

她终日饮泣痴等一个人,

密　建　她等待何人呀?

吴　香　(唱)　就是你殿下少主君!

密　建　我?她……她现在何处?

吴　香　不在东宫,却在章华!

密　建　啊?你是……

吴　香　(唱)　我本是秦国公主吴香女,

配少主却嫁乱伦老昏君!

密　建　(大惊)但不知伴驾儿臣的那一女子,她是何人?

吴　香　她本是我的侍妾婢女,名叫马昭仪!

密　建　(疑惑地)皇娘,父王不在朝中,儿臣代父查宫,身负
　　　　王命,还望皇娘且放尊重,莫要口出戏言。

吴　香　好糊涂的殿下,你怎能将我吴香深宫怨恨,视作
　　　　戏言!

密　建　你既是吴香,成亲大礼为何不去东宫,却在章华伴驾
　　　　父王?

吴　香　殿下呀!

(唱)　三年前娶亲内有因,

实可恨祸国殃民费奸臣!

轿行在涂山下他动本,

说什么强盗抢我做夫人,

花言巧语骗我把轿换,

吴香女改成马裙钗。

银顶轿一直抬进章华门,

从此囚禁断了音。

七日后奸臣骗我成大礼,

我喜庆得配少主君。

哪知晓乐声迎来终生恨,

你的父笑脸狰狞近我身!

密　建　啊?竟有这等事?(狐疑地)既然父王不仁,你为何

　　　　　　　　苟且偷生,甘愿侍王伴驾?

吴　香　（唱）　滔滔海水难洗恨,

　　　　　　　　我忍辱偷生为何人?

　　　　　　　　三年来谁知我苦居深宫泪洗枕,

　　　　　　　　三年来谁知我半生半死度光阴?

　　　　　　　　想不到想你盼你原是一场无情梦,

　　　　　　　　看起来楚宫无有吴香知音人!

密　建　（惶恐地）皇娘,恕儿臣莽撞。

吴　香　（唱）　我几曾提笔把家书写,

　　　　　　　　字不成句泪纷纷。

　　　　　　　　我几曾想回秦国去,

　　　　　　　　怎奈是高墙禁锢难脱身。

　　　　　　　　未殉节原怕秦国兵马动,

　　　　　　　　未殉节也为见你一面诉衷情。

密　建　（唱）　听皇娘肺腑言如梦初醒,

　　　　　　　　气得我两眼迷离头发昏!

　　　　　　　　皇娘!……公主啊!

　　　　　　　　我怎知涂山换轿设毒计,

　　　　　　　　我怎知君臣合谋乱人伦!

　　　　　　　　我怎知你被抬进章华门,

　　　　　　　　我怎知东宫女子假充真!

　　　　　　　　怪不得昭仪入宫神色变,

　　　　　　　　言语支吾托病身。

　　　　　　　　卧床不起七昼夜,

　　　　　　　　愁云紧锁双眉心。

　　　　　　　　错配铸成千古恨,

　　　　　　　　我恨我怨怨谁人!

吴　香　（唱）　我求你替我秦国传一信,

　　　　　　　　就说我吴香已做冥界人。

密　建　（唱）　公主你是明理人,

　　　　　　　　切莫绝命要自珍。

431

倘若秦王知情兵犯境，

生灵涂炭仇越深。

我父王做事虽可恨，

可是他……是我生身骨肉亲！

他败坏纲常乱人伦，

一味宠信费谗臣。

〔太监幕后声："大王巡围回朝啊！"

密　建　（唱）　辞别公主出宫门，

吴　香　殿下！

　　　　（唱）　除祸患需靠伍将军。

密　建　公主不用担心，密建去了！

吴　香　殿下珍重。（拜）

〔密建急扶，忍痛挥泪下。

第六场　悲　愤

〔东宫。

〔幕启。太监内声："殿下回宫！"

〔密建内唱：别公主一路上心神紊乱，

〔密建上。

密　建　（唱）　强挣扎回宫来，方知晓禁宫之中埋藏奇冤。

　　　　　　　似这等毁伦理千古罕见，

　　　　　　　为人君招唾骂遗臭万年。

父王，昏庸的父王啊！你做下这等失信列国无义欺天，乱伦辱国之事，害得我无地自容招致世人千秋耻笑还则罢了，你、你……你千不该，万不该，毁践公主，使她终生蒙受奇辱啊！

　　　　（唱）　可怜她贞洁无辜被辱践，

　　　　　　　可怜她芙蓉方绽受污奸。

难得她一片痴情待密建，

深宫内朝夕忍痛眼望穿。

我追悔误把昭仪当公主，

我悔恨迎来假凤把巢安。

恨不能一剑将她劈两段，

（欲入内宫，又止）啊呀，不可，我好糊涂呀！

（接唱）弱女子焉敢欺瞒胆包天。

分明是有人威逼受摧残，

怀隐痛无奈委曲来求全。

难得她三载贤惠苦相伴，

我怎能负义断情缘？

天哪！

我把委屈向谁诉，

我哭我恨玉难全！

恨父王忠孝有训难冒犯，

唯恨那奸臣误国乱朝班。

内侍！

〔太监上。

密　建　（唱）　速传谕费无极入宫来见，

太　监　是。（下）

密　建　（唱）　除反贼雪耻辱以保国安！

〔太监上。

太　监　启奏殿下，安国君伍员求见。

密　建　有请！

太　监　有请伍员进宫哪！（下）

〔伍子胥上。

伍子胥　臣伍员参见殿下。

密　建　爱卿平身。快快请坐。观你气色不佳，何事烦扰？

伍子胥　臣有事禀告，殿下有所不知，臣等随王伴驾巡猎，本乃荒废朝政之举，岂知大王反将费无极加封重赏，长此以往，乃国之不幸啊！

密　建　费无极！

伍子胥　伍员忧虑在胸,本欲奏本上朝,怎奈大王他沉迷西宫,罢废早朝。因之,恳望殿下以国家为重,在大王面前亲谏忠言才是啊！

密　建　父王有旨,连我亦不得擅入西宫禁门,焉能近身明理？

伍子胥　为何一个秦国宫廷侍女马昭仪,竟然打坐西宫,使大王如此沉迷如醉？

密　建　（唱）　不提西宫还罢了,
　　　　　　　　提起西宫怒火烧！
　　　　　　　　西宫并非马昭仪,

伍子胥　什么？她是何人？

密　建　（唱）　本是吴香女裙钗！

伍子胥　啊？那东宫所娶何人？

密　建　正是马昭仪！

伍子胥　这就奇了！

密　建　一时你便知晓就里！
　　　　〔太监上。

太　监　启奏殿下,大夫费无极到。

密　建　命他来见！

太　监　费无极进见哪！（下）
　　　　〔费无极上。

费无极　臣费无极参见殿下。

密　建　费大人！

费无极　臣在。

密　建　费无极！

费无极　啊？

密　建　你做的好事！

费无极　不知老臣哪里冒犯殿下,还望明言,老臣也好领罪。

密　建　（冷笑）我来问你。三年前,你去秦国迎亲之时,行至涂山,可曾换过花轿？

费无极　（吃惊）啊！这……回禀殿下，确有此事。

密　建　（抓住费手）你倒怎讲？

费无极　确实换过花轿。

密　建　因何更换，从实招来！

费无极　殿下有所不知，当年迎亲行至涂山，被强盗癞皮豹阻拦，要抢金顶轿欲纳吴香公主做他押寨夫人。老臣率众奋力抵抗，怎奈寡不敌众，万般无奈，为了保全公主回朝，才换乘银顶轿。这也算得为臣一点功劳吧。

密　建　功劳？哼！回朝之后你将何人抬入东宫？

费无极　吴香公主啊！

密　建　好贼啊！（打费）

　　　　（唱）　老贼做事好奸险，

　　　　　　　　不由孤王怒冲冠。

　　　　　　　　咬碎牙根拔佩剑！

费无极　伍将军救命啊！

伍子胥　殿下且息怒。

　　　　（唱）　谁使你干下这事端？

费无极　这……

伍子胥　还不从实讲来！

费无极　殿下且息雷霆之怒，换轿原是老王旨意。将吴香暗送章华宫，为人臣怎敢抗上王令。

伍子胥　原来如此，你这献媚的小人啊！

　　　　（唱）　祸国殃民你遵命，

　　　　　　　　有辱国体毁宫廷！

　　　　　　　　此事若被秦王知，

　　　　　　　　楚秦定然动刀兵。

密　建　（唱）　你诱国君不理政，

　　　　　　　　你害黎民不安宁。

　　　　　　　　毁坏王家乱人伦，

　　　　　　　　毁灭秦楚结联盟。

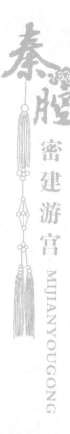

秦腔　密建游宫　MIJIANYOUGONG

今日若还不杀你，

朝野众怒恨难平！

〔密建挥剑欲杀费无极。鄩将师带武士上。

鄩将师 圣旨下。

密　建 接旨。

〔密建、伍子胥跪迎。费无极逃下。

鄩将师 大王有令，命殿下上殿！

密　建 遵旨。

伍子胥 哎呀，殿下，此事乃他君臣合谋，大王岂能饶你？

密　建 事已至此，我正要上殿面君！

伍子胥 且慢，你上得殿去，岂不是飞蛾扑灯？依臣之见，不
如及早逃出郢都，暂避一时，再作计议。

密　建 不必。烦将军告知恩师，传我口谕，就说我已明白
了。我想父王，还不至昏庸如此。走！

伍子胥 殿下……

〔密建随鄩将师昂首下。

伍子胥 内乱将生，待我速返樊城，以防不测！（下）

第七场　骂　殿

〔金殿。

〔幕启：楚平王威坐金殿，武士排列两侧。伍奢、费无
极、奋扬、宫女、太监侍立。

楚平王 将逆子密建绑上殿来！

太　监 大王有旨，绑密建上殿！

〔密建内唱：未杀费贼恨难消，

〔密建被鄩将师押上。

密　建 （唱）　父王传令将我召。

身负束绑上金殿，

见父王我又恨又羞心头似火烧！

楚平王　大胆奴才，我巡围不在朝中，你竟然违旨私闯章华，戏弄王妃；目无法纪，妄图手刃朝廷命臣，该当何罪！

密　建　父王，儿有一事不明。

楚平生　何事不明？

密　建　父言儿臣戏弄王妃，儿要问，那西宫娘娘她是何人？

楚平王　这……

密　建　临潼定亲，儿娶公主，为何吴香反入章华？

楚平王　这……

密　建　父王啊！何人干下此事，破坏楚秦和睦，坏我楚宫王室人伦，论法该当何罪？

楚平王　大胆！

　　　　（唱）　奴才做事太大胆，
　　　　　　　　子戏父妃罪滔天！
　　　　　　　　楚国不容叛逆子。

　　　　武士！

武　士　有！

楚平王　（唱）　将他押斩下九泉！

　　　　〔武士惊，面面相觑，无奈押起太子欲下。

伍　奢　且慢！臣启奏大王千岁，太子为人端正，岂能戏弄王妃？大王身为一国之王，理应明察，此事全坏在费无极身上，他若不在涂山作弊换轿，岂能酿成今日辱国之错。依臣之见，此事不宜张扬，以免丑闻外泄。倘若秦国知晓，岂能善罢干休？若发兵征讨，楚国生灵必遭涂炭，恳请大王三思！

楚平王　我王家之事，休要你管！

伍　奢　我官居令尹，兼司太子太师，执掌王室宫廷事务，岂有临危不管之理？联姻原为大楚江山永安太平，你为何强纳为妃？乱伦好色，岂是人君所为？

楚平王　啊？胆大逆臣，竟敢辱骂孤王！武士与我拿下！

伍　奢　昏王啊，昏王！你违兄杀父，灭妻害子，乱国乱家，乱伦乱性,无仁无义好酒贪色的老昏君啊!

（念）　子胥儿临潼保王赴会行,
　　　　搜利刃力举巨鼎劈梧桐。
　　　　方赢得列国拥戴霸主荣,
　　　　昏王你才得凯旋树威名。

（唱）　伍奢我为国尽忠忙不停,
　　　　为大楚整顿纲纪立国风。
　　　　劝农桑百业俱兴民高兴,
　　　　到今日苍苍白须飘前胸。
　　　　昏王你贬害忠良宠奸佞,
　　　　臣多次动本上奏你不听。
　　　　你强霸儿妻吴香无人性,
　　　　反将那昭仪暗渡送东宫。
　　　　那秦王知你背信岂能容,
　　　　定然会发兵遣将攻楚城。
　　　　你忘了诸侯争霸战祸涌,
　　　　你忘了白骨堆山民苦衷!

楚平王　老匹夫!看剑!
　　　　〔楚王刺死伍奢。

密　建　（恸哭）恩师!老令尹啊!

费无极　大王,伍奢之子伍子胥,顿兵樊城,握有重兵,一旦知晓,岂肯干休,望大王及早传旨,密除后患。

楚平王　孤王定将伍家满门抄斩!来呀,将老匹夫尸体拖出去喂狗!

武　士　是!（拖伍奢下）

密　建　老令尹啊!（哭）

楚平王　小奴才,事出你身,休怪为父绝情。来呀,与我推下砍了!
　　　　〔吴香内喊:"刀下留人!"急上。

吴　香　大王。

楚平王　爱妃,你来做甚?

吴　香	（唱）	大王本是一国主，
		忠奸良莠要区分。
		费无极为人你知晓，
		他本是坏事做尽伤天害理毁国害民的老
		奸臣！
		倘若秦王得了信，
		难免伐楚发大军。
		劝大王开赦留下少主命，
		为国为民为自身。

楚平王　休得啰嗦，与我轰下殿去吧！

费无极　娘娘，快下殿去吧！

吴　香　滚开！

　　　　（唱）　吴香蒙冤三年整，

　　　　　　　今日要把心迹明。

　　　　　　　我忍辱偷生非为己，

　　　　　　　原只为秦楚和睦共太平。

　　　　　　　今日方见君残忍，

　　　　　　　昏君不除楚难存。

　　　　　　　今日死在你当面，

　　　　　　　九泉下阴魂跟随少主君。

　　　　〔吴香欲撞柱，被鄢将师拦住。

楚平王　来呀，将此疯女，打入冷宫！

武　士　是！

密　建　公主！

吴　香　殿下！

　　　　〔吴香被拖下。

密　建　昏王啊，无道的昏王！大楚江山就坏在你的手中了！

楚平王　哪位将军替王监斩逆子？

奋　扬　末将愿往！

楚平王　领旨下殿，提头来见！

奋　扬　押赴朝门！

〔奋扬及武士押密建下。

〔一武士上。

武　士　启禀大王,奋扬将殿下救走,已经逃出皇城! 奔赴樊
　　　　　城去了!

楚平王　啊? 反了! 反了! 鄢爱卿,速将此贼与我捉拿归案!

鄢将师　领旨!

第八场　死　别

〔深夜。冷宫。

〔二幕前:费无极上。

费无极　(唱)　老匹夫伍奢一命丧,

　　　　　　　　　断了楚王一臂膀。

　　　　　　　　　昏王父子已决断,

　　　　　　　　　他日夜思念女吴香。

　　　　　　　　　我这里前去威逼马昭仪,

　　　　　　　　　让她去冷宫规劝公主回心转意伴君主。

　　　　　　　　　倘若公主不从命,

　　　　　　　　　再让昭仪陪君王。

　　　　　　　　　楚王他乱伦乱性纲常乱,

　　　　　　　　　到来日大权独揽我掌朝邦。(下)

　　　　　〔二幕启:吴香昏卧宫中。

吴　香　(唱)　忠良反遭杀身祸,

　　　　　　　　　吴香无辜被辱没。

　　　　　　　　　将我囚禁冷宫内,

　　　　　　　　　一腔冤情向谁说。

　　　　　〔武士押马昭仪上。

马昭仪　(唱)　三年来思念公主心悲痛,

　　　　　　　　　今日相见诉苦衷。

（马入宫，见吴香悲痛欲绝）公主！

吴　香　（唱）　昏沉沉猛听得将我呼唤，
　　　　　　　　　只说是入冥界却到阳间。
　　　　　　　　　强挣扎睁眼望月洒宫院，

马昭仪　是我呀！

吴　香　（唱）　原来是马昭仪跪在面前。
　　　　　　　　　昭仪！是你？

马昭仪　是我。公主，我……我枉活在世啊！
　　　　〔二人抱头痛哭。

吴　香　（唱）　离秦都到楚地整整三年，
　　　　　　　　　朝也思暮也盼心似油煎。
　　　　　　　　　自涂山痛惜别将你惦念，
　　　　　　　　　直等到会殿下方晓根源。

马昭仪　公主！
　　　　（唱）　自涂山换轿把你顶，
　　　　　　　　　乱军脱逃入东宫。
　　　　　　　　　可恨费贼把我哄，
　　　　　　　　　言说你被抢进山中。
　　　　　　　　　哪知奸臣施毒计，
　　　　　　　　　为黎民只好忍辱我暂偷生。
　　　　　　　　　三年来日夜暗饮恨，
　　　　　　　　　三年来欺瞒殿下少主公。
　　　　　　　　　今朝方知你在世，
　　　　　　　　　被昏王囚禁入冷宫。
　　　　　　　　　到今日我自羞自惭今负荆，
　　　　　　　　　死在你面前明心忠，
　　　　　　　　　祈求公主把奴谅，
　　　　　　　　　纵在九泉我感恩情。

吴　香　昭仪呀！
　　　　（唱）　咱二人入楚原为秦楚和，
　　　　　　　　　非为君王为百姓。

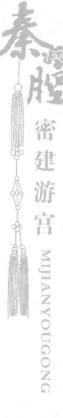

秦腔密建游宫
MIJIANYOUGONG

你入东宫非本愿，
我蒙辱屈从心相同。
劝你莫起轻生念，
好好侍奉少主公。
只要殿下明大义，
秦楚睦邻永太平。
看起来我命难持久，
切勿把真情传秦中。

马昭仪　（唱）　费无极逼我到此地，
为的是……
为的是劝你重回章华宫。

吴　香　（唱）　冷宫是我葬身地，
魂灵不入章华宫。

〔武士内声："费大人到！"

〔费无极上。

费无极　少主，臣费无极有礼了。

马昭仪　滚开！

费无极　何必动这么大肝火？少主母劝说的怎么样？

马昭仪　我宁可死在冷宫。

费无极　没那么容易。你原本就是秦王进献楚宫，前来陪王伴驾的，理归大王受用。

吴　香　呸！我把你这无耻的奴才！无道的昏君贼啊！
（唱）　恨你们昏君佞臣一丘貉，
荒淫无耻罪恶多！

马昭仪　（唱）　要杀要剐全由你，
阴曹府勾你见阎罗！

费无极　（厚颜无耻地）骂得好，这声音听来妙似秦声美曲。越发地会令大王欢心的……带走！

吴　香　无耻的奸臣！要保住楚国和你君臣的狗命，你与我将昭仪好生送回东宫，祈求殿下宽恕，不然你的老命就不长了！

费无极　大王有旨。给我剜去她的双目,剁去四肢,药哑喉咙,抛入粪池!

马昭仪　公主!……

　　　　〔一武士急上。

武　士　报大人,殿下与伍子胥率领兵将,包围了皇城!

费无极　啊?快,与我死守!

武　士　皇城内百姓骚动,伍子胥的人马已经破城而入,杀奔皇宫而来!

费无极　鄢将军,与我顶住!(逃下)

　　　　〔伍子胥上。伍子胥刀劈鄢将师。

　　　　〔后宫火起,熊熊燃烧。

　　　　〔密建率兵将冲上。

密　建　搜宫,与我捉拿昏王!

　　　　〔兵将杀下。

吴　香
马昭仪　(惊喜地)殿下!

密　建　公主!

　　　　(唱)　雨打梨花遭摧残,

　　　　　　　见公主不由心痛酸。

　　　　　　　千错万错都怪我,

　　　　　　　全怪我密建愚庸不辨奸。

吴　香　殿下!

　　　　(唱)　吴香虽死无遗憾,

　　　　　　　殿下醒悟我心欢。

　　　　　　　我愿你誓做明君整纲纪,

　　　　　　　为黎民选贤任能掌朝班。

　　　　　　　昭仪如同我姐妹,

　　　　　　　愿你们恩爱到百年。

马昭仪　公主! 姐姐!

吴　香　好好替姐姐侍奉殿下。……(气绝)

众　　　公主!

〔密建抚尸悲从中来。

密　建　（唱）　可怜你无辜秦女遭摧残，
　　　　　　　　可叹你香消魂去入九天。
　　　　　　　　留下了苦酒情思无尽怨，
　　　　　　　　我悔恨愚忠蠢孝迷心田。
　　　　　　　　密建我铭记你遗愿，
　　　　　　　　我立誓整纲纪报仇冤！

伍子胥　殿下，你若有志重振楚邦，臣愿保你出逃宋国，借得
　　　　大军，以图来日。

密　建　（拔剑）走！事已到此，就依我卿！
　　　　〔密建、马昭仪、伍子胥亮相。

——剧　终

编 后 语

　　《西安秦腔剧本精编》是一项大型剧本编辑工程。它收录了新中国建立后西安市辖的易俗社、三意社、尚友社、五一剧团四大著名秦腔社团上自清末、下至二十一世纪初近百年来曾经上演于舞台的保存剧本，承载与呈现着古都西安百年的秦腔史。这样一个浩大的戏剧工程，在西安市近百年文化史上是前所未有的，受到各方面广泛关注。

　　编辑组建立之初，面对的是四个社团档案室中百年以来的千余本（包括本戏、小戏、折子戏）约三千万字的剧本手抄稿、油印稿、铅印稿。由于时间久远，其中不少已经含混不清，或章节凌乱、缺张少页、错误多出，有的甚至连作者、改编者姓名、演出单位、演出时间等都已寻找不见，工作量之大、难点之多可以想象。更由于此次编辑的范围，是以必须经过舞台演出的剧本为前提，因而正式进入工作后，许多需要认真解决的具体问题都凸现出来了：

　　一是不少剧目，虽然演出过，但真正的排练演出本却找不到了。在查访中，有些尚可落实，有些则因当事人已故，无觅踪迹，只好录用现存的文学本，以解决该剧目缺失的遗憾。

　　二是有些排练演出本虽然收集到了，却不完整。有的有头无尾，有的有尾无头；有的场次短缺，有的唱段缺失；有的页码残缺，前后无法衔接。这样，只能依靠编辑组人员及有关演职人员反复回忆，或造访老艺人和当事人回忆，不厌其烦，完成残本的拾遗补缺、充实完善工作。

三是一些秦腔名戏和看家戏，艺术魅力强，观众很喜爱，但在长期的演出中，为了适应当时的形势，往往同一个戏，在新中国建立前后、改革开放前后都有不同版本。这些剧目，由于受客观时势和执笔者思想认识的影响，不少改编本把原作中一些脍炙人口的名场段、名唱段给遗漏了，拿掉了。今天看来，这是历史、文化的失误。因为这些场段、唱段的不少地方既含有简明而丰富的历史知识，又有淳朴淳厚的人文教化，附丽以历代秦腔名家的倾情演唱，熏陶和感染过无数戏迷观众，不失为秦腔传统艺术的闪光点所在。因此，在对这类剧本的认定和选用中，编辑组抱着尊重、抢救、保护国家非物质文化遗产的态度和立场，通过鉴别，更多地向传统倾斜，把该恢复、该补救的名场、名段都做了尽可能完善的恢复与补救。

四是曾经有一些在西安舞台上演过的老秦腔传统本，被兄弟剧种看好，拿去改编、移植成他们的优秀剧目。之后，这些剧本又被秦腔的剧作家再度移植、改编过来，在西安舞台上演。对这类本子，在找不到秦腔演出本的情况下，经过审定，也都作了收录，成为"出口转内销"的好本子。

五是有些保存本，当年演出、出版风靡一时，并有作者、改编者的署名。由于岁月的磨洗，演出本还在，而作者的名字则记忆模糊甚至不见了。为了尊重他们的劳动，还其以神圣的著作权，编辑组翻查了大量档案资料，终于使一些剧本的作者署名得以落实。

六是由于秦腔是大西北最有代表性的地方剧种，剧本中普遍存在大量的方言俚语、民俗风情，鲜明地体现着秦腔的地方戏色彩。但同时也因为作者和所写的题材来自不同方域，用字、用词、用语存在很多错、别和不规范、不统一的现象。此次编校，通过讨论、争议、比对、考证，尽可能地做到了规范和统一。

除此之外，还涉及到很多剧本在主题思想、故事情节以及版本、人物、时间、场景、舞台指示、板腔设置、动作、细节、念白、唱段、字词句、标点等许多大大小小的问题，需要进行有效地疏、改、勘、正工作。编辑组通过连续数月的辛勤工作，终于以艰苦的劳动征服了这座巨山。

参加本次编辑的专家平均年龄已68岁，每天要审校、修订三四万文字。为了提高工作效率，针对剧本的体裁特点，编辑组分为几个小组，采用读听结合、交叉审校的方法，尽可能精准地还原出作品的原貌，包括每场戏、每段唱词、每句念白、原作者、改编者、移植整理者、剧情简介、上演剧团、上演时间等等。为了争取进度，经常夜间加班，并放弃每周末和节假日的休息。为了保证质量，不时地对一些重要问题进行学术研究、学术的争执和判定，往往到深夜。其中有关秦腔的历史问题，有关一些现代戏的剧本入围标准问题，有关早期的秦昆相杂剧本的入选问题，甚至有的传统剧目中某个主要人物姓名中的用字问题等,时常反复探讨。对较重大的,必须查明出处;对较具体的,则进行细心考证,直到水落石出。由于整个编校工作沉浸在不间断的学术气氛中,使编辑的过程,争议的过程,同时也是很好的互相学习的过程。特别是在阅编早中期一批秦腔剧作家的作品时,大家不禁为老先生们深厚的学识、精美的辞章和高超的艺术而叹服,更加体会到手中工作的重要性,更加珍惜此次机遇,从而加深了编辑组同志之间的学术友谊,提升了整体工作的水准。他们高昂执着的工作热情、认真负责的工作态度、严谨科学的工作作风、主动忘我的工作干劲,令人十分感动。

为了支持这项工程,不少老艺术家捐赠、捐用了自己多年的秦腔珍藏本、稀缺本、手抄本。有的老艺术家、老剧作家的家属、后代闻讯后主动从家里搜寻出原创作、演出剧本,送到编辑组工作驻地。全体编务人员,为了及时、保质、保量地做好业务供应工作和全组人员的生活安排,积极配合跑资料、查档案、复印剧本,忙前忙后,不遗余力。当他们听到几年前三意社在改革并团时尚遗存有部分资料档案后,便及时赶到原五一剧团档案室,从蛛网尘埃中翻寻到了七八十部老三意社的手抄本和油印本。上世纪五六十年代西安四大社团演出过很多好戏,有些戏直到现在还在乡间和外地热演,但由于政治气候、人事变更、内外搬迁等原因,造成原剧本遗失。后经有关方面帮助支持,从西安市艺术研究所找到了一批久已告别西安城内秦腔舞台、面目似已陌生的优秀剧目铅印、油印本,使剧本的编辑工作更加充实和完善。

这里，有几个问题需要予以说明。一是这套大型剧本集以西安易俗社、三意社、尚友社、五一剧团四个社团演出剧目为基础收集本子；四个社团均演出的同一剧本，只收集演出较早的本子，其他演出单位仅在书中予以署名；有原创作本、传统本的，一般不收录改编本，但个别两者都有历史、文化与研究价值的，可同时收录；除个别名折戏和进京、出国演出剧目外，凡有本戏的，原则上不再收折戏。二是为了突出"西安秦腔"的主题特色，经反复研究，决定按易俗社、三意社、尚友社、五一剧团四大块进行编排；在四大块中，又按传统戏、新编历史戏、现代戏三大类的历史顺序编目。三是从历史上看，秦腔不少优秀剧目被兄弟剧种搬演，很受欢迎，并成为兄弟剧种的保留剧目；同时，西安的秦腔也改编移植了兄弟剧种的不少成功剧本，丰富了西安秦腔舞台的演出剧目，满足了观众的欣赏需求，有些也成为各社团的保留剧目，因此，经过选择也都收录进来了。四是诞生于"文革"中的剧本，是一个历史现实，根据相关规定，经专家仔细甄别，有选择地收录；对有严重政治问题的不予收录；对确有一定保留价值而有涉版权纠纷的作为内部资料收录。五是有些优秀剧目由于年代久远、社团分合等历史原因，已无法搜集到剧本，只能成为遗憾了，待以后有下落时再版增补。

对眼前这套凝聚着众多领导、专家、艺术家、工作人员、技术人员、服务人员心血和辛勤汗水的《西安秦腔剧本精编》，编委会满怀感激之情向大家表示深切致谢！向关心、支持此项工程的西北五省（区）、市文艺界相关单位、专家学者及戏迷朋友表示诚挚的谢意！这套秦腔剧本集的出版是值得引以自豪的，它可以无愧地面对三秦大地，面对古都西安的故人、今人和后人！让我们不断总结经验，继续探索，与时俱进，努力为西安秦腔的发展繁荣做出新的贡献！

《西安秦腔剧本精编》编辑委员会

2011 年 9 月 14 日